Primera edición: noviembre de 2017
Segunda edición: noviembre de 2017
Tercera edición: diciembre de 2017
Cuarta edición: enero de 2018

Ediciones Travel Bug
Busca Isusi, 46. 20015 Donostia
Tel. 657 736 522
editorial@travelbug.es

Diseño de cubierta e interior: www.ariana-ds.com
Imagen de portada: Emmanuel Montiel

ISBN: 978-84-946297-6-1
Depósito Legal: SS 1209-2017
Impreso por Leitzaran Grafikak

LA JAULA DE SAL

Ibon Martín

travel bug
NOVELA

A mi hermano, Iñigo.

1

27 de octubre de 2015, martes

El agua acariciaba cada centímetro de su piel, como una fina sábana de seda que le cayera desde la cabeza hasta los pies. Su calidez le contagiaba un agradable sosiego, que agradecía tras más de una hora haciendo el amor con Iñaki. Se llevó la mano a la barriga y una sonrisa iluminó su rostro. El embarazo era ya muy evidente. Estaba de cuatro meses y medio, dieciocho semanas en el argot de las matronas, y la curva de su vientre comenzaba a ser notoria.

Iñaki estaba ahí fuera, al otro lado de la puerta abierta. Aún podía verlo estirado sobre la cama. Su cuerpo moreno contrastaba con el blanco del edredón. El ángulo de visión le ocultaba el rostro, pero lo imaginaba con una leve sonrisa y los ojos cerrados. Se había convertido en algo habitual tras el sexo: Iñaki se quedaba dormitando y ella tenía que guardarse las ganas de hablar para otro momento.

—¿Has pensado ya algún nombre? —preguntó Leire con intención de despertarlo.

La respuesta tardó unos segundos en llegar, pero la escritora vio que su novio se movía en la cama.

—¿No es mejor esperar a la ecografía? Ni siquiera sabemos si es niño o niña —repuso Iñaki antes de bostezar.

—Es una niña —sentenció Leire. A pesar de que la ecografía de los tres meses, en la que se suponía que debían haber conocido el sexo, no había aportado pista alguna porque el bebé no había querido ponerse en la postura correcta, ella estaba segura.

—¿Te fías de las palabras de una curandera?

Leire se mordió el labio. No le gustaba reconocerlo, aunque era exactamente así. Jamás había creído en esas cosas hasta que aquella mujer que imponía las manos en una solitaria venta fronteriza le anunció que estaba embarazada de una niña. Claro que podría tratarse de una casualidad, pero de algún modo había decidido dar crédito a sus palabras.

—Es una niña, Iñaki.

—¿Y cómo vamos a llamarla? —inquirió él sin ahondar en el asunto.

Leire no tenía ni idea. Quizás lo mejor sería que se sentaran los dos a la mesa con un cuaderno y comenzaran a hacer una lista de posibles nombres. Sí, eso harían cuando saliera de la ducha.

—¿Tú te vas a duchar? —preguntó a pesar de conocer la respuesta. Iñaki lo hacía siempre antes de desayunar.

—No, puedes acabarte el agua. Ya me pelearé mañana con tu madre para que me deje algo de agua caliente.

Leire cerró los ojos para aclararse el pelo. El agua resbaló sobre sus párpados y se le coló por la comisura de los labios. El sabor perfumado del jabón le desagradó y lo escupió suavemente. Iñaki dijo algo junto a la puerta. Su voz sonaba cerca esta vez. Se había levantado de la cama.

—Espera, no te oigo —dijo Leire sacudiéndose los últimos restos de champú bajó la ducha—. ¿Qué decías?

Al abrir los ojos, dirigió la mirada hacia la puerta. La cama se dibujaba al otro lado, pero estaba vacía.

—¿Qué decías? —insistió alzando la voz.

El agua seguía cayendo sobre sus hombros, pero ya no estaba tan caliente. Sintió un estremecimiento y giró al máximo el monomando hacia la izquierda. Como cada vez que ocurría, se prometió a sí misma que en cuanto pudiera cambiaría el termo. No sabía cuántos litros cabían en aquel trasto blanco, pero ahora que ya no vivía sola en el faro no eran suficientes.

Un agudo lamento resonó en algún lugar del faro. Ni siquiera el estrépito del agua al romper contra la bañera consiguió enmascararlo.

—¿Iñaki? —llamó angustiada.

La única respuesta fue un golpe sordo.

Palpó de nuevo a su espalda en busca del grifo y empujó el mando hasta que la caída de agua cesó. Esta vez oyó unos ruidos que no pudo identificar.

—¡Iñaki, por favor! Me estás asustando... —exclamó mientras estiraba la mano para coger la toalla.

No esperó a secarse para salir a ver qué ocurría. Se echó la toalla sobre los hombros y se dirigió al dormitorio. En su interior iba creciendo una sensación de temor e irritación.

—Iñaki, esto no tiene la más mínima gracia. ¡Joder, que estoy embarazada!

En cuanto cruzó el umbral comprobó que la habitación estaba vacía. Al otro lado de la ventana la luz diurna comenzaba a ceder el testigo a la noche. Las horas de luz eran escasas a aquellas alturas del año.

—¡Iñaki, ya basta, por favor! ¡Iñaki! —llamó asomándose a la escalera.

En el piso de arriba se encontraba el despacho donde Leire escribía. En el de abajo, la cocina, el comedor y la puerta principal. Aguzó el oído. No llegaba ruido alguno de ninguno de ellos. Sin saber muy bien por qué, empezó a bajar las escaleras. Su corazón latía con fuerza y le costaba tragar saliva. Tenía la desagradable impresión de que el diminuto corazón de la pequeña estaba también acongojado. Un mal presagio ganó rápidamente terreno. ¿Dónde estaba Iñaki? Su ropa seguía alborotada junto a la cama. No podría haber ido muy lejos sin ella.

—¡Por qué no me contestas, joder! —gritó fuera de sí aferrada a la barandilla de la escalera.

El primer tramo de escalones había acabado y giraba casi paralizada por el terror para afrontar el segundo, que terminaba en el recibidor.

Entonces lo vio y tuvo la certeza de que su vida nunca sería como había soñado.

2

27 de octubre de 2015, martes

Ane Cestero aparcó su Honda en el aparcamiento y abrió el cofre de la moto para coger la mochila. Una de las llaves de su casa asomaba a través de un agujero. La empujó con el dedo hacia el interior y se dijo una vez más que ya era hora de cambiar de bolso. Sabía que era en vano. Le tenía demasiado cariño a esa mochila Eastpack que la había acompañado desde sus últimos años en el instituto. Ese pedazo de lona con asas había ido con ella cada día a Eibar cuando intentó sacarse la carrera de Ingeniería Técnica, y la había seguido también a la academia policial de Arkaute cuando decidió que lo suyo no eran los números.

Las primeras gotas de lluvia le golpearon la cara mientras caminaba a paso rápido hacia la comisaría. Dirigió la vista al cielo. Estaba completamente cubierto y unas nubes bajas se aferraban a las Peñas de Aia, la montaña de granito que cerraba el horizonte por el este.

—¡Hasta mañana, Cestero! —exclamó alguien a su izquierda.

Se giró para corresponderle y comprobó que se trataba del suboficial Urdanibia. Era un buen tipo, de los que trataban bien a sus subordinados. Lástima que ella ya no estuviera en su grupo sino en el de Madrazo.

Empujó la puerta metálica y saludó al uniformado que custodiaba la entrada. Después se dirigió a su mesa de trabajo y dejó la mochila junto al teclado del ordenador.

—Vaya coñazo de tarde —protestó cuando Aitor Goenaga, su compañero de mesa, alzó la mano a modo de saludo—. Si al menos supiera para qué lo hacemos.

—Pregúntale —se burló él volviendo a perderse en el correo electrónico que estaba escribiendo.

Algunos de los agentes que trabajaban en sus respectivos ordenadores la saludaron con un gesto o la miraron con curiosidad; otros siguieron tecleando o leyendo lo que mostraban sus pantallas. Era una sala con cuatro filas de mesas largas, en cada una de las cuales había tres ordenadores de sobremesa.

Cestero abrió su cajón y extrajo una cápsula de café de una cajita de cartón y una taza de cerámica con su nombre escrito con trazos toscos. Caminó hasta la cafetera que ocupaba el alféizar de la enorme ventana del fondo de la sala y se preparó un café corto pero intenso. La habían comprado entre todos para no tener que tomar la horrible agua sucia que vomitaba la máquina expendedora del pasillo.

Se lo llevó a los labios y se sintió por unos segundos en paz con el mundo antes de recordar que tenía que ir a ver a Madrazo. Con un suspiro de resignación, dejó la taza sucia en el office y se dirigió al despacho del suboficial. Llamó a la puerta con los nudillos y abrió.

—Cestero... ¿Ya estás aquí? —saludó el hombre que se sentaba al otro lado de una mesa gris llena de papeles en equilibrio. Antes de dirigir la mirada hacia la recién llegada, su mano movió rápidamente el ratón para cerrar el navegador de internet. La agente no necesitó fijarse en la pantalla para saber que estaría perdiendo el tiempo en páginas de surf—. Y bien, ¿qué me cuentas? Siéntate —le ordenó su jefe señalando la silla de plástico que había frente a su mesa.

Cestero obedeció.

—A las cuatro y veinte ha salido un hombre con un bolso de portátil —explicó con desgana abriendo la libreta—. A las cinco y dos ha aparecido uno a buzonear. Llevaba gorra y gafas de pasta. Veinte minutos después una señora ha sacado el perro y ha vuelto a las seis menos cinco.

—¿Eso es todo? —se interesó Madrazo sin tomar nota alguna. Al alzar las cejas, sus intensos ojos negros destacaron en un rostro muy bronceado. No había día con previsión de buenas olas que el suboficial no llevara la tabla de surf en su

Volkswagen California para ir directamente a la playa al salir de la comisaría. Lástima que no pusiera tanto entusiasmo en su trabajo.

—Eso es todo —sentenció Cestero—. ¿Se puede saber por qué llevamos cuatro días vigilando día y noche ese portal?

Madrazo pareció extrañado por la pregunta. Por un momento, Cestero creyó que iba a confiarle por fin el motivo de la investigación, pero no tardó en comprobar que estaba equivocada.

—¿Has olvidado que eres una agente y yo un suboficial? ¿Necesitas que te explique cómo funcionan las cosas aquí, o acaso quieres volver una temporada a Arkaute? —espetó con una falsa sonrisa mientras le señalaba la puerta—. Y sabes que no es por capricho. Cualquier filtración podría poner en peligro la investigación en curso.

Cestero luchó contra el impulso de contestarle. Había aprendido que enfrentarse a sus superiores solo podía causarle problemas y trataba en lo posible de no hacerlo.

—Tiene razón, jefe. Qué absurdo es que una simple agente quiera saber qué es lo que está investigando... —soltó mientras se levantaba lentamente de la silla y se dirigía a la salida.

Si Madrazo se percató del tono irónico que imprimía a sus palabras no lo demostró, porque se limitó a sonreír complacido.

—¿Qué tal, has podido averiguar por qué estás haciendo el seguimiento? —le preguntó Aitor Goenaga en cuanto la agente regresó a su puesto.

—¿Tú qué crees? —se lamentó Cestero entre dientes.

Después encendió el ordenador y abrió su correo electrónico. Le quedaban dos horas para acabar el turno y no tenía nada mejor que hacer. Se sentía frustrada desde que la habían pasado al grupo de Madrazo. Ella, Goenaga y los otros dos agentes que estaban a cargo del suboficial no eran más que peones en un tablero de juego del que nada sabían. El único que conocía algo de la investigación en curso era el suboficial, y ellos se limitaban a hacer las labores que les mandaba sin saber siquiera a la resolución de qué caso iban encaminadas. Algunos días, y cada vez eran más frecuentes, Cestero se arrepentía de no haberse quedado en su comisaría de Rentería y lamentaba haber aceptado el ascenso que suponía el pasar a la Unidad de Investigación Criminal de Gipuzkoa.

3

27 de octubre de 2015, martes

El teléfono volvió a insistir. Era un sonido lejano y antiguo, un ring poco habitual desde que las melodías musicales se adueñaron de las señales de llamada. Leire apenas giró la cabeza hacia el lugar del que venía el timbre. Su mirada nublada dibujó levemente las formas negras de aquel viejo aparato de sobremesa que jamás decía nada. No sintió impulso alguno de levantarse para contestar. Solo se giró de nuevo hacia Iñaki y volvió a pasarle la mano por su larga mata de cabello negro.

Lo quería con toda su alma. Había sido afortunada. Tras el fracaso de su relación con Xabier después de once años de matrimonio, pensaba que no volvería a enamorarse. No quería volver a sufrir. Esta vez, sin embargo, era diferente. Iñaki no era como Xabier, ni tampoco como Iñigo, su primer novio, que siempre llevaban la mano muy suelta en busca de algún culo femenino en el que posarla. No, el hombre cuyo rostro recorría con las puntas de los dedos en la penumbra era diferente. Quizás sería verdad que a la tercera iba la vencida.

La pequeña se revolvió en su interior. Era una sensación nueva, hasta hacía menos de una semana sus movimientos no eran perceptibles.

—Tampoco hoy le encontraremos un nombre —suspiró llevándose una mano a la barriga.

Iñaki no contestó. Sus ojos cerrados transmitían serenidad. Leire le recorrió la nariz con el dedo índice. Le gustaba el hueso que se marcaba bajo su piel en el lugar donde arrancaba el tabique nasal. En realidad todo en él le gustaba. Esos labios entreabiertos, esos pectorales bien dibujados y esos brazos poderosos de tanto trabajar en el astillero y remar... El mar moldeaba los cuerpos hasta la perfección. Leire iba a echar de menos el remo. Pensaba seguir saliendo con las chicas en la trainera tres días a la semana, como siempre, pero no era lo mismo entrenar que competir. Además, antes o después se vería obligada a colgar la equipación. Ella se sentía bien, pero todas coincidían en que los últimos meses del embarazo se hacían pesados y el deporte tendría que ser sustituido por paseos tranquilos.

El ruido del motor de un coche se coló a través de la puerta cerrada. Las gaviotas graznaron irritadas conforme se lanzaban al vuelo desde la cubierta del edificio. Sus risotadas animales resonaron cada vez con más fuerza. Las visitas nocturnas las alteraban.

Leire se entretuvo unos instantes imaginando sus blancas siluetas sobrevolando el faro y volvió a centrarse en Iñaki. Le acarició el pecho desnudo y se fijó una vez más en el escaso vello alrededor de unos pezones que apenas destacaban en su piel morena. Todavía recordaba la primera vez que lo había tocado. Fue a bordo de una dorna al pie de los acantilados salvajes de Jaizkibel. Jamás olvidaría aquel día, aquellos besos apasionados y el tacto de sus músculos bajo la camiseta de tirantes empapada por la lluvia y el sudor del esfuerzo.

Unas voces se colaron en la escena. Subían hacia la puerta por las escaleras exteriores. La escritora no se extrañó de la visita. Tampoco se levantó para ir a recibirlos.

Leire no se inmutó. Solo miró hacia la entrada y volvió a bajar la vista hacia Iñaki. Esta vez le costó esquivar la mancha escarlata que ocupaba su abdomen antes de detenerse de nuevo en su rostro. Sintió que le sonreía y se inclinó para darle un beso en los labios.

Estaban fríos.

Las voces sonaban ya muy cerca. Los pasos también. Poco importaba. Ella estaba bien allí, con Iñaki. Tenían que elegir un nombre para la pequeña; porque iba a ser una niña, no necesitaba que una ecografía se lo dijera para corroborarlo.

De pronto sintió frío. Por primera vez desde que saliera de la ducha, bajó la vista hacia sí misma para descubrir que estaba desnuda. La toalla con la que se había secado precipitadamente descansaba en el suelo junto al charco de sangre que se había ido extendiendo, implacable, por todo el recibidor.

La lámpara de las escaleras, que brindaba su tenue luz a la estancia, emitió un leve guiño que acompañó al timbre de la entrada. El inquietante sonido de alguien aporreando la puerta la sobresaltó. Dirigió la mirada hacia allí, pero no se levantó. Lo siguiente fue una llave girando en la cerradura.

—¡La madre que me parió!

Un hombre de patillas ridículamente largas se había detenido junto a la puerta.

—¿Qué pasa? —se oyó tras él.

—¡Está muerto, joder! ¡Se lo ha cargado!

Conforme hablaba, el recién llegado se movió rápidamente hacia Leire y la apartó de Iñaki de un empujón.

—Ten cuidado, tiene un cuchillo —advirtió el otro acercándose a la carrera.

—Dejadme. No está muerto —protestó Leire mientras sentía que las lágrimas le abrasaban las mejillas—. Solo estamos eligiendo un nombre.

—Llama a la Ertzaintza, deprisa —ordenó el que la retenía con fuerza por los brazos.

El otro estaba agachado junto a Iñaki y observaba horrorizado el tajo en su vientre.

—¿Qué cojones le ha hecho? —logró balbucear antes de girarse para vomitar.

Leire se sentía confundida. ¿Quiénes eran aquellos dos? ¿Qué hacían en su faro? ¿Qué decían? Iñaki no estaba muerto, claro que no. Las lágrimas que velaban su mirada le impedían verlo, pero sabía que solo descansaba. Habían hecho el amor y estaba agotado, eso era todo.

—No está muerto. No lo está —sollozó una vez más mientras el alma se le partía en mil pedazos.

4

27 de octubre de 2015, martes

Los primeros efectivos de la Ertzaintza tardaron apenas unos minutos en llegar. El hiriente sonido de la sirena del coche patrulla resonó cada vez con mayor potencia conforme se acercaba por la sinuosa carretera que trepaba desde Pasaia hasta el faro de la Plata. La caprichosa orografía de la bocana, en cuyo acceso se localizaba la torre de luz, desfiguraba el sonido, que parecía proceder de la orilla opuesta. Leire sabía, sin embargo, que no era así: la policía venía al faro, a su faro, y el motivo de su visita lo tenía en su regazo.

—¡Alto, policía! ¡Contra la pared, vamos! —exclamó una ertzaina pelirroja asomándose al recibidor.

—Hemos llamado nosotros —anunció el hombre de patillas largas mostrando las palmas de las manos y dando un paso atrás.

—¡Contra la pared, he dicho! —insistió la policía apuntándoles con el arma.

Leire observaba el despliegue con expresión ausente. Se sentía en medio de una película que le era ajena.

—Vamos, levántese de ahí —le instó otro ertzaina cubriéndole el pecho con la toalla.

—Hemos tratado de que se moviera, pero apenas balbucea —argumentó el de las patillas. A su lado, con las manos apoyadas en la pared, su compañero asentía sin abrir la boca.

La pelirroja se agachó junto al cadáver y le apoyó dos dedos en el cuello. Después negó con la cabeza mientras el sonido de una nueva sirena se colaba por la puerta abierta.

—¿Qué ha pasado aquí? —inquirió girándose hacia los

mecánicos para cachearlos—. ¿Qué es esto? —inquirió palpando el bolsillo del mono de trabajo de uno de ellos.

—Destornilladores y llaves de tubo —explicó el técnico. Somos operarios del puerto. Hemos subido a cambiar la bombilla del faro. Hace horas que un barco ha dado aviso de que está fundida y hemos tratado de contactar con Leire para que la cambiara, pero no contestaba al teléfono. Al entrar... Bueno, ya lo veis.

—Tendréis que acompañarnos a comisaría —anunció la ertzaina.

Su compañero embolsó el cuchillo ensangrentado que había junto al cadáver y se giró hacia la puerta para recibir a dos nuevos policías.

—Acompañad a estos dos hombres al coche patrulla. Hay que llevarlos a testificar —les ordenó antes de señalar hacia las escaleras—. Voy a subir. Que alguien me cubra.

La ertzaina se agachó junto a Leire.

—¿Qué ha pasado aquí? —le preguntó.

La escritora se encogió de hombros y negó con la cabeza. Las lágrimas volvieron a nublar su visión, y aquella policía de gesto serio se diluyó en una mancha borrosa.

—¿Quién es este hombre? —insistió la agente.

—Iñaki, mi novio —musitó Leire con un hilo de voz. Sus manos acariciaban su vientre desnudo.

—Llegan los sanitarios —anunció un ertzaina asomándose por la puerta abierta.

—¿Habéis discutido? ¿Te ha pegado? ¿Qué ha pasado?

—No lo sé —sollozó Leire—. Me estaba duchando y... No sé. —Su voz estaba quebrada por el dolor—. ¿Qué le han hecho? Iñaki...

—Estás embarazada —murmuró la ertzaina apoyándole una mano en la frente—. ¿Te encuentras bien?

Las oscilantes luces de una ambulancia se colaron en el recibidor. Los anticuados cuadros que el anterior farero dejó allí colgados se tiñeron de naranja y parecieron aún más antiguos.

—¿Se puede hacer algo? —preguntó el médico al llegar al escenario. Él mismo negó con la cabeza al ver el vientre desgarrado de la víctima y el charco de sangre que se extendía bajo el cuerpo inerte. De todos modos, se agachó en vano a tomarle el pulso.

—Esta mujer está embarazada. Hay que llevarla al hospital. Se encuentra en estado de shock —apuntó la agente. Esperad, voy a buscar algo de ropa.

—Leire Altuna, la escritora —comentó el sanitario reconociéndola.

Leire se negó a levantarse.

—Quiero estar aquí, con él —murmuró señalando a Iñaki con el mentón. De algún modo, la visión de su rostro le contagiaba serenidad.

—No, cariño. Tienes que ir con ellos. Necesitas cuidarte para cuidar de tu pequeño —explicó la ertzaina regresando del piso superior con unos pantalones y una camiseta de manga larga.

—Pequeña —corrigió Leire—. Es una niña.

—Venga, acompáñalos. Te van a llevar al hospital —insistió la pelirroja ayudándola a vestirse.

—¿Qué ha pasado? —preguntó el médico.

La ertzaina se giró hacia él con cara de circunstancias.

—Todavía no lo sé, pero podría haber sido ella. Comprobad que no presente marcas de maltrato físico. Podría haberlo hecho para defenderse.

Después colocó unas esposas alrededor de las muñecas de Leire. La escritora no opuso resistencia. Solo observó por última vez el rostro tranquilo de Iñaki.

—¿Seguro que no podéis hacer nada? —preguntó sin girarse hacia el médico.

—Lo siento, Leire —se disculpó el sanitario pasándole la mano por la espalda.

El policía que había subido a inspeccionar los pisos superiores bajó con el teléfono en la mano.

—El forense está en camino —anunció clavando la vista en el cadáver.

—Acompáñala al hospital. Alguien tendrá que custodiarla. Está detenida —le indicó su compañera—. Yo me quedaré a esperar a los de Investigación.

El ertzaina asintió guardando el teléfono.

—Vamos —ordenó volviéndose hacia Leire—. A la ambulancia.

—No. Quiero estar con él. —La idea de tener que apartarse de Iñaki, de no volver a verlo jamás, le resultaba desgarradora—. Dejadme, por favor. Mi sitio está aquí.

—A la ambulancia —insistió el agente apoyándole una mano en la espalda y empujándola hacia el exterior.

—Con cuidado —se interpuso el doctor apartando al policía—. Está embarazada y acaba de sufrir un duro golpe. Vamos, acompáñame al hospital. Tenemos que comprobar que todo vaya bien con tu bebé.

El silencioso sirimiri recibió con frialdad a la escritora en cuanto puso un pie fuera del faro. Los osciloscopios de la ambulancia y el coche patrulla teñían el paisaje cercano de nerviosos tonos naranjas y azules. Más allá todo estaba negro y ni siquiera la luz amiga del faro de la Plata brillaba para contagiarle un atisbo de esperanza.

Solo entonces, lejos ya de Iñaki, comprendió realmente que jamás volvería a verlo con vida. Intentó llevarse las manos a la barriga para proteger de la verdad a su pequeña, pero unas frías esposas las mantenían ligadas a su espalda. Víctima de la desesperación más absoluta, Leire Altuna alzó la vista hacia el cielo sin estrellas y dejó escapar un grito desgarrador desde lo más profundo de su corazón roto.

5

28 de octubre de 2015, miércoles

Ane Cestero observó la pizarra blanca colgada sobre la cama. El nombre de Leire garabateado a rotulador junto a varios símbolos de difícil interpretación dejaba poco lugar a dudas. El rostro ajado por la tristeza que se giró hacia ella, abandonando las vistas del monte Adarra que se colaban por la ventana cerrada, tampoco. La escritora parecía haber envejecido de golpe. Nadie hubiera dicho que tenía solo treinta y siete años. Sorprendía ver sus hombros, habitualmente rectos, fruto del deporte al que era asidua, tan encorvados hacia delante.

—¿Cómo estás? —preguntó la ertzaina acercándose a tomarle la mano.

Leire negó con la cabeza al tiempo que intentaba, a duras penas, mostrar una sonrisa que no sentía. Las lágrimas inundaron sus ojos color avellana otorgándoles una apariencia de vida de la que carecían.

—¿Han podido hacer algo por Iñaki?

—Lo siento muchísimo —trató de consolarla Ane—. No tires la toalla. Tu bebé te necesita. Tienes que ser fuerte. ¿Me oyes?

El rostro de la escritora era el de la desolación más absoluta. No parecía el de una psicópata, aunque eso nunca se sabía. A sus veintiséis años, Cestero había visto demasiados horrores, muchos más de los que imaginaba cuando decidió hacerse policía.

—Me trajeron esposada. ¿Cómo iba a hacerle yo algo así a Iñaki?

Cestero tampoco se había sentido cómoda teniendo que dar explicaciones a los dos uniformados que custodiaban la entrada de la habitación. Estaba harta de tener que explicar que ser ertzaina no estaba reñido con llevar un *piercing* en la nariz y un tatuaje como el que se había hecho ese verano en el cuello. El reglamento solo hablaba de mostrar un aspecto aseado y correcto.

—Lo siento. Es el protocolo. Desgraciadamente es todo demasiado confuso —se disculpó—. Tú ahora descansa. Lo necesitas.

El abrazo que le dio a la escritora tardó unos segundos en ser correspondido. Cuando lo hizo, llegó acompañado de unos apagados sollozos.

—Lo quiero con toda mi alma. Yo no le hice nada —balbuceó Leire derramando unas lágrimas en la nuca de la policía.

—Claro que no. ¿Te había pegado Iñaki alguna vez? —preguntó Cestero.

La mirada herida que le dedicó la escritora le hizo desear no haber abierto la boca. Esa era una de las hipótesis que se barajaban para explicar el asesinato. Una Leire cansada de malos tratos que hubiera actuado a la defensiva.

—¿Pero qué estás diciendo? —Los segundos discurrieron despacio, amplificando el silencio que la ertzaina estuvo tentada de romper para disculparse—. Iñaki nunca me haría daño.

Las lágrimas empapaban su rostro y Cestero supo en el acto que eran más debidas a la rabia que sentía que a la propia tristeza.

—Perdona. Debemos tenerlo todo en cuenta.

Leire no contestó. Volvió a perder la vista en el paisaje. El monte Adarra, con su inconfundible forma piramidal, se alzaba sobre unos valles tapizados de verde y salpicados de casitas solitarias. Las escasas nubes recorrían el cielo arrastradas por el viento sur, que creaba un remolino de hojas secas junto a la carretera de servicios del hospital, que se veía en primer plano.

—¿Cómo está tu pequeño? —preguntó Cestero intentando volver a romper el hielo.

—Está muy bien. Es una niña. La he visto en la ecografía.

—Tienes que ser fuerte —comentó la ertzaina apoyándole una mano en el hombro—. Por ella.

Una voz de mujer llamó su atención hacia la puerta. También Leire la había oído.

—Es mi madre —anunció la escritora.

—Dejadme pasar. Es mi hija... ¿Qué le han hecho? —Las palabras llegaban apagadas, aunque eran perfectamente comprensibles.

—No le dejarán entrar. Estás detenida —explicó Cestero.

La escritora torció el gesto.

—Solo un momento. Estará muy preocupada. Que vea que estoy bien —rogó tratando de incorporarse.

La ertzaina le apoyó la mano en el hombro para obligarla a continuar en la cama.

—No. Pronto podrás recibir visitas. Hoy todavía no. ¿Te han dicho que puedes hacer una llamada? —indicó señalando hacia la puerta. Tras ella seguía oyéndose una discusión.

—Es tan injusto que me detengan por el asesinato del amor de mi vida —se lamentó Leire antes de sumirse en un largo silencio. Después apretó los labios en una mueca de tristeza y miró fijamente a Cestero—.¿Y si le clavé yo el cuchillo, Ane? —Los ojos de la escritora mostraban de pronto un temor irracional.

La ertzaina tragó saliva antes de hablar. Le costó dar con las palabras oportunas.

—Es normal que estés confundida —dijo por fin—. No se puede esperar menos después de lo que has vivido. Debes descansar. ¿Has podido dormir esta noche?

Leire se encogió de hombros. Al otro lado de la puerta ya no se oía nada.

—No sé. ¿Qué importa eso ahora? —Sus labios temblaban con cada palabra que lograba pronunciar—. Todos se empeñan en que duerma. Me dan pastillas. ¿Y de qué servirá? ¿Estará Iñaki conmigo cuando despierte?

—Descansa. Lo necesitas. Después pasarán a tomarte declaración y es mejor que tengas la mente despierta —le indicó Cestero acariciándole el brazo.

—No quiero dormir. Solo quiero entender lo que sucedió. —El llanto entrecortaba sus palabras.

La ertzaina dejó vagar la vista por la ventana. Muchos árboles se habían despojado ya de sus hojas, pero otros pintaban el paisaje con tristes notas amarillas.

—Cuéntame lo que recuerdes. Todo —le pidió girándose de nuevo hacia ella—. Cualquier detalle puede ser importante.

Leire entrecerró los ojos, como quien busca en unos recuerdos demasiado lejanos.

—Yo estaba en la ducha. Iñaki, en la cama. Hablábamos de nombres para la niña... —explicó ahogando un sollozo.

Cestero mostró un gesto de extrañeza.

—Según el forense, el crimen se produjo hacia las seis de la tarde. ¿Seguro que Iñaki estaba en la cama?

La escritora se giró incómoda.

—Acabábamos de hacer el amor.

—Perdona —musitó Cestero apartando la mirada—. Sigue, por favor.

La escritora se volvió de nuevo hacia la ventana.

—Escuché un lamento y, cuando salí de la ducha, Iñaki ya no estaba en la cama. Me pareció raro porque su ropa seguía allí amontonada. Por más que lo llamaba no me respondía.

—¿Un lamento?

—Un grito... No sé, algo así.

—¿Oíste algo más? ¿Algún ruido, golpes, puertas...?

Leire negó con la cabeza antes de mantenerse pensativa unos instantes.

—Me pareció oír un golpe. Creo que era Iñaki derrumbándose. No sé... Estaba muy asustada.

—¿Qué hiciste entonces?

—Bajé. Bajé al piso de abajo. Me recuerdo aferrada a la barandilla, aterrorizada.

—¿Y...?

Leire movió la cabeza en señal de negación. Su ondulada melena castaña, habitualmente recogida en una cola de caballo, se movió a un lado y a otro. Sus labios se apretaron en un rictus de tristeza antes de volver a abrirlos.

—Y nada más. A partir de ahí todo está negro. Lo siguiente que recuerdo es verme sentada en el suelo con Iñaki y sangre por todas partes. Los empleados del puerto, los policías... Su rostro estaba tan tranquilo... ¿Seguro que no pueden hacer nada por él?

Sus lágrimas parecían sinceras. Tanto como su mirada perdida y rota.

—¿Y antes? —preguntó Cestero—. ¿Qué hicisteis antes de tener sexo? ¿Ocurrió algo fuera de lo común ayer, algo que pueda darnos alguna pista?

Leire exhaló un suspiro.

—Tenía que haber sido un día especial. Presenté mi nueva novela en Donostia. Un encuentro con la prensa. Iñaki me acompañó. Después fuimos a comer con mi editor. Fue al volver al faro cuando nos acostamos.

—¿Y el editor?

—Se marchó al salir del restaurante. Regresaba a Barcelona.

Cestero mordió pensativa el *piercing* que llevaba en la lengua.

—¿Y en los días previos? ¿Recuerdas algo extraño? ¿Te comentó algo Iñaki?

Leire Altuna se llevó las manos a la tripa y la acarició lentamente.

—No sé. No entiendo nada —reconoció rompiendo a llorar de nuevo.

La ertzaina comprendió que no podía continuar interrogándola en su situación

—Es vital que puedas recordar lo que ocurrió en el faro ayer por la tarde —anunció pasando suavemente la mano por el hombro de Leire—. Déjame que haga unas consultas. Hay psicólogos excelentes que colaboran con nosotros en la resolución de casos. Creo que sería bueno que hablaras con alguno de ellos. —Al contrario de lo que esperaba, Leire asintió con la cabeza—. Ahora descansa. Vas a necesitar toda la fuerza que puedas reunir.

—¿Llevarás tú el caso? —quiso saber Leire.

Cestero sintió la pregunta como un puñetazo en el estómago. Cuando se incorporó a la Unidad Territorial de Investigación se imaginaba dirigiendo casos como aquel. Sin embargo, se pasaba los días haciendo seguimientos de dudosa efectividad, casi siempre sin saber siquiera con qué fin los realizaba.

—De momento lo lleva la comisaría de Rentería. Si deciden dejarte libre de cargos, nos lo pasarán a nosotros. Ellos no tienen suficientes agentes para ocuparse de un caso así.

Leire asintió volviendo a dirigir la vista hacia el Adarra.

—Yo no le hice daño —apuntó sollozando.

La ertzaina le acarició la cabeza con un nudo en la garganta. Leire Altuna era su amiga. Su colaboración había sido crucial para desentrañar casos que parecían imposibles. Le dolía verla ahora tan perdida y sometida al tormento de saberse sospechosa de haber matado a quien más quería.

—Claro que no lo mataste —le aseguró con el tono más convincente que pudo—. Y te prometo que daremos con el asesino.

6

2 de noviembre de 2015, lunes

El comisario Ion García observaba a su menguado equipo. Cuatro agentes, solo cuatro, que permanecían sentados tras sus ordenadores. Lejos quedaban los días en que aquella sala con doce puestos de trabajo estuvo llena. El veto a la contratación de funcionarios impuesto por el gobierno estaba resultando especialmente duro para su comisaría. De los tres grupos de investigación con los que contaba cuando relevó a Antonio Santos, solo le quedaban dos. Además, en lugar de contar con cuatro agentes en cada uno de ellos, solo disponía de dos policías. Los demás o se habían jubilado o se encontraban liberados para aprender euskera.

—Vamos a ver... ¿Qué tenemos hasta ahora? —inquirió con las nalgas apoyadas en la mesa y los brazos cruzados.

Uno de los agentes abrió un cajón y extrajo una bolsa de plástico transparente con el arma homicida.

—No hemos encontrado huellas en la empuñadura —explicó dejando el cuchillo sobre la mesa.

García asintió antes de abrir la boca.

—El asesino empleó guantes.

—O una pieza de ropa. Una toalla, por ejemplo —añadió Marta—. Por otro lado, nadie forzó la cerradura. Me inclinaría a pensar que el agresor estaba dentro.

—¿Y si fue alguien con acceso a las llaves? —indicó el mismo que había sacado el cuchillo.

—Sí, pero no olvides que el arma homicida tampoco llega de fuera —intervino su compañera—. Es uno de los cuchillos de la cocina del faro.

—Vaya, que tú tienes una sospechosa clara —señaló García dirigiéndose a la agente.

—Alguien que estuviera dentro del edificio —aclaró Marta.

—Pues solo estaban ellos dos —sentenció García girándose hacia el ordenador que había a su espalda. Moviendo el ratón, buscó un mensaje en la bandeja de correo electrónico.

—Según el forense, el cuchillo entró limpiamente en el tórax izquierdo, en busca del corazón. Solo una entrada, pero suficiente para matarlo. Parece que sabía muy bien lo que hacía. Lo de practicarle el corte en la tripa fue post-mortem.

—La víctima era un tío joven y deportista. ¿Cómo iba a matarlo de forma tan certera una mujer? —José hablaba por primera vez y no se inmutó ante la mirada furibunda que le lanzó Marta.

—Una mujer que también es joven y deportista —recalcó la agente.

—Y que está embarazada. No olvides ese detalle. Una mujer preñada no es tan hábil —le discutió José negando con el dedo.

García asistía interesado a la conversación. Era de discusiones así de donde salían a menudo las resoluciones a los casos. Por eso había querido reunir a ambos equipos de investigación. Necesitaba escuchar los argumentos de todos y que ellos se oyeran entre sí. Sin embargo, en esta ocasión él contaba con la opinión de alguien a quien otorgaba un crédito especial. No en vano Ane Cestero fue dos años atrás quien resolvió el caso del Sacamantecas y le permitió colgarse su primera medalla como responsable de la comisaría de Rentería. Y si ella defendía la inocencia de Leire Altuna, sus argumentos pesaban bastante más que los de todos sus agentes juntos. Ojalá todavía la tuviera en su equipo. Lástima que con los buenos siempre ocurriera igual y acabaran destinados a las unidades centrales de investigación.

—¿Qué motivos podría tener una mujer, embarazada de casi cinco meses y aparentemente feliz, para matar a su pareja? —preguntó dirigiéndose especialmente a Marta.

La agente apretó los labios y asintió levemente.

—Ese es el gran dilema. El forense no ha encontrado signo alguno de maltrato. ¿Y si ha descubierto de pronto que el padre de su bebé tiene una amante? O quizás estemos ante una locura transitoria... —sugirió encogiéndose de hombros.

—Chorradas —zanjó José en voz baja—. Esa es una excusa barata que se sacan de la manga los abogados.

—A ver cuál es tu teoría —se le encaró Marta—. Si ni siquiera ella parece segura de no haberlo matado...

Su compañero se limitó a negar con la cabeza.

—Hemos enviado a nuestra mejor psicóloga a hablar con la sospechosa —explicó el comisario—. ¿Y sabéis qué dice? Que Leire Altuna sufre amnesia disociativa. Se trata de una estrategia de la mente para protegerse de algo tan traumático como el asesinato de un ser querido. Sin embargo, no cree en la posibilidad de una locura transitoria. No va con su personalidad. Si lo mató, era perfectamente consciente de lo que hacía.

No lo expresó en voz alta, pero era en ese punto donde Cestero había logrado convencerlo de que la farera no había sido. Leire Altuna quería a su pareja y no tenía motivo alguno para acabar con su vida.

—Podría estar fingiendo esa amnesia. ¿Y si recuerda perfectamente que lo asesinó pero finge no hacerlo para que no podamos inculparla? —aventuró Marta.

—¿Y no sería más fácil negarlo todo y dejarse de amnesias? —planteó García abriendo las manos para remarcar lo que le parecía evidente.

Un incómodo silencio siguió a sus palabras.

—Ella no ha sido —sentenció José—. No tiene ninguna lógica tanto requiebro. Lo mata sin querer y se queda allí sentada junto al cadáver sin recordar si lo ha matado ella o alguien que pasaba por allí. Venga, hombre... ¿No veis que no puede ser?

García asintió sin poder evitar una sonrisa. Le gustaba la claridad con la que José hablaba de los casos. El acento extremeño que todavía se le colaba ponía su nota campechana en un hombre que llevaba toda la vida en Rentería y al que echaría de menos cuando se jubilara en febrero.

—Creo que es suficiente —anunció apartando las nalgas

de la mesa—. No podemos mantener los cargos contra Leire Altuna. Ni siquiera tenemos sus huellas en el arma homicida y lo único que la vincula con el crimen es que estaba en el mismo edificio que la víctima. Quedará en libertad y asumiremos que no tenemos al asesino. Ya sabéis lo que eso significa: a partir de este momento será la Unidad Territorial de Investigación quien se ocupe del caso.

La contrariedad que leyó en los rostros de sus agentes no le sorprendió. Tampoco él se sentía satisfecho teniendo que derivar a esos estirados de la comisaría de Oiartzun un caso que le habría gustado resolver. Maldijo para sus adentros la escasez de recursos humanos a la que los tenía sometidos un gobierno que poco sabía de los problemas del día a día de los ciudadanos. En otros tiempos la comisaría de Rentería habría podido hacerse cargo de una investigación de semejante envergadura. Ahora, en cambio, el protocolo les obligaba a quitarse de en medio siempre que no hubiera un asesino conocido.

—Es injusto —protestó Marta en voz alta.

García no respondió. Claro que lo era. Sin embargo, o cambiaban las circunstancias o estaban condenados a ocuparse solo de casos secundarios.

7

2 de noviembre de 2015, lunes

—¿Qué hacen estos aquí? —Leire observaba con incredulidad el coche patrulla de la Ertzaintza aparcado al pie del faro. Esa vigilancia de sus movimientos ya la había vivido cuando el Sacamantecas abandonó el cadáver de Amaia Unzueta junto a la torre de luz y el comisario Antonio Santos la convirtió en la principal sospechosa del crimen.

—Esta vez es diferente. Solo intentamos protegerte a ti —trató de calmarla Cestero mientras apagaba el motor de su Renault Clio—. Deberías plantearte mudarte a un lugar más seguro. No puedes seguir viviendo en un faro tan apartado. ¿Por qué no te...?

—Es mi casa —zanjó Leire girándose hacia el asiento trasero para coger la bolsa de plástico donde la enfermera había introducido su ropa sucia—. No pienso moverme de ella. Sabré defenderme, no te preocupes. Además, ¿no crees que si hubiera querido hacerme daño habría aprovechado que estaba en la ducha para hacerlo? Lo tenía muy fácil, demasiado fácil. Iba a por Iñaki, no a por mí.

La seguridad que mostraba era solo un delicado vestido que apenas cubría la preocupación que realmente sentía. También ella se había planteado que el faro no era el lugar más seguro para vivir mientras el asesino anduviera suelto.

—Quizás algo le obligó a abandonar el escenario sin poder completar su plan. No podemos descartarlo. Hay un evidente guiño al caso del Sacamantecas. Yo no estaría tan segura de que el asesino no va a por ti... Hazme caso y búscate otro lugar en el que vivir mientras no lo detengamos. No estás segura ahí. —Cestero apuntaba con la mano hacia el faro a través del parabrisas. Algunas gotas de agua se resistían a desaparecer de él, pero ya no llovía.

Leire asintió sin convencimiento y abrió la puerta del vehículo. No tenía ganas de seguir hablando del tema. Tampoco ella se sentía especialmente ilusionada ante la perspectiva de pasar varias veces al día por aquel recibidor donde Iñaki yaciera destripado, pero era su casa y tendría que aprender a vivir con ello. ¿Adónde iba a ir si no? Su situación financiera era dramática y no podía permitirse pagar un alquiler. Tampoco era algo que le apeteciera compartir con Cestero. Ni con ella ni con nadie, porque se sentía avergonzada de no haberse parado a leer bien las cláusulas de los contratos.

—Gracias por todo, Ane.

Cestero no estaba dispuesta a rendirse tan fácilmente.

—Si no te mudas, tendrás que acostumbrarte a ver una patrulla aquí día y noche. No vamos a dejarte sola en un lugar tan expuesto. No mientras no detengamos al asesino —dijo apeándose también del coche—. Déjame que te acompañe.

—Mi madre ya ha llegado —comentó Leire fijándose en que se veía luz tras la ventana de la cocina.

—Ha estado durmiendo en Getxo, con tu hermana. Hasta esta tarde no hemos levantado el precinto policial del faro —apuntó Cestero tamborileando a modo de saludo en la ventanilla del coche patrulla. El policía que ocupaba el asiento del conductor levantó la mirada del teléfono móvil y le sonrió.

—Amparo la habrá echado de menos —comentó la escritora.

Todavía no hacía un año que su madre se había mudado al faro a vivir con ella. Con su llegada, que coincidió con la de Iñaki, Leire vio de pronto cómo cambiaba su día a día. El vértigo inicial de pasar de vivir sola a hacerlo tan acompañada cedió pronto. Al fin y al cabo, Irene se pasaba buena parte del día en la Bodeguilla, donde trabajaba para Amparo atendiendo el concurrido mostrador de ultramarinos. Eso por no contar las dos veces a la semana que asistía a las reuniones de Alcohólicos Anónimos ni el día que se le iba la tarde en la iglesia.

Apenas había puesto el pie en el primer escalón que llevaba a la puerta cuando el faro se encendió. La luz guía, que llevaba más de cien años guiñando el ojo a los barcos que navegaban por el golfo de Bizkaia, parecía saludarla tras su ausencia. Leire alzó la vista más aún. El cielo mostraba un lánguido tono gris que comenzaba a fundirse a negro. Unas leves pinceladas rosáceas pintaban las nubes por el oeste, allá donde el lejano cabo de Matxitxako cerraba el horizonte.

Respiró conscientemente por primera vez en varios días y sintió que los pulmones se le llenaban con el frescor de la noche. Olía a lluvia, a hierba mojada y a salitre; olía al faro de la Plata.

—¿Del brazo ya estás bien? —le preguntó Cestero señalándoselo.

Leire tardó en comprender que se refería a la fractura sufrida en Zugarramurdi meses atrás.

—Ni me acordaba... Sí. Algunos días todavía me molesta, aunque ya puedo hacer vida normal —explicó flexionando y estirando el codo repetidas veces.

—Me alegro. —Cestero le apoyó la mano en la espalda—. Cuídate mucho y pide ayuda a mis compañeros a la más mínima sospecha de que alguien anda merodeando por aquí. Su misión es protegerte —le dijo mientras Leire pulsaba el timbre.

La escritora movió afirmativamente la cabeza y correspondió con una sonrisa forzada a las indicaciones de la ertzaina.

El rostro de su madre se asomó a la ventana de la cocina y corrió a abrirle. Tardó unos instantes en hacerlo porque había cerrado con llave.

—Si recuerdas algo de lo que sucedió, avísame —advirtió Cestero mientras se abría la puerta. Después le dio un beso en la mejilla y se giró para alejarse escaleras abajo.

—¡Mi niña! —exclamó Irene abrazando a su hija—. ¿Cómo estás? Lo siento tanto...

Leire se mordió el labio pero no pudo evitar que las lágrimas le nublaran la vista.

—¿Y la pequeña? —insistió su madre apoyándole las manos en la barriga—. ¿Está todo bien? No me dejaron entrar a verte. Estaba tan preocupada... Menos mal que me llamaste, creía que me estaban mintiendo y que también te habían hecho algo.

—Está todo bien, *ama*. Ya estoy en casa. —Leire pestañeó para aclararse la vista y observó el recibidor con aprensión. No había nada que delatara lo que había ocurrido allí hacía apenas una semana. Al contrario de lo que esperaba, no se vino abajo. Era como si aquello que todavía recordaba tras un velo de irrealidad hubiera ocurrido lejos de allí y no en esa pequeña estancia del faro de la Plata.

Irene volvió a abrazarla. Esta vez con más fuerza.

—¿Quién ha sido, hija? ¿Quién quería tan mal a Iñaki? —Su voz sonaba angustiada, cargada de incertidumbre—. Es horrible, cada vez que doy un paso por el faro me acuerdo de él... Me recuerda tanto a lo de tu padre. Un día de repente ya no estaba... Tienes que ser fuerte, cariño.

La escritora sintió que toda la entereza que había logrado apuntalar en las últimas horas se venía abajo. Iba a ser muy difícil acostumbrarse a vivir sin Iñaki. Todo en el faro, todo en Pasaia, le recordaría a él. ¿Cómo podría levantarse cada día y darse cuenta de que su lado de la cama estaba vacío? ¿Cómo iba a explicarle a la pequeña que llevaba en la barriga que su *aita* no había llegado a conocerla? Era tan injusto, tan insoportable...

—Se está quemando algo —anunció Leire alertada por el aroma acre que flotaba en el ambiente.

—¡El conejo! —Irene se secó las lágrimas con el delantal y se perdió a toda prisa en la cocina.

Leire la siguió por si necesitaba ayuda, pero se detuvo extrañada junto a la puerta. Algo en la reacción de su madre no encajaba. En lugar de dirigirse a la cazuela humeante sin perder un segundo, se había ocupado de guardar algo en un armario antes de apartar el guiso del fuego. Un gesto tan banal en cualquier otra persona solo podría tener un significado en el caso de Irene.

—¿Se ha quemado? —inquirió Leire aproximándose.

—Solo un poco. Ahora le echo un poquito de agua y listo.

Suerte que te has dado cuenta antes de que fuera tarde. Si es por mí, nos quedamos sin cena.

—Tampoco tengo mucha hambre —apuntó Leire estirando el brazo hacia el pomo del armario.

Irene sostenía la cazuela por una de las asas y la sacudía para que el agua ligara la salsa que se había aferrado al fondo.

—Ya lo sé, pero tienes que comer. Por ti y por la pequeña —indicó girándose hacia su hija. Sus palabras se le helaron en los labios al reparar en que Leire había abierto el armario.

—¿Qué hace aquí esta ginebra?

En la botella todavía quedaban dos terceras partes. Afortunadamente, había llegado a tiempo. Una hora más y se habría encontrado a su madre tirada en el suelo.

—Es... Es para cocinar. La he echado al conejo —musitó Irene señalando la cazuela.

—Al conejo se le echa vino blanco, y en esta casa ni siquiera eso está permitido —se le encaró Leire destapando la botella y acercándosela a la nariz. Efectivamente era ginebra. Después vertió el contenido por el fregadero. Se sentía hastiada, sin fuerzas para continuar enfrentándose a aquel problema.

Irene observaba con los ojos muy abiertos el chorro transparente que se perdía por el desagüe inundando la cocina con su característico olor a enebro.

—Lo siento, lo siento tanto... —lloriqueó sin dirigir la mirada hacia Leire—. Lo de Iñaki me ha removido demasiados recuerdos. Tu padre...

—Basta, *ama*. No empieces —le pidió la escritora comprobando que Irene mostraba signos de ebriedad. Estaba tan impresionada por volver al faro que hasta ese momento no había sido capaz de darse cuenta de que estaba bebida. Tampoco del olor a ginebra que desprendía su aliento—. Creía que la vergüenza a la que nos sometiste a todas meando en medio de la Bodeguilla mientras los clientes se partían de risa iba a ser la última. Me juraste que nunca más beberías y mira lo que escondías en el armario.

—Entiéndelo, cariño. Esto está siendo muy duro para mí —balbuceó su madre dirigiéndole una fugaz mirada. La caída de sus párpados y la lentitud con que trataba de vocalizar cada sílaba delataban su estado de embriaguez.

Leire sintió que la rabia le inundaba una vez más los ojos. Durante veinte años, su madre se había escudado en la tristeza por la muerte de su marido para beber. No pensaba permitir que ahora hiciera lo mismo con la de Iñaki.

—Ni se te ocurra. ¿Me oyes? Ni se te ocurra aprovecharte de esto para volver a instalarte en tu victimismo alcohólico —le espetó alzando el dedo a modo de advertencia. Al sentir que una lágrima comenzaba a rodar por su mejilla derecha, se giró y salió de la cocina. No quería que su madre la viera flaquear en un momento así—. Bastante me han destrozado la vida como para que sigas complicándomela.

Las escaleras la llevaron rápidamente hasta su habitación, donde se dejó caer en una cama que de pronto se le antojó enorme para ella sola. Enorme y fría. La almohada todavía conservaba el olor de Iñaki y la abrazó con fuerza mientras las lágrimas empapaban su recuerdo.

8

3 de noviembre de 2015, martes

La puerta metálica emitió un zumbido sin que Ane Cestero llegara a pulsar el timbre. Alzó la vista hacia la cámara que controlaba el acceso y saludó con la mano. No le hizo falta esforzarse mucho para imaginar a Artazu sentado en su particular Gran Hermano con una decena de monitores delante. Cuando era él quien estaba en el control de cámaras, no ocurría nada alrededor de la comisaría sin que lo supiera. Ojalá todos fueran tan meticulosos con su trabajo.

—*Egun on* —saludó a un compañero que bajaba por las escaleras con una carpeta en la mano.

—Hola, Cestero. Anda Madrazo preguntando por ti —anunció el ertzaina sin detenerse.

La joven se llevó la mano al bolsillo y consultó la hora en el móvil. Llegaba veinte minutos tarde. Tendría que tomar medidas para no quedarse dormida cada vez que le tocaba turno de mañana. Ni siquiera recordaba haber detenido el despertador para seguir durmiendo. Subió las escaleras de dos en dos con una creciente sensación de vergüenza.

—Ahí tienes a tu jefe. Te buscaba —le indicó Urdanibia, el suboficial que comandaba otro de los grupos—. Os han pasado el caso del crimen del faro. Ya podéis luciros, algo tan mediático es un regalo envenenado. Si lo hacéis bien, os caerán muchas palmadas en la espalda; si la cagáis, se os van a echar al cuello.

Cestero no perdió el tiempo en responder. Empujó la puerta de la sala de trabajo y se dio de bruces con la mirada displicente de su superior.

—Aquí tenemos a la bella durmiente —celebró Madrazo en cuanto la vio entrar—. A ver qué excusa nos cuenta hoy... Es igual, no nos demoremos más. Nos han pasado el caso del faro y la prensa está desatada. No hay un minuto que perder.

Alrededor del suboficial se encontraban los tres agentes que compartían grupo con Cestero. Zigor y Aitor se limitaron a saludarla con una sonrisa de apoyo. Letizia, en cambio, olvidó cualquier atisbo de simpatía. Lo contrario hubiera sido extraño. Estaban todos de pie, junto a una cajonera alta sobre la que había una carpeta abierta. Alguien había arrastrado hasta allí el caballete que sostenía la pizarra.

—Vamos a ver lo que tenemos hasta ahora —señaló el suboficial acercando un rotulador a la superficie blanca—. Cuando la patrulla llegó al escenario, encontró un hombre apuñalado al que, además, habían rajado el abdomen. Junto a él estaba su pareja, en claro estado de shock y con las manos ensangrentadas. —Sin dejar de sostener en una mano el resumen que le habían pasado los de Rentería, Madrazo garabateaba nombres y trazaba flechas en la pizarra ante el asombro de Cestero, poco acostumbrada a que su jefe compartiera tantos aspectos de la investigación con ellos—. Los otros dos hombres, empleados de mantenimiento del puerto, fueron quienes dieron la voz de alarma. El arma homicida estaba a los pies de la mujer.

—Vaya, que ya tenemos a la principal sospechosa. ¿No? —le interrumpió Zigor.

—Demasiado evidente. Si estás en la Unidad Territorial de Investigación es porque sabes que cuando algo parece tan claro no es real —intervino Letizia en tono condescendiente.

Cestero reconoció para sus adentros que tenía razón. Sin embargo, había algo en su manera de expresarse que la irritaba. Cada vez que abría la boca dejaba claro, de una forma o de otra, que ella era agente primera mientras que Ane y los dos hombres del equipo eran solo agentes de base. Técnicamente era su superiora, un cargo intermedio entre ellos y el suboficial, aunque Madrazo la ninguneaba como a los demás.

—¿Cuál sería el móvil en el caso de que hubiera sido Leire Altuna? —le preguntó Madrazo a Zigor.

—¿Hay alguna denuncia previa por violencia de género? Tal vez... —comenzó a decir el agente. Su barba poblada contrastaba con unas entradas generosas tras las que los cabellos blancos eran mayoría. Sin embargo, tras Cestero, y a sus treinta y dos años, era el más joven del grupo.

—Nada. Eso ya lo han descartado los de Rentería —zanjó el suboficial—. En el hospital la sometieron a un examen minucioso y no dieron con signo alguno de violencia.

—No ha sido Leire Altuna. —Cestero se arrepintió de ser tan tajante, pero tras hablar con la psicóloga que había atendido a la escritora estaba aún más convencida de su inocencia.

—Estás demasiado segura, ¿no? —se le encaró Letizia. Su camiseta se ceñía en exceso a su pecho generoso y se convertía en un imán para la mirada. La sensación de que la talla de la ropa le iba demasiado pequeña no era una excepción aquel día. Sus tetas operadas traían loca a gran parte de la plantilla de la comisaría. No había más que ver el examen visual al que la sometían muchos al cruzarse con ella y oír algunos comentarios de gusto dudoso para saber que la agente primera lograba llamar la atención. Y había que reconocer que no todo era producto del bisturí, porque sus rasgos eran armónicos y tenía unos sensuales labios carnosos.

Cestero iba a abrir la boca para explicarse cuando Madrazo lo hizo por ella, y en su tono se adivinó cierto recochineo.

—La conoce. Hace unos meses, cuando nuestra querida Ane se fue a la comisaría de Erandio a hacer las Américas, permitió que Leire Altuna se inmiscuyera en la investigación del crimen aquel de la chimenea. —El suboficial hizo una pausa al tiempo que asentía con gesto serio—. ¿Hasta qué punto se podría decir que sois amigas? Ya sabes que eso te obligaría a renunciar al caso.

Cestero apartó la mirada hacia la pizarra. No le gustaba que le recordaran su paso por la Unidad Central de Investigación. A pesar de haber logrado atrapar al asesino del parque bilbaíno de Etxebarria, otros se las arreglaron para minimizar su aportación y se volvió a Oiartzun con una sensación más amarga que dulce.

—No somos amigas —mintió. No pensaba quedarse fuera de aquel caso—. Nos conocimos cuando yo estaba en la comisaría de Rentería y me tocó ocuparme de los crímenes del Sacamantecas.

—Cestero será muy útil en este caso. No olvidemos que puede haber vínculos con el del Sacamantecas. De nuevo el faro, de nuevo un vientre desgarrado... —apuntó Aitor. Su cara de niño apenas permitía intuir las cuarenta primaveras que llevaba a sus espaldas. Remarcaban esa apariencia infantil dos simpáticos hoyuelos junto a la comisura de los labios y una barba casi inexistente. A Ane le gustaba trabajar con él. No era de los que buscaban colgarse medallas a costa de los demás, sino más bien lo contrario.

—Esta vez no se ha echado en falta tejido adiposo. No parece que le hayan sacado muchas mantecas —le corrigió Letizia con un deje impertinente.

—Y el condenado por aquellos crímenes sigue en la cárcel —añadió Madrazo.

Aitor arrugó la nariz.

—Para mí que hay conexión. Un imitador, quizás. Un asesino cualquiera no va haciendo tajos post-mortem en el abdomen de sus víctimas.

Cestero se dijo que tenía razón pero no abrió la boca. Bastaba con que ella se pusiera de su lado para que Letizia se obcecara en lo contrario.

—No podemos descartar nada —decidió Madrazo volviendo a girarse hacia la pizarra, donde dibujó un torso desnudo con trazos simples—. Según el informe del forense, la puñalada fue certera. Solo se produjo una entrada de arma blanca directa al corazón. Le perforó el tórax izquierdo y seccionó el órgano vital —explicó dibujando la supuesta trayectoria—. Quien lo mató sabía muy bien lo que hacía.

—Eso es lo que hizo abrir el abanico a los de la comisaría de Rentería. El crimen pasional pierde fuerza —apuntó Cestero.

—Es una escritora famosa por sus novelas basadas en crímenes reales —intervino Letizia—. No me extrañaría que supiera perfectamente cómo apuñalar a alguien.

—Eso es una chorrada monumental —sentenció Cestero.

La agente primera la miró de arriba abajo con desprecio. Lo hacía a menudo para remarcar su diferencia de estatura, aunque esta vez también se recreó en los indómitos rizos que Cestero no había tenido tiempo de aplacar antes de salir de casa.

—¿Podéis hablar sin faltaros al respeto? —intervino Madrazo—. Hay que buscar un móvil. ¿Quién podría tener motivos para cometer este crimen? ¿Quién gana con la muerte de la víctima? Hay que averiguar si alguien estaba enfrentado con él.

Aitor levantó la mano ligeramente para pedir su turno.

—No me centraría solo en la víctima. ¿Alguien tiene motivos para hacerle esto a Leire Altuna? No olvidemos la aparente conexión con el caso del Sacamantecas.

El suboficial se llevó la mano a la frente para apartarse el flequillo al tiempo que balanceaba la cabeza con gesto pensativo. Todavía tenía el cabello húmedo. Habría estado haciendo surf antes de entrar a trabajar.

—Iñaki Arratibel sería solo una víctima colateral... No sé. No me convence, pero no podemos descartarlo —apuntó finalmente.

—Solo se me ocurre Felisa Castelao, una pescadera que durante el caso del Sacamantecas mostró una auténtica obsesión por la escritora —comentó Cestero.

Madrazo frunció el ceño mientras pasaba páginas del informe por si los de Rentería mencionaban algo al respecto.

—¿Qué cojones le pasa para tener esa fijación? —preguntó volviéndose hacia Cestero.

—Envidias. Cuando la Autoridad Portuaria le cedió el faro a Leire Altuna, la pescadera impugnó la decisión. Pretendía que fuera para su hija y no se lo ha perdonado nunca. No solo eso, también viejos celos por amores de juventud... Lo admitió todo el día que Santos la interrogó.

—¿Qué fue de Santos? Hizo un ridículo espantoso en ese caso, ¿no? —Madrazo entrecerraba sus grandes ojos como si así pudiera atisbar mejor entre sus recuerdos.

Cestero asintió recordando al que fuera su primer jefe tras salir de la academia. El puesto de comisario en Rentería le caía demasiado grande. Tanto que, de no haber sido por él, el caso del Sacamantecas podría haberse resuelto antes de que el asesino causara tanto dolor.

—Sigue en Irun. Lo destinaron a asuntos de la frontera, lejos de las unidades de investigación. Allí como mucho podrá liarla con algún asunto burocrático —explicó sin ocultar su escasa simpatía por aquel hombre obtuso y machista que la llevó a plantearse si había sido una buena decisión hacerse policía.

—Perdonadme, pero ¿cuántos años tiene la pescadera de la que habláis? —intervino Letizia.

—¿Cincuenta? Quizás incluso alguno menos, pero es de esas personas que aparentan ser mayores de lo que son —calculó Cestero tratando de visualizarla. Hacía tiempo que no la veía, pero recordaba perfectamente su cabello rizado como una escarola y, sobre todo, la expresión avinagrada que parecía acompañarla a perpetuidad.

La agente primera negó con la cabeza.

—Pues ya me dirás cómo va una mujer así a apuñalar a un joven de treinta. Esa tía sabrá de limpiar merluzas y descabezar bonitos, no de cargarse a tíos más jóvenes que ella.

El silencio que siguió a las palabras de Letizia delataba que su argumentación era convincente.

—Existen los sicarios —apuntó Aitor abriendo una nueva hipótesis que Madrazo apuntó en una pizarra que comenzaba a estar demasiado saturada de palabras incomprensibles, flechas y dibujos esquemáticos.

—Un sicario encaja perfectamente con el perfil del asesino que buscamos —comentó el suboficial echando un nuevo vistazo al expediente—. No olvidemos que no existen signos de violencia en la puerta. El asesino entró al faro sin forzar nada. O tenía las llaves o era un verdadero especialista.

—Quizás porque el asesino no necesitaba abrirla —sugirió Letizia.

—Volviendo a la pescadera —interrumpió Zigor—. Si su odio es hacia Leire Altuna, ¿por qué iba a encargar que mataran a su pareja y no a ella?

—La mente humana tiene demasiados requiebros —argumentó Cestero—. Hay gente que no es tan diferente del gato que atrapa un ratón y juega con él hasta que lo mata de un zarpazo más fuerte que los anteriores.

Madrazo alzó la mano para pedir silencio. Quería continuar leyéndoles el expediente.

—La víctima se encontraba en el paro, pero colaboraba en el astillero tradicional de San Pedro. Parece que dedicaba gran parte del día a la réplica del galeón ballenero.

—¿Ese barco lo van a terminar algún día? —inquirió Letizia.

Un gesto del suboficial fue suficiente para ordenarle que se callara.

—Habrá que meter el morro ahí a ver si alguien tenía motivos para querer quitarse a Iñaki de en medio. Aitor, vete ahora mismo a San Pedro. Interroga a todos los voluntarios y trabajadores del astillero. A ver si alguno sabe algo o tiene alguna sospecha —ordenó Madrazo antes de señalar a Zigor—. Tú, vete con él.

Cestero sintió los ojos del suboficial fijos en ella.

—Tú te vas a controlar los movimientos de la pescadera —ordenó el suboficial señalándola—. Si contrató a un sicario tendrá que pagarle sus servicios. Ya sabéis cómo funciona eso: una parte antes de realizar el encargo y otra una vez realizado el trabajo.

La ertzaina asintió sin ganas. No soportaba los seguimientos. Eran tediosos y la mayoría de las veces no servían para nada. Pero si algo había aprendido desde que formaba parte del equipo de Madrazo era que discutir sus órdenes no servía para nada.

—Letizia, vete a hablar con los padres de la víctima. Seguro que tienen su teoría sobre lo ocurrido —decidió Madrazo antes de dedicar una disimulada mirada a su pecho—. Venga. ¿Qué hacéis todos ahí parados? No tenemos todo el día.

9

3 de noviembre de 2015, martes

El sirimiri impregnaba el embarcadero con una pátina de tristeza que se ceñía como un guante a los sentimientos de Leire. Las minúsculas gotas de agua obligaban a los asistentes a arrebujarse en sus abrigos conforme aguardaban su turno para desembarcar. Un murmullo grave flotaba en el ambiente. Nadie alzaba la voz, nadie desentonaba en aquel mundo donde reinaban el pesar y las ropas oscuras. Hasta las campanas de la iglesia de San Juan, en la orilla de enfrente, parecían llorar, anunciando el discurrir del tiempo con su lento toque de seis.

Aquello había sido idea de Mendikute. Leire no estaba en condiciones de decidir qué hacer con las cenizas de Iñaki, y tampoco sus padres, que todavía no habían logrado asimilar la pérdida de su único hijo. Fue el pintor, voluntario en el astillero donde el joven asesinado pasaba su abundante tiempo libre, quien lo organizó todo para la despedida. Al fin y al cabo, defendía Mendikute, por muy donostiarra que fuera Iñaki, sus cenizas debían descansar en las aguas pasaitarras que tanto llegó a amar.

Inusualmente tranquilo, el Cantábrico había permitido abandonar la seguridad de la bocana a las dos motoras y el pesquero que formaban la comitiva fúnebre. Desde la primera de las embarcaciones, Leire había sido la encargada de lanzar al mar, que ese día se le antojó más gélido que nunca, las cenizas de Iñaki. Junto a ella, los padres del difunto se abrazaban hechos un mar de lágrimas en la cubierta del *Gure Ametsa*. El primero en hacer un triste guiño cómplice fue el faro rojo, y el verde enseguida le siguió; la luz amiga de las balizas de enfilación de punta Arando sería a partir de ahora guardiana del descanso eterno del joven asesinado.

La escritora necesitó apoyarse en la baranda de la pasarela que llevaba del pantalán a los muelles, porque las lágrimas sumían todo en una borrosa realidad. La madre de Iñaki desembarcó tras ella y le acarició la barriga con la expresión devastada por la tristeza.

—Cuídala mucho. Es lo único que nos queda —le pidió antes de que su marido se abrazara a ella para ahogar unos sollozos en su hombro.

Leire asintió a duras penas. Iba a ser muy difícil seguir adelante. Después llegaron los primeros pésames; abrazos y palabras de ánimo de las muchas personas que desembarcaban, y que recibió de manera mecánica. A algunos los había visto en alguna ocasión, pero eran pocos a los que lograba poner un nombre. Los que de verdad importaban llegaron al final. Allí estaban Mendikute, que no había parado de llorar en tres días; Amparo, la de la Bodeguilla; Amaia, la panadera a la que cada día compraba el pan; Unai, otro de los voluntarios del astillero, y las chicas de Hibaika, la trainera de Rentería en la que remaba.

Aquellos abrazos, aquellas miradas tristes y casi avergonzadas por no poder hacer nada más por consolarla que musitar un pésame, sí que la hicieron sentir reconfortada. Se sentía arropada, se sentía querida, los sentía apenados por la muerte de Iñaki y lograron que su duelo fuera más llevadero.

—Hermanita... Mucho ánimo. Tienes que ser fuerte —le dijo Raquel abrazándola. Leire le correspondió. No recordaba cuándo había sido la última vez que se habían mostrado afecto tan efusivamente—. Si necesitas algo, cuenta conmigo. Getxo no está tan lejos.

—Gracias, Raquel —musitó Leire con un hilo de voz.

Su hermana se hizo a un lado para dejar paso a los siguientes.

—¿Cómo estás? —La escritora sintió la áspera mano de Xabier en una de sus mejillas mientras la besaba en la otra. Los ojos verdes del que durante once años fuera su pareja la observaban con preocupación.

Leire se limitó a negar con la cabeza. El nudo en la garganta comenzaba a ser insoportable. Intentó decir algo, pero las palabras se le quebraron en los labios.

—Sé cómo te sientes —añadió Xabier abrazándola—. Ahora lo importante es que seas fuerte y mires adelante. El dolor es enorme y no podrás seguir viviendo si no navegas más rápido que él. Tienes que dejarlo atrás y seguir, seguir, seguir hasta que se trate solo de un mal recuerdo.

Leire hundió la cara en su pecho y lloró. Xabier no hablaba por capricho. Hacía apenas dos años que había pasado por una experiencia similar, cuando el Sacamantecas asesinó a Amaia Unzueta, su pareja tras separarse de la escritora, mientras él se encontraba en un atunero frente a las costas de Somalia.

—Ánimo, preciosa —oyó a su espalda a la vez que sentía una mano removiéndole el pelo—. No he podido llegar a la travesía, pero no quería faltar.

La escritora se giró para comprobar que se trataba de Iñigo, el que tantos años atrás fuera mucho más que solo su profesor de criminología. La había llamado esa mañana para disculparse porque no iba a poder asistir a la ceremonia. Al parecer había podido cancelar el coloquio en el que participaba esa tarde en el Aula Magna de la Universidad de Deusto.

Le devolvía el saludo, tratando de esbozar una sonrisa, cuando reparó en Felisa. Se mantenía a una distancia prudente, apoyada en la barandilla que se asomaba al embarcadero. Leire la vio desmejorada, con un exceso de maquillaje que no lograba ocultar sus profundas ojeras y el pelo sin arreglar. Observaba con una mueca de desprecio a quienes desembarcaban. Nada nuevo en la pescadera, pero resultaba desconcertante en aquella situación.

—Ahora escribirá uno de sus panfletos sobre su desgracia y a forrarse —comentó la gallega volviéndose hacia quienes estaban cerca. Su habitual torrente de voz sumió en un incómodo silencio a quienes todavía bajaban de la tercera de las embarcaciones que habían formado la comitiva fúnebre—. Si es que hay algunas que nacieron con una flor en el chocho.

Leire sintió que Iñigo le daba un apretón en el hombro para invitarla a contenerse. Había abierto la boca para replicar, pero la volvió a cerrar. Nadie reía las palabras de la gallega, aunque tampoco ningún vecino se atrevió a rebatirlas.

Envalentonada ante la falta de respuesta, Felisa desafió a la escritora con la mirada.

—A mí no me engañas con tus lágrimas de cocodrilo. Esta muerte solo te beneficia a ti —espetó mientras su mano ensortijada acariciaba el contundente collar de bisutería dorada que engalanaba su pecho.

En esta ocasión Leire se zafó del brazo de Iñigo y se abalanzó sobre la gallega.

—¡Cierra esa boca de víbora, bruja! —aulló sin poder contener la rabia que sentía desbordar por todos sus poros.

Varios brazos se interpusieron en su camino y solo llegó a rozar a la pescadera con las puntas de los dedos. Trató de agarrarse a su chaquetón de falsa piel de zorro para evitar que la separaran de ella, pero se le escurrió de la mano.

—Mírala, la viuda negra —se burló la gallega cerrando el paraguas—. No le gusta que le digan la verdad. A ver si todavía la voy a tener que denunciar por agredirme.

Leire trató de liberarse de quienes la sostenían firmemente. No sabía quiénes eran. Las lágrimas apenas le permitían ver varias siluetas interponiéndose entre ella y el grupo que se había formado alrededor de Felisa. Parpadeó varias veces para aclararse los ojos y comprobó que se trataba de Xabier y Ane Cestero, que acababa de llegar. Algo más allá, Iñigo reprochaba su comportamiento a la pescadera. El resto de los asistentes al funeral había enmudecido. La escritora adivinó mensajes de apoyo en muchos rostros conocidos, aunque pocos darían el paso de acercarse a demostrárselo. Lo harían más tarde, cuando se la encontraran a solas por las calles del pueblo. El temor a Felisa y su lengua viperina hacía estragos.

—Soltadme. Esa zorra no merece que la protejáis —protestó Leire forcejeando contra los brazos que la retenían.

Cestero le apoyó ambas manos en los hombros y le hizo un gesto para que se calmara.

—Es a ti a quien estoy protegiendo. ¿Qué quieres, que te denuncie por agresión? Aquí no le faltarán testigos —dijo la ertzaina clavando en ella su hermosa mirada felina—. Que diga lo que le dé la gana. La gente ya sabe cómo es. No caigas en su trampa.

En su fuero interno, Leire reconoció que tenía razón. Si no la hubieran frenado, podría haberla matado a golpes. Todavía sentía las manos agarrotadas por la tensión.

—¿Cómo puede odiarme tanto? —preguntó sin esperar respuesta. En realidad, ella misma la tenía. Todo se debía a la envidia. La pescadera no parecía dispuesta a perdonarle jamás que su hija tuviera que seguir viviendo en casa de sus padres una vez casada.

Xabier le ofreció un pañuelo de papel para que se secara las lágrimas.

—Está loca. Ya me contaron que cuando asesinaron a Amaia te culpaba a ti y trató de hacer lo imposible por involucrarte.

—Lo mejor es no hacer caso a sus provocaciones —argumentó Cestero.

Leire sabía que tenía razón, pero en ese momento hubiera dado lo que fuera por poderle encajar un par de puñetazos en plena cara para descargar toda la rabia acumulada.

—¿Estás bien? —Era Iñigo quien le preguntaba. Se había acercado tras discutir con Felisa y abrazaba a la escritora—. Qué asco de mujer...

Xabier dio un paso al frente y apoyó una mano en el hombro del que también fuera su profesor en la facultad.

—No la agobies, venga. Aparta de encima —le instó tirando de él.

Iñigo se volvió hacia Xabier con una mueca de desdén. Después estrechó con mayor firmeza los brazos en torno a Leire. Parecía que estuviera tratando de vengarse del alumno que tantos años atrás le robó su pareja.

—¿Qué es de tu vida, Xabier? Lo último que supe es que estabas pescando en un atunero frente a Somalia. —La sonrisa con que el profesor enmarcaba sus palabras se veía forzada—. Parece que no te sirvió de mucho la carrera.

Leire se sacudió de encima las manos del criminólogo y cruzó una mirada con Cestero mientras resoplaba. Solo le faltaba una pelea de gallos de corral.

—Gracias por venir, Ane. Creía que tenías que trabajar —dijo apartando de su mente el patético enfrentamiento.

—No, estoy de mañanas —apuntó la ertzaina dirigiendo a Iñigo una mirada cargada de reproches. Después apoyó la mano en la espalda de la escritora y la invitó a alejarse del gentío congregado en el muelle—. Además, tengo una noticia para ti.

—Vas a llevar tú el caso —aventuró Leire esperanzada. Desde luego que esa sería una gran noticia.

La ertzaina asintió.

—Se lo han adjudicado a mi equipo. Bueno, al equipo de Madrazo, para ser exactos. Yo solo soy uno de sus peones.

—¡Es fantástico! No imaginas cuánto me alegro —exclamó Leire abrazándose a la ertzaina.

—¡Mírala, cómo la protegen! —La voz de Felisa les llegó con claridad, a pesar de que se encontraban ya lejos de ella, a punto de perderse por la solitaria calle San Pedro—. ¡Ten cuidado, que si necesita más carnaza para su folletín te matará a ti también!

Leire reprimió el primer impulso de lanzarse de nuevo contra la pescadera. La mirada de Cestero le decía que no se le ocurriera hacerlo. Lo que no pudo aplacar fue la rabia que crecía en su interior. Habían matado al hombre de su vida y esa arpía no era capaz de respetar ni siquiera el día de su despedida.

No podía permitirlo. No pensaba seguir ni un minuto más lamentándose de lo que le habían robado. Las lágrimas no le devolverían a Iñaki con vida. No, claro que no. Iba a remover cielo y tierra para dar con quien lo había matado. Por supuesto que lo iba a hacer, no iba a quedarse llorando su pena mientras alguien trataba de convertirla en la asesina del amor de su vida. Se aseguró para sus adentros que metería al culpable entre rejas. Conmovida, se llevó las dos manos al vientre y sintió que la pequeña estaba de su parte. Iban a hacerlo juntas.

10

4 de noviembre de 2015, miércoles

El agua de la fuente del Inglés manaba incansable por el caño oxidado, inundando la atmósfera con un frescor que se agradecía en un día de viento sur como aquel. Un petirrojo brincaba por el suelo y rebuscaba comida bajo las hojas recién caídas de los fresnos. Eran escasos los árboles en aquella ladera desnuda del monte Ulia, pero unos pocos flanqueaban el torrente que nacía de la fuente para morir, apenas un puñado de metros más abajo, en las aguas del Cantábrico.

Sentada en el banco de piedra de la única mesa, Leire repasaba el cuaderno de Iñaki y tomaba notas en la libreta que llevaba siempre encima por si se le ocurría alguna idea para la novela en la que estuviera trabajando. En esta ocasión no se trataba de ficción alguna, solo quería saber si aquello que había tenido a Iñaki tan extraño en las últimas semanas estaba detrás de su asesinato. Porque si de algo no albergaba dudas era de que su novio se había mostrado más taciturno de lo habitual en los días previos al crimen. Y ahora se lamentaba de no haber sido capaz de prestarle la atención que merecía. Envuelta en la promoción de su recién publicada novela, apenas le había preguntado en un par de ocasiones por el motivo de su evidente preocupación, y él había esquivado el interrogatorio hábilmente.

Pasó una nueva página. Algo le decía que sus preocupaciones tenían que ver con el astillero. Al fin y al cabo, Iñaki se pasaba allí el día y, a veces, también parte de la noche. Revisó otra página y enseguida otra más. Los dibujos de la nao *San Juan* que aparecían de vez en cuando entre los esquemas con los turnos de voluntarios y las listas de materiales necesarios le despertaban una tristeza que trataba de dejar de lado. Era imposible no rendirse ante aquellos sencillos bocetos a carboncillo que contenían toda la ilusión que Iñaki había puesto en la recuperación del viejo galeón. Llevaban años embarcados en ese gran proyecto. De replicar dornas, bateles y otras embarcaciones menores tradicionales, habían dado el salto a devolver a la vida el barco ballenero que partió de Pasaia una primavera del siglo dieciséis para hundirse frente a las costas canadienses de Red Bay.

Leire colaboraba a menudo en la réplica, aunque nada comparado con las muchas horas que le dedicó Iñaki. Tras quedarse en el paro una vez desmantelada la central térmica de San Juan, trabajó en el astillero más horas que ningún otro voluntario. En los últimos meses, sin embargo, lo hizo sin tanta ilusión. No fue fácil asumir que el galeón no podría acabarse a no ser que contrataran carpinteros profesionales. Hubo varias asambleas en las que Iñaki y Leire abogaron por seguir como hasta el momento, pero ganaron los partidarios de incorporar asalariados. El dinero público y la llegada de profesionales cualificados relegaron a un segundo plano el trabajo de los voluntarios y muchos dejaron de regalar su tiempo. Iñaki continuó colaborando, aunque pasó de cortar madera y extender alquitrán para impermeabilizarla a llevar asuntos más administrativos.

Mientras consultaba el calendario con los turnos de los voluntarios que ocupaba las hojas centrales del cuaderno, Leire sintió nostalgia. ¿Dónde estaban las largas listas de colaboradores, tan habituales hacía apenas unos meses? Allí solo había dos nombres que se repetían sin cesar: Iñaki y Mendikute. Los demás apenas salpicaban las casillas un día cada dos o tres semanas. Era triste, pero era cierto que si querían que la nao saliera adelante necesitaban verdaderos profesionales. El proyecto era tan ambicioso que les había superado.

La melodía del teléfono la sobresaltó. No encajaba en un paraje así, donde los únicos sonidos eran los del agua y las hojas que el petirrojo pisaba a su paso. Ni siquiera las olas, cuya espuma alcanzaba a ver abajo, en los acantilados, se atrevían a profanar la quietud que aquel sonido hiriente había decidido interrumpir. Con un mohín de desagrado, buscó el móvil en el bolso y se fijó en la pantalla.

Resopló asqueada mientras pulsaba la tecla de responder. No tenía ganas de hacerlo, y menos cuando todavía resonaba en sus oídos la última discusión, pero sabía lo insistente que se volvía su editor y prefería acabar cuanto antes.

—Hola, Jaume.

—Lo siento, Leire. No pude ir al funeral. Traté de conseguir un billete de avión, pero estaban todos vendidos —dijo Jaume Escudella a modo de saludo.

Leire sabía que era mentira. Su editor solo aparecía cuando le interesaba, si había libros que vender o alguna con la que poder acostarse. Dinero y sexo. Si no se trataba de eso, no iba con él, y en un funeral no había ninguno de esos ingredientes.

—No te preocupes. Me doy por acompañada, aunque sea desde la distancia —mintió Leire. Estaba deseando acabar cuanto antes con la llamada. No le apetecía aguantar pésames y falsa palabrería de quien llevaba un mes amargándole la existencia.

—Cuando pienso que estuve con vosotros solo unas horas antes... ¿Cómo te encuentras? —Jaume no estaba dispuesto a colgar tan pronto.

—Pues jodida, la verdad —reconoció sacudiéndose una pequeña araña que le trepaba por el pantalón.

El petirrojo se asustó de su manotazo y alzó el vuelo para posarse al borde de la fuente. Vigilante, hundió el pico en el agua y bebió antes de saltar al suelo para seguir buscando comida.

—Te entiendo. Es un golpe duro. Suerte que eres fuerte.

La escritora asentía mecánicamente con la cabeza. ¿Cuántas tonterías más tendría que oírle por esas normas no escritas de la cortesía? Sabía que a Escudella le daba igual por lo que estuviera pasando. Hacía demasiados años que publicaba con él como para conocer sus sentimientos.

—Gracias, Jaume. Ya hablaremos en otro momento, si no te importa.

—Sí, no quería molestar... Solo decirte que he cancelado la presentación en Valladolid y la entrevista en Radio Nacional de este viernes. Ahora lo que tienes que hacer es descansar. Ya retomaremos la promoción en otro momento.

Leire clavó la vista en el carguero que esperaba frente a la costa a que los prácticos del puerto le dieran entrada, seguramente con la próxima pleamar. Su tamaño contrastaba con la pequeña chipironera que faenaba muy cerca de la bocana. Deseó estar allí abajo y poder arrojar el móvil al mar.

—No creo que esté preparada —dijo furiosa. Los enfrentamientos con Escudella en las últimas semanas pesaban más que las palabras amistosas con las que él trataba de mostrarse conciliador—. Acaban de matar al padre de la niña que llevo dentro y no me veo firmando libros en un centro comercial. Ni la próxima semana ni la siguiente.

Al otro lado de la línea, el editor se mantuvo unos segundos en silencio.

—Claro. Tómate el tiempo que necesites. Solo te pido que no olvides del todo la promoción. *Caza de Brujas* todavía es novedad, hace solo veinte días que está a la venta. Algún día habrá que retomar las firmas de libros y las entrevistas. La vida continúa, Leire. Pero vaya, que a tu ritmo, por supuesto.

Leire cerró el cuaderno que tenía sobre la mesa y se acercó a la fuente. Mordiéndose la lengua para no decir lo primero que le pasaba por la cabeza, introdujo la mano bajo el chorro frío y se la llevó a la frente. El gesto la reconfortó, aunque su editor seguía al otro lado del teléfono y aguardaba algún tipo de respuesta.

—Mira, Jaume, creía haber sido muy clara la semana pasada en San Sebastián. Se acabó. Jamás volveré a escribir novela negra y menos aún si se trata de publicarla contigo. Eres un cerdo. Págame todos los atrasos y olvídame.

—No empecemos otra vez con ese rollo. Ya veremos si publicas o no con mi editorial. Ese no es el tema ahora. Solo intento que no te desentiendas de la promoción en pleno lanzamiento del libro.

—¿Es que no puedes entender que acabo de perder a la

persona más importante de mi vida? —exclamó Leire alzando demasiado la voz.

El suspiro de Jaume Escudella saturó el auricular del móvil.

—Te estoy diciendo que te lo tomes sin prisa, que te tomes unos días libres. Después retomaremos la promoción. He invertido mucho dinero en tu novela ¿Sabes cuánto me juego si sale mal?

—Ya te aseguras tú de que no salga mal. Aunque sea arrastrando por los suelos mi imagen. Estoy harta de la promoción. Estoy harta de que en cada entrevista tengas que decir que todo se basa en los crímenes de Bilbao y Zugarramurdi. Joder, que solo han pasado cinco meses de los asesinatos y vas tú cacareando eso en cada presentación. ¿Sabes lo que es que te reprochen una y otra vez a la cara que eres una aprovechada, que no tienes sensibilidad?

—Es el *True Crime.* No pasa nada. En Estados Unidos es uno de los fenómenos editoriales de los últimos años: novelas de intriga basadas en casos reales, mejor cuanto más mediáticos. ¿Qué problema tienes en ser la máxima representante de esta nueva tendencia en nuestro país?

Leire sintió que la rabia le llenaba los ojos de lágrimas. Ella se basaba en hechos reales pero trataba de cambiarlos tanto como podía para que no fueran reconocibles. El pudor y el respeto a las familias no le permitían hacerlo de otra forma. Sin embargo, Jaume aprovechaba la más mínima ocasión para vincular en público los crímenes reales con los descritos en sus páginas. Era innegable que se trataba de una estrategia muy efectiva a la hora de conseguir minutos en los medios de comunicación y eso se traducía en ventas, pero Leire no estaba dispuesta a vender libros a cualquier precio.

El editor no había acabado.

—Ahora no es el momento, pero espero que te replantees tu idea de dejar de escribir novela negra. Las circunstancias han cambiado. Lo de Iñaki... Ya sabes, a la gente le puede el morbo. Leire, no me malinterpretes, yo soy el primero que lloro su pérdida, pero puedes ganar mucho dinero.

Leire se apartó el móvil de la oreja y observó la foto de

Escudella que aparecía en la pantalla. La sonrisa ladeada y su pose de seductor le resultaron más repugnantes que nunca.

—Jaume… —dijo lentamente—. Eres un hijo de perra.

Después cortó la comunicación y rompió a llorar mientras el petirrojo alzaba el vuelo y volaba lejos de allí. Odiaba a Jaume Escudella. Lo odiaba con toda su alma.

11

4 de noviembre de 2015, miércoles

Ane Cestero observaba contrariada la pantalla de su teléfono móvil. La llamada había vuelto a extinguirse sin obtener respuesta alguna. Era la tercera vez que marcaba el número de Iñigo desde que la víspera coincidieran en la despedida de Iñaki, y todavía no había logrado escuchar su voz.

No había vuelto a saber de él desde comienzos de septiembre, cuando el criminólogo dejó de pronto de contestar a sus llamadas y apenas le escribió un par de wasaps con excusas sobre el estrés del comienzo de curso. Al principio le creyó y sintió lástima por él. Sin embargo, el paso primero de los días y después de las semanas no había hecho sino echar por tierra toda esperanza.

Se sentía engañada. Cuando meses atrás se acostó con él por primera vez no hubiera apostado ni un céntimo de euro por su relación, pero sin pretenderlo acabó enamorándose de él. Nunca antes se había fijado en hombres mayores que ella y se habría reído incrédula si alguien le hubiera dicho que se iría a la cama con un tío que le sacaba veinte años. Y más aún de haber sabido que sería él quien la abandonaría sin explicaciones, causándole las dudas y heridas en el amor propio que ahora sentía.

Lo peor era no poder comprender. A lo largo del verano se habían visto regularmente y nada apuntaba a que el profesor pondría punto final a la relación de una forma tan abrupta. Solo un cobarde actuaba así. ¿Qué menos que contestar a una llamada, qué menos que dar un mínimo motivo o unas palabras de despedida?

Había sido una ingenua por creer que iba a ser capaz de domar a un donjuán como el profesor. Leire Altuna, que había sido su pareja durante una temporada hacía ya muchos años, le había alertado de ello. No te enamores, Cestero, que Iñigo estará hoy contigo y mañana con otra. Ella, sin embargo, se había dejado llevar y permitió que lo que al principio era solo sexo se convirtiera en un amor del que ahora se arrepentía.

Apoyó las dos manos en las tablas de madera y se recostó hacia atrás. Las piernas le colgaban hacia el agua. Sus amigas habían quedado en la plaza, pero necesitaba estar sola. Aquel embarcadero olvidado, al que se accedía por una estrecha callejuela que partía de la única calle de San Juan, le ofrecía la soledad que buscaba esa noche. Era su rincón de pensar, una plataforma sobre las aguas desde la que San Pedro y San Juan, los dos distritos de Pasaia que flanqueaban la bocana, parecían decorados cinematográficos. La vida se detenía mágicamente en aquel lugar y hasta los sonidos urbanos llegaban apagados y fundidos con el exiguo oleaje que levantaban las embarcaciones. Cestero lo descubrió cuando vivía todavía en casa de sus padres y empezó a fumar a escondidas. No había mejor lugar sin salir del centro del pueblo donde poder dar unas caladas furtivas. Después dejó el tabaco y ya no volvió.

Hasta aquella noche.

Arrancó con movimientos pacientes una piedrecilla encajada entre dos tablones y la lanzó al agua. El chapoteo sonó cercano, aunque la oscuridad le impidió ver el lugar de la zambullida. Deseó que con ella se hundiera su malestar. Odiaba sentirse así por un imbécil y fantaseaba con la idea de pegarle una bofetada si volvía a cruzárselo. Lamentablemente, pensamientos así duraban apenas unos segundos porque su corazón todavía soñaba con un reencuentro feliz.

Quizás Iñigo todavía sintiera por ella el amor que le confesó una y otra vez en verano. Quizás todo fuera un absurdo malentendido y pudiera solucionarse con un par de besos apasionados.

Cestero resopló pasando la mano por los recovecos del embarcadero en busca de alguna otra piedra que arrojar al mar. Necesitaba quitarse de encima esa idea. No podía ser que un cretino la tuviera en vilo. El criminólogo era un cabrón que se había cansado de acostarse con ella y habría dado con alguna otra que llevarse a la cama.

Se lo repitió una y otra vez, y hasta lo dijo en voz alta en la soledad de su embarcadero. Hasta que no asumiera que esa era la única verdad y dejara de plantearse otras opciones, no lograría dejar atrás el despecho.

El sonido de un wasap interrumpió sus pensamientos. Cogió rápidamente el móvil. Tal vez fuera un mensaje del profesor.

¿Dónde te metes? ¿No vas a venir?

Era Olaia, una de sus mejores amigas. Dirigió la vista a la plaza que se abría más allá de las casas que colgaban a su derecha sobre las aguas. En la esquina más alejada de aquel espacio iluminado con tonos naranjas se recortaban varias siluetas. Solo podría tratarse de su cuadrilla. Aquel era su lugar, el espacio donde se reunían cada tarde.

—A la mierda Iñigo —dijo poniéndose en pie. Estaba decidida a pasar página. No iba a permitir que un imbécil le robara la sonrisa.

12

5 de noviembre de 2015, jueves

Los traicioneros escalones trataban de zancadillearla, pero Leire conocía tan bien cada peldaño que apenas los miraba de refilón. Su mirada estaba más pendiente del grandioso escenario que se abría a sus pies, bajo las nubes grises que azulejaban el cielo. El faro de Senekozuloa vigilaba la ensenada que le cedía su nombre y en la que la bocana se abrazaba con el Cantábrico. Las olas rompían con fuerza contra los diques de punta Arando y llegaban apaciguadas al espigón que arrancaba al pie de la interminable escalera. La silueta de un pescador se recortaba en él, junto al humilde faro verde de enfilación que lo coronaba.

El aire cargado de salitre que llenaba sus pulmones la hizo sentirse bien y le insufló una pizca de un optimismo que se difuminó enseguida al recordar a Iñaki. Era imposible no hacerlo en aquel escenario perfecto por el que tantas veces habían navegado juntos.

—¡Buen camino! —les deseó a dos peregrinas que se cruzó a media bajada. Las identificaban sus mochilas, tan grandes y cargadas que no tardarían en tener que prescindir de parte del equipaje si querían alcanzar Compostela sin lesiones.

Las mujeres le dieron las gracias en francés. La segunda se detuvo resoplando y le preguntó en un castellano precario si faltaba mucho para llegar arriba.

Leire negó con la cabeza y señaló el collado que se abría al pie de su faro.

—Nada. Ya llegáis. ¡Ánimo!

La francesa resopló antes de continuar su camino. A esas

alturas de la subida cualquier escalón más le parecía demasiado.

Leire la observó apresurarse para alcanzar a su compañera y después se giró para seguir bajando. Más abajo, junto al deshabitado faro de Senekozuloa, otro peregrino se había detenido a descansar. Su equipaje era también generoso y estaba apoyado contra la verja que protegía el edificio, igual que su dueño. Era extraño que hubiera tantos romeros a esas alturas del año, cuando los días fríos y lluviosos comenzaban a ser mayoría.

Conforme las escaleras le acercaron a él, Leire percibió entre el salitre el acre olor a tabaco y arrugó la nariz en una mueca de desagrado. Quizás tuviera que ver con el embarazo, pero sentía un potente rechazo cada vez que lo sentía cerca. No solo le molestaba el humo, sino también el tufo que dejaba en la ropa de los fumadores. A veces se reía de sí misma. Tantos años enganchada a la nicotina y acabaría fundando una liga antitabaco. Solo deseaba que no fuera un mero rechazo pasajero, porque le había costado mucho esfuerzo dejar de fumar y nada le disgustaría más que caer de nuevo en sus adictivas garras.

Pensaba en ello cuando comprobó que el peregrino se había puesto en pie y la observaba con los brazos en jarras. Su primer impulso fue detenerse. Miró a uno y otro lado y no había nadie más cerca. Luchó contra el repentino miedo que la embargaba y se obligó a seguir su camino. Solo era un peregrino, uno más de los cientos, o tal vez miles, que trepaban cada año por esas escaleras. Si tenía la mirada fija en ella no era porque pretendiera hacerle ningún daño, sino por mera curiosidad. Quizás también quisiera saber cuánto quedaba de subida.

Un barco piloto cruzó junto al dique de Senekozuloa y se dirigió hacia mar abierto para guiar en la entrada al carguero de casco azul y puente blanco que aguardaba frente a la bocana. Leire entretuvo la mirada en su estela antes de dirigirla de nuevo hacia el faro. El peregrino seguía allí. Ahora alzaba la mano a modo de saludo y sus facciones comenzaban a ser reconocibles.

La escritora frunció el ceño.

—¿Qué haces aquí? —inquirió en cuanto estuvo lo suficientemente cerca para que pudiera oírle.

—¿Tú qué crees? —respondió Iñigo señalando su maleta. Ahora que la veía de cerca comprobó que no se trataba de ninguna mochila de peregrino, sino de una Samsonite de ruedas—. No podía quitarme de la cabeza que vives en un faro apartado de todo mientras alguien te tiene en el punto de mira.

Leire arrugó los labios.

—Nadie me tiene en el punto de mira —objetó con una seguridad que no sentía—. Es a mi pareja a quien han asesinado. —La voz se le rompió al mencionar a Iñaki.

—Como quieras, pero sabes que van a por ti. Siempre serás mi mejor alumna, la mejor criminóloga, y sabes tan bien como yo que hay una firma muy obvia en el crimen... El Sacamantecas ha regresado —apuntó el profesor.

—Sigue en la cárcel.

—Ya lo sé —reconoció Iñigo—. Y no digo que haya sido él, sino alguien que pretende vengar su detención. Va a por ti y lo de Iñaki parece solo una advertencia.

Leire se acarició la barriga y le temblaron los labios.

—¿Una advertencia? —protestó dolida en lo más profundo de su ser.

—No me malinterpretes —se disculpó el criminólogo—. Algo terrible, algo espantoso, pero solo una advertencia. Es su saludo, su forma de decirte que ya está aquí.

Un escalofrío sacudió a la escritora al tiempo que sentía a la pequeña moviéndose en su interior.

—Gracias por venir a asustarme —le espetó tratando de insuflarse fuerza—. Mi teoría de lo sucedido es muy diferente.

En realidad no tenía claro nada, pero estaba segura de que Iñaki no había sido el mismo en las últimas fechas y eso no sería ninguna casualidad.

—Cuéntamela. —El interés de Iñigo parecía sincero.

Leire estuvo a punto de hacerlo, aunque en el último momento se refrenó. No quería hablarle de una hipótesis que se basaba, por el momento, en meras impresiones personales. Si todo iba bien, en unas horas tendría más indicios.

—Déjalo. No es más que una idea sin demasiada base.

—Como quieras —admitió el profesor con gesto contrariado—. Bueno, ¿me invitas a pasar unos días en tu faro?

—No. —El tono de Leire no dejaba lugar a dudas.

—Tendrás una cama de invitados. Tampoco pretendo meterme en la tuya —apuntó Iñigo con cara de cordero degollado.

—¡Ni de coña! Tú no duermes en el faro.

Iñigo negó con la cabeza.

—No puedo dejarte sola con lo que ha pasado —anunció tratando de mostrarse firme. Después esbozó una hermosa sonrisa y se acercó a darle dos besos—. ¿Ni siquiera vas a saludarme?

Leire reparó en que su habitual aroma cítrico, ese que tanto le había gustado siempre, contenía unas desagradables notas de tabaco que lo hacían menos vivaz de lo que recordaba. Probablemente hubiera sido siempre así, solo que ella, fumadora, había sido incapaz de percibirlo.

—Te agradezco que pretendas ayudarme, pero no te quiero en el faro —insistió la escritora.

El profesor sacó del bolsillo un paquete de tabaco rubio y se lo tendió.

—Fúmate uno, anda. La pipa de la paz.

—Joder, Iñigo, que estoy embarazada...

El criminólogo se llevó uno a los labios y se protegió de la brisa con la cazadora para encenderlo. La banda sonora de la película *El Guardaespaldas* sonó en el bolsillo de su chaqueta. Con un movimiento nervioso, Iñigo consultó el teléfono y silenció la llamada. Tal vez fuera errónea, pero Leire tuvo la impresión de que la expresión de su rostro se había ensombrecido.

—¿Por dónde íbamos? —inquirió el profesor dirigiéndole de nuevo la mirada—. Vamos, Leire, no me lo pongas tan difícil. Solo quiero cuidar de ti. ¿Cómo voy a dejarte sola en un momento así?

—¿Y tus clases de Criminología?

—Este cuatrimestre no tengo apenas docencia. Han cambiado mucho las cosas en los últimos años. Solo tengo que impartir un par de horas a la semana a alumnos de doctorado y, casualmente, en el campus que Deusto tiene en Donostia. Así que ya ves, no me supone ningún drama venirme aquí contigo. El próximo cuatrimestre sería más difícil porque me freirán a clases por los cuatro costados. —Hizo una pausa y, solo al ver que Leire no abría la boca, continuó hablando—. Entonces, ¿me aceptas en tu palacio del salitre?

—Creo que he sido muy clara. No te quiero conmigo allí arriba. —Leire estaba segura de que Iñigo trataría de acostarse con ella a la primera de cambio. Lo conocía demasiado bien. Había sido su primer novio en una relación que duró tres años y que él arruinó con una infidelidad tras otra. Desde que lo abandonara por Xabier, hacía ya demasiado tiempo, no lo había vuelto a ver hasta que recurrió a su ayuda durante el caso del Sacamantecas. Desde entonces sus insinuaciones para que le diera una nueva oportunidad habían sido constantes y poco afortunadas. Jamás le perdonaría que meses atrás se refiriera a Iñaki como un parado que no merecía salir con ella.

—Permíteme que insista —pidió el profesor con un tono conciliador que no lograba ocultar su irritación—. ¿No ves que lo hago por tu bien? Solo serán unos días. Ya verás como entre los dos resolvemos enseguida el caso. No es seguro que estés sola en el faro.

—No estoy sola. Mi madre vive conmigo.

—¿Tu madre? —preguntó Iñigo bajando la vista hacia el móvil que sostenía en la mano. De nuevo ese mohín de preocupación—. Ya me dirás qué va a hacer tu madre si las cosas se ponen feas.

Leire reconoció que tenía razón, pero contaba con un argumento más sólido.

—¿Y la patrulla de la Ertzaintza que custodia el faro día y noche?

La mueca contrariada de Iñigo le indicó que no contaba con esa respuesta. Dio una calada al cigarrillo con la mirada perdida en las olas que batían contra los diques y se volvió hacia ella con expresión abatida.

—Vengo desde Bilbao preocupado por ti y me rechazas como si fuera un desconocido.

La escritora no pensaba dejarse ablandar por muchos pucheros que mostrara.

—¿Por qué no te quedas en casa de Cestero? Que yo sepa, estáis juntos. ¿O ya has pasado página y andas a la caza de alguna nueva? —Leire sintió una punzada de rabia al comprobar que algo demasiado parecido a los celos se removía en su pecho.

—Venga, Leire... Ya sabes que lo de Cestero fue una aventura. Me conoces lo suficiente para saber que no es mi tipo.

—Pues creo que ella no lo tiene tan claro —señaló la escritora.

Iñigo volvió a llevarse el cigarrillo a los labios y aspiró con fuerza. Las arrugas alrededor de su boca se agudizaron. Al exhalar, unos jirones de humo se acercaron demasiado al rostro de Leire, que agitó la mano para disiparlos.

—¿Qué culpa tengo yo de que todas se queden prendadas de mí?

La mueca autosuficiente que se le dibujaba en la cara irritó todavía más a la escritora. Las profundas marcas de expresión que enmarcaban los ojos negros del criminólogo delataban una edad contra la que Leire sabía que luchaba denodadamente. Llegaba tarde. Las cremas de poco servían después de demasiados años tratando de ser siempre el más moreno. Era extraño, sin embargo, que no se tiñera las canas que comenzaban a adueñarse de los costados de su abundante mata de cabello castaño. No encajaba en alguien tan aficionado a admirarse en el espejo.

—Eres un cabrón. Párate de una vez a pensar. Joder, que no tienes veinte años, que vas para cincuenta... ¿No te parece que tienes más edad de ir de paseo al parque que de coleccionar mujeres? ¿Cómo puede ser que te sigas rigiendo por eso? —Leire señalaba la entrepierna del profesor, que bajó la vista hacia su bragueta y soltó una incómoda risita.

—Ya está. Ya me ha quedado claro que en el faro no me quieres ni ver. No hace falta que me humilles —protestó pisando la colilla y señalando escaleras abajo—. ¿Adónde ibas?

Leire se felicitó para sus adentros por haber sabido meter el dedo en la llaga. Acababa de neutralizarlo.

—A hacer cosas mías —mintió. No pensaba pedirle que la acompañara al astillero a rebuscar entre los papeles de Iñaki. Solo le faltaba tener que soportar sus comentarios despectivos cuando los bocetos de barcos comenzaran a desfilar ante sus ojos.

—Vas a intentar confirmar tus hipótesis del crimen —se burló el criminólogo cogiendo la maleta—. Qué bien te conozco. Vamos. Te acompaño.

—Hoy no, Iñigo —zanjó Leire estirando la mano para frenarlo—. Necesito estar sola.

Después se giró hacia las escaleras y retomó su camino sin escuchar los lamentos del profesor. Solo cuando se había alejado lo suficiente, se volvió para comprobar que se había rendido. Un nuevo cigarrillo ocupaba sus labios y la maleta volvía a descansar contra la verja del faro deshabitado. Sus ojos, eso sí, seguían clavados en ella y una sonrisa forzada ocupó sus labios cuando alzó la mano para despedirla.

13

5 de noviembre de 2015, jueves

Leire empujó la pesada puerta metálica del astillero y sintió como el olor a madera impregnaba cada rincón de sus fosas nasales. La claridad de la nave la obligó a entrecerrar los párpados para acostumbrarse. Siempre le había parecido excesiva la luz que brindaban esas enormes lámparas que colgaban del techo, pero a los demás les gustaba así. Iñaki era el primero que defendía que de ese modo se veían mejor las imperfecciones de la madera.

Una vez que sus ojos lograron adaptarse, recorrió el espacio con la mirada en busca de alguien conocido. El carpintero que estaba más cerca la saludó con un movimiento de cabeza sin dejar de cepillar una pieza curva de grandes dimensiones. Más allá, agachados sobre la primera cubierta de la nao *San Juan*, otros dos trabajadores lijaban la madera con herramientas eléctricas. No los había visto antes. Uno de ellos alzó la vista hacia la recién llegada y la observó con curiosidad a través del serrín en suspensión antes de volver a perderse en sus quehaceres.

Leire torció el gesto. Nunca hasta entonces se había sentido una extraña entre aquellas cuatro paredes. Ondartxo había dejado de ser el lugar donde un grupo de amigos enamorados del mar construían réplicas de embarcaciones tradicionales para salir a navegar. No, eso había pasado a la historia el día que decidieron embarcarse en el proyecto de devolver a la vida el galeón ballenero cuyo pecio había sido hallado en una expedición arqueológica en aguas canadienses. El sueño de revivir la gran aventura de los miles de vascos que arriesgaron sus vidas cazando ballenas en Terranova y el golfo de San Lorenzo en el siglo XVI les había resultado demasiado cautivador. Sin embargo, la envergadura de la obra les había acabado sobrepasando. Sin profesionales, nunca habrían podido acabar algo tan ambicioso, un barco capaz de transportar seiscientos barriles de grasa de cetáceo y más de cincuenta tripulantes.

El estridente sonido de una sierra mecánica la sobresaltó mientras se dirigía al altillo donde se encontraba la biblioteca. Se llevó instintivamente una mano a la barriga para proteger a la pequeña de un ruido tan hiriente. Ahora comprendía el malestar de Iñaki con la decisión de permitir el uso de ese tipo de herramientas.

—¡Leire! —la llamó alguien a su espalda.

—Hola, Mendikute. Creía que estabas trabajando. ¿No me has dicho que estabas pintando un barco pesquero? —le saludó la escritora frunciendo el ceño. Hacía apenas una hora que había llamado al pintor para preguntarle por el cuaderno rojo de Iñaki. Tras un día entero revisando el otro, de desgastada cubierta negra de polipiel, se había dado cuenta de que los movimientos registrados terminaban dos meses atrás, cuando las páginas decidieron que no daban para más. Y solo entonces reparó en que las últimas ocasiones que había visto a Iñaki con un cuaderno era de color rojo.

Mendikute subía las escaleras apresuradamente.

—Sí, bueno.... He podido escaparme un momento al terminar la primera mano de la cubierta. No quería que tuvieras que venir a buscarlo personalmente. Seguro que se te hace duro estar en el lugar donde Iñaki y tú os conocisteis —apuntó alcanzándola.

Leire reconoció que tenía razón, pero no podía seguir lamentándose el resto de sus días.

—No pienso encerrarme en el duelo. No sin haber dado con el cabrón que nos lo robó —sentenció antes de girarse para subir un nuevo escalón.

Mendikute, que resoplaba por el esfuerzo de la carrera, la apartó sin grandes miramientos para subir por delante.

—Ya voy yo. No hace falta que subas. En tu estado seguro que no es bueno andar subiendo escaleras.

La escritora se detuvo extrañada. Solo le faltaban cuatro peldaños para llegar a la biblioteca. Se trataba tan solo de una entreplanta colgada sobre la nave principal.

—No estoy impedida, solo embarazada de cinco meses. Claro que es bueno subir escaleras —protestó en vano. Mendikute ya se había perdido en el interior de aquella estancia rodeada por estanterías repletas de libros y en la que una mesa de reuniones servía de lugar de consulta y trabajo.

Sabía que el pintor lo hacía por su bien, pero no pudo evitar sentir rabia. Podía hacerlo ella sola. Ni el duelo la convertía en una muñeca de porcelana, ni el embarazo en una minusválida.

—¿Lo has encontrado? —preguntó al llegar arriba.

Mendikute tardó unos segundos en girarse hacia ella.

—Pues no. Anda tanta gente por aquí últimamente que uno ya no sabe dónde están las cosas —murmuró con gesto disgustado. La velocidad con la que apartó la mirada hizo que Leire desconfiara—. Tampoco te vuelvas loca. En ese cuaderno solo apuntaba turnos de trabajo y la entrada de materiales.

La escritora sabía perfectamente qué había en el cuaderno. En sus páginas llevaba Iñaki un completo registro de todo lo referido a la réplica del galeón. Había comenzado a hacerlo al comprender que aquello les iba grande y que no solo era importante cortar madera sino que era necesario alguien que llevara el control de todo. Ingresos, gastos, turnos de trabajo, voluntarios, materiales..., no había nada que no quedara apuntado en su libreta. En la última asamblea, Iñaki les había confesado a todos que comenzaba a verse desbordado y habían decidido contratar un administrador para que se ocupara de ese trabajo tras las navidades. El joven pretendía empezar cuanto antes a buscar al candidato apropiado, pero su asesinato había llegado antes.

—¿Qué me estás ocultando? —Leire se sorprendió de lo descarnado de su propia pregunta.

Los ojos azules de Mendikute se clavaron en ella. ¿Qué mostraban, sorpresa, temor, decepción?

—¿Cómo quieres que te oculte algo? —Parecía sinceramente dolido—. Iñaki era mi amigo. Yo también quiero saber quién lo mató. Pero créeme, en el cuaderno no vas a encontrarlo. Solo contiene notas útiles para el trabajo. Además, no le des tanta importancia; antes o después aparecerá.

—Voy a mirar en los cajones —decidió Leire tras recorrer la mesa con la mirada. Solo había sobre ella dos libros de consulta y un taco de notas adhesivas.

Mendikute tardó en hacerse a un lado para permitirle el paso.

—He echado yo un vistazo. No está.

—Muy rápido has mirado, ¿no? —comentó la escritora abriendo el primer cajón. Clips, bolígrafos, sobres, una calculadora y otros materiales de oficina. Nada más. En el siguiente, de mayor tamaño, solo había camisetas serigrafiadas en bolsas transparentes. Al verlas sintió una profunda tristeza. Fue una idea de Iñaki para recaudar fondos para el astillero, y surtió efecto. Medio Pasaia se compró una y durante una temporada fue difícil dar un paso por los muelles sin cruzarse con algún vecino que la vistiera. Aquellas del cajón eran las únicas que habían sobrado y ya no estaban a la venta, sino que se regalaban como bienvenida a los nuevos voluntarios.

—¿Ves como no hay nada? No te obsesiones con el cuaderno. Ya aparecerá.

Leire cerró el cajón.

—Perdona, estoy insoportable. La verdad es que no sé por dónde empezar —confesó sentándose en una silla y señalándole otra a Mendikute.

—Espera, están llenas de polvo —la alertó el pintor—. Alguien se ha dejado la puerta abierta y las lijas hacen estragos.

La escritora le restó importancia con un gesto de la mano.

—Iñaki no se metía con nadie —Leire reparó en que cada vez le costaba menos hablar de él en pasado y no supo si alegrarse o lamentarse por ello—. ¿Quién podría querer asesinarlo? ¿Recuerdas algún enfrentamiento o alguna discusión con alguien últimamente?

Mendikute se encogió de hombros al tiempo que aspiraba ruidosamente.

—¿Te contó lo de los robles? ¿La bronca con los ecologistas y todo eso?

Leire frunció el ceño. Algo recordaba, alguna mención a un problema con la saca de madera, pero Iñaki no le había explicado demasiado.

—Algo me dijo de unos vecinos de Altsasu que se oponían a que el astillero continuara talando robles para el galeón. Pero me dio a entender que era un problema menor —reconoció.

—Eso parecía, pero cada día hacen más ruido —explicó el pintor—. La librera que los comanda sabe dónde golpear. Se mueve bien en internet y está consiguiendo que gente de fuera de la Sakana se sume a su protesta.

—Si los vecinos del valle están encantados. Yo misma estuve allí cuando se eligieron los primeros robles. Ya sabes que en realidad fueron plantados hace más de un siglo para dedicarlos a la construcción naval —objetó la escritora.

—Ya lo sé, pero vete a convencer a esos exaltados. El último día que Iñaki fue a dirigir a los taladores los rodearon y no les dejaron hacer su trabajo. Se volvió sin madera.

Leire trató de hacer memoria. No recordaba que Iñaki le hubiera explicado nada de eso.

—He estado demasiado atareada con mis presentaciones. No me lo contaría para no añadirme más problemas a los que ya tenía —intentó justificarse, más de cara a sí misma que a Mendikute. El implacable ruido de alguna herramienta le impidió continuar durante unos segundos—. ¿Y regresó sin madera? Eso es que las cosas se han puesto feas.

—Imagínate. Sin madera no podemos seguir.

—No termino de ver la relación de los ecologistas con el crimen. —Leire arrugó los labios y negó con la cabeza—. Joder, no creo que por defender los árboles lleguen tan lejos.

Mendikute dejó caer ambas manos sobre la mesa. Al seguirlas, la escritora reparó turbada en un detalle que se le había escapado hasta ese momento.

—Pero alguien lo ha matado. Eso es evidente —zanjó el pintor antes de levantarse—. Tengo que volver al trabajo. ¿Me acompañas? No creo que a tu bebé le vaya muy bien estar aquí con tanto polvo y un ruido tan brutal.

Leire asintió fingiéndose convencida y lo siguió a la salida.

—Me voy a casa. Creo que necesito descansar —apuntó en cuanto la puerta del astillero se cerró tras ellos. Su brazo apuntaba hacia el paseo de las Cruces, en cuyo extremo comenzaban las largas escaleras de Senekozuloa.

Mendikute le propinó unas suaves palmadas en la espalda.

—No te preocupes. La policía sabrá hacer su trabajo. Tú descansa y dedícate a lo que ahora es más importante —le dijo señalándole la barriga. Después se giró y se perdió rumbo a los muelles pesqueros.

Leire esperó hasta que una curva devoró la silueta del pintor. Solo cuando estuvo segura de que no regresaría, volvió a empujar la puerta. En esta ocasión la escalera se le hizo más pesada. Tal vez porque apretaba demasiado el paso. No quería perder ni un segundo.

Cuando alcanzó la entreplanta le faltaba el resuello. Sentía el pulso con fuerza en las sienes. Todo seguía tal y como acababan de dejarlo. Los libros en las estanterías, el polvo en la mesa... y la huella del cuaderno en el polvo. Alguien acababa de retirarlo de allí encima. Leire no se entretuvo. Caminó decidida hacia la cajonera, pero no abrió los cajones, sino que introdujo la mano en el hueco que quedaba entre la madera y la pared.

Sus dedos acariciaron la espiral de la libreta y esbozó una sonrisa de satisfacción que no duró más que unos segundos. En esas páginas había algo que Mendikute no quería que supiera, y eso, cuando Iñaki acababa de ser brutalmente asesinado, no merecía sonrisa alguna.

14

5 de noviembre de 2015, jueves

Leire vertió el agua hirviendo en la tetera y observó el vapor escapándose por las rendijas mientras la aguja fina del reloj de pared giraba con una pereza parsimoniosa. Siempre que se preparaba un té tenía la impresión de que el tiempo discurría con una mayor lentitud. Los dos minutos exactos que aquel brebaje verde necesitaba para estar listo discurrían muy lentos. Sin embargo, sabía demasiado bien que si se daba la vuelta para llenar el tiempo con algo, el reloj le jugaría una mala pasada y el té acabaría oxidándose y resultando insoportablemente amargo. Le había ocurrido demasiadas veces, hasta que hacía varios meses decidió que aguardaría junto a la infusión. Era, en cierto modo, una manera de obligarse a parar, aunque solo fuera por dos miserables minutos, para olvidar por un momento el frenético ritmo de sus pensamientos. Porque hasta que extraía el filtro metálico se prohibía pensar en otra cosa que no fuera el té y el segundero del reloj. Solo eran dos minutos, pero le ayudaban a limpiar su mente y bajar el ritmo.

La pequeña aguja marcó por fin la hora y Leire extrajo el filtro con las finas hojitas verdes que alguien, en Japón, había recolectado con esmero. Después se sirvió una taza humeante y subió a su despacho. De camino tuvo que esquivar la caja de herramientas de los electricistas. Hacía rato que los había perdido de vista. Estarían arriba, en la linterna del faro.

El mar se veía revuelto. Un pesquero verde faenaba muy cerca de la bocana, como si temiera alejarse con semejante marejada. Las chipironeras no habían salido todavía, y tal vez no lo hicieran con tanta mar de fondo. Aparentemente ajeno al oleaje que rompía con fuerza contra los acantilados de Jaizkibel y Ulia, un carguero aguardaba en mar abierto a que le dieran entrada a puerto. Su vivo color naranja contrastaba con el del mar, un gris metálico veteado por el furioso blanco de la espuma de las rompientes.

Leire se entretuvo unos instantes de pie junto a la ventana mientras daba pequeños sorbos al té. Su teléfono emitió un leve pitido en su bolsillo. Seguro que era un nuevo mensaje de Escudella disculpándose por haber sido tan brusco la víspera. Decía estar arrepentido, aunque Leire lo conocía lo suficiente para saber que solo pretendía que siguiera con las entrevistas y escribiera una novela sobre el crimen de Iñaki.

El aroma que se desprendía del té le contagió la serenidad que necesitaba. Después se giró hacia la mesa y observó el cuaderno rojo de Iñaki. No había querido abrirlo hasta estar tranquila en su faro. La certeza de que en él se escondía algo que Mendikute pretendía ocultarle le generaba un profundo desasosiego.

Se sentó ante él y lo abrió por la primera página. Los dibujos de Iñaki y sus apuntes sobre turnos de trabajo le resultaron familiares. Se repetían, página tras página, igual que en el cuaderno agotado que repasó la víspera. La tristeza le atenazó la garganta al reconocerse en uno de los bocetos. En él, Iñaki había abandonado por una vez los croquis esquemáticos sobre la nao San Juan para dibujar una pequeña embarcación, quizás una dorna, con tres personas a bordo. Una de ellas era diminuta y la sonrisa le ocupaba toda la carita. Leire se llevó una mano a la barriga. Las otras dos eran más reconocibles: ambas con pelo largo y coleta, pero solo una con un lazo en la cabeza. La del lazo eres tú, solía decirle Iñaki riéndose cada vez que la dibujaba.

La escritora limpió la lágrima que cayó sobre el cuaderno e hizo correrse la tinta del texto que acompañaba al barco. Después pasó la hoja. Más bocetos de piezas, más listados de materiales y más cuadros con turnos de trabajo. Así página tras página hasta que un sobre apareció entre ellas. El membrete de un banco no despertó en Leire una curiosidad especial, pero sí que Iñaki hubiera escrito junto a él una sola palabra: Mendikute.

Con la sensación de que había dado con aquello que el pintor quería ocultarle, la escritora extrajo los documentos y los desdobló.

—Leire, ¿estás por ahí? —inquirió una voz que llegaba desde las escaleras—. Vamos a cortar la corriente unos minutos.

La escritora alzó la mirada hacia la ventana. Todavía entraba un buen torrente de luz natural a través de ella.

—Cuando queráis —respondió.

Esperaba que lograran dar con el origen de la avería. En el último mes la potente bombilla del faro se había fundido en cinco ocasiones. No era algo normal, como tampoco lo era que el diferencial saltara cada dos por tres, dejando el edificio a oscuras. Leire se había acostumbrado a llevar siempre encima una linterna, pero urgía una solución definitiva, y más cuando de la luz guía dependía la seguridad de tantas embarcaciones.

Los papeles que tenía ante sí volvieron a centrar su atención. El primero era un extracto del banco con los movimientos de la cuenta del astillero. Nada extraño en ellos. Después una serie de correos electrónicos impresos. Se trataba de una conversación entre Iñaki y el gerente de Izar Electrics, una de las empresas que patrocinaban la construcción del galeón ballenero. En ella, Iñaki preguntaba cuándo estaba previsto que abonaran los doce mil euros acordados. La respuesta contenía un justificante bancario en el que alguien había subrayado un nombre. El cheque no solo había sido emitido, sino que había sido cobrado dos semanas antes del correo de Iñaki. El nombre de Mendikute en el impreso resultaba demoledor. Leire se fijó en la fecha de la operación y consultó el listado de movimientos de la cuenta del astillero. Allí no había rastro de aquel dinero.

Con una amarga sensación abriéndose camino en su interior, dirigió la vista hacia la ventana. El carguero seguía allí, aunque su vibrante color aparecía ahora lavado tras una bruma grisácea compuesta por millones de partículas de agua y sal en suspensión. Una gaviota planeaba junto al faro aprovechando las corrientes de aire que subían desde el mar por la descomunal laja de roca sobre la que se erguía el centenario edificio.

—¿Qué has hecho, Mendi? —preguntó en voz alta.

Cuando volvió a fijarse en los papeles, reparó en que todavía quedaba uno dentro del sobre. Lo extrajo y reconoció la letra de Iñaki, siempre tan redonda. Eran varios renglones que ocupaban buena parte de un folio. Abajo, junto al nombre completo y en mayúsculas de Mendikute y un número de carnet de identidad, había una firma que nada tenía que ver con la de su novio.

Leire tomó aire y lo leyó con atención. El pintor reconocía haberse apropiado de un dinero que no era suyo y se comprometía a devolverlo, a razón de mil euros al mes, durante los siguientes doce meses. El escrito estaba fechado el diecisiete de octubre, diez días antes del asesinato de Iñaki.

Dio un sorbo al té, ya frío, y se lamentó por su falta de comunicación con Iñaki. ¿Cómo era posible que no hubiera compartido con ella aquel asunto? Que uno de los voluntarios más destacados del astillero hubiera robado tanto dinero era suficientemente importante como para habérselo contado. Ella lo hubiera hecho, por supuesto.

—Malas noticias, Leire —le dijo alguien asomándose por la puerta. Llevaba puesto un buzo azul y un grueso cinturón del que colgaban destornilladores, tijeras y alicates—. Es un problema estructural. Vamos a tener que hacer una obra importante.

—¿Cómo de importante? —quiso saber la escritora. El gesto del técnico no presagiaba nada bueno.

El sonido del timbre interrumpió la conversación.

—Espera, ahora llega Fernando. Os lo explicaré a los dos juntos —dijo el electricista girándose hacia las escaleras—. ¿Abres tú o bajo?

—Ya abro —le contestó su compañero desde el piso inferior.

Leire volvió a guardar los papeles en el sobre y lo introdujo todo en un cajón. Esperaba que allí estuviera más a salvo de Mendikute que en el astillero. Si el pintor pretendía que nadie reparara en la deuda para no tener que devolverla le había salido el tiro por la culata.

La voz de tenor de Fernando Goia sonaba cada vez más cerca. El presidente de la Autoridad Portuaria de Pasaia subía las escaleras. Leire se levantó para salir a saludarle y le dio un beso en cada mejilla. Olía a loción para después del afeitado, de esas que se anunciaban con coches de carreras. Era un señor bien vestido, envuelto habitualmente en una impecable gabardina, pero lo que más llamaba la atención era lo arreglado que llevaba siempre el cabello. Esta vez no era diferente. Parecía recién salido de la peluquería, con un leve tupé que se mantenía firme sin necesidad de gomina, así como unas patillas y un cuello recortados al milímetro.

—¿Qué tal, Leire? ¿Cómo estás?

La escritora se encogió de hombros y esbozó una sonrisa que no ocultaba su tristeza. No había mucho que añadir después de la charla que habían mantenido el día del funeral, cuando Fernando le aseguró que la Autoridad Portuaria la apoyaría en lo que necesitara. Era de agradecer que alguien de quien dependía que ella pudiera seguir viviendo en el faro le mostrara su apoyo. Al fin y al cabo, desde que se había mudado a la torre de luz los problemas se habían sucedido, y no le hubiera resultado extraño que quisieran sacudírsela de encima.

—El problema es más serio de lo que creíamos —anunció el electricista interrumpiendo sus pensamientos—. No necesito ser arquitecto para asegurar que el faro se ha hundido ligeramente. Es algo habitual en cualquier construcción, y más en una tan expuesta a los elementos como es un faro.

—¿Se va a caer? —inquirió Leire preocupada.

El técnico se rió.

—Qué va, ni mucho menos. El problema es que, al hundirse, el muro está aprisionando los cables y eso provoca cortocircuitos. La lámpara del faro es muy sensible. Es la primera en fundirse. A las demás las salva el diferencial.

El presidente lo observó pensativo unos instantes. Parecía estar calculando el alcance de la avería.

—¿Qué propones? —preguntó visiblemente preocupado.

—Intentaremos renovar la instalación eléctrica, pero me temo que si no renovamos la pared del fondo y afianzamos el edificio a la roca viva será pan para hoy y hambre para mañana.

Leire dirigió la vista hacia el muro al que se refería. La pintura mostraba desconchados por efecto de la humedad. No era algo nuevo, siempre lo había visto así y jamás le había extrañado. Al fin y al cabo, el edificio apoyaba toda su pared posterior en la propia roca, y eso explicaba las filtraciones. Solo los laterales y la fachada principal quedaban exentos y contaban con ventanas abiertas al mar y la bocana.

—¿Tendré que dejar el faro? —inquirió angustiada. Una noticia así era lo último que precisaba en aquel momento.

El electricista cruzó una mirada con Fernando Goia, que fue quien abrió la boca para responder.

—Vamos a ver el proyecto de reforma, pero esto no tiene buena pinta. Me temo que tendrás que ir haciendo las maletas.

15

5 de noviembre de 2015, jueves

La temprana llegada de la noche otoñal no parecía influir en los muchos clientes que llenaban los bares de la plaza de San Juan. Tampoco el temor contenido que flotaba en el ambiente tras el crimen del faro. Era la obligada cita diaria al salir del trabajo, el reencuentro con los amigos, con los vecinos de un pueblo que todavía conservaba su esencia. Solo la lluvia y la llegada estacional de los turistas lograban interferir en aquel hábito cotidiano. Cestero apretó el paso hacia el portal. No quería que sus amigas salieran a su encuentro y le impidieran subir a casa. Era algo que ocurría demasiado a menudo, gajes de vivir en plena plaza, aunque siempre que podía la ertzaina subía a su piso a dejar la bandolera antes de volver a bajar. No se sentía cómoda tomando una caña con una pistola colgando del hombro.

Caminaba deprisa esquivando las sillas metálicas de las terrazas cuando reparó en que había alguien sentado junto al portal. A pesar de que las farolas lo sumían en un juego de luces y sombras que difuminaba sus rasgos, el corazón le dio un vuelco. Era posiblemente la última persona que hubiera esperado encontrar esa tarde.

—¿Cómo estás? —le preguntó Iñigo poniéndose en pie para recibirla. Su voz delataba cierta inseguridad, a pesar de que su hermoso rostro era todo sonrisa.

—¿Qué haces aquí? —espetó Cestero.

—Pedirte perdón. He estado muy atareado las últimas semanas, pero no creas que te he olvidado —se excusó el profesor mientras la ertzaina apartaba el rostro para evitar que la besara.

—¿Semanas? Hace dos meses que te llamo y no contestas... ¿Y el otro día en el funeral? Andabas como un perrito faldero tratando de lograr la atención de Leire y a mí ni me miraste —le espetó Cestero sacando las llaves del bolsillo.

—Acaban de matar a su pareja. Me preocupa. No hay nada más, lo mío con ella fue hace muchos años —apuntó Iñigo extendiendo el brazo para acariciarla.

—¿Y eso? —inquirió la ertzaina señalando la maleta que aguardaba junto al portal—. ¿Adónde vas?

—A tu casa. —El tono del profesor pretendía de pronto ser seductor; un cambio de estrategia tras comprobar que la de mostrarse arrepentido no cuajaba.

—Hace meses que no sé nada de ti, ignoras todos mis mensajes, y ahora, de repente, te presentas en mi portal con una maleta...

—Quiero ayudarte con el caso de Leire. Solo serán unos días.

Mil preguntas, mil reproches, se agolparon en la mente de Cestero. Abrió la boca para comenzar a soltarlos. No sabía por dónde empezar.

—A mi casa no vuelves a entrar. —Conforme hablaba tenía la sensación de estar escupiendo las palabras.

—Ane, por favor —rogó el profesor sujetándola por las manos—. Hablemos. Perdóname...

La ertzaina se zafó de él y corrió escaleras arriba mientras la puerta se cerraba a su espalda. Sin encender ninguna luz, dejó el móvil y las llaves sobre la mesa del comedor y se sentó pesadamente en el sofá donde tantas veces había hecho el amor con Iñigo durante el último verano. Pulsó el botón rojo del mando a distancia y el televisor cobró vida, inundando la estancia con su luz azulada. A través de la puerta del balcón le llegaba la algarabía de la plaza. Creyó reconocer las voces de sus amigas entre las muchas que charloteaban en el exterior de los bares. Dirigió la vista al reloj de pared. Las siete y media. Una buena hora para salir un rato, pero ya no tenía ganas de ver a nadie. Sentía las lágrimas corriéndole por la cara y sus sentimientos navegaban en un tempestuoso mar de dudas. Se moría de ganas de bajar las escaleras y salir corriendo detrás de Iñigo. Quería abrazarlo, besarlo, llevarlo a rastras a la cama y empezar de nuevo. No lo haría, no podía hacerlo. Sabía que eso era lo último que debía hacer. Iñigo le había roto el corazón una vez y no pensaba permitirle que lo hiciera de nuevo cuando todavía sufría las consecuencias de su abandono.

Los botones del mando a distancia hicieron desfilar rápidamente los diferentes canales. Los programas del corazón y los concursos se sucedieron sin atraer su interés, hasta que de pronto un rostro conocido le paralizó el pulgar. Estaba cambiado, con un aspecto rejuvenecido, aunque era evidente que se trataba de él.

La presentadora, una chica de pelo corto y nariz respingona que pasaría por poco de los cuarenta años, le agradecía su disposición a atender a la televisión. No siempre se podía contar con un excomisario en el programa, y menos con uno que había dirigido un caso tan mediático como el del Sacamantecas.

Cestero subió el volumen y se incorporó para escucharle mejor.

—Son demasiados días los que llevamos sin respuestas —decía el que fuera su primer jefe tras salir de la academia de Arkaute—. Cinco días desde el crimen y mis compañeros no tienen todavía ninguna línea de investigación preferente. Los espectadores se preguntarán por qué. Pues yo se lo voy a explicar: los protocolos que se siguen no son los correctos. Si la investigación se llevara desde la comisaría de proximidad todo sería más fácil. ¿Qué hacen los de la Unidad Territorial de Investigación ocupándose de un caso que debería ser dirigido desde Rentería?

—¿Por qué se hace así? —preguntó la presentadora jugueteando con una cartulina entre las manos.

Santos se encogió de hombros y ladeó la cabeza. Al hacerlo, Cestero reparó en la curva perfecta que el cabello trazaba sobre su frente y comprendió el motivo de que pareciera más joven. Su calva ya no era tal. El implante capilar ocupaba una franja de un par de centímetros en la parte delantera y los escasos cabellos se estiraban sobre el cráneo, perfectamente peinados hacia atrás y, aparentemente, aferrados a la piel por algún tipo de gomina. Además, su bigote había desaparecido por completo.

—Protocolos modernos. Mira, si estuviera yo al mando, el caso estaría resuelto. Vivo en Pasaia, conozco a todo el pueblo y, cuando comandaba la comisaría de la zona, resolvíamos los casos antes casi de que el juez tuviera tiempo de abrir diligencias. La proximidad es la clave. Pero claro, es más barato llevarlo todo desde la central y dejar a las comisarías comarcales desnudas de medios. Eso por no hablar de colocar a jóvenes inexpertos al frente de las mismas.

Cestero se sorprendió de que tuviera semejante desfachatez. Ojalá la entrevistadora le mencionara el caso del Sacamantecas, del que habían tenido que apartarlo ante el reguero de cadáveres que inundó, en apenas unas semanas, la bahía de Pasaia.

—¿Tiene alguna hipótesis sobre el crimen?

El excomisario asintió con gravedad.

—La tengo. Claro que sí, pero si me lo permite, por respeto a la investigación en curso, no haré comentarios al respecto.

Cestero no pudo evitar una sonrisa. Después de echar mierda encima de la investigación, ahora presumía de respetarla.

—¿Cree que tendremos avances en breve? —le preguntó la presentadora.

Santos volvió a encogerse de hombros.

—Ojalá —sentenció a pesar de que su rostro delataba su escepticismo.

—¡Qué cabrón! —protestó Cestero poniéndose en pie.

—Bien, muchas gracias, Antonio Santos, excomisario de la Ertzaintza en Rentería. Esperamos poder contar de nuevo con su presencia en el programa. —Le despidió la conductora antes de girarse hacia su derecha—. Nos acompaña también Jesús Olaizola, adjunto de seguridad del Ayuntamiento de Pasaia...

La ertzaina apagó el televisor. Estaba harta de que el asesinato del faro copara los programas y las portadas de los diarios. Si Madrazo seguía empeñado en sus lentos seguimientos de dudoso resultado, el caso amenazaba con enquistarse y la prensa iba a tener carnaza de la buena para rato.

Abrió el balcón y se asomó a la plaza. Aquí y allá se veían grupos que charlaban animadamente con vasos y botellines en la mano. De Iñigo, ni rastro. En la zona más próxima al mar reconoció a sus amigas. Olaia trataba de llamar su atención agitando una mano.

—Ya voy —murmuró con un suspiro. Algo le decía que esa noche no iba a ser capaz de tomarse solo una caña.

16

5 de noviembre de 2015, jueves

Leire tiraba del remo con todas su fuerzas. Necesitaba liberar la tensión acumulada después de tantos días sin hacer deporte, y más tras las revelaciones del sobre oculto en el cuaderno rojo. Había estado a punto de ir directamente al encuentro de Mendikute. A esa hora, casi la de cenar, el pintor estaría en el Romeral, donde acostumbraba a picar algo y tomarse un par de zuritos antes de retirarse. Sin embargo, el recorrido en Vespa entre el faro y el pueblo a través de una sinuosa carretera de tres kilómetros colgada de la bocana le había hecho replanteárselo. Era mejor preparar el encuentro con calma y no dejarse llevar por el primer impulso.

La trainera avanzaba rápidamente junto a las casas de San Juan, que parecían flotar sobre el agua. Las luces encendidas tras muchas de sus ventanas, así como la ausencia de cortinas en algunas de ellas, permitían espiar fugazmente los movimientos de sus moradores. Algunos preparaban la cena, otros miraban la televisión y unos pocos organizaban la ropa del día siguiente o planchaban. La jornada tocaba a su fin y se notaba.

—¿No estás asustada? A mí me daría miedo vivir en el faro después de lo sucedido —le comentó Marina, la joven de Oiartzun que se sentaba a su lado.

Leire clavó el remo en el agua y tiró de él. Los músculos del brazo protestaban cuando les exigía demasiado. Todavía no estaban completamente rehabilitados tras meses aprisionados por la escayola.

—Hay una patrulla delante de la puerta día y noche —replicó restándole importancia. En realidad tenía miedo. Claro que lo tenía. Había estado tan ofuscada con lo ocurrido que no había sido consciente de ello hasta esa misma tarde, cuando el foco de la Vespa dibujó extrañas sombras entre los bosques que flanqueaban la carretera, oscura y desierta. Cualquier árbol, cualquier curva cerrada, se le antojaba el escondite perfecto del que un agresor podría emerger para atacarla. Sabía, sin embargo, que no podía dejarse llevar. Si permitía que el miedo la atenazara, tendría que mudarse a otro lugar. El faro de la Plata, en aquellas circunstancias, era solo para valientes. O quizás para incautos.

Desgraciadamente, la decisión de dejarlo podría no depender de ella. La luz había vuelto a fallar cuando salía de casa y la obra tendría que llevarse a cabo cuanto antes.

—Yo estaría cagada —confesó Marina.

—Leire aguanta lo que le echen —apuntó una de las del banco anterior girándose ligeramente—. Acuérdate hace dos años, cuando destriparon a una mujer a las puertas del faro y todo el pueblo sospechaba que había sido ella.

—No es lo mismo —protestó Marina.

La escritora suspiró sin dejar de bogar. Claro que no lo era. Esta vez era muy diferente. Ahora la víctima era Iñaki y el crimen había tenido lugar dentro del faro mientras ella se duchaba. Era mucho peor. En esta ocasión, cuando la palabrería de aquella pescadera rencorosa no había logrado que sus vecinos sospecharan de ella, ni siquiera tenía la certeza de no haberle clavado el cuchillo a su novio.

—Hacia Lezo, venga. Y vosotras, menos hablar, que se os va la fuerza por la boca —las regañó Maialen. De pie sobre la popa, la patrona comandaba la trainera de Hibaika, negra como la noche, negra como las aguas del puerto por el que avanzaban como un fabuloso ciempiés.

La escritora sintió que la pequeña se movía en su barriga. Buscaba acomodo ante la tensión continua a la que la sometían las bogadas. No iba a poder seguir remando; aquel deporte comenzaba a ser incompatible con su embarazo. Pero lo necesitaba. ¿Qué iba a hacer después, ir a nadar? Odiaba contar largos y el mar abierto tampoco parecía lo más adecuado con las aguas frías del invierno. Suerte que la temporada de competición hubiera acabado en septiembre, y con ella los ritmos exigentes de entrenamiento, porque de lo contrario no habría podido reincorporarse al equipo tras recuperarse de la fractura de húmero a los tres meses de gestación.

—Qué vacío se ve, ¿verdad? —Esta vez fue la patrona la que habló. Navegaban junto al oscuro solar que había quedado tras el desmontaje de la central eléctrica de carbón—. Parece increíble que en este hueco cupiera semejante instalación.

—¿Y lo bien que respiramos ahora?

—Tonterías. A ver si te crees que se nota —protestó una desde los bancos de proa—. Las que lo notamos somos las familias que hemos perdido el trabajo. Mi padre curraba ahí. ¿Y sabes cuánta gente más?

—Bueno... Si lo sé no digo nada —se lamentó Maialen—. Venga, vamos más rápido. *Bat... bi. Bat... bi. Bat...*

Leire contempló con una amarga sensación el espacio del que hablaban. No había farolas que lo iluminaran, solo un negro vacío. Era como si el solar hubiera decidido guardar luto por la muerte de Iñaki, cuyo último trabajo fue precisamente el desmontaje de la planta de Iberdrola que allí se alzó durante decenios.

El silencio en el que se sumió la tripulación conforme esquivaban la desembocadura del río Oiartzun y enfilaban hacia Antxo trajo de nuevo a Mendikute a los pensamientos de la escritora. Resultaba tan increíble... Iñaki asesinado diez días después de hacerle firmar un documento comprometiéndose a devolver lo robado, el silencio de ambos, el intento de Mendikute de hacer desaparecer el cuaderno...

—No ha sido él —se dijo en un susurro que el ruido de los remos hizo inaudible.

Sus palabras expresaban más un deseo que una certeza. Aquel cincuentón soltero, siempre dispuesto a echar una mano y a colaborar en la organización de cualquier festejo o comida popular, no era ningún asesino. A Leire se le caía el alma a los pies con solo pensar que alguien a quien Iñaki consideraba un buen amigo podría haberle clavado un cuchillo en el corazón por un puñado de euros.

No, aquello no tenía sentido. A no ser que hubiera algo más...

Tras el paso junto a los muelles desnudos, alcanzar la orilla de Antxo le hizo entrecerrar los ojos para acostumbrarse a la claridad naranja. A la luz de las farolas, las grúas semejaban insectos gigantescos, mantis religiosas descomunales junto a cargueros de motores ruidosos y marineros fumando asomados a la borda. Varios camiones con los remolques desnudos esperaban al pie de uno de los barcos a que descargaran los gruesos troncos que portaba en la bodega. Leire trató de leer el nombre del navío, pero se perdió en una maraña de caracteres cirílicos.

No lograba quitarse de la cabeza al pintor. Sus ojos azules se le aparecían con cada bogada y, con ellos, sus palabras asegurando que en el cuaderno rojo no había nada. Bien sabía él lo que había.

Las campanas de la iglesia de Trintxerpe tocaban las nueve y media cuando la trainera alcanzó el fondo de la dársena y comenzó el regreso junto a los muelles de San Pedro. Ahora pasarían junto a las embarcaciones pesqueras y el edificio, a medio construir, de la nueva lonja. Al llegar al pantalán de la motora girarían a estribor para volver a encontrarse con San Juan y sus casas colgadas del agua. Era el recorrido habitual del entrenamiento nocturno. La oscuridad de la bocana y el mar abierto quedaban para los días que remaban con luz diurna, pero los jueves se ceñían a buscar la protección del puerto.

—¿Qué tal te has visto? —le preguntó Maialen tendiéndole la mano para ayudarla a bajar a tierra. Remontando el río Oiartzun, habían llegado al viejo matadero de Rentería, donde Hibaika tenía su sede.

—Bien. Muy bien —mintió Leire.

La patrona le dedicó una mirada escéptica. Sus ojos eran fríos, como si a sus escasos treinta años hubiera vivido demasiado, pero su sonrisa y sus palabras eran cálidas. Siempre lo eran.

—No puedes seguir viniendo. La posición no es la mejor para el feto, ya lo sabes —le dijo acariciándole el brazo—. Tampoco la intensidad con la que remamos. Hoy te he visto congestionada y estás entrando en una fase del embarazo en la que necesitarás cuidarte más.

Leire apretó los labios y asintió. Sabía que tenía razón.

—Un par de semanas más —musitó—. Ahora lo necesito. No puedo pasarme todo el día encerrada en el faro.

Maialen asintió comprensiva.

—Ánimo. Aquí tienes un montón de amigas, ya lo sabes —apuntó señalando a las pocas que aún no habían entrado en el edificio.

La escritora esbozó una sonrisa. Sabía que era así. A pesar de ser, con diferencia, la veterana de la tripulación, la habían hecho sentir una más desde el primer día. Iba a abrir la boca para agradecerle sus palabras cuando reparó en la vibración de su bolsa impermeable.

—Me llaman —se disculpó.

Su corazón comenzó a bombear más deprisa al comprobar que se trataba de Mendikute.

—*Gabon,* Leire. ¿Qué haces mañana por la tarde?

Trató de decir algo rápidamente pero las palabras se le atragantaron. Ya no sentía al pintor como un amigo, sino como un extraño. En cualquier caso, sería mejor comportarse con normalidad. Por lo menos hasta poder hablar con él y aclarar sus dudas. Repasó mentalmente su agenda. Los actos de promoción de la novela habían sido cancelados.

—¿Mañana? Nada. Estoy libre. —Le costó demasiado no mostrarse a la defensiva. Seguramente a esa hora el pintor estaría al corriente de que ella conocía el asunto de la deuda. Le habría faltado tiempo para regresar al astillero en busca del cuaderno que él mismo había escondido esa mañana entre la cajonera y la pared.

—¿Paso a buscarte para ir a Altsasu? Vamos a talar un roble que necesitamos para el espolón. Es una pieza importante y parece que los ecologistas tienen previsto acudir a impedirlo. Será una buena ocasión para hablar con ellos y ver qué saben del asesinato de Iñaki.

Leire observó pensativa la decena larga de gaviotas que descansaban apoyadas en la barandilla del paseo. Tal vez fuera una incauta por plantearse viajar con Mendikute hasta el valle de Sakana, pero no veía una ocasión mejor para interrogarlo. Además, él no había sido; una cosa era que fuera un ladrón y otra, muy diferente, un asesino.

—Claro. ¿A qué hora?

17

Madrugada del 6 de noviembre de 2015, viernes

La llamada llegó en plena noche.

Solo la luz intermitente del faro se colaba por la ventana para brindar una exigua claridad a las paredes blancas de la habitación. Leire no conseguía dormir. Llevaba más de una hora arrebujada en el edredón de aquella cama que ahora resultaba demasiado grande para ella sola, pero los párpados se resistían a cerrarse. Se arrepentía de no haber contado a la policía las novedades sobre Mendikute. Tal vez con su silencio cómplice estuviera impidiendo que la investigación avanzara.

Se obligó a prometerse a sí misma que por la mañana llamaría a Cestero. Le pediría discreción hasta que pudiera hablar con el pintor de camino a Altsasu, pero al menos ya los habría puesto sobre aviso. Temía, aunque no quisiera reconocerlo, que le pudiera suceder algo en ese viaje al valle del que obtenían los robles.

Con la decisión tomada, se giró de costado. El faro emitió uno de sus guiños. Uno cada veinte segundos. La oscuridad lo envolvió todo con un breve manto de tinieblas para inmediatamente rendirse de nuevo a la claridad. Su ritmo contagió en Leire un sosiego que sabía que acabaría por llevarla en volandas hasta el sueño. Recordaba sus primeras noches en aquella habitación, cuando no lograba acostumbrarse al constante vaivén entre claridad y tinieblas. Estuvo tentada de instalar una cortina opaca que contrarrestara la falta de persianas, pero tras una primera semana de poco dormir y mucho dar vueltas, pudo hacerlo sin problemas. Ahora, en cambio, le costaría conciliar el sueño sin el guiño fiel de su faro. Ojalá la llamada de la Autoridad Portuaria para invitarla a abandonarlo no llegara nunca.

Tiró del edredón para cubrirse la oreja. Los ronquidos de su madre se colaban en la habitación y la zancadilleaban en su camino hacia el sueño. Desde el asesinato de Iñaki dormían las dos con sus respectivas puertas abiertas. No lo habían hablado, era algo que ocurrió sin más, como si ambas buscaran protección con ese simple gesto. Sin embargo, aquellos ronquidos no había quien los aguantara. Seguían una monótona cadencia, suave y repetitiva, hasta que, de pronto, llegaba el disonante, con un énfasis capaz de despertar a un sordo.

Acababa de introducirse el dedo índice en el oído que no tenía apoyado en la almohada cuando un ruido aún más hiriente la sobresaltó.

¿Quién podría estar llamando a esas horas? Nadie conocía el número del teléfono fijo. Solo lo empleaban los del puerto. Ellos y Jaume Escudella, claro. De algún modo, su editor había logrado averiguarlo y la llamaba a esa línea cuando ella no quería responderle al móvil.

Consultó la hora. Eran casi las dos de la madrugada. El teléfono seguía sonando. Los timbres de los dos aparatos, el del vestíbulo y el del despacho, lo hacían a ritmos diferentes, magnificando el estridente sonido. Se apartó el edredón de un manotazo y se puso en pie de un salto.

Su madre seguía roncando. ¿Cómo era capaz de dormir tan profundamente?

El ring del teléfono continuó desvelando la noche con insistencia mientras Leire corría escaleras arriba con el corazón latiendo deprisa.

Al llegar al despacho comprobó en la pantalla del aparato que el número entrante era un fijo de Pasaia. Los primeros dígitos, al menos, así lo sugerían. Era extraño. Los de la Autoridad Portuaria no solían llamar a no ser que hubiera algún problema con la luz guía, y menos de madrugada, cuando solo permanecía en las oficinas un retén de emergencia. Estiró la mano hacia el auricular y descolgó el teléfono.

—¿Hola? —saludó dirigiendo la mirada a la ventana. Las

luces blancas de la cubierta de un carguero anclado frente a la bocana brindaban un toque de vida al mar negro que se extendía al otro lado del cristal.

La única respuesta fue el vacío. Un vacío roto por una interferencia rasposa, como la que emite el altavoz de un transistor de onda media al accionar la ruedecilla del dial. Después llegó la voz. Era tan fría y distorsionada que parecía proceder del fondo de una gigantesca lata de conserva. Solo fueron un puñado de palabras, pero no hizo falta ni una más para helarle la sangre en las venas.

—Ahora te toca a ti.

18

6 de noviembre de 2015, viernes

Ane Cestero tenía entre sus manos el segundo café de la mañana cuando recibió la llamada de Leire. Dejó el vaso de papel en el salpicadero y dirigió la mirada hacia la pescadería antes de responder.

—¿Qué tal, Leire? ¿Has podido dormir algo?

—Bueno, a duras penas —confesó la escritora—. Perdona por haberte despertado a las dos de la madrugada.

Cestero negó con la cabeza a pesar de que la escritora no podía verla. El movimiento le clavó unos dolorosos aguijones en las sienes. No recordaba a qué hora había subido a casa, pero sabía que demasiado tarde.

—No te preocupes. Para eso soy policía, ¿no?

—¿Habéis podido averiguar algo?

—La llamada fue realizada desde la cabina telefónica de la Herrera. No eligió el lugar porque sí. Allí no hay más que pabellones industriales venidos a menos y a la una de la madrugada no hay testigos.

Una mujer de edad avanzada apartó las cortinas antimoscas que protegían la pescadería y se perdió en el interior. Iba a ser difícil saber si compraba pescado o no, porque llevaba uno de esos capazos donde las señoras mayores acostumbran a llevar la compra. Tampoco importaba mucho. Las instrucciones de Madrazo habían sido claras: llevar un registro de visitantes a la pescadería, especialmente de aquellos que salieran sin compra. Pero aquella anciana difícilmente sería un asesino a sueldo.

—Habrá huellas o algo en el auricular —sugirió Leire con tono de frustración.

—Nada. Los de la Científica están intentándolo, pero las últimas noticias que tengo es que empleó guantes o limpió el aparato a conciencia.

—Vaya mierda… Oye, hay algo más que te quería contar —confesó Leire—. Hay una persona que robó bastante dinero del astillero. Iñaki lo había descubierto y le había obligado a firmar un documento comprometiéndose a devolverlo.

Cestero se revolvió inquieta en el asiento del conductor.

—¿Cuándo fue eso?

—El compromiso está fechado diez días antes del asesinato y el primer pago debía haberse producido el día que mataron a Iñaki.

—¿Quiénes lo saben? —la ertzaina comenzaba a temer que estuvieran ante un buen móvil para el crimen.

—Solo yo, y creo que él está al tanto de que yo lo sé.

Cestero resopló mientras estiraba la mano para coger el café.

—¡Joder, Leire! Ya lo tenemos —apuntó con una sensación triunfal—. ¿De quién me estás hablando?

La escritora tardó unos segundos en contestar.

—No estés tan segura. Era un buen amigo de Iñaki. Quiero hablar con él antes de involucraros a vosotros. Tal vez haya una explicación para todo esto.

—Ni se te ocurra —espetó Cestero abriendo la puerta y saliendo del coche. Necesitaba estirar sus músculos entumecidos tras más de una hora de vigilancia—. No puedes hacerlo tú sola. Es un clarísimo sospechoso.

—Tengo que darle una oportunidad. Iñaki se la hubiera dado —argumentó Leire.

Cestero dio un manotazo al techo del coche. Era un Ford Focus gris sin distintivos de ningún tipo. Se trataba de pasar desapercibida. Por eso ella tampoco llevaba uniforme alguno, solo unos vaqueros desgastados y una sudadera verde. Con el *piercing* en la nariz y el tatuaje de un dragón que se había hecho en el cuello, nadie hubiera dicho que era policía.

—¡No me jodas, Leire! ¿Es que ya no te acuerdas de la llamada de esta noche? Te tiene en el punto de mira. ¿Y qué mejor motivo para cargarse a Iñaki que silenciar para siempre el asunto ese de la deuda?

El silencio que le devolvió el auricular le hizo albergar la esperanza de que la escritora estuviera recapacitando. Sin embargo, su respuesta fue un nuevo jarro de agua fría.

—No. Quiero darle una oportunidad para explicarse. Siempre he creído que es una buena persona. Déjame hablar con él. Esta tarde te llamo y te cuento todo.

Cestero dejó el café sobre el capó con tan mala fortuna que su propio gesto furioso tumbó el vaso y derramó el líquido humeante sobre la carrocería. Un joven salió de la pescadería, pero lo olvidó tan pronto como lo vio. Todo lo referido a la misión que Madrazo le había encargado acababa de pasar a un segundo plano.

—¿Dónde estás? Iré contigo. Ni se te ocurra exponerte tú sola —le rogó intentando calmarse.

—Voy a ir sola. Solo una oportunidad. Estoy segura de que no fue él —insistió Leire.

La ertzaina resopló mientras daba pasos sin rumbo junto al coche.

—Es una locura.

—No, Ane. De verdad que no. Tendré el teléfono siempre a mano.

Un gato se coló en la pescadería y huyó con una raspa de pescado por las escaleras que llevaban al cementerio.

—Prométeme que tendrás cuidado y que no hablarás con él a solas. Hazlo en un bar, en un paseo... En un lugar donde haya gente cerca y que pueda veros.

—Te lo prometo —le contestó Leire antes de cortar la comunicación.

Cestero dejó caer el móvil en el asiento del conductor y maldijo por lo bajo. Conocía a la escritora demasiado bien para saber que haría lo que le diera la gana.

Dudó por un momento entre llamar a Madrazo para contárselo todo o continuar con su misión. Lo correcto sería llamarle, pero Leire le había pedido una oportunidad para hacerlo a su manera. No podía negársela. No, si quería que siguiera confiando en ella. Su colaboración podría ser esencial para resolver el caso. Además, en cierto modo, sentía que se lo debía.

La señora mayor que había entrado hacía unos minutos abandonaba la pescadería cuando Cestero se dejó caer en el asiento. Con una mueca de hastío, cerró la puerta y tomó la libreta para apuntar la hora y edad aproximada de la clienta. ¿Había visto a alguien más mientras hablaba con Leire? Una leve duda pasó por su cabeza, pero no tardó en descartarlo.

Dirigió de nuevo la vista al reloj. Eran solo las diez de la mañana. Le quedaban demasiadas horas de tedio por delante. En mala hora le había dicho nada al suboficial sobre la pescadera. Con misiones así daban ganas de colgar la pistola y la placa y marcharse a casa para siempre.

19

6 de noviembre de 2015, viernes

La mente de Iñigo era un remolino de reproches propios y ajenos conforme caminaba por el largo paseo marítimo de Hondarribia. El cielo azul, presidido por un sol que no calentaba, no lograba levantarle un estado de ánimo en el que no había lugar para la sonrisa.

Se sentía irritado y culpable al mismo tiempo. Era injusto que Cestero y Leire no hubieran querido abrirle la puerta de sus casas. De no haber sido por aquel amigo de sus ya lejanos tiempos de estudiante habría tenido que regresar a Bilbao o irse a un hotel. Suerte que con Josean mantuviera una buena amistad y lo hubiera invitado de buen grado a pasar unos días en su casa.

Lo peor eran las explicaciones. Pedir asilo sin aviso previo a las diez y media de la noche lo había obligado a contestar demasiadas preguntas. Era evidente que Josean no se había creído sus excusas y que sospechaba que algo ocultaba. Afortunadamente no había insistido.

Tras las cuestiones sobre los motivos de su repentina necesidad de dormir en su casa, otras, como la de cuántos días pensaba quedarse con él en su piso de las torres de Iterlimen, habían quedado pendientes de respuesta. Ojalá pudiera convencer pronto a Leire para que le permitiera irse al faro con ella. Aunque, pensándolo bien, no era tan mala noticia que le hubiera echado en cara sus amoríos con Cestero. Eso significaba que, a pesar de los muchos años pasados, seguía sintiendo algo por él.

Lo que no podía perdonarse era lo de la ertzaina. Había

sido muy poco inteligente dejar de contestarle las llamadas cuando se enrolló con aquella estudiante de tercero. La novedad le hizo olvidar rápidamente su idilio veraniego y los mensajes de la pasaitarra le generaban demasiada pereza como para dedicarles un par de segundos.

«Va siendo hora de que empiece a tomar en cuenta a quien está al otro lado —se dijo para sus adentros.»

No era una reflexión para tomar a la ligera después de lo que había ocurrido. Si lo hubiera hecho, ahora no estaría en aquella situación.

Remontando la ría, había dejado atrás la playa y el puerto deportivo y avanzaba junto a la zona que más cambios sufría por efecto de la marea. Los lodos que la bajamar dejaba al descubierto impregnaban la atmósfera con un empalagoso olor a humedad que se aferraba con fuerza a los orificios nasales. Varios correlimos deambulaban con sus finas patas por el barro en busca de algún invertebrado que llevarse a la tripa. Cuando lo encontraban, sus finos picos se lanzaban rápidamente a por la presa.

Iñigo consultó su teléfono. No tenía mensaje alguno. Tampoco llamadas. Tenía la esperanza de que, antes o después, Leire le rogara su ayuda. Quería estar cerca de ella. Lo necesitaba en un momento así. Tal vez la escritora pudiera perdonarle algún día si llegaba a enterarse, o tal vez creyera sus explicaciones. Sí, quizás lograra que su exnovia diera crédito a su versión de los hechos. Al fin y al cabo ella lo conocía demasiado bien como para saber que era incapaz de hacer algo así.

Las formas rotundas de un avión de tonos amarillos sobrevolaron las casas de Hendaia, al otro lado del Bidasoa, y perdieron rápidamente altura en busca de la pista de aterrizaje. Un rugido ensordecedor acompañó su frenada, asustando a un cangrejo que descansaba sobre una roca cubierta de algas y pequeños mejillones. El animal corrió a zambullirse en una charca cercana y desapareció bajo la lámina de agua.

Se sentía absurdo paseando sin rumbo. Su lugar estaba en Pasaia, participando en una investigación que le vetaban por asuntos que mezclaban el amor y los celos. Volvió a mirar el teléfono. Esta vez no se conformó con comprobar que nadie había contactado con él. Llamó a Leire. Tenía que aceptar la ayuda que le ofrecía. No podía seguir rechazando la mano que le tendía por un puñado de celos oxidados.

Los tonos se extinguieron sin respuesta.

La siguiente llamada fue para Cestero. Al ver su foto en la pantalla le vinieron a la mente las fantásticas noches que había disfrutado con ella. Pocas mujeres había conocido tan apasionadas en la cama. Al recordarlo sintió que entre sus piernas algo respondía al estímulo y se reprochó haberla cambiado por aquella alumna, que por supuesto que era más atractiva que la ertzaina, pero también mucho más aburrida. ¿De qué servía ser alta y con buen tipo si no se tenía conversación ni ganas de disfrutar del sexo? Cestero, en cambio, era inteligente y carecía de remilgos. Además, su descaro y el aire duro que le conferían tanto el tatuaje en el cuello como los *piercings* en los pezones y la lengua resultaban tan atractivos como el cuerpo más hermoso.

El primer tono le hizo contener la respiración. Estaba seguro de que la ertzaina respondería. Los ojos de la joven le habían dicho la víspera que no le resultaba fácil darle la espalda. Todavía sentía algo por él. Sin embargo, sus esperanzas se congelaron en seco cuando la llamada fue rechazada al tercer tono.

Asustando con un rápido movimiento a una gaviota que lo espiaba desde una papelera cercana, se lamentó de su mala suerte.

La moral comenzaba a fallarle. Si les costaba tanto perdonarle una pequeña torpeza sentimental, necesitaba evitar por todos los medios que descubrieran lo demás.

20

6 de noviembre de 2015, viernes

—¿Has visto lo del albergue de peregrinos? ¿Es en tu faro donde quieren hacerlo? —preguntó Isabel sin dejar de pelar un rape.

—No, es en el de más abajo. Tú vives en el de la Plata, ¿no? —apuntó una clienta girándose hacia Leire.

La escritora asintió. No sabía a qué albergue se referían.

—Esta no ha leído el periódico hoy —comentó la pescadera reparando en su expresión intrigada.

—Yo tampoco, pero en la radio también han estado hablando de ello —señaló la clienta. Su vestido, de un alegre color verde, parecía de domingo, como el collar que adornaba su cuello—. Más de cien faros de toda España se van a convertir en hoteles.

Leire recibió la nueva con recelo. El suyo se encontraba en un enclave privilegiado, que haría las delicias de cualquier empresario hotelero.

—¿Seguro que la noticia no hablaba del faro de la Plata? —inquirió preocupada.

—No, de ese no han dicho nada. Solo de Seneka... Seneko... —Los ojillos claros de Isabel suplicaban ayuda a la escritora—. Jesús, qué difícil es el euskera. Mira que me trajeron de muy cría y ya me toca jubilarme, pero no hay manera de acostumbrarse.

—Senekozuloa —terminó Leire con una sonrisa—. ¿No tendrás por ahí el periódico?

—Sí. Pasa y cógelo tú misma, que con estas manos lo voy a dejar empapado y luego tengo que oír a mi Adolfo —dijo la pescadera señalando un extremo del mostrador con una mano enguantada hasta el codo. Después envolvió el rape en un papel y se dirigió a la otra clienta—. ¿Algo más?

—Estos *txitxarros* tienen buena pinta. ¿A cuánto los tienes?

Isabel le mostró las agallas, de un intenso color rojo que contrastaba con el blanco de su delantal.

—Más frescos imposible. A siete euros. Los he traído esta mañana de la lonja.

—¿Siete? ¿Carísimo, no?

La pescadera cogió un puñado de hielo de una caja y sazonó el pescado con él.

—¿Qué quieres? No estamos en temporada. Pregunta por ahí a ver a cómo lo tienen —le invitó señalando los otros puestos de pescado del mercado—. Si te digo a cuánto lo he pagado en lonja, todavía me das las gracias. Es un regalo.

—Ponme uno, venga. Si luego lo veo más barato te pediré la diferencia —le advirtió la clienta.

—¿En qué página estaba? —preguntó Leire pasando hojas del diario. No encontraba la noticia.

Isabel se giró hacia ella. Daba respeto con el ancho cuchillo curvo en la mano.

—Ya te has pasado. Era en las páginas de Pasaia. Tú ya te has ido a economía.

—Las que tienen dinero, ya se sabe. Que esta vende muchos libros —comentó la clienta.

—Si yo te contara —murmuró Leire sin levantar la vista del mostrador.

—¿Cómo lo quieres? —la pescadera volvía a dirigirse a la clienta.

—Abierto, en forma de libro. Lo pondré al horno.

—Unos ajitos, vinagre y listo. Teta de novicia —añadió Isabel manejando el cuchillo con agilidad.

—Aquí está. —Leire había dado con la noticia. Eran apenas tres renglones con un titular a dos líneas y sin foto. El Ministerio de Fomento había decidido abrir a usos terciarios ciento cincuenta faros de toda España. Entre ellos, el pasaitarra de Senekozuloa. Se trataba de torres de luz automatizadas y deshabitadas cuyo mantenimiento costaba ingentes cantidades de dinero a las arcas públicas. La iniciativa perseguía que esos gastos fueran asumidos ahora por los municipios propietarios de las instalaciones, que a su vez podrían alquilarlas a terceros. Consultado por el diario, el Ayuntamiento de Pasaia se inclinaba por adaptar como albergue de peregrinos el faro de Senekozuloa. Su limitado tamaño no hacía viable su uso como hotel, y el pueblo carecía de un refugio en condiciones para el creciente número de caminantes que realizaba la ruta jacobea de la costa.

—No hablan del tuyo, ¿verdad? —inquirió la pescadera tras cobrar a la otra clienta.

—No. Me habíais asustado —reconoció Leire cerrando el diario.

—Puedes estar tranquila —indicó Isabel limpiándose las manos bajo el grifo abierto—. ¿Qué tal estás? ¿Se sabe ya algo? Habrá algún sospechoso...

—Nada. Poco a poco —murmuró Leire regresando al otro lado del mostrador a tiempo para saludar a una nueva clienta que le dio el pésame mientras acariciaba una cruz de oro que llevaba a modo de gargantilla. Su mirada huidiza le dijo que la recién llegada hubiera preferido estar en cualquier lugar antes que con ella. Era una sensación habitual desde la muerte de Iñaki. ¿Era eso lo que le esperaba en su papel de viuda? ¿La rehuirían por miedo a no saber qué decir? A veces tenía la impresión de que temían que su desgracia fuera contagiosa. O quizás fuera aún peor y la consideraran capaz de ser una asesina.

—Ponme dos rodajas de bonito. Mi madre prepara una piperrada que le irá de primera —pidió cambiando de tema.

Isabel cogió con ambas manos la cola de bonito y la colocó en la madera de corte. Después marcó la piel de la zona a cortar e introdujo el filo del cuchillo en la pieza.

—Vaya bochorno lo de Felisa el día de las cenizas —comentó alzando levemente la vista—. Jesús... Está obsesionada contigo. Y no eres la primera con quien la toma, eh. Hace años, cuando nos hicieron nuevo el mercado, se puso como una mona. No sé cómo la aguanta la gente. ¿Ya venderá algo?

Leire se encogió de hombros. Tenía entendido que muchos clientes habían dado la espalda a Felisa tras sus salidas de tono cuando los crímenes del Sacamantecas. Y eso, al parecer, había resultado demoledor para su negocio. A menos compradores, menos posibilidades de contar con un buen surtido de pescado y demasiados restos de un día para otro. En un pueblo que vivía del mar, era un verdadero crimen que el género expuesto oliera a amoniaco. Lo peor de todo, era que estaba segura de que la gallega la odiaba aún más por considerarla culpable de su caída en desgracia.

—A esa ya solo le compran los viejos. Quien puede caminar diez minutos se viene aquí, al mercado de Trintxerpe. Vas a comparar... Más fresco y a mejor precio —intervino la de la gargantilla.

La pescadera sonrió halagada antes de señalar con el cuchillo el vientre de Leire.

—¿Y tú, cómo vas? ¿Se sabe ya si es niño o niña?

—Es niña. No me preguntes el nombre, que eso me costará.

—Ay, hija, enhorabuena —celebró la que aguardaba su turno acariciándole el vientre—. Me había parecido que estabas en estado, pero no quería meter la pata. Una vez me pasó con una vecina. ¡Vaya vergüenza!

Isabel alzó el cuchillo ensangrentado para llamar la atención.

—A mí me gusta Zazi. Si tuviera una hija, la llamaría Zazi. Cuando yo tuve a los míos, se llevaban otros nombres más aburridos. Ahora es una maravilla, te dejan ponerles como quieras.

—Según en qué registros, no creas. La hermana de mi nuera tuvo que irse a Rentería porque en San Sebastián no le dejaban poner el nombre que quería a su cría. Le decían que era de niño —apuntó la clienta.

—A ver también qué nombre era. Hay cada uno... Pobres críos —se lamentó la pescadera entregándole la bolsa a la escritora.

Leire se disculpó por no extenderse en la conversación. Su corazón latía ya con fuerza, expectante y angustiado ante el encuentro con Mendikute.

21

6 de noviembre de 2015, viernes

El sol que brillaba sobre las montañas del Goierri dio paso a una densa niebla otoñal en cuanto la furgoneta de Mendikute coronó el alto de Etzegarate. Los hayedos dorados que flanqueaban la Nacional I como un alegre cuadro impresionista fueron devorados sin piedad por aquel implacable manto grisáceo. En apenas unos segundos toda muestra de vida había desaparecido y solo el antiniebla rojo del coche que les precedía destacaba en un triste mundo monocromo.

—Esta gente se pasa medio año bajo la niebla —comentó Mendikute reduciendo la velocidad.

Leire asintió mecánicamente, aunque en realidad sabía que se trataba de una exageración. La Llanada alavesa y el valle de Sakana eran especialmente dados a sufrir ese fenómeno atmosférico en aquella época del año, pero rara vez persistía más de una semana. Tampoco le rebatió el comentario. Hacía más de media hora que habían salido de Pasaia y todavía no había encontrado el momento de sacar el tema del robo. Mendikute hablaba sin cesar, hilvanando unos asuntos banales con otros, como si pretendiera evitar que fuera ella quien tomara la iniciativa.

La señal azul de la carretera indicaba la salida de Zegama. Todavía no habían llegado a Altsasu. Sin embargo, Mendikute guió la furgoneta hacia el carril de deceleración. Por primera vez en un buen rato no hablaba. Parecía demasiado concentrado en lo que hacía. Leire miró de reojo el indicador del combustible. Marcaba algo más de medio depósito. No necesitaban repostar en la estación de servicio cuyo rótulo luminoso se dejaba entrever junto a la carretera.

—¿No íbamos a Altsasu? —inquirió incómoda mientras la furgoneta abandonaba la autovía.

El pintor asintió con la cabeza. Su expresión era grave. La sonrisa se había esfumado de sus labios. El aspecto despreocupado y las conversaciones triviales con las que había conducido desde Pasaia habían desaparecido de pronto.

—Solo será un momento —murmuró tomando la carretera secundaria que pasaba sobre la autovía para ir en busca de la antigua nacional.

El paisaje se veía muerto, fantasmagórico. Lo poco que se llegaba a intuir a través de la niebla era un territorio sin vida, olvidado desde que los coches dejaron de circular por él. Un edificio de tejado en fuerte pendiente, propio de lugares con grandes nevadas, fue tomando forma conforme la furgoneta se aproximaba.

—¿Adónde vamos? —Leire sentía los latidos del corazón en la garganta y las uñas clavadas en las palmas de las manos de la tensión que imprimía a sus puños cerrados—. Altsasu está en dirección opuesta.

A su lado, Mendikute se limitó a mover afirmativamente la cabeza mientras estacionaba la furgoneta frente al hotel abandonado. La enorme explanada de aparcamiento y las numerosas ventanas del edificio delataban que en su día había sido un lugar con mucha vida. Aquel día, en cambio, no quedaba ni rastro de ella. Los propios árboles que crecían junto al establecimiento estaban desnudos de hojas, en una estampa invernal adelantada. El silencio era absoluto y la niebla, que hacía desaparecer la lejanía, no ayudaba. No era un lugar acogedor. Tal vez algún día lo hubiera sido, pero esa mañana de principios de noviembre no lo era.

—Encontraste el cuaderno —dijo Mendikute sin apartar la mirada del edificio deshabitado. Jamás hasta entonces lo había visto tan serio.

Leire se desabrochó el cinturón de seguridad y dudó entre llevar la mano derecha al bolsillo de la chaqueta para coger el móvil o a la manecilla de la puerta. Tal vez lo mejor fuera salir de allí cuanto antes. Recordó las palabras de Cestero pidiéndole que no estuviera sola con él. Había sido una incauta. Tenía ganas de llorar de impotencia.

—¿Que pretendías escondiéndolo? —logró preguntar esforzándose por no parecer aterrada.

El pintor apretó los labios en una mueca de tristeza. Sus ojos evitaban el contacto con ella. Seguían clavados en aquel hotel del que la vida había huido.

—Pensaba devolver el dinero igualmente. Solo intentaba no tener que volver a pasar por la vergüenza de dar explicaciones. No estoy orgulloso de lo que hice —confesó. Su respiración se había acelerado.

—Iñaki no me había contado nada —admitió Leire.

—Lo sé. Le pedí que nadie se enterara. Estaba pasando una mala racha. Tenía deudas y aquel cheque al portador me resultó demasiado tentador. Nunca debí hacerlo.

—¿Qué deudas? Doce mil euros es mucho dinero.

La escritora comprobó que las manos de Mendikute se crispaban alrededor del volante. Sus maxilares estaban tensos. La gélida voz que la había despertado esa noche a través del teléfono resonó de nuevo en sus oídos. Luchó por silenciarla y centrarse en el presente.

—No es fácil ser soltero. Llegas a casa y no hay nadie. En la calle todo son risas y palmadas en la espalda. Cierras la puerta y estás solo. El juego, las mujeres... Hay demasiadas trampas en las que puedes caer. —Por primera vez, sus hermosos ojos azules buscaron los de Leire. Parecían rogar que no siguiera preguntando. Los detalles eran vergonzantes.

—Hay una fecha en el documento que firmaste que...

—Sí, ya lo sé —de pronto ya no estaba avergonzado, sino furioso—. ¡En mala hora pusimos esa fecha para el primer pago! ¡Maldita casualidad! Leire, yo no lo maté. No mataría a nadie por dinero.

La escritora suspiró. Esta vez fue ella quien apartó la mirada. No se sentía cómoda con aquella conversación.

—Yo no he dicho eso. Aunque... No sé... Si no habías conseguido reunir el dinero de la primera entrega, Iñaki lo habría hecho público. Quizás la vergüenza...

La expresión del rostro de Mendikute la hizo recular y volvió a tener la impresión de que debía huir. El pintor la observaba con una rabia que jamás había visto en él.

—¿Cómo puedes llegar a pensar algo así? —le espetó elevando la voz mientras los ojos se le llenaban de lágrimas—. Tus putas novelas te han vuelto loca. ¡Soy tu amigo! ¡Quería a Iñaki como si fuera mi hermano, joder!

El puñetazo que el pintor pegó en el volante fue demasiado. Leire abrió la puerta y salió de la furgoneta, alejándose apresuradamente hacia el bosque mientras marcaba el número de Cestero en el móvil. Tenía que pedir ayuda cuanto antes. Sin embargo, la pantalla le indicó que no tenía cobertura.

—¿Qué haces? ¿Adónde vas? —inquirió Mendikute abandonando el vehículo.

La escritora echó a correr hacia los árboles. La niebla hacía poco apetecible adentrarse en el bosque, pero sería una buena aliada a la hora de ocultarse.

—¡Leire, por favor! ¿Qué estás haciendo? ¡Tranquilízate! Somos amigos… —La voz del pintor sonaba arrasada por la tristeza—. No me hagas esto. Yo también estoy destrozado. Quería a Iñaki… Te quiero a ti… Sois mis amigos, mi familia. —No cabía duda, estaba llorando.

La escritora se giró hacia él y lo vio de rodillas en el asfalto, con la cara hundida hacia el suelo. Tragó saliva con dificultad y se obligó a aplacar su pánico. Estaba llevando las cosas demasiado lejos. Mendikute estaba dolido por saberse sospechoso, pero él no había matado a Iñaki ni iba a hacerle daño a ella.

—Cálmate, por favor. No me hundas más en la miseria —musitó el pintor poniéndose en pie.

Leire lo vio caminar cabizbajo hacia la furgoneta y respiró hondo. De pronto se sentía culpable del espectáculo que acababa de montar. Haciendo un esfuerzo por no volver a dejarse llevar por el miedo, regresó lentamente al vehículo y ocupó su asiento. A su lado, Mendikute lloraba aferrado al volante.

—Gracias —musitó sin girarse hacia ella.

—Lo siento. Yo…

El pintor negó con la cabeza. Después pareció recomponerse y giró la llave de contacto.

—Es igual —dijo introduciendo la primera marcha—. Vamos a Altsasu antes de que se haga demasiado tarde.

Leire respiró aliviada. Sabía, sin embargo, que antes o después tendrían que retomar la charla. Por lo menos, no sería en un lugar tan apartado.

Una carretera vecinal los llevó desde las acogedoras calles de Altsasu hasta el paraje de Dantzaleku. La niebla, que se resistía a colarse entre las calles del pueblo y que creían haber dejado atrás definitivamente, se volvió densa de nuevo en cuanto la furgoneta de Mendikute continuó en busca del fondo del valle. Las ovejas, que pastaban en las campas que se extendían tras los alambres de espino, invitaban a contagiarse del ritmo tranquilo del mundo ganadero.

—¿Seguro que han convocado una protesta? —preguntó Leire. La aparente calma no hacía presagiar enfrentamiento alguno.

El pintor señaló algo a través del parabrisas.

—Ahí tienes eso. No andarán muy lejos.

El paisaje se había tornado inusitadamente plano y los robles se adivinaban entre la bruma. En un primer momento, a Leire le costó reconocer la nota discordante. La pancarta que alguien había dispuesto cortando la carretera había sido rasgada por la mitad y pendía, ilegible, de los respectivos árboles a los que había sido atada.

—Habrán llegado ya los taladores —comentó forzando la vista para intentar localizar movimiento entre la niebla. Se alegró para sus adentros de que se les hubieran adelantado. No tenía que haber sido fácil bajar a retirar aquel cartel en medio de las protestas de los activistas.

Mendikute estacionó la furgoneta junto a varios coches. Era evidente que no estaban solos en el bosque.

—¿Vamos? Es por ahí, cerca del río —indicó el pintor abriendo la puerta.

Leire lo siguió. La humedad reinante la obligó a subir al máximo la cremallera de la cazadora. La hierba que cubría el suelo no tardó en empaparle las botas. Menos mal que se había puesto las de monte.

—Vaya unos ecologistas de mierda —comentó al ver las cuatro tiendas de campaña en un claro del bosque. Las bolsas de basura amontonadas junto a ellas habían sido destrozadas por alguna alimaña y su contenido se hallaba desperdigado por doquier, sin que nadie se hubiera preocupado de recogerlo. Las latas de cerveza ganaban la partida a los restos de comida.

—Son unos niñatos malcriados. Mira que hemos luchado en Pasaia para que los acantilados de Jaizkibel no fueran arrasados por culpa de los especuladores... A estos les da igual arre que so. Ni son ecologistas ni son nada. Solo quieren un motivo para estar aquí de fiesta.

Leire se lamentó de que tantas luchas justas acabaran enfangadas por culpa de alborotadores que solo buscaban una ocasión para enfrentarse al sistema. Afortunadamente, en Pasaia habían sabido mantenerlos a raya durante las manifestaciones contra el abortado puerto exterior.

—¡No pasarán! ¡No pasarán! —Las consignas se abrieron paso entre la niebla, aunque las siluetas de los manifestantes tardaron todavía unos segundos en dibujarse tras ella.

La escritora suspiró inquieta. No había más de una docena de activistas, pero formaban un cordón bien organizado en torno a un roble cuyas ramas parecían garras aferradas al cielo.

—No hay manera —anunció uno de los taladores acercándose a recibirlos. Leire lo reconoció. Era Iván, un joven carnicero de Altsasu. En alguna ocasión, Iñaki había regresado al faro con una ristra de chistorra o alguna morcilla que le había regalado—. Elena se ha encadenado al árbol y los demás no nos permiten acercarnos a ella. Como sigamos así, tendremos que dejarlo. Yo no puedo perder una tarde entera cada vez que venimos a por madera.

Leire asintió comprensiva. No se podía pedir a unos voluntarios que se enfrentaran con manifestantes cada vez que había que sacar un roble.

—Estos árboles fueron plantados para destinarlos a la construcción naval —explicó dirigiéndose a los jóvenes que formaban una cadena humana alrededor del roble—. ¿Por qué creéis si no que tienen unas formas tan singulares? ¿Veis?, eso es un talón de codaste, eso un espolón y aquel de allí una varenga. Desde que son jóvenes son dirigidos por medio de guías y plantillas.

—¿Qué más da para qué fueran plantados? Son robles centenarios y tú no eres quien para talarlos —se le encaró la mujer a la que una cadena metálica ligaba al tronco. Así que esa era Elena. Su rostro y su voz traslucían una gran crispación.

Leire tragó saliva.

—Si os fijáis, no hay árboles jóvenes creciendo por aquí —dijo recurriendo a uno de los habituales argumentos de Iñaki—. No los hay porque estos robles se plantaron para ser talados, no para crecer tanto, y apenas hay espacio entre ellos. Los rayos de sol difícilmente llegan al suelo para dar su calor a los brotes jóvenes, que acaban sucumbiendo a los rigores del clima. Es necesario clarear un poco el bosque o morirá de viejo. Por eso seleccionamos los robles en los espacios donde son excesivos. Se trata de garantizar la supervivencia del bosque.

A su lado, Mendikute asentía con los brazos cruzados y gesto convencido.

—Eso son patrañas —objetó Elena—. ¿Quién sois vosotros para decidir qué roble debe morir y cuál no?

—Sabes perfectamente que tiene razón —le espetó Iván dando un paso hacia ella con la motosierra en la mano. A pesar del frío, el carnicero, que lucía dos pendientes en la oreja izquierda, vestía una sencilla camiseta de tirantes—. Además, se va a hacer del mismo modo que se hacía en el pasado. Por cada árbol que se lleven plantarán en el valle doce de la misma especie.

—¡Patrañas! —exclamó la activista con una sonrisa desafiante—. El roble no se toca. Ni este ni ningún otro.

El otro talador se acercó a su compañero y le puso la mano en el hombro.

—Déjala. No entres al trapo, es lo que pretende.

—¡No se toca, el bosque no se toca! —clamó Elena alzando el puño al aire.

Los demás activistas se sumaron a su grito de guerra, que resonó con demasiada fuerza en el silencio del bosque.

—Si no os apartáis, llamaremos a los forales. Vosotros mismos —anunció Iván mostrándoles el móvil—. ¿Queréis acabar como la última vez? Vendrán, os apartarán por la fuerza y os identificarán. Esta vez os denunciaremos. A mí no me tocáis más los cojones.

—No vamos a movernos de aquí —se jactó Elena mientras los demás continuaban coreando gritos de protesta.

Leire se giró hacia Mendikute y resopló. Ahora entendía el empeño de Iñaki por contratar un administrador. De soñar con navegar en un galeón ballenero había pasado a perderse entre números, organizar turnos de trabajo y pelearse con ecologistas de dudosa motivación. Y todo sin cobrar un solo euro.

—Vosotros mismos —advirtió Iván llevándose el teléfono a la oreja—. Sí, mire, llamo de Altsasu. Estamos en el robledal de Dantzaleku. Tenemos permiso para talar un árbol y hay una persona encadenada que nos lo impide... Sí, cerca del espacio deportivo... Muy bien. Gracias.

—¿Vienen? —preguntó el otro talador—. Chicos, vosotros sabréis. O salís de ahí o vais a acabar en el calabozo.

—Venga, no tenemos todo el día —los apremió Mendikute.

—Tú ándate con cuidado —le advirtió Elena—. A ver si vas a acabar igual que tu amigo.

Iván se giró hacia Leire y esbozó un gesto de disculpa mientras la escritora se obligaba a respirar hondo para no lanzarse contra ella.

—¿Es eso una confesión? —inquirió acercándose a la activista tanto como pudo. Los demás habían cesado sus cánticos y solo un pajarillo lejano se atrevió a profanar el silencio—. ¿Lo matasteis vosotros?

Elena mostró una mueca de autosuficiencia.

—Somos ecologistas, no asesinos —sentenció alzando desafiante el mentón.

Leire se obligó a mantenerle la mirada y no pudo evitar que un frío atroz le recorriera la médula espinal. Los ojos de Elena eran un pozo donde reinaba la oscuridad. En apenas unos segundos leyó en ellos rencor, envidia, tristeza y un odio que le resultó tan insoportable que cuando apartó la vista creyó haber envejecido varios años.

—¿Seguro que no fuisteis vosotros? —insistió Iván colocándose junto a la escritora.

Esta vez Elena no respondió. Se limitó a mostrar una sonrisa orgullosa que se le congeló en los labios en cuanto oyó la sirena policial abriéndose paso a través del arbolado.

Un tenso silencio se adueñó del bosque mientras los activistas se dirigían miradas apremiantes. El tiempo parecía haberse detenido de pronto. Un rayo de sol se coló entre la niebla y tiñó el ambiente con el tono dorado de las hojas de los robles. Apenas fueron unos segundos, pero el Dantzaleku pareció desbordante de vida.

—Suéltame —le indicó Elena a un joven de largas patillas que sacó una llave del bolsillo de su cazadora de marca. La sirena resonaba cada vez con más fuerza conforme se aproximaba a través de los sinuosos caminos de la Sakana—. Venga, antes de que lleguen. Esta vez ganan ellos, pero el bosque todavía no ha dicho la última palabra.

22

6 de noviembre de 2015, viernes

En cuanto aparcó el coche ante la puerta, Aitor Goenaga se sintió en casa. Aquellos ladridos eran la mejor bienvenida tras un día de trabajo. Oírlos era sentir de inmediato la emoción de saber que alguien lo echaba de menos y se alegraba de volver a verlo. Alertados por Antonius, los perros del vecindario se unieron al coro de voces roncas que jaleaban su regreso.

—Ya voy —dijo en voz baja mientras introducía la llave en la cerradura.

Antonius asomó el hocico entre los barrotes y olisqueó inquieto al recién llegado.

—Venga, aparta. Vamos —le pidió el ertzaina empujando la puerta con suavidad.

El labrador se coló por el quicio abierto y saltó sobre su dueño.

—Basta. Me vas a tirar —le regañó Aitor acariciándole la cabeza. Las patas delanteras del perro se apoyaron en su abdomen y le obligaron a hacer esfuerzos por no perder el equilibrio—. Yo también te he echado de menos.

El animal le dio unos lametazos en las manos al tiempo que sacudía con fuerza el rabo.

—Vamos, venga, Antonius. Déjame llegar a casa.

Aitor apartó con suavidad al perro y atravesó el jardín con él saltando y ladrando a su lado. Abrió la puerta de casa y depositó las llaves en la canastilla de mimbre. Antonius desapareció a la carrera por el pasillo. Segundos después regresaba con su bol entre los dientes y una mirada que consiguió derretir a su amo.

—Ya va. Dame un minuto —rogó el ertzaina riéndose mientras se quitaba las botas y se enfundaba las zapatillas de casa.

El perro depositó el recipiente metálico en el suelo y ladró con fuerza.

—¡Qué pesado puedes llegar a ser! —se lamentó Aitor recogiendo el cuenco para dirigirse a la cocina.

El saco de pienso estaba por desprecintar y le llevó unos instantes tomar las tijeras y abrirlo. Todo se hacía más difícil con un perro ansioso metiendo el hocico en todos lados.

—¡Toma! Ahí tienes tu manjar divino —espetó el ertzaina dejando el bol en el suelo.

Antonius hundió el morro entre las crujientes bolitas rojizas y gruñó cuando Aitor acercó la mano para verter agua en el otro cuenco. Con la comida no se jugaba.

El ertzaina pulsó el interruptor de la radio que había sobre la encimera. Lo hacía siempre al llegar a casa. Tras la marcha de Teresa le resultaba insoportable el silencio que parecía haberse instalado entre aquellas paredes. Después se lavó las manos en el fregadero y abrió la nevera. No tenía ganas de cocinar para él solo. Por suerte todavía quedaba kéfir. Sacó la botella y la dejó encima de la mesa. Llenó de muesli un tazón y cubrió los cereales secos con la leche fermentada.

—¿Estás listo para el concurso? —le preguntó al perro tomando una cuchara del cajón de los cubiertos.

El crujido del pienso entre sus dientes fue la única respuesta de Antonius. En la radio un futbolista anunciaba un bufete de abogados especializado en recuperar el dinero de acciones preferentes.

—Tendremos que llevarte a la peluquería —anunció Aitor.

Esta vez el perro soltó un gruñido antes de seguir masticando. El ertzaina se rió. Era la respuesta que esperaba. Solo había una cosa que Antonius detestara más que el baño semanal y era la peluquería. En cuanto veía a Maite con la cortadora eléctrica comenzaba a ladrar como loco. Era peor que si hubiera visto al mismísimo demonio perruno.

—Sí, amiguito. Es el campeonato de Euskadi y esta vez vas a ganarlo —le reprochó el ertzaina—. Puedes ponerte como quieras, que el año pasado quedaste segundo por tu manía de no dejarle a Maite acabar su trabajo.

Antonius alzó la cabeza para ladrar. Después bebió agua y volvió meter el hocico en el pienso. Esta vez olisqueó sin interés lo poco que quedaba y se giró hacia su dueño en busca de caricias.

Aitor dejó la cuchara en el tazón y pasó la mano por las suaves orejas del animal. A menudo se planteaba cómo sería su existencia sin Antonius y sentía un horrible vértigo que le obligaba a pensar en otra cosa. Nadie iba a llevárselo. Nunca. No lo permitiría.

Cuando Teresa le dejó, hacía ya tres años, amenazó con llevarse con ella al perro, que entonces apenas era un cachorro. La suerte quiso, en cambio, que el propietario del piso que alquiló con Borja en el barrio donostiarra de Egia no admitiera animales de compañía. Antonius fue determinante para que Aitor decidiera quedarse con la casita adosada que la pareja rota había comprado junto al carril bici de Oiartzun hacía ya once años. No iba a ser fácil para él solo hacer frente a la hipoteca, pero su sueldo de ertzaina era bueno y no tenía grandes gastos. Sus únicas aficiones eran pasear por la montaña y llevar a su perro a concursos de belleza. La peluquería y los costosos cursos de adiestramiento eran el único agujero que podían amenazar el pago del dinero que debía al banco.

Satisfecho con las caricias, el animal se tumbó a sus pies y Aitor pudo volver a hundir la cuchara en los cereales. Dos tertulianos discutían acaloradamente en la radio. Se acercaban las elecciones generales y la irrupción de dos nuevos partidos mantenía los ánimos caldeados y las encuestas al rojo vivo.

El moderador los interrumpió. No había avances en el caso del crimen del faro. Pasaia y su entorno estaban sumidos en una tensa espera que comenzaba a hacer mella en el ánimo de los ciudadanos. Un reportero desplazado al pueblo constataba la escasez de paseantes una vez caía la noche.

—Ya será menos. Eso es porque hace frío —comentó el ertzaina con la boca llena.

Antonius le dirigió una mirada somnolienta antes de volver a cerrar los ojos.

Los tertulianos que un minuto atrás discutían de política también parecían entender de asuntos policiales. Uno de ellos sugirió la posibilidad de que el crimen respondiera a un ajuste de cuentas por asuntos de narcotráfico. Decía tener contactos en la investigación que así lo aseguraban.

—Menudo caradura —se lamentó Aitor acercando la mano al aparato. No tenía ganas de seguir oyendo tonterías. Era su equipo quien se ocupaba del caso y no tenía constancia de haber oído a nadie mencionar asuntos de drogas.

Iba a girar la ruedecilla en busca de otra emisora cuando el presentador anunció que contaban con el testimonio de alguien que conocía los entresijos de la investigación. La curiosidad le hizo retirar la mano.

—Antonio Santos dirigió durante años la comisaría de Rentería hasta que una discutible decisión de sus superiores lo apartó de su puesto —explicaba el locutor—. Hemos hablado con él y no parece muy satisfecho con la manera en la que se están llevando las cosas.

La voz del excomisario sonó metálica, grabada a través del teléfono:

—Se está perdiendo un tiempo precioso y en Pasaia la gente lo sabe. ¿Cómo puede ser que el asesino siga en libertad tantos días después de un crimen tan brutal? Hay miedo en el pueblo. Los vecinos no salen de casa, no dejan jugar a los niños en la calle... Le puedo asegurar una cosa: si yo continuara al frente de la comisaría de Rentería, tendríamos ya al culpable... No tiene sentido poner a dirigir comisarías a jóvenes sin experiencia, y menos aún derivar investigaciones locales a otras entidades más lejanas.

Tras sus palabras, el conductor del programa dio paso a los tertulianos, que se perdieron en disertaciones sobre la excesiva burocracia policial. Las teorías de Antonio Santos eran un alimento excelente para la palabrería barata.

Con una desagradable sensación de impotencia corroyéndole las entrañas, Aitor estiró la mano hacia el transistor y, esta vez sí, lo apagó de un manotazo.

23

6 de noviembre de 2015, viernes

Leire releía una vez más los cuatro renglones que ocupaban la hoja del procesador de textos. Un crimen en un faro apartado, un dinero desaparecido, un grupo ecologista enfrentado con la víctima, una pescadera vengativa... Las piezas encajaban entre sí para crear una apertura inmejorable para una novela de suspense. De no haber sido Iñaki el malogrado protagonista, estaría deseando pasarse los siguientes meses dentro de esa historia, alimentándola de preguntas y complicadas respuestas. Esta vez, sin embargo, era muy diferente.

Los protagonistas en esta ocasión eran ella, el padre de la pequeña que llevaba dentro, su faro, el astillero... Era su vida la que estaba en esas líneas que la pantalla del portátil mostraba con su habitual frialdad. Odiaba ser consciente de ello, pero no pensaba tirar la toalla. Se lo debía a Iñaki, se lo debía a su hija. Debía seguir tecleando y no dejarse abrumar por la tristeza. Era algo que había aprendido de los casos que había resuelto hasta el momento. Escribir sobre lo ocurrido como si se tratara de ficción la ayudaba a poner una distancia con los sucesos que en esta ocasión le resultaría especialmente necesaria. No debía continuar viviéndolo todo desde dentro de la historia. Si quería ser capaz de atrapar a quien le había robado la felicidad, debía tomar distancia y verlo con los ojos de un narrador. Solo así podría desatar la maraña de incógnitas que se cernía tras el crimen.

Esa tarde, sin embargo, le estaba costando concentrarse en sus letras. No era fácil sacudirse de encima la tensión vivida hacía unas horas con los ecologistas, y menos aún el miedo que había llegado a sentir a solas con Mendikute junto al hotel abandonado.

El sonido del timbre se coló entre los graznidos de las gaviotas. Leire frunció el ceño. No esperaba a nadie. Consultó la hora en la esquina del portátil. Las nueve menos cuarto. Su madre tendría que haber regresado ya de la reunión de Alcohólicos Anónimos, pero Irene tenía llaves, no acostumbraba a llamar a la puerta. El desasosiego que fue abriéndose paso en su mente conforme bajaba las escaleras la decepcionó. No podía vivir con miedo. Si no iba a ser capaz de sentirse segura en el faro tendría que buscarse otro lugar.

Al pasar por el vestíbulo se obligó a mirar al frente para no bajar la vista hacia el lugar donde yacía, hacía poco más de una semana, el cuerpo sin vida de Iñaki. No podía permitirse flaquear, y menos con un visitante esperando al otro lado de esa puerta tras la que las luces del día habían dado paso a las tinieblas de la noche.

Con el móvil en la mano por si no le gustaba lo que veía, se asomó a la mirilla. El vidrio curvo le devolvió una imagen levemente distorsionada de un rostro que conocía bien. Su visita, en cualquier caso, resultaba una sorpresa.

—Hola, Xabier —saludó abriendo la puerta.

El hombre que había sido su marido durante doce largos años le tendió un ramo de rosas rojas. La luz del farolillo que colgaba sobre la entrada les otorgó una especial calidez. Unos metros más allá, un ertzaina aguardaba de pie junto al coche con la mirada fija en Leire y solo cuando la escritora le hizo un gesto afirmativo se retiró al interior del vehículo. Nadie podía acercarse al faro sin que ella diera el visto bueno.

—Te encantaban —dijo el recién llegado aproximándose a darle un beso en cada mejilla.

Leire tomó las flores y se las acercó a la nariz. Su aroma era tan sutil que resultaba casi imperceptible.

—Gracias. Vaya visita más inesperada —murmuró haciéndose a un lado para invitarlo a entrar. Aquellas flores la incomodaban. Conocía demasiado a Xabier como para saber que solo llegaba con regalos cuando había actuado mal. Mientras estuvieron casados, un ramo o una caja de bombones significaban que le había vuelto a ser infiel o que había vaciado la cuenta corriente. No entendía a qué venían las rosas ahora. En realidad, tampoco comprendía a qué se debía la visita.

Durante el tiempo que duró su matrimonio, Xabier la había hecho sentir desdichada y poco querida. El muchacho atento y atractivo del que se enamoró en la universidad se había convertido, con los años, en un narcisista al que le interesaba más coleccionar escarceos amorosos que dedicarse a su pareja. Al principio Leire hizo oídos sordos a quienes le hablaban de sus infidelidades, pero después fue demasiado evidente que había vuelto a enamorarse del hombre equivocado. Y un día, hacía ahora tres años, no lo soportó más y se fue de casa. El faro, que había quedado libre tras la jubilación del viejo farero, fue su salvación, el que la ayudó a pasar página de un capítulo de su vida al que había dado carpetazo definitivo con la entrada en escena de Iñaki.

—Ponlas en agua —indicó su exmarido al ver que se limitaba a dejar las rosas sobre la mesa de la cocina.

—Dame un segundo. Solo iba a buscar un jarrón —protestó Leire poniéndose de puntillas para alcanzar la última balda del armario—. Hace tiempo que nadie traía flores a esta casa.

—¿Me invitas a un café? —preguntó Xabier apoyando las manos en el respaldo de una silla.

—No he vuelto a tomarlo desde que nos divorciamos. Solo te puedo ofrecer té —se disculpó Leire llenando de agua el jarrón en el que pensaba colocar las rosas. Su intenso color ofrecía un hermoso contraste en una cocina donde todo era muy blanco.

—¿No tomas café? —Xabier parecía realmente sorprendido—. Si nos bebíamos dos cafeteras al día. ¿Te acuerdas? Yo lo recuerdo perfectamente. Hazme un té, por favor. Uno fuerte, que algunos no son más que agua sucia. En el barco les dio una temporada por hacernos té verde y casi nos amotinamos. Un pescador necesita café, mucho café, para aguantar tantas horas en alta mar.

Leire se volvió de espaldas para llenar el hervidor. Se sentía cada vez más confundida, más incómoda. ¿Qué hacía Xabier en su cocina? Desde que se divorciaron no habían vuelto a cruzarse una palabra hasta que apareció, como si nada hubiera ocurrido, en la despedida de Iñaki. Y ahora estaba en su faro insinuándole que la echaba de menos...

—¿Venías por algún motivo especial? —inquirió en un tono más cortante de lo que hubiera deseado.

Xabier le mostró su sonrisa más cautivadora. Seguía siendo atractivo, aunque ya no era lo mismo. Quizás sí para otras, pero no para Leire. Había sufrido demasiado a su lado, preguntándose, una y otra vez, qué hacía mal para que el hombre por el que había dejado su vida en Bilbao estuviera siempre pendiente del culo de cualquier otra. Sus infidelidades habían sido tantas que había perdido la cuenta. No, para ella, la belleza de Xabier se había esfumado como el amor que un día sintió por él.

—He venido a apoyarte. Sé que en estos momentos no te será fácil estar sola.

—No es la mejor época de mi vida, tienes razón —reconoció la escritora acariciándose la barriga con tristeza. Apenas unos días atrás se sentía la mujer más afortunada del mundo. Tenía problemas económicos y desencantos laborales, claro que sí, pero todo quedaba en segundo plano ante lo que realmente importaba. Iñaki y ella iban a ser padres de una pequeña cuya vida era ya evidente. Sus cambios de postura y sus pataditas así lo demostraban. Leire tenía incluso la impresión de que ya podía comunicarse con ella. De la noche a la mañana, sin embargo, se había convertido en una joven viuda y su niña llegaría al mundo huérfana de padre.

—¿Por qué no recoges tus cosas y vuelves a casa? Allí abajo, en la calle San Pedro, estarás más segura que aquí sola.

—No estoy sola. Mi madre... —le interrumpió la escritora.

—Pues yo no la veo. —El tono de Xabier era pretendidamente burlón—. Te pasas el día aquí sola. ¿Y si le da por volver a por ti? Baja al pueblo. Mi casa es la tuya, siempre lo ha sido. Está todo tal como lo dejaste. Siempre he tenido la esperanza de que volvieras.

Un torbellino de recuerdos sacudió la mente de Leire. En muchos se veía sola en aquella casa oscura, esperando, siempre esperando, y a menudo llorando sin comprender.

—Este faro es mi casa y, aunque me lo hayan robado, Iñaki será siempre mi pareja —dijo reprimiendo las lágrimas.

Su exmarido no estaba dispuesto a cejar en su empeño.

—Tras el asesinato de Amaia pensé mucho en lo nuestro. La soledad del Índico da para mucho, ¿sabes? Creo que nunca valoré suficientemente lo que tenía contigo. Quizás no supe demostrártelo como merecías, pero siempre te quise.

—Xabier, no sigas por ahí... —Leire sentía que le iba a hervir la sangre—. Te tiraste a medio Pasaia mientras estuvimos casados. Ni siquiera tenías cuidado de que no me enterara. Llegabas a casa eufórico, oliendo cada vez a un perfume diferente. ¡Te encontraba condones en los bolsillos cuando tendía la ropa! Joder, ¿cómo puedes tener tan poca vergüenza de venir a decirme que me querías? Tú solo sabes quererte a ti mismo.

Su exmarido ladeó la cabeza y apretó los labios.

—Pues sí, te quería. Lo de las otras lo necesitaba para alimentar mi ego. Lo reconozco. Era mi manera de sentirme algo en la vida. Me habría gustado ser el mejor remero, ganar diez veces la bandera de la Concha, pero no pudo ser. En cambio, era el que más éxito tenía entre las tías. Ahora es diferente. Ya no soy así. Valoro lo que tengo. O, más bien, lo que tenía.

Leire se acarició lentamente la barriga. En su rostro se dibujaba una mueca de asco.

—Eres un capullo, Xabier. Estoy embarazada de alguien al que han asesinado hace solo diez días y vienes a pedirme que vuelva contigo... ¿Cómo puede pasarse algo así por tu cabeza? Estás enfermo.

Su exmarido asintió con una sonrisa. Sus maxilares, sin embargo, mostraban una gran tensión.

—Enfermo de amor —afirmó—. Tu pequeño no será un problema para mí. Lo querré como si fuera mi propio hijo.

—Es una niña, y no, no es tu hija ni lo será nunca —le

corrigió Leire con la voz cargada de rabia.

—Piénsatelo. Tendré paciencia —sentenció Xabier.

La escritora negó con la cabeza al tiempo que suspiraba. No recordaba haber estado tan furiosa en mucho tiempo. Observó unos segundos la tetera que sostenía en la mano y con la que se disponía a llenar las tazas. No lo hizo. La llevó hasta el fregadero y vació su contenido por el desagüe.

—Sal de esta casa ahora mismo —ordenó volviéndose hacia su exmarido.

—Como quieras —admitió Xabier reculando hacia el recibidor.

—No te soporto. No vuelvas a venir por aquí. —La escritora apartó la cara para ocultar las lágrimas que le nublaban la vista.

Xabier, en cambio, mantenía intacta su sonrisa hermosa, a pesar de que sus ojos habían perdido parte del brillo con el que habían llegado.

—Claro que me soportas, Leire. Solo necesitas perdonarme, y acabarás haciéndolo —apuntó mientras tiraba de la manilla.

Al abrir la puerta se dio de bruces con la que durante doce años fuera su suegra, que se disponía a introducir la llave en la cerradura.

—¡Irene, qué guapa te veo! —la saludó efusivamente Xabier, acercándose rápidamente a darle un par de besos.

La mujer pareció azorada por el recibimiento y apenas musitó un par de palabras de cortesía.

—Qué tarde, ¿no? Ya empezaba a preocuparme —señaló Leire.

—¿Eh? Bueno... Sí que es un poco tarde. Estoy bien, no te preocupes —murmuró Irene quitándose la chaqueta.

Leire aprovechó para dar un leve empujón en la espalda a su exmarido.

—*Agur*, Xabier. Gracias por las rosas —dijo con una sonrisa visiblemente forzada.

—Piensa en lo que te he dicho. Estarías más segura en el pueblo. Hazlo por ella —replicó el otro señalándole la barriga. Después se perdió escaleras abajo mientras Leire cerraba de un portazo.

—Sigue tan encantador como siempre —apuntó su madre estirando las manos hacia el perchero.

Leire se mordió la lengua para no decir lo primero que le pasaba por la cabeza. Ella lo hubiera calificado más bien de baboso.

—¿No me vas a decir dónde has estado? Tu reunión de Alcohólicos Anónimos hace casi dos horas que ha terminado. Desde Rentería no se tarda tanto. ¿Te ha traído Manolo? —preguntó extrañada. El coordinador del grupo la llevaba habitualmente al faro tras acabar el encuentro. Era una suerte que viviera en Trintxerpe y se hubiera ofrecido a hacerlo en cuanto los días comenzaron a acortarse. No era lo mismo subir paseando con luz diurna, como tantos otros vecinos de Pasaia que salían a estirar las piernas lloviera o hiciera sol, que hacerlo de noche por aquella carretera que carecía de farolas.

—No pasa nada, *maitia*. No quieras saberlo todo. Déjame un poco de libertad. —La lengua le trastabilló ligeramente al pronunciar las últimas palabras.

Leire observó también que su mirada era huidiza.

—¿De dónde vienes? Has estado bebiendo —espetó con tono cortante.

—Claro que no. Y deja de presionarme, que esto es peor que vivir con la policía en casa.

La escritora estuvo tentada de señalarle la puerta y decirle que ya conocía el camino si no le gustaban sus reglas. En el último momento, en cambio, decidió tragarse las palabras y perderse escaleras arriba. Con la discusión con Xabier había tenido suficiente.

24

7 de noviembre de 2015, sábado

Leire se contemplaba en el espejo mientras se acariciaba el vientre extendiendo la crema hidratante. Se veía extraña, pero hermosa con aquellas curvas generosas. A veces temía que su cuerpo no volviera a ser el mismo tras el embarazo, aunque esas preocupaciones habían quedado en un segundo plano tras el asesinato de Iñaki. Poco importaba ya si le quedaban las carnes flácidas o si la cadera no recuperaba sus formas tras el parto. Lo único que llenaba su mente era el pesar porque la pequeña no podría conocer jamás a un padre que habría sido extraordinario. Todavía, a veces, soñaba despierta con la idea de salir a navegar en familia. Lástima que el proyecto encallara en cuanto la dura realidad le recordaba que eso ya jamás podría ser.

Tras comprobar que sus piernas estaban completamente secas, se apoyó en el lavabo y se puso las braguitas. Como cada vez que lo hacía, se dijo que iba siendo hora de comprar esas horribles bragas de premamá. Había tratado de retrasar el momento, pero no iba a poder esperar mucho más; de lo contrario sus preferidas se cederían y tenía esperanzas de poder recuperarlas cuando su cuerpo regresara a sus formas habituales.

Se llevó las manos a la cabeza y retiró la toalla que la envolvía. El cabello húmedo se le desparramó sobre los hombros y la hizo estremecerse. Observó por última vez su reflejo en el espejo. Tenía unas profundas ojeras. Tampoco era de extrañar porque apenas lograba conciliar el sueño.

Buscó el sostén con la mirada. No lo vio en el cuarto de baño. Entonces recordó que lo había dejado sobre la cama, junto con la amplia camiseta de algodón que tenía pensado ponerse.

Al salir al dormitorio sintió la diferencia de temperatura en el cuerpo y apretó el paso hacia la ropa, que destacaba sobre el blanco del edredón bajo la luz natural de la mañana. La melodía del teléfono móvil le hizo cambiar de rumbo y dirigirse a la mesilla de noche. Comprobaría de quién se trataba y, si podía esperar, le devolvería la llamada más tarde. Sin embargo, la pantalla mostraba un número desconocido.

—¿Sí? —contestó acercándose el aparato.

—Nunca te librarás de mí, Leire. ¿Estás asustada? —La voz era un susurro glacial.

—¡Déjame! ¡Basta ya! —suplicó la escritora.

—Qué blanco es todo en tu dormitorio... Lástima tener que mancharlo de sangre.

Leire se giró angustiada en todas direcciones. No había nadie a la vista.

—¿Quién eres? —exclamó fuera de sí—. ¿Qué quieres de mí? ¡Déjame en paz!

Estaba aterrada. La impotencia de creerse observada la paralizaba. No veía a nadie al otro lado de la ventana. Tampoco en la habitación de su madre, cuya cama se veía deshecha a través de la puerta abierta.

La respuesta no llegó. Solo una risita despectiva que dio paso al vacío de la línea cortada y a una apabullante sensación de vulnerabilidad.

25

7 de noviembre de 2015, sábado

Los muelles estaban tranquilos. Eran muchos los barcos de bajura que se hallaban amarrados. La costera del bonito había terminado semanas atrás y con ella la temporada fuerte de las pesquerías. El invierno se hacía largo para las familias que vivían del mar, que no obtendrían ingresos regulares hasta que la primaveral campaña del verdel devolviera la vida a una flota que tenía por delante varios meses en el dique seco.

Una red extendida sobre el asfalto obligó a Leire a apartarse de la orilla para no pisarla. El olor a salitre seco y pescado viejo que emanaba de ella le trajo a la mente las sardinas en salazón que su madre despachaba en la Bodeguilla. Dos rederas se encontraban sentadas en el suelo remendando los agujeros de aquella herramienta sin la que los marineros no podrían salir a faenar.

—*Egun on.* Bonito día hoy —saludó cuando pasó a su lado. Era una mera fórmula de cortesía. La llamada todavía pesaba como una losa en su estado de ánimo. Aquella fría voz le había logrado contagiar la sensación de que sobre su cabeza pendía la hoja de una afilada guillotina que podría caer en cualquier momento. Todavía le costaba dar un solo paso sin girarse a comprobar si alguien la seguía.

—A ver si aguanta. A la tarde dan lluvia —replicó una de las rederas alzando la vista y aprovechando para apoyar las manos en la cadera y estirar la espalda.

Leire llevaba tiempo oyendo que los trabajos del mar comenzaban a no estar tan discriminados por sexos, pero todavía no había visto ningún hombre cosiendo las redes y solo sabía de un escaso puñado de mujeres enroladas en la tripulación de barcos pesqueros. Tal vez las noticias se refirieran a otros puertos.

—Esa es la viuda —oyó murmurar a su espalda en cuanto las dejó atrás.

—Qué joven... Pobrecilla.

Aceleró el ritmo mientras torcía el gesto en un rictus de tristeza. Era difícil dar un solo paso por Pasaia sin sentir las miradas de lástima fijas en ella. Y la experiencia le decía que no cambiaría con el tiempo. En un pueblo acostumbrado a que el mar arrebatara demasiadas veces la vida de seres queridos, resultaba habitual que viudas y huérfanos fueran tratados como tales durante el resto de sus vidas. De alguna manera, el luto nunca quedaba atrás.

El *Aitona Manuel II* se encontraba pocos metros más allá, y la figura de Mendikute con su buzo blanco se recortaba en la cubierta. Leire se detuvo al borde del agua y alzó la mano para llamar la atención del pintor.

—¿Qué tal, Leire? Sube, si quieres. La cubierta está seca —señaló Mendikute poniéndose de puntillas para alcanzar con el rodillo las zonas más altas del puente. Nada en su sonrisa amigable recordaba la tensa conversación de la víspera ante el hotel abandonado. El encontronazo con los ecologistas en el Dantzaleku parecía haberla sumido en un recóndito segundo plano.

—Parece nuevo —comentó la escritora recorriendo el barco con la mirada. El azul elegido para el casco y el granate de la cubierta todavía brillaban con una fuerza que las primeras singladuras robarían. El salitre y el sol resultaban demoledores—. ¿Seguro que está seco?

El pintor asintió dejando el rodillo en el cubo y tendiéndole la mano para que saltara a bordo.

—Hoy solo he pintado el puente. El resto, hace ya unos días.

Leire se sorprendió de que no estuviera manchado de pintura. La única vez que ella se había animado a coger la brocha para pintar una pared acabó embadurnada hasta las cejas. Sin embargo, Mendikute parecía recién salido de la ducha.

—Mendi... Quería hablar contigo sobre la deuda. Ya sabes... —Se sentía terriblemente incómoda volviendo a tocar ese tema, pero tenía que hacerlo. El pintor suspiró y perdió todo rastro de sonrisa—. Te comprometiste a devolverla y este mes no has hecho ingreso alguno. ¿Cuándo...?

—Ya lo sé. Soy mayorcito, Leire. ¿Crees que a mí la muerte de Iñaki no me ha dejado tocado?

La escritora apartó la mirada, que recaló en el esqueleto de hormigón de la nueva lonja pesquera que se recortaba tras los barcos amarrados. La obra se estaba dilatando en el tiempo y comenzaba a haber demasiadas voces en Pasaia que hablaban de sobrecostes excesivos.

—Lo sé, Mendi. Lo que no acabo de entender es la relación entre su asesinato y que dejes de pagar.

El pintor tomó de nuevo el rodillo. Al hacerlo se manchó la mano y soltó un juramento.

—Hostia, eres peor que la policía —se lamentó pintando el puente—. He pasado una mala racha. Eso es todo. En cuanto me paguen lo de este barco haré un ingreso doble. Por este mes y por el próximo. ¿De acuerdo?

La velocidad que imprimía a su brazo hizo que la pintura le salpicara la cara. Leire dio un paso atrás cuando dejó caer el rodillo en el cubo mascullando maldiciones. No acostumbraba a verlo tan enfadado. Mendikute era habitualmente el vecino amable, amigo de todos y metido en todos los saraos del pueblo. Se disponía a saltar al muelle para dejarlo en paz cuando reparó en que todavía no le había dicho todo lo que la había llevado allí. Inspiró hondo. No iba a ser fácil.

—Mendi —lo llamó acercándose a él. De pronto, tenía la desagradable impresión de que aquel hombre que apoyaba ambas manos en la borda y le daba la espalda con la mirada fija en la lámina de agua era un desconocido—. Tengo algo más que decirte. La Ertzaintza está al corriente de todo... Si queremos que esclarezcan el asesinato de Iñaki no podemos ocultarles nada.

Mendikute no se giró. Sus manos se crisparon y la tensión se adivinó bajo la piel de su cuello. Los segundos transcurrieron lentamente y solo una grúa que descargaba chatarra en la orilla de enfrente se atrevió a profanar el silencio.

—¿Y tú te haces llamar amiga? —Las palabras del pintor llegaron cargadas de rabia. Conforme las pronunciaba se volvió hacia Leire y la observó furioso. Sus ojos azules, habitualmente afables, eran fríos como el hielo y sus labios se curvaban en una mueca de desagrado—. ¿La policía...? ¿No te ha quedado claro que voy a devolver hasta el último céntimo?

La escritora dio instintivamente un paso atrás mientras se llevaba las manos a la barriga en busca de una protección que difícilmente podría brindarle la pequeña. Todavía no estaba segura de haber hecho bien delatando al pintor. Ni siquiera tenía decidido contárselo a la policía cuando llamó fuera de sí a Cestero tras la nueva amenaza telefónica y no fue capaz de omitir ni un detalle.

—Compréndelo. Necesitan saber todo lo que ocurrió en los últimos tiempos en la vida de Iñaki —apuntó buscando a las rederas con la mirada al tiempo que se recriminaba a sí misma su miedo. Mendikute no iba a hacerle nada. Solo estaba dolido.

—¿No te parece que hay suficiente con los ecologistas? —le recriminó el pintor acercándose—. Iñaki nunca hubiera ido a la policía con la historia de mi deuda.

—Iñaki está muerto. Lo han matado —trató de zanjar Leire estirando la mano hacia la borda. Solo tenía que apoyarse en ella y dar un salto para encontrarse a salvo en el muelle.

Mendikute se disponía a abrir la boca para replicar cuando las palabras se le congelaron en los labios. Un vehículo de la Ertzaintza acababa de aparcar en el muelle, justo enfrente del *Aitona Manuel II*.

—¿Qué hacen aquí? —se preguntó Leire en voz alta.

La respuesta no se hizo esperar. Se la ofrecieron el hombre con aspecto deportivo y una rubia de camiseta ceñida y gesto decidido.

—¿Wifredo Sánchez Mendikute? —inquirió el recién llegado mostrando la placa que lo identificaba como ertzaina—. Soy el suboficial Madrazo. Me temo que tendrá que acompañarnos a comisaría para responder algunas preguntas.

La escritora tragó saliva. No esperaba tanta parafernalia. Cestero le había asegurado que hablarían con él tratando de levantar la menor polvareda posible.

—Lo siento —musitó apoyándose en la borda para abandonar el barco.

—Lárgate —le dijo el pintor. La tensión de su rostro había cedido el testigo al temor de saberse en el centro de una diana policial—. Vete bien lejos ahora que me has arruinado la vida.

26

7 de noviembre de 2015, sábado

Cestero observaba contrariada su cajón. Estaba convencida de haber visto dos cápsulas de café cuando la víspera se preparó uno. Ahora, en cambio, la caja de cartón estaba vacía. Algún compañero se había tomado la libertad de hurgar en sus cosas y acabar con sus dosis de cafeina.

—¿Quién ha metido la mano aquí? —inquirió en voz alta.

El único ertzaina que se encontraba en la sala la miró de soslayo sin apartar las manos de su teclado.

—¿Qué te falta?

—El café. Estoy segura de que quedaban dos cápsulas, y ahora tendré que tomarme la mierda de la máquina esa del pasillo.

Su compañero negó con gesto hastiado.

—No respetan nada. A mí no me mires. Ya sabes que no soporto el café. La cafeína me da taquicardia.

Cestero se giró en busca de algún otro al que pedir explicaciones, pero no había nadie más. El fin de semana se hacía notar en la comisaría. Estaba furiosa. Le dolía la cabeza por la falta de sueño. Cuando Leire Altuna la había despertado aterrorizada por la llamada que acababa de recibir, llevaba solo tres horas dormida. La noche se había alargado demasiado, como ocurría casi cada viernes. Entre bailes, copas y confidencias, ella y sus amigas cerraron uno tras otro los bares del pueblo. Después llegó la detención del pintor y Madrazo los reclamó a todos en las instalaciones policiales. El caso podría estar a punto de cerrarse.

—Voy a la máquina —anunció a regañadientes—. ¿Te traigo algo?

—No, gracias. Tengo agua aquí —repuso el agente mostrándole un pequeño termo que tenía junto al ordenador.

Cestero abrió la cartera y sacó una moneda de cincuenta céntimos. Después se dirigió a la máquina expendedora. Esperaba, con la mirada perdida, a que el pitido indicara que el café estaba listo cuando Aitor la saludó.

—¿Desde cuándo te gusta esta agua sucia? —dijo acercándose—. ¿Llego muy tarde? ¿Dónde está Madrazo?

—En la sala de interrogatorios, con Letizia. Llevan un buen rato —apuntó Cestero llevándose el vaso de plástico a los labios—. Joder, es que ni siquiera huele a café...

—¿Se te han terminado las cápsulas? —preguntó Aitor—. ¿Por qué no coges de las mías?

Cestero abrió la boca para explicarle lo sucedido, pero volvió a cerrarla. Quizás estuviera haciendo una montaña de un grano de arena. Dormir poco tenía esas cosas.

—Gracias, Aitor. Esto no hay quien se lo beba —anunció dejando caer el vaso lleno en el cubo de basura.

—¿Se sabe algo del teléfono móvil desde el que han amenazado a la escritora? —inquirió Aitor introduciendo una moneda en la máquina dispensadora de refrescos.

—Irá para largo. Ya sabes que las compañías telefónicas tienen sus ritmos. Para cuando nos comuniquen el titular de la tarjeta prepago igual hemos dado carpetazo al caso —reconoció Cestero con expresión contrariada.

—¿Ya estáis aquí? ¿Y Zigor? —saludó el suboficial acercándose por el pasillo—. Bueno, no tardará. Estaba en Oñati en una boda... Menudo tipo más correoso el abogado del pintor. Lo tenemos complicado. No hay manera de inculpar al detenido sin que el tío sepa por dónde escabullirse.

—¿No ha confesado? —quiso saber Cestero.

—¿Confesar? —El gesto de Madrazo bailaba entre la incredulidad y el fastidio—. Ni de coña. Y no tenemos pruebas de nada. Solo del robo del dinero, pero eso no lo inculpa en el crimen. Vamos a tener que dejarlo libre.

—Nos hemos precipitado —murmuró Aitor, corroborando los pensamientos de Cestero.

Madrazo fingió no escuchar, aunque su contrariedad era evidente. Introdujo una moneda en la máquina expendedora de bebidas y aguardó a que cayera un refresco de cola. Después lo abrió y dio un largo trago de la lata antes de dirigirse de nuevo a ellos.

—¿Queréis probar a interrogarlo? Letizia y yo no podemos avanzar más.

Cestero asintió. Por supuesto que quería intentarlo. Podrían estar ante el asesino que andaban buscando, no podían dejar escapar la oportunidad.

—¿Vienes? —inquirió girándose hacia Aitor, que la siguió por el pasillo.

—Cestero —llamó Madrazo. La ertzaina se giró hacia él. La miraba muy serio—. Cuidado. No os paséis un pelo. El abogado se las sabe todas.

—Iremos con cuidado —prometió Cestero antes de reemprender la marcha.

—¿Adónde vais, vosotros dos? —se interpuso Letizia ante la puerta de la sala donde aguardaba el detenido—. Ya lo hemos interrogado Madrazo y yo.

—Déjales pasar. Van a intentarlo —intervino el suboficial desde la puerta de su despacho.

La agente primera mostró una mueca burlona.

—Si no lo hemos conseguido nosotros, no lo vais a hacer vosotros —señaló haciéndose a un lado.

Cestero abrió la puerta y entró con paso decidido a la sala. Aitor la seguía de cerca.

—Sentaos —ordenó la policía dirigiéndose a los dos hombres que estaban de pie junto a la mesa.

El abogado, vestido con camisa blanca y corbata morada, le hizo un gesto a Mendikute para que se mantuviera en pie.

—El suboficial Madrazo le ha indicado a mi cliente que podría dormir en casa. Es inocente —objetó en tono desafiante.

—Siéntense, por favor —repitió Cestero obligándose a no ser tan brusca como le hubiera gustado —. Vamos a hacerle algunas preguntas más a su cliente. Después, si todo va bien, podrá irse a casa.

—Pues a ver si os aclaráis —intervino insolente el letrado. Sus hombros anchos sugerían muchas horas de gimnasio y ofrecían su contrapunto a un rostro infantil al que un bigote acabado en punta trataba de otorgar un punto de personalidad—. Siéntate, Mendi. A ver qué quieren ahora.

El pintor tomó asiento. Su buzo blanco era del mismo color que las sillas de plástico.

Cestero cruzó una mirada con Aitor, que le hizo un gesto para que comenzara ella.

—¿Dónde estaba el martes veintisiete de octubre a las seis de la tarde, señor Sánchez? —inquirió fijándose en el detenido.

—Puede llamarle Mendikute. Nadie se dirige a él por su primer apellido —indicó el abogado con una mueca de hastío—. ¿Y es necesario que conteste a preguntas que ya ha respondido?

—Da igual —musitó el detenido sin alzar la vista de sus manos, que hacían un caracolillo con una diminuta nota de papel—. El día que mataron a Iñaki estaba en el astillero. Pasé la tarde allí calafateando unas piezas.

—¿Hay alguien que pueda corroborar su versión? —intervino Aitor.

—Nadie. Estuve solo toda la tarde. Los carpinteros solo trabajan por la mañana.

—¿Nadie que lo viera entrar o salir? —insistió el policía con un tono que mostraba su escepticismo.

El pintor negó con la cabeza.

—A eso de las ocho y media me fui al Muguruza y tomé un vaso de sidra con un par de pintxos. La camarera podrá situarme allí, ya se lo he dicho a vuestros compañeros —añadió alzando la mirada por primera vez.

—A esa hora no sirve de mucho. El crimen fue mucho antes —apuntó Cestero—. No tiene coartada.

—Tampoco prueba alguna que lo incrimine —objetó el abogado.

—El robo del dinero. Con la muerte de Iñaki se quitó de encima a la única persona que sabía de la deuda —sugirió Cestero—. Tendrá que demostrarnos que no fue usted su asesino.

El letrado negó con la mano al tiempo que fruncía los labios.

—Ni mucho menos. Sois vosotros quienes necesitáis demostrar lo contrario. ¿No tenéis pruebas, verdad? Pues nos vamos a casa.

Cestero suspiró, lamentándose por no haberse preparado un café antes de entrar.

—¿En qué se gastó el dinero? ¿Cómo desaparecen doce mil euros por arte de magia? —inquirió sin saber por dónde seguir. Letizia iba a recibir encantada la noticia de que no habían logrado avance alguno.

—Esa cuestión es malintencionada y está fuera de lugar —intervino el abogado—. No respondas, Mendi.

El pintor levantó la mirada y clavó sus tristes ojos azules en la ertzaina.

—No es tan difícil. Debía dinero de una apuesta en las regatas y me estaban presionando para que pagara. También decidí darme alguna alegría. Ya sabe... Después me arrepentí. Intenté recuperar el dinero para poder devolverlo y me dediqué a seguir apostando... Lo perdí todo.

Aitor se adelantó sobre la mesa para pedir la palabra.

—Los años que llevo de ertzaina me han enseñado a desconfiar de las casualidades y, ¿acaso no es una coincidencia un tanto preocupante que el primer día fijado para la devolución a plazos de la deuda coincida con el del crimen? Y más cuando se incumplió el compromiso y no se produjo entrega alguna de dinero.

Mendikute abrió la boca para contestar pero el letrado le frenó con la mano.

—Tú mismo lo has dicho: una casualidad. ¿Podemos irnos?

Cestero apretó los labios con rabia. Sabía que no había nada que hacer. Habían corrido demasiado con la detención del pintor. Sin más pruebas que lo incriminaran directamente en el asesinato no había nada que hacer. Buscó a Aitor con la mirada y comprobó que asentía casi imperceptiblemente. También él creía que habían llegado a una vía muerta. La única opción que les quedaba era que Mendikute se derrumbara y confesara ser el autor del crimen, y eso no ocurriría con su abogado presente.

—Podéis iros —admitió la ertzaina a regañadientes. Después se puso en pie y respiró hondo. Iba a necesitar serenarse si no quería enviar a Letizia a la mierda cuando la recibiera con su habitual autosuficiencia.

27

7 de noviembre de 2015, sábado

Cuando el vigilante de seguridad alzó la barrera para que la Vespa de Leire accediera al recinto portuario hacía casi una hora que había anochecido. Ya no llovía, pero los charcos se extendían por doquier. Un aroma dulzón a hierro oxidado y salitre sucio flotaba en la oscuridad. Las vías, por las que acostumbraban a circular vagones cargados de mercancías, brillaban a la luz de las farolas y las grúas aguardaban silenciosas junto a la dársena. Solo al pie de un barco había movimiento de camiones y estibadores. El resto dormían tranquilos, amarrados a los muelles. Como cada vez que enfilaba esa larga recta, la escritora recordó la Behobia-San Sebastián, esa cita anual que tanto disfrutaba cuando se mudó de Bilbao a Pasaia. Pero de eso hacía demasiados años, cuando la Behobia todavía era una carrera popular, no masificada, y se podía correr a gusto. Ya ni siquiera discurría por el recorrido habitual y lejos quedaba la épica de trotar bajo las grúas del puerto.

Estaba ansiosa por conocer las novedades que Fernando Goia quería compartir con ella en persona. Sabía que no se trataría de nada bueno y temía que sus días en el faro estuvieran a punto de terminar. El edificio de la Autoridad Portuaria se recortaba al fondo de la recta y estuvo tentada de acelerar, aunque lo irregular del terreno y las vías que cruzaban de vez en cuando el asfalto le sugirieron que no lo hiciera.

Cuando por fin alcanzó la puerta de las oficinas, una silueta se asomó a una ventana del primer piso.

—Ahora mismo bajo, Leire. Dame un minuto. —Era el presidente de la Autoridad Portuaria. El contraluz impedía reconocer sus facciones, pero la voz resultaba inconfundible.

—Tranquilo. No corras —replicó la escritora.

Sentada en la moto, dirigió la vista hacia la dársena. En la orilla opuesta se extendían los muelles de San Pedro. Las formas curvas de los barcos pesqueros amarrados se dibujaban en la penumbra. En uno de ellos había tenido lugar esa misma mañana la detención de Mendikute.

La melodía de su móvil la ayudó a olvidar el sentimiento de culpa mientras introducía la mano en el bolsillo de la chaqueta. Mientras lo hacía, se giró angustiada en todas direcciones y buscó a Fernando en la ventana. Las sombras de las grúas de estiba y los vagones durmiendo en las vías no ofrecían el escenario más tranquilizador. Conteniendo la respiración, consultó la pantalla y exhaló aliviada el aire al comprobar que se trataba de Iñigo.

—Hola —saludó.

—Hola, Leire. ¿Cómo estás?

La escritora se repitió a sí misma la pregunta. ¿Cómo estaba?

—Estoy —contestó sin ganas. No se sentía orgullosa de lo que había sucedido en las últimas horas con Mendikute.

—He visto lo del pintor en la tele. ¿Crees que fue él?

—No sé. Estoy muy perdida, pero creo que no. Iñaki y él eran muy amigos. Me parece tan increíble.

—Nadie en su sano juicio mata por doce mil euros —añadió el criminólogo.

—Nadie en su sano juicio mata —corrigió Leire.

—Bueno, ya me entiendes... —se defendió Iñigo—. En la tele hablan como si estuviera clarísimo que se lo cargó él.

Leire apretó los labios en una mueca de tristeza. Imaginaba que sucedería algo así. Un pez saltó en el agua a escasos metros y su inmersión dibujó círculos concéntricos en la lámina oscura.

—El único móvil que me podría llegar a plantear es la vergüenza. Mendikute es alguien muy popular en Pasaia. No tiene familia y su vida gira en torno a las relaciones sociales —reconoció haciendo un esfuerzo por ver como culpable a su amigo.

—¿Crees que pudo matarlo para ocultar el asunto del robo y no convertirse en el centro de los dimes y diretes del pueblo?

—Es lo único que se me ocurre, y ni siquiera así me lo imagino haciendo algo tan terrible. No, él no fue. El otro día se lo planteé y se me puso a llorar. Lo destrozaba que yo pudiera llegar a sospechar algo así.

—¿Le dijiste que creías que podría tratarse del asesino de Iñaki? —Iñigo hablaba con tono escéptico.

La puerta del edificio de la Autoridad Portuaria se abrió para dejar salir al presidente. Leire agitó la mano para llamar su atención.

—Fui con él a Altsasu por un asunto de unos ecologistas y a medio camino hablamos del tema. Estábamos solos en su furgoneta. Si fuera el asesino que buscamos no se habría puesto a llorar.

—¿Te fuiste sola con él? No me lo puedo creer... ¿Qué estás haciendo, Leire? ¿Cómo puedes jugártela así?

—Cestero estaba avisada —mintió la escritora.

—Me da igual. Podría haberte matado... ¿Por qué no me llamaste? Te habría acompañado. Joder, Leire, somos amigos. Déjame ayudarte, por Dios... Perdóname de una vez. Me lié con Cestero. Sí. ¿Y qué? Hace muchos años que tú y yo no somos pareja.

La escritora sintió que sus palabras removían demasiadas cosas en su interior. Fernando aguardaba a que terminara a un par de metros de ella.

—La próxima vez tendré más cuidado —aseguró antes de despedirse con escasa ceremonia para girarse hacia el presidente.

—¿Cómo está nuestra escritora? —la saludó Fernando Goia acercándose a la Vespa y dándole un beso en cada mejilla—. ¿Sabes que tuve una de estas? Menudos fines de semana nos regaló a Maitane y a mí. Siempre he pensado que de no haber sido por la moto no se habría fijado en mí. Hasta Tudela nos fuimos una vez... —En la sonrisa del presidente se adivinaba un punto de nostalgia—. La vendimos cuando tuvimos a las gemelas, pero cualquier día aparezco por casa con una nueva. Las crías ya no quieren hacer planes con nosotros.

—¿Cuántos años tienen? —preguntó Leire intentando esquivar la tristeza que le despertaban comentarios como el que acababa de oír. Ella no podría disfrutar nunca de una vida familiar como la que describía Fernando con total normalidad.

—Catorce. Yo con más edad todavía me iba de vacaciones con mis padres, pero ahora quieren estar solo con las amigas. Va todo demasiado deprisa... ¿Qué tal vas tú? —le preguntó acercándole la mano a la barriga. Un arranque de pudor le hizo detenerla antes de llegar a tocarla—. ¿De cuántos meses estás ya?

—De cinco. —Leire se llevó las dos manos al vientre y se lo acarició. El cariño que la inundaba cada vez que lo hacía no se lo habían podido robar.

—Ya casi la tienes aquí. Oye, perdona que te moleste en sábado. Yo no suelo trabajar, pero lo del faro nos tiene desbordados. ¿Te importa que demos un paseo? —inquirió quitándose las gafas y llevándose la mano a los ojos—. Llevo todo el día delante del ordenador y no puedo más. ¿Cómo aguantas tú? Una escritora pasará muchas horas delante de la pantalla.

Leire lo siguió hacia los muelles. La verdad es que nunca se lo había planteado. No solía tener grandes molestias en los ojos. Quizás era porque levantaba cada pocos minutos la vista para dejarla volar por la ventana. Aunque, claro, ella era afortunada por vivir en un faro con semejantes vistas y no trabajar en una oficina desde la que lo mejor que se vería serían las grúas y los barcos cargados de chatarra.

—¿Qué me cuentas del faro? —inquirió recordando lo que la había llevado allí.

Fernando dio varios pasos en silencio antes de girarse hacia ella. Era evidente que las noticias no eran buenas.

—Tienes que dejarlo —anunció sin rodeos—. El problema es de cimentación. La solución que se ha aprobado pasa por retirar toda la pared del fondo, la que se apoya en la roca, y hacer un muro nuevo de hormigón con varios puntos de apoyo. Vaya, tampoco te quiero abrumar con detalles técnicos, pero es una obra compleja que resulta incompatible con que haya alguien viviendo en el edificio.

La escritora sintió de pronto un frío que no venía del exterior, sino de lo más profundo de su ser. Aunque tenía la certeza de que esa iba a ser precisamente la noticia que Fernando quería darle en persona, no era lo mismo imaginarla que oírla en boca del responsable de la Autoridad Portuaria.

—¿Y después? —preguntó con el corazón en un puño. Para lo que no estaba preparada era para un desalojo definitivo del faro de la Plata—. ¿Podré volver cuando acaben las obras?

—Pues claro. Solo es una actuación de emergencia, no un desahucio —la tranquilizó Fernando.

Un tren de mercancías, oscuro como la noche, pasó lentamente junto a ellos, tirado por una vieja locomotora de maniobras. Sus vagones emitían estridentes quejidos metálicos que hacían difícil entenderse.

—¿De cuánto tiempo estamos hablando? —quiso saber Leire alzando la voz.

Fernando balanceó la cabeza al tiempo que arrugaba los labios.

—Según el aparejador, dos meses. Vamos a calcularle tres, si te parece.

Leire viajó con la mirada por las negras aguas de la dársena. Al fondo, cerca de las torres de Capuchinos, la garra gigante de una grúa arrancaba montañas de chatarra humeante de un gigantesco vientre flotante. Tres meses... Tres meses era mucho tiempo.

—¿El faro de Senekozuloa está habitable? —inquirió reparando de pronto en la torre de luz que se levantaba a medio camino entre Pasaia y el faro de la Plata.

—Qué va. Está hecho un desastre. Es un lugar muy precario. ¿Has oído que quieren convertirlo en refugio de peregrinos? —Fernando se detuvo con la mirada perdida a lo lejos—. Me encanta esta vista. A la izquierda, San Pedro; a la derecha, San Juan. No se ve la bocana que los separa. ¿A que parece que los dos distritos enfrentados son en realidad uno solo?

Leire asintió mecánicamente. Su mente estaba en otro lugar.

—¿No habrá algún proyecto para convertir en hotel el faro de la Plata?

El presidente negó con la cabeza.

—No, tranquila. El ministerio se ha abierto a dar un uso terciario a los faros deshabitados. El de la Plata no cumple ese requisito.

—¿Sabes que en San Pedro han empezado a poner carteles demandándolo? —inquirió Leire. Esa misma tarde había visto la primera pancarta colgando junto a la pescadería de Felisa.

—Ya sé. La bruja esa de Felisa Castelao... Estamos muy hartos de ella por aquí —dijo señalando el edificio de oficinas, que habían dejado atrás—. Aprovecha la mínima para complicarnos la vida. La noticia de los faros le ha dado una buena idea para volver a jorobarnos. Menos mal que le siguen cuatro gatos. No te preocupes, tu faro va a seguir como hasta ahora.

La sensación de alivio que invadió a Leire duró apenas unos segundos; los que tardó en recordar que continuaba sin vivienda para los siguientes tres meses. Se giró hacia Fernando, que seguía con la mirada el lento avance de una chipironera que volvía a puerto con el farol de popa encendido. El suave runrún de su motor quedaba apagado por el estrépito lejano de la grúa que trabajaba en la distancia.

—Me va a costar encontrar un lugar al que poder ir durante esos tres meses —anunció luchando contra la vergüenza que sentía ante lo que tendría que explicar.

—Puedes alquilarte un piso. Seguro que por aquí cerca hay un montón. Si quieres, puedo preguntar en la oficina. Siempre es más fácil a través de alguien conocido, y más cuando se trata de un período tan corto.

Leire tragó saliva con dificultad mientras las lágrimas le afloraban a los ojos. Odiaba a Jaume Escudella y la situación por la que la estaba haciendo pasar.

—No puedo pagar un piso —explicó esforzándose por no apartar la mirada—. Mi editor me debe un montón de dinero y el banco me tiene secuestrados todos mis ahorros. Habrás oído hablar de las preferentes...

—Ostras, pensaba que eso se lo habían hecho solo a jubilados —apuntó Fernando.

—A mí me vieron cara de pardilla. La verdad es que tenía

total confianza en el director de la sucursal. Nunca me la había jugado. ¿Cómo iba a sospechar yo que aquel día que me llamó para hablarme de un producto muy rentable que reservaban para clientes preferentes me estaba estafando? Nunca me ha gustado preocuparme por el dinero, así que pasé a firmar los papeles de ese supuesto depósito y no he vuelto a ver un euro.

—Vaya cabrones —sentenció el presidente—. Me gustaría poder ayudarte. No sé...

—Ya buscaré alguna solución. Tendré que presionar a mi editor.

Fernando la observaba con gesto serio.

—¿Por qué no te paga, si no es mucho preguntar? Vendes un montón de libros, ¿no?

Leire suspiró ruidosamente.

—Porque soy idiota. Tampoco con él me paré a leer entero el contrato de edición y firmé unas condiciones que me obligan a seguir escribiendo continuamente para su editorial. Cobraré los derechos de autor de cada libro solo cuando haya publicado posteriormente otros dos libros con él.

—Eso será ilegal. Tienes que denunciarlo. Es una cláusula claramente abusiva. No puede retenerte un dinero que te pertenece. Hasta donde yo sé, los derechos de autoría son un derecho inalienable.

—Si lo he firmado así...

El presidente negó ostensiblemente con la mano y la cabeza.

—Para nada, y de leyes sé un rato, que en la oficina nos pasamos todo el día entre contratos públicos y privados.

—Hablaré con él —decidió Leire. De pronto se sentía más animada. Nunca se habría planteado que el contrato editorial pudiera ser papel mojado.

—Dale una oportunidad de enmienda. Solo una. Envíale un burofax. Si no atiende a razones, denúncialo.

La escritora asintió. En cuanto dejara a Fernando llamaría a Escudella.

—¿Cuándo tengo que dejar libre el faro? —preguntó.

El presidente dibujó una sonrisa ladeada tras la que se intuía una disculpa.

—Cuanto antes —reconoció—. No podemos estar cada día pendientes de si un nuevo cortocircuito chamusca la lámpara del faro. Es una luz de vital importancia para la navegación. —Hizo una pausa pensativo—. En cualquier caso, tómate unos días para arreglar tus cosas. Si todo va bien, para cuando des a luz a tu bebé estarás de vuelta en un edificio más acogedor. Sin humedades ni cortocircuitos.

Habían regresado junto a las oficinas centrales. Solo se veía luz en una de sus ventanas. Tras las demás reinaba la oscuridad, como era de esperar un sábado por la tarde.

Por primera vez, Fernando le apoyó la mano en la espalda. A Leire le gustó sentir su cercanía. Apenas fueron unos segundos, porque enseguida la apartó víctima de su habitual rubor por el contacto físico.

—Pensaré a ver si se me ocurre algo. No sé… Quizás pueda prestarte algo de dinero —le ofreció el presidente.

La escritora alzó la mano para que no siguiera.

—No. Hablaré con mi editor y buscaré una solución. Me has ayudado más de lo que crees.

Después se despidieron y ella lo vio perderse en el edificio mientras se ponía el casco de la Vespa.

28

Madrugada del 9 de noviembre de 2015, lunes

Aquellos dos únicos tramos de escaleras que llevaban del primer piso al recibidor nunca se le habían hecho tan largos. Los bajaba angustiada, oyendo perfectamente los latidos de su corazón. Cabalgaba en su pecho como un caballo encabritado. Sabía lo que estaba a punto de ocurrir y, a pesar de ello, continuó descendiendo. Escalón a escalón, paso a paso, hacia una planta baja de la que irradiaba una extraña sensación de calma. Daba la impresión de que el tiempo se hubiera detenido allí abajo, y no era para menos.

La sencilla lámpara que colgaba de la pared del descansillo emitió un guiño al que enseguida siguió otro más largo. La oscuridad se adueñó de todo por apenas un par de segundos. No era mucho tiempo, pero suficiente para que la tensión se volviera insoportable. No podía más. Estaba asustada.

—¡Iñaki! —llamó con un torrente de voz que la sorprendió.

No hubo respuesta.

La luz volvió a fallar y Leire buscó refugio abrazándose el vientre.

—¡Iñaki, no me hagas esto! —insistió con un nudo en la garganta.

Tenía ganas de sentarse en la escalera y llorar de impotencia. Sin embargo, se obligó a seguir bajando. Uno, dos, tres peldaños… El recibidor estaba vacío y la puerta de la calle oscilaba, mecida por el viento que soplaba en el exterior. La lluvia se colaba por el quicio abierto y las bisagras protestaban con un chirrido lastimero.

Algo no iba bien. Lo sabía. Entró a la cocina y antes de

que pudiera darse cuenta tenía aquel enorme cuchillo en la mano. Algo no iba bien.

—¡Iñaki! —volvió a llamar. Esta vez las lágrimas acudieron a sus ojos.

De pronto la puerta de la calle se abrió de par en par y una sombra negra se abalanzó sobre ella. La luz volvía a hacer de las suyas. Lanzó un grito, agudo, aterrorizado, animal, y clavó con fuerza el cuchillo en el abdomen del intruso.

Todo estaba oscuro y la puerta batía con fuerza empujada por la tempestad.

Después volvió la luz y Leire deseó que no lo hubiera hecho jamás. Su alma asustada se rompió en mil pedazos mientras se dejaba caer de rodillas. Ante ella yacía Iñaki con la mirada perdida y la sangre saliendo a borbotones por la herida que hendía su torso desnudo.

—¡Nooo! —Esta vez su propio grito fue tan desgarrador que le hizo abrir los ojos. La parte de la cama que acostumbraba a ocupar Iñaki estaba vacía. Las sábanas, que ella sabía blancas, tenían un tono más cálido a la luz amarillenta que se colaba por la ventana y que se fundía fugazmente a negro cada veinte segundos. Era el tercer día que la pesadilla la despertaba en plena noche. El tercer día que clavaba un cuchillo en el corazón del hombre al que amaba. Los detalles eran cada vez más turbadores. Tanto que en esta ocasión todo parecía tan real que comenzaba a temer que no se tratara solo de un mal sueño. ¿Y si su inconsciente le estaba proyectando lo que su cerebro había querido olvidar en un intento de protegerla contra la locura?

Sentada en la cama, se llevó las manos a la cara. La tenía empapada de sudor. O tal vez fueran lágrimas. Su corazón todavía latía con fuerza. No era para menos, hacía solo unos segundos que había apuñalado a Iñaki. Le faltaba el aire. Se destapó y apoyó la espalda en el cabecero con los ojos demasiado abiertos para volver a dormir. Los minutos pasaron lentamente. Los guiños rítmicos del faro se le antojaron de pronto opresivos, un infernal recuerdo del implacable paso del tiempo.

Comenzaba a relajarse cuando unos pasos apresurados llamaron su atención hacia el distribuidor. Había alguien ahí fuera. Echar mano de la manta fue su primera reacción, la misma que hubiera tenido un niño al que asusta un monstruo imaginario. Sin embargo, enseguida se recompuso y saltó fuera de la cama. No iba a quedarse agazapada en ella a la espera de que un intruso se le echara encima.

No tuvo tiempo de plantearse sus siguientes movimientos porque lo que oyó a continuación la invitó a relajar la alerta. No había ningún siniestro visitante en el faro, solo Irene vomitando.

Impotente, caminó lentamente hasta el cuarto de baño.

—¿Qué has bebido? —le preguntó secamente apoyada en el marco de la puerta. La tristeza de ver a su madre arrodillada y abrazada a la taza se fundía con la ira de saberse engañada una vez más.

Irene tardó unos segundos en contestar. Cuando lo hizo, se giró levemente hacia Leire.

—Nada. Me ha sentado mal la cena —musitó con los ojos llorosos por el esfuerzo.

—Mentira.

—Nunca me crees. ¿Te das cuenta de lo duro que es saber que tu hija no confía en ti? Ha sido la cena…

La imagen de Irene en camisón de rodillas ante el retrete en el que se apoyaba resultaba demoledora. El pelo liso y teñido de rubio le caía sobre la cara y ocultaba en parte unos labios en los que todavía quedaban abundantes restos de carmín.

—¡Mentira! Estás bebiendo. Cada día. ¿Adónde vas al salir del trabajo? Teníamos un acuerdo, ¿lo recuerdas? Nada de alcohol o te vuelves a Bilbao. ¿No crees que ya tengo bastantes problemas últimamente como para que tú te empeñes en ponérmelo más difícil?

Conforme hablaba, Leire se reprochó no haber estado más vigilante. Su madre tenía un serio problema con el alcohol desde hacía muchos años y ella no se podía permitir bajar la guardia.

—Solo han sido un par de chupitos. A mí también me ha afectado mucho lo de Iñaki. Tan joven...

—Siempre igual, *ama*. Siempre buscando excusas para beber. Si no es la muerte de Iñaki, es la del *aita* y si no que Raquel se va a vivir sola... ¿Te das cuenta de que es una trampa constante para justificar tu mierda de adicción? —Leire estaba cansada de oír siempre los mismos lamentos. Al principio sentía lástima por ella, ahora solo lograba irritarla.

Irene se refrescó la cara en el lavabo.

—¿Tú no estás asustada? —le preguntó a su hija—. No me digas que vives tranquila en este faro solitario sabiendo que alguien apuñaló a tu novio en el piso de abajo. ¿Y si vuelve a por nosotras?

Leire iba a responder, aunque se limitó a apretar los labios y suspirar. Claro que no estaba tranquila, pero no pensaba admitirle el más mínimo motivo para refugiarse en la bebida.

—¿A qué hora has llegado? —preguntó regañándose por no haberla esperado despierta. A las diez de la noche estaba tan agotada que se había ido a dormir. El embarazo y sus cambios hormonales estaban afectando a sus patrones de sueño habituales.

Irene tardó más de la cuenta en contestar. Era evidente que no lo recordaba. Solo intentaba decidir qué hora podía confesar sin que su hija supiera que era mentira.

—¿A qué hora te acostaste tú? —preguntó finalmente.

—Joder... ¿Qué coño hiciste, *ama*? ¿Con quién andas? Ayer tenías adoración perpetua hasta las nueve. Lo último que supe de ti fue que te traería alguien en coche y que no hacía falta que bajara a buscarte en moto a la parada del autobús. Y no sabes ni a qué hora llegaste a casa...

—Falló el siguiente adorador y me tuve que quedar. El Santo Sacramento no puede quedarse solo.

La escritora suspiró de nuevo. ¿Es que ni siquiera iba a ser capaz de dejar sus propias creencias al margen de las mentiras? ¿Hasta dónde la llevaría aquella maldita dependencia?

—Es la última vez. ¿Me entiendes? La última que lo paso por alto. Por cierto, ¿qué hay de tus reuniones de Alcohólicos

Anónimos? ¿No estarás faltando a la terapia?

Irene rehuyó su mirada unos instantes.

—No, claro que no he fallado a las reuniones.

La falsa seguridad que trató de imponer a su voz no convenció a Leire. Tendría que hacer sus propias averiguaciones.

—Tú sabrás... Si hace falta me compraré un alcoholímetro, pero en este faro no vuelves a entrar con una gota de alcohol encima. —Le advirtió desencantada. Sabía que no sería la última vez que tuvieran esa conversación y sabía también, demasiado bien, que no sería capaz de echarla de casa.

Irene asintió con gesto serio y se escabulló hacia su habitación, aliviada de que su hija hubiera dado por zanjada la conversación.

Leire aguardó a que se tumbara en la cama y encendió la luz de las escaleras. Uno a uno, bajó los peldaños hacia el vestíbulo. La aprensión se le aferraba a los tobillos, como si pretendiera hacerla trastabillar.

Todavía no había alcanzado el final del primer tramo cuando la luz del descansillo emitió un guiño. Después le siguió otro, esta vez más largo, igual que en su pesadilla. Aferrada a la barandilla, Leire se obligó a seguir bajando. Una fría corriente de aire remontaba la escalera como un mal presagio. Estuvo a punto de darse la vuelta y volverse a la cama. No podía. Necesitaba ver con sus propios ojos aquel lugar. Quizás pudiera recordar por fin qué había ocurrido allí la tarde que Iñaki murió.

El recibidor tomó forma en cuanto puso el pie en los últimos escalones. Apenas le dio tiempo a recorrerlo con la mirada cuando un trueno retumbó en el exterior. La bombilla emitió un zumbido y después se apagó, sumiendo todo en una absoluta oscuridad.

Leire gritó con todas sus fuerzas.

—¿Qué pasa? —le contestó su madre desde la primera planta. Su voz era también la de una mujer aterrorizada—. ¡Dios mío! ¡Ayúdanos, Señor!

La única claridad era la que se colaba a través de la ventana de la cocina, una exigua franja anaranjada que se reflejaba en los azulejos del suelo.

—No es nada, *ama*. Es el diferencial. Ha vuelto a saltar. —Leire lamentó no ser capaz de imprimir serenidad a sus palabras.

—¡No es verdad! ¡Viene a por nosotras!

Una ráfaga de viento sacudió la puerta de la entrada, que se agitó en el marco. La lluvia se colaba por debajo de ella, encharcando el vestíbulo. Un nuevo relámpago lo iluminó todo y Leire vio su propio reflejo azulado en el espejo. Estaba sola, rodeada de sombras.

—¿Dónde estás, hija? ¡Socorro!

—¡Basta ya, *ama!* —gritó Leire fuera de sí—. Solo se ha ido la luz.

Haciendo un esfuerzo sobrehumano por esquivar las ganas de sentarse en la escalera y llorar impotente y aterrorizada, la escritora caminó a tientas. Temía que en cualquier momento la asaltara alguien, como en su pesadilla.

—Alguien ha entrado —sollozaba su madre, a la que Leire imaginaba escondida bajo su edredón.

A ciegas y palpando las paredes, llegó al cuarto del generador de emergencia. Era también allí donde se encontraba el cuadro eléctrico, que comenzaba a conocer demasiado bien. Cada vez que adelantaba la mano y tocaba el vacío temía dar con la cálida piel de un intruso.

Sin embargo, fue la larga hilera de interruptores la que encontró. Llegó con sus dedos hasta la izquierda de la fila y subió el diferencial.

El regreso de la luz apaciguó levemente los latidos de su corazón. Su madre también había dejado de gritar. Un profundo suspiro acompañó a las lágrimas de impotencia que brotaron de sus ojos. Odiaba sentirse tan vulnerable. El faro comenzaba a ser una auténtica prisión. Tenía que salir de allí. Ni siquiera tendría que tomar la decisión. Los de la Autoridad Portuaria lo habían hecho por ella, y tal vez fuera lo mejor.

29

9 de noviembre de 2015, lunes

La pelota golpeaba la pared de hormigón para regresar trazando una parábola hacia los jugadores. Entonces la mano de uno de ellos la interceptaba con energía para lanzarla de nuevo hacia el frontón. Así una y otra vez, entre muestras de esfuerzo constantes y celebraciones cuando uno de los dos marcaba un tanto. El de chándal parecía más fuerte, aunque el de pantalón corto iba ganando.

—Siete a cinco —anunció el primero mientras el otro corría a por la pelota, que se perdió entre los coches aparcados junto a la pista deportiva.

Dio una calada al cigarrillo y sintió el humo alcanzando cada rincón de sus pulmones. Le ayudaba a calmar la ansiedad que le provocaba la soledad. Nunca antes se hubiera imaginado dejando volar el tiempo mirando a dos muchachos que faltaban a clase por jugar a la pelota. ¿Qué podría hacer si no? ¿Meterse en casa con el televisor a tope para no ser consciente del triste silencio que flotaba en su vida? ¿Ir al bar a beber otro vaso de vino y hablar con los demás clientes de chorradas que nada le importaban?

Se llevó una mano a las nalgas. El frío del banco de piedra se le colaba por ellas y le llegaba hasta los riñones a pesar del abrigo. ¿Cuánto tiempo llevaba allí? Tanto daba. No pensaba moverse. Había visto a la escritora entrar a la panadería y no iba a levantarse hasta verla salir. Quería atisbar su cara de cerca, saber si la vida se había esfumado ya de sus ojos.

Quizás ella todavía no lo sospechaba, pero su final estaba escrito. Solo tenía que decidir cuándo acabar con ella, aunque antes pensaba arrebatarle hasta la última ilusión por seguir adelante. Lo haría sin prisas, con la parsimonia que da el no tener nada por lo que luchar en la vida.

Y algún día aquellos que le habían dado la espalda sabrían que había hecho algo grande. Tampoco para eso correría. No, no permitiría que le metieran en la cárcel. Dejaría su confesión por escrito para que el día que la muerte llamara a su puerta todos supieran quién había estado detrás de aquellos sucesos que conmocionaron a todo un pueblo.

—Siete a siete... ¡A este paso te voy a ganar! —exclamó el de chandal cazando la pelota al vuelo.

—Ya quisieras tú. Un cubata a que no —le retó el otro.

La pelota, de cuero blanco y con costuras a la vista, salió disparada de nuevo contra la pared.

Dando una nueva calada, miró alrededor. No había nadie más contemplando el partido. Dos mujeres charlaban junto a la puerta de la panadería. Las observaba sin interés cuando la puerta se abrió y Leire Altuna emergió del establecimiento.

Un cosquilleo en el estómago le hizo girar la cabeza para que no le descubriera. Después se recompuso y volvió a dirigir la mirada hacia allí. La escritora le daba la espalda y se alejaba por la calle San Pedro. Solo fueron unos pasos, porque enseguida empujó la puerta de la Bodeguilla y se perdió en el interior.

Tiró la colilla al suelo y escupió una maldición entre dientes. Apenas la había visto un segundo y a una distancia que impedía escudriñar su mirada. Sin embargo, supo perfectamente que todavía no estaba suficientemente destrozada.

Con un regusto agrio en la boca, se juró que no iba a permitirlo. Tenía que golpear de nuevo, y tenía que hacerlo donde más le doliera.

30

9 de noviembre de 2015, lunes

En cuanto empujó la puerta, recubierta de mil capas de pintura, Leire se sintió en casa. El aroma de los salazones enmarcado por las empalagosas notas del vino que dormía en las barricas resultaba inconfundible. Tanto como la anárquica decoración que cubría las paredes y el desorden, que no era tal, que se intuía tras la barra. Tampoco desentonaban los rostros de la media docena de *arrantzales* y jubilados que se giraron hacia ella desde la barra y la saludaron con su habitual indiferencia.

Llevaba días sin bajar a almorzar a la Bodeguilla y se moría de ganas por un bocadillo de bonito con anchoas y guindillas y un vaso de sidra.

—*Egun on, maitia* —la saludó Amparo sin dejar de llenar una copa de anís—. Mira, Irene, tenemos visita.

Su madre se asomó por el extremo de la barra y mostró una tímida sonrisa al tiempo que la saludaba con la mano. Después volvió a desaparecer para atender a una clienta. Leire asintió satisfecha para sus adentros al ver que las normas que ella misma había establecido seguían cumpliéndose. Su madre no debía pisar la barra; solo la tienda de conservas y salazones que ocupaba ese rincón de la Bodeguilla al que podía accederse desde el exterior por una puerta independiente.

—Ponme un... —comenzó a pedir la escritora tomando asiento en una de las recias mesas de madera distribuidas al pie de las boyas, redes de pesca y viejas lámparas que pendían de las paredes.

—Ya sé, ya. Un completo de bonito y una sidrita fresca —

la interrumpió Amparo poniendo el tapón a la botella de anís.

—Cada día me echas menos —se quejó el jubilado empujando la copa hacia ella—. A ver si te voy a pagar la mitad.

Leire se rió por lo bajo al ver el gesto forzadamente ofendido de la tabernera.

—A ver si voy a ser yo la que te cobro el doble —apuntó Amparo llenando un poco más la copa.

—A este ya puedes cobrarle de más, que tiene una pensión que ya la quisiera Felipe González —se burló uno de los que estaba con él.

—Porque me preocupé de cotizar como Dios manda, no como tú, que todo eran viajes aquí y allá —se le encaró el otro llevándose el anís a la boca—. ¿A dónde viajabas con tu señora mientras yo me iba a Salou? Ahora a Praga, ahora a Venecia, ahora un crucerito... Hasta Nueva York se fueron una vez los señores. Y yo una semana en un apartamento sencillo frente al mar. Ahora no te quejes si te ha quedado una mala pensión.

—La cigarra y la hormiga —sentenció un tercero con tono burlón—. Cotizar lo mínimo como autónomo y pretender un buen retiro son incompatibles.

A Leire le gustaban esas discusiones de taberna. Le daban ideas para personajes de sus novelas. No había nada para otorgar realismo a una historia de ficción como observar un poco la vida cotidiana, y lugares como la Bodeguilla eran un lujo para hacerlo.

—¿Qué, cómo va la pequeña? ¿Ya tienes nombre? —inquirió Amparo acercándole el bocadillo a la mesa.

La escritora se llevó la mano a la barriga y se dio un par de suaves palmaditas.

—Ya ves, cada día más gorda. ¿Qué te parece si le pongo Amparo? —bromeó antes de tomar el bocadillo con ambas manos y darle un primer mordisco. El gusto salado de la anchoa se fundió en su boca con el agrio de la guindilla en vinagre y el leve toque dulce del bonito—. Mmm, delicioso. Deberían hacerte un monumento.

La tabernera dejó escapar una risita. Las cataratas comenzaban a tender una cortina blanquecina en sus ojos, que a pesar de ello seguían siendo vivarachos. Eran la guinda de un rostro en el que gobernaba una sonrisa cansada que restaba gravedad a su habitual estado refunfuñón.

—Ya me dirás qué mérito tiene. Solo abro unas latas y lo pongo dentro del pan.

Leire dirigió una mirada hacia la barra. Su madre seguía entretenida atendiendo a los clientes de la diminuta tienda. Las pilas de latas hacían equilibrios sobre el mostrador y parecían siempre a punto de derrumbarse sobre las sardinas y arenques en salazón.

—Siéntate un momento —le pidió a la tabernera señalando un taburete que había junto a la mesa.

Amparo se giró hacia los clientes. Hablaban entre ellos y no la buscaban con la mirada. Tampoco el señor que ocupaba una mesa algo más allá y que no había levantado la vista del periódico desde que Leire había entrado por la puerta.

—Cuéntame —le dijo tomando asiento—. ¿Qué te preocupa?

—Mi madre —explicó la escritora bajando la voz—. Anda llegando tarde y raro es el día que no viene bebida. Esta noche me ha liado una buena...

La tabernera abrió los ojos en señal de sorpresa.

—Aquí no bebe. Eso te lo garantizo.

—No, eso ya lo sé —se vio obligada a aclarar Leire. Si de algo estaba segura era de que Amparo estaba vigilante—. ¿Tú sabes con quién anda?

La tabernera se encogió de hombros al tiempo que mostraba una sonrisa divertida.

—Hay algún hombre. Eso seguro. La veo más contenta de lo normal y se preocupa por arreglarse delante del espejo a la hora de salir. Está claro que algo hay.

—¿A qué hora está saliendo?

—A la de siempre. A las cinco de la tarde echamos el cerrojo y aquí no queda ni el apuntador.

La escritora buscó a Irene con la mirada. Charlaba animadamente con una clienta y de vez en cuando se colaba alguna risa en la conversación, algo impensable hacía solo unas semanas. Se descubrió a sí misma sonriendo ante el descubrimiento, aunque el problema del alcohol no tardó en caerle encima como una pesada losa.

—Tengo que saber con quién está saliendo para hablar con él. Todos los que la queremos debemos remar en la misma dirección. De lo contrario no logrará vencer la adicción —decidió en voz alta.

—Es complicado —musitó Amparo pensativa—. Seguro que van a cenar o a tomar unos pintxos y, claro, el alcohol está por todas partes. Si alternas en bares...

—Claro. Por eso necesito ponerlo sobre aviso. Debe saber que mi madre tiene un problema con la bebida. Si no, continuará ofreciéndole o permitiéndole pedir bebidas alcohólicas.

La tabernera torció el gesto.

—Irene se va a enfadar si se entera de que has hablado con él.

Leire sabía que tenía razón, pero no le quedaba otro remedio.

—¿Y qué hago? ¿Permitir que todo el esfuerzo que ha hecho para dejar atrás esa mierda se vaya al traste? —inquirió contrariada.

El rostro de Amparo se bañó de la claridad de la calle. Alguien había abierto la puerta.

—No sé qué decirte —reconoció la tabernera saludando al recién llegado con la mano.

La escritora se giró para comprobar de quién se trataba.

—Vaya, qué bien acompañada estás... —la saludó su exmarido dando una palmada en la espalda a Amparo. Después cogió una banqueta y se sentó a la mesa—. Tengo un hambre que me comería un buey entero. A que me preparas uno de estos —dijo señalando el bocadillo de bonito.

La tabernera cruzó con Leire una mirada con la que parecía disculparse por la interrupción.

—Amparo, nos tienes secos. Sírvenos otra ronda —pidió uno de los de la barra al ver que se ponía en pie.

—Ya voy, ya voy. Ni un minuto me dejáis descansar. ¿No veis que ya soy vieja para aguantar este ritmo? Que haré setenta y tres en abril —protestó la mujer perdiéndose detrás de la barra.

Leire se rió siguiéndola con la mirada.

—¿Desde cuándo fumas? —preguntó señalando el paquete de tabaco negro que Xabier había dejado sobre la mesa.

Su exmarido lo apartó, incómodo.

—La vida en el barco...

La escritora sacudió la cabeza.

—Toda la vida aguantando tus protestas cada vez que encendía un pitillo... Es increíble.

—¿Has pensado en lo que te dije el otro día? —le preguntó Xabier.

La escritora lanzó un suspiro. ¿Por qué era todo tan difícil? Creía haber sido suficientemente clara con él.

—No hay nada que pensar, Xabier. Lo nuestro acabó hace mucho tiempo y no habrá vuelta atrás. —Habló lentamente, mascando lentamente cada sílaba y tratando de ser muy tajante. No quería mostrar el más mínimo titubeo.

Su exmarido asintió lentamente con la mirada perdida en el vacío.

—¿Cómo tengo que explicarte que he cambiado? Estar a bordo de un atunero rodeado por piratas dispuestos a todo con tal de pedir un rescate por ti te hace replantearte muchas cosas —apuntó con aire abatido—. ¿Qué tengo que hacer para volver a conquistarte?

La escritora sacudió la cabeza mientras se maldecía por no ser capaz de levantarse y dejarle con las palabras en los labios. Era lo que se merecía ese imbécil.

—Mira, Xabier. Ese es precisamente tu problema. Ahora soy la presa más difícil, la que no se deja pescar, y por eso tienes interés en mí. ¡Estás enfermo! Si consiguieras tu objetivo enseguida me olvidarías para centrarte en la caza de una nueva víctima a la que destrozar el corazón y la vida —espetó sin arrepentirse de la crudeza de sus palabras. Había pasado doce años de su vida con Xabier y sabía perfectamente que había acertado de pleno con el resumen de la situación.

—Déjame invitarte a navegar esta tarde conmigo. Un amigo me presta su chipironera. Dame solo una oportunidad. Seamos amigos, al menos —propuso su exmarido con una sonrisa que pretendía ser cautivadora.

—¿No me has escuchado, verdad? —se indignó Leire. Era increíble que tuviera tanta desfachatez.

Su exmarido mostró un gesto de disculpa mientras trataba en vano de acariciarle la mano.

—Ven conmigo esta tarde. Solo una vez. Si no te gusta, te dejaré en paz —insistió con voz melosa.

La imagen de Iñaki manejando la dorna donde se dieron el primer beso ocupó de pronto la mente de Leire. Con él sí que echaba de menos navegar. Si cerraba los ojos todavía podía sentir el olor de su sudor mientras gobernaba la embarcación y la suavidad de sus labios cuando la besaba. Un nudo en la garganta le recordó que jamás volvería a disfrutar de su presencia.

—No voy a ir contigo a ningún sitio. Lo nuestro murió, Xabier —le echó en cara la escritora apoyándose en la mesa para levantarse.

—Espera —le rogó su exmarido poniendo las manos sobre las de ella—. Dime de verdad que no has pensado que lo que nos ha ocurrido no es casualidad. —Leire frunció el ceño. No comprendía a qué se refería ahora—. A Amaia, mi nueva pareja, la mató el Sacamantecas junto al faro; a Iñaki lo han asesinado en el mismo lugar... No es una coincidencia. Claro que no. Es una señal de que tenemos que estar juntos. Nunca debimos separarnos.

La escritora se apartó horrorizada.

—¡Estás loco!

Xabier mostró una sonrisa melancólica mientras ella se dirigía a la salida.

—Piénsalo, cariño. Piénsalo bien —dijo antes de que Leire pudiera abrir la puerta para perderse en las húmedas calles de San Pedro.

31

9 de noviembre de 2015, lunes

Madrazo entró en la sala y dejó caer la carpeta sobre la cajonera alrededor de la que improvisaba sus reuniones. No hicieron falta palabras para que los agentes a los que comandaba se levantaran de sus respectivas mesas y se acercaran. Cestero se apresuró a teclear las últimas palabras del informe sobre el seguimiento del viernes y se unió al grupo. Letizia le dio la bienvenida con una mirada despectiva a sus vaqueros rasgados.

—Ese cabrón de García nos ha jodido —protestó el suboficial—. Se ha salido con la suya y su comisaría dejará, a partir de las tres de la tarde, de vigilar el faro de la Plata. Dice que si el caso es nuestro también lo es la responsabilidad de dar protección a la escritora.

—¿Desde cuándo es así eso? —intervino Aitor.

—Desde hoy. Los putos recortes tienen las comisarías al borde del colapso. En Rentería hay solo cuatro agentes de Investigación donde debería haber doce, y de Seguridad Ciudadana tampoco andan para tirar cohetes —explicó Madrazo sin perder su tono irritado. Los músculos de sus brazos se perfilaban bajo su piel conforme gesticulaba—. Rajoy y su política de no permitir nuevas incorporaciones a la Ertzaintza acabarán hundiéndonos. Y ahora nosotros pagamos el pato, como siempre. Si Rentería no puede, pues tenemos que hacerlo los pringados de siempre.

—¿Nuestro grupo? —se indignó Letizia—. Nosotros somos investigadores, no escoltas.

Madrazo asintió con gesto contrariado.

—Ya lo he hablado con el comisario. No hay otra opción. Hoy empezaréis a turnaros a la puerta del faro. Pero no voy a sacrificar a dos policías para estar viendo romper las olas. Con uno es suficiente. Ya podéis desarrollar ojos en el cogote si es necesario.

—¿Yo también? —inquirió Letizia con tono incrédulo—. Soy agente primera, no me corresponde...

—Tú también, sí —la interrumpió Madrazo.

—Es indignante —protestó la agente dando un manotazo en la parte superior de la cajonera—. Nosotros allí perdiendo el tiempo mientras un asesino campa a sus anchas. Y los de Rentería ocupándose de sus chorradas. A ver quién ha pinchado la rueda de ese vecino o quién ha arrancado el geranio de esa otra señora.

—Cuando trabajé en la comisaría de García nos ocupábamos de asuntos bastante más graves que esos. ¿Sabes cuántos casos de violencia de género nos entraban cada semana? —le recriminó Cestero.

—Me gustaría verlo —apuntó Letizia llevándose la mano al cabello para pasárselo por detrás de la oreja.

Madrazo estiró la carpeta hacia la agente primera y le propinó unos suaves golpecitos en el hombro.

—Cestero tiene razón. García nos acaba de joder, pero es verdad que estará desbordado. Hay demasiada mierda en esta sociedad, maltratadores y ladrones a patadas, y comisarías como la de Rentería hacen una gran labor. Ojalá los asuntos que gestionan fueran chorradas.

Cestero lo observaba incrédula. No recordaba que el suboficial se hubiera mostrado nunca de acuerdo con ella en un enfrentamiento con Letizia. La mirada furiosa de la agente primera delataba que tampoco ella se esperaba el rapapolvo y sugería que aquello no quedaría así.

—¿Por la noche también tenemos que vigilar el faro? —quiso saber Aitor.

—Así es —admitió Madrazo—. Ya sé que es una faena muy gorda, pero es lo que hay. Que esto nos sirva de incentivo para dar caza cuanto antes al asesino y quitarnos este caso de encima. —Hizo una pausa para observar inquisitivo a los integrantes de su grupo—. A ver, ¿qué avances tenemos? ¿Habéis averiguado algo más de Mendikute?

—Leire Altuna parece demasiado segura de que no fue él —indicó Cestero.

Madrazo se encogió de hombros.

—Pues a mí me parece un buen móvil para el crimen. Roba la pasta, le descubren y se carga al único que lo sabe para que no trascienda. Así evita devolverla y la vergüenza de verse expuesto a la opinión pública. Lo de imitar al Sacamantecas y amenazar a la escritora es una buena treta para que no parezca que el motivo de todo es el dinero robado —defendió el suboficial—. Lástima que no tengamos más pruebas para poderlo encerrar.

—Santos también defiende al pintor. Ayer mismo aseguró que pondría la mano en el fuego por él —señaló Aitor en un tono neutro que no aclaraba si daba credibilidad al excomisario.

—A ver si ahora Santos va a ser más listo que todos nosotros juntos —comentó irritado el suboficial—. ¿Y quién dice ese sabelotodo que ha sido?

—¿Qué pinta Santos de tertuliano en la tele? Por menos que eso se han abierto expedientes en otras ocasiones. ¿Un ertzaina puede participar en debates públicos sobre casos abiertos? —inquirió Cestero. Cuando lo vio sentado junto a otros opinadores profesionales en el programa vespertino de la ETB no podía creer que un personaje tan obtuso fuera presentado ahora como un experto policial por los mismos periodistas que lo criticaron hasta cobrarse su cabeza.

—Parece ser que le han abierto expediente. Tiene puntos de ser suspendido de empleo y sueldo —reconoció Madrazo—. Como siga diciendo tonterías y ninguneando nuestra actuación espero que no tarden en aplicarle medidas disciplinarias. Si pretende recuperar su puesto de comisario en Rentería no está tomando el mejor camino. Volviendo a lo nuestro: vamos a continuar con el seguimiento a Mendikute y a la pescadera. ¿Letizia, hay novedades sobre el teléfono desde el que se hizo la última llamada amenazante? —La agente primera negó con la cabeza—. Cestero, tú te vas al portal del pintor; Zigor lleva demasiadas horas por allí. Si sale, le sigues. —Por último se giró hacia Aitor—. Tú vete a casa. Esta tarde darás el relevo a los de Rentería en el faro.

Cestero asintió a regañadientes. No veía interés alguno en montar guardia ante la casa de Mendikute. Pero ella no era quien mandaba allí, así que se limitó a cruzar una mirada contrariada con Aitor antes de perderse escaleras abajo.

32

9 de noviembre de 2015, lunes

Leire sostenía la taza de té con ambas manos. Su calor la reconfortaba y el aroma a hierba fresca que emanaba de la infusión trataba sin éxito de transmitirle relax. No lo tenía fácil.

Sentada en el segundo peldaño de las escaleras que subían al primer piso y con los codos apoyados en las rodillas, escrutaba pensativa cada centímetro del recibidor. Tenía la sensación de llevar horas allí sentada, tratando de recordar lo que su cerebro se empeñaba en borrar. Sin embargo, el vapor que flotaba sobre el té indicaba que no hacía mucho que lo había preparado.

Su mirada viajaba lentamente de la puerta de la calle al espejo, y de este al suelo, donde se entretenía con las figuras geométricas de los azulejos. Cuando cerraba los ojos Iñaki volvía a yacer sobre ellos. Cualquiera habría dicho que estaba dormido, pero Leire sabía que era solo una nueva trampa de su mente. La sangre, el cuchillo y todo lo demás habían desaparecido de sus recuerdos.

¿Qué había ocurrido allí aquella maldita tarde? ¿Qué papel había jugado ella en el asesinato? Las preguntas se agolpaban en su cabeza y la única respuesta era el silencio. Cada vez que intentaba concentrarse para llegar a las respuestas se daba de bruces con la pesadilla que la torturaba por las noches: esa puerta entreabierta, la cocina, el cuchillo y el rictus de incomprensión de Iñaki al sentir el filo desgarrándolo por dentro.

Cuanto más se esforzaba en recordar, más borroso se volvía todo. El mal sueño adoptaba el papel de realidad. ¿O acaso era eso lo que había ocurrido entre aquellas tristes paredes?

No, no podía ser. Ella no lo había matado.

Entonces, ¿por qué su cerebro se empeñaba en enmarañarlo todo?

—Porque sé que si lo admito tal cual ocurrió no seré capaz de soportarlo —se dijo en voz alta poniéndose en pie.

El desasosiego que sentía cada vez que llegaba a la misma conclusión le resultaba insoportable.

No era verdad. Por supuesto que ella no había sido.

Caminó los cinco pasos que la separaban de la puerta de la calle y apoyó la espalda en ella. Tal vez desde esa perspectiva lograra comprenderlo mejor.

Su teléfono sonó arriba. Todos los músculos de su cuerpo se tensaron en una señal de alarma. Le ocurría cada vez que escuchaba esa melodía. Aquella voz gélida que llegaba sin avisar para arrastrarla a los abismos del pánico volvía a hacerse demasiado presente. La policía todavía no había identificado el titular del móvil desde el que se había realizado la última llamada.

No podía bloquearse así. Haciendo un gran esfuerzo, se dirigió a las escaleras. Quizás fuera Fernando para decirle que la obra prevista se había retrasado. Aunque por un lado estuviera deseando salir del faro, por otro sentía que era su hogar y todavía no se había decidido a llamar a su hermana para pedirle que las acogiera durante unos meses. Porque esa era la única alternativa que se le ocurría, y se trataba, en cualquier caso, de una opción que le inspiraba una espantosa pereza.

Cuando llegó a su despacho, tardó unos segundos en armarse de valor para comprobar el número entrante en la pantalla.

—Hola, Jaume —saludó aliviada. Por lo menos no se trataba de ningún teléfono desconocido.

—¿Qué tal estás, Leire? —En cuanto oyó su voz, la escritora se arrepintió de no haber rechazado la llamada.

—Hasta ahora estaba bien —anunció en tono cortante.

—Vaya, tú siempre tan amable… ¿Qué tal llevas la nueva novela? —inquirió Jaume. Ya no se andaba por las ramas.

Leire estuvo a punto de colgar.

—No hay ninguna novela —anunció tajantemente.

El editor soltó una risita.

—Claro que la hay. ¿Crees que no te conozco? Llevas demasiados años trabajando para mí. Hay una nueva novela y será la mejor. No vas a dejar sin ella al padre del crío que llevas dentro.

La escritora cerró los ojos con rabia. Odiaba que Jaume Escudella supiera tanto de ella.

—Voy a denunciarte —anunció.

—¿Y eso? —El editor parecía divertido, aunque Leire adivinó en él un poso de inquietud.

—Por cláusulas abusivas. El contrato que me hiciste firmar no es válido.

Esta vez la risa de Jaume sonó más forzada.

—Claro que lo es. Además, ¿vas a esperar a que un juez te dé la razón? ¿Sabes cuánto tiempo lleva eso? Venga, Leire... Solo tienes que publicar conmigo la novela que estás escribiendo para poder cobrar lo que tú llamas atrasos.

—¡Que no hay ninguna novela! —Leire se sentía impotente. No había reparado en la lentitud del sistema judicial español. Si denunciaba a Jaume le esperaba por delante otro calvario como el que estaba viviendo con el proceso de las preferentes. Y no solo se trataba de tiempo, sino de gastos: abogados, procuradores, tasas...

—Hay novela. Me jugaría todo mi imperio editorial a que la hay. Será tu homenaje a Iñaki. Te podría incluso decir el título que le he reservado. Va a ser un bombazo, Leire; el bombazo definitivo.

Leire se apartó el teléfono de la oreja y lo observó asqueada antes de colgarlo. Al levantar la vista hacia la ventana le sobresaltó descubrir en el alféizar una gaviota de ojos fríos que destripaba una sardina. Los diminutos intestinos del pez colgaban de las comisuras de su pico y le manchaban el plumaje blanco.

Fue incapaz de reprimir un estremecimiento. Jaume Escudella era un monstruo, un egoísta niño de papá para quien el dinero lo era todo, un perfecto psicópata que nada entendía de las emociones humanas.

33

9 de noviembre de 2015, lunes

El motor de la Vespa apenas le llegaba como un ligero ronroneo que no interfería en la belleza de un paisaje grandioso. Había dejado atrás las ruinas del viejo parador y la carretera bajaba ya sin tregua hacia Hondarribia. El verde de las praderas de Jaizkibel y el azul oscuro del mar eran los brochazos dominantes en un cuadro donde tampoco faltaba el gris de unas nubes que amenazaban una lluvia que no acababa de caer. De vez en cuando, si los escasos árboles no lo impedían, la bahía de Txingudi se desplegaba a los pies de la montaña. Irun, Hendaia y Hondarribia se abrazaban entre sus arenales y ensenadas en un encuentro que nada sabía de fronteras trazadas hacía cientos de años. Más allá, la costa vasco-francesa se recortaba hasta donde arrancaba la infinita playa de las Landas.

Cuando llamó a Iñigo para pedirle ayuda y supo que se encontraba en Hondarribia, su primera intención fue ir hasta allí por la carretera nacional. Sin embargo, en cuanto Leire llegó al cruce de Lezo, giró el manillar de la Vespa hacia Jaizkibel. El rodeo, un sinsentido en cuanto a la lógica de la rapidez, estaba obrando en ella un efecto balsámico. Por primera vez desde primera hora del día, la obsesión de haber podido matar a Iñaki quedaba desplazada del foco principal de su atención.

El santuario de Guadalupe marcó un radical cambio en la panorámica. La vertiente marítima quedó atrás y los caseríos que salpicaban las faldas del monte tomaron el relevo. Aquí y allá, entre pastos delimitados por vallas rectilíneas, pastaban ovejas y caballos que se detenían curiosos a verla pasar. Después, sin aviso previo, hicieron acto de presencia las afueras de Hondarribia y el barrio de la playa.

—Me alegro de verte —la saludó Iñigo mientras la escritora se quitaba el casco.

—Gracias. Sé que el otro día fui un poco cortante —se disculpó Leire dándole un par de besos.

El profesor le restó importancia con un gesto. Parecía más serio de lo habitual, con una barba de dos días poco común en él y la mirada apagada. Hasta su camisa vaquera se veía arrugada.

—¿Qué es eso tan importante que te ha traído hasta aquí? Ya sabes que podría haberme acercado yo a Pasaia.

Leire asintió. No se arrepentía de haberse desplazado ella. Ni mucho menos. Necesitaba salir de Pasaia y olvidar su faro, aunque solo fuera por unas horas.

—¿Paseamos un poco? —propuso señalando hacia el espigón que separaba la playa y el río—. La verdad es que estoy muy desorientada. Cada día que pasa tengo más dudas sobre lo que sucedió aquella tarde en el faro.

Iñigo no necesitó que aclarara a qué tarde se refería.

—Es normal. Es un golpe muy duro el que recibiste.

—No. No es normal... Iñigo, creo que lo maté yo —confesó Leire deteniéndose en seco.

El criminólogo la estudió unos instantes con la mirada. Después le cogió las manos y negó con la cabeza.

—¿De dónde sacas esa idea?

La escritora no pudo contener las lágrimas mientras le explicaba su pesadilla recurrente. Cuanto más la recordaba, mayor era la sensación de que se trataba de algo más que un sueño.

—Tranquila —le pidió Iñigo apoyándole las manos en las mejillas. Su calor resultaba reconfortante, igual que el movimiento de sus pulgares secándole las lágrimas—. Es solo una trampa de tu cerebro. Solo estás proyectando tu miedo.

Leire observó las olas rompiendo contra la arena. El mar estaba agitado.

—¿Cómo estás tan seguro?

El profesor soltó un lento suspiro. Después le pasó la mano por la espalda y la sujetó por el hombro, invitándola a caminar de nuevo.

—Porque lo sé. —Su afirmación quedó flotando en el aire hasta que decidió concretarla más—. Porque te conozco. Querías a ese tío y es el padre de tu hija. ¿Cómo ibas a matarlo?

—¿Y si lo hice por error?

—Imposible. Por error se puede clavar un cuchillo, pero no abrir un abdomen en canal.

La argumentación parecía irrebatible. Leire también se había topado con ella cada vez que trataba de ponerse en el papel de asesina, pero en los labios de Iñigo adquiría un sentido más real.

—Es tan creíble la pesadilla...

—El miedo es siempre demasiado creíble, pero tú no has sido. ¿Quién te llama para amenazarte? ¿También eres tú misma?

Leire frunció el ceño.

—¿Cómo sabes de las llamadas?

Iñigo se pensó demasiado la respuesta.

—Todavía conservo buenos contactos en la Ertzaintza. ¿No creerías que iba a estar desconectado de tu caso?

—¿Crees que quien llama y el asesino son una misma persona? —preguntó Leire esquivando la espuma de una ola que rompió cerca. Caminaban por el largo espigón que se adentraba en el mar, prolongando de manera artificial el abrazo del Bidasoa y el Cantábrico.

—Es evidente. ¿No te parece? —sentenció Iñigo.

Leire no contestó. Para ella nada era evidente.

Decenas de gaviotas, que descansaban en el extremo del dique, alzaron el vuelo cuando llegaron hasta el final. Sus graznidos irritados resonaron con fuerza hasta que se perdieron en la distancia en busca de un nuevo lugar donde posarse. Lo encontraron en la orilla opuesta, en el espigón gemelo que flanqueaba la desembocadura del río en territorio francés.

—¿Sigues sin ver al pintor como asesino de Iñaki? —le preguntó el criminólogo sentándose en una de las pocas rocas que estaban libres de excrementos de gaviota.

Leire se acomodó a su lado. La piedra estaba fría, igual que el ambiente. El cielo se veía cada vez más oscuro y las nubes se extendían hasta el horizonte, donde se fundían con un mar también gris.

—Era un buen amigo de Iñaki —resumió la escritora—. No pudo ser él.

Iñigo tomó un caracolillo y lo arrojó al agua.

—Dejémoslo en que no quieres que haya sido él.

El silencio que siguió a sus palabras amplificó el sonido de las olas. Rompían contra la escollera y recorrían los huecos entre las rocas en un ruidoso periplo subterráneo.

—No me gustaría que hubiera sido él. Sería muy triste que todo hubiera sido por dinero —reconoció Leire.

—¿Tienes algún otro sospechoso?

—Muchos y ninguno al mismo tiempo. Estoy demasiado perdida —confesó la escritora con una mirada franca.

—Es muy complicado verlo claro cuando te toca tan de cerca —explicó Iñigo acariciándole la espalda.

Leire se puso tensa. De pronto tenía la sensación de haber bajado demasiado la guardia.

—¿Qué haces en Hondarribia? —inquirió cambiando de tema. Llevaba planteándoselo desde que montó en la Vespa para acercarse a la villa fronteriza.

La mirada de Iñigo recaló en un velero que navegaba cerca del cabo de Higuer. Después se giró hacia ella con una mueca de tristeza.

—Quería estar cerca de ti para apoyarte en todo esto. No hará falta que te recuerde que en el faro no me quisiste. Aquí estoy a un paso si me necesitas.

Leire se mordió la lengua para no mencionar que tampoco Cestero lo había querido en su casa. Hurgar en las heridas ajenas no era de buen gusto.

—¿Estás en un hotel? —preguntó en su lugar.

—No, en casa de un amigo: Josean, un chaval que estudió conmigo en Barcelona. Vive solo. Es gay pero él no lo sabe, o si lo sabe no lo quiere reconocer.

—¿Cómo no lo va a saber? ¿Cuántos años tiene? —se escandalizó Leire.

—Va para cincuenta. Claro que lo sabrá, pero es de una familia muy clásica y nunca ha salido del armario. Vive como un monje: del trabajo a casa y de casa al trabajo. Sabe que si sale y bebe un poco deja de controlar y la lía parda.

—Vaya... —murmuró Leire con la mirada perdida.

El velero se iba acercando. El blanco de su vela se recortaba limpiamente sobre aquel mundo gris. Una pequeña bandera francesa ondeaba en su popa. En lo alto del mástil, una ikurriña.

—¿No vas a invitarme a dormir en el faro? —preguntó Iñigo con expresión derrotada.

La escritora lo pensó unos instantes.

—No puedo, Iñigo. No estoy preparada.

—No estoy pidiéndote que me lleves a tu cama. Solo quiero estar contigo. Ayudarte en todo este trance...

Su gesto de súplica logró conmoverla. Sin embargo, la decisión estaba tomada.

—No puedo. Necesito estar sola y aclarar demasiadas cosas en mi cabeza.

El profesor asintió sin ocultar su decepción.

—¿Me dejas invitarte a cenar al menos? Conozco un sitio al lado de la lonja...

—No. Quiero regresar antes de que se ponga a llover —lo interrumpió Leire alzando la vista hacia el cielo. De pronto sentía la necesidad de alejarse del criminólogo.

Iñigo se encogió de hombros.

—Como quieras. Te estaré esperando aquí —anunció señalando hacia las torres blancas que jalonaban la playa—. Si necesitas algo, no lo dudes.

Leire hizo un movimiento afirmativo antes de darle un beso en la mejilla. Pinchaba y no olía tan bien como otras veces. Había olvidado ponerse la colonia. Después se levantó de la roca y se fue caminando en dirección a su moto. Las nubes eran compactas y ocultaban las cumbres cercanas de las Peñas de Aia y Larrun. Apretó el paso. Con un poco de suerte, lograría alcanzar Pasaia antes de que la lluvia comenzara a caer.

34

10 de noviembre de 2015, martes

Las manos de Leire pulsaban las teclas sin apresurarse, deteniéndose en cada palabra mientras ella trataba de recordar. Describía el recibidor del faro y la puerta batiendo mecida por la corriente. Tenía la sensación de que aquella fatídica tarde también estaba abierta, exactamente igual que en su pesadilla, aunque temía que no fuera más que una broma de su inconsciente convirtiendo sus sueños en falsos recuerdos. Por más que tratara de llevarlo a una ficción que le permitiera poner distancia con lo sucedido, no lograba saber qué había ocurrido entre aquellas cuatro paredes. Comenzaba a valorar la opción de someterse a una sesión de hipnosis, y lo habría hecho sin titubeos si no la aterrara la idea de confirmar lo que temía.

Se puso en pie y bajó a la cocina. Cogió una manzana del frutero y le dio un bocado. Le gustaba sentir el crujido del primer pedazo de fruta desprendiéndose antes de que el sabor levemente ácido le inundara la boca. Dándole un segundo mordisco, se asomó a la ventana. El cielo mezclaba diferentes tonalidades de gris en densas nubes bajas que el viento arrastraba hacia el sur. Los árboles cercanos comenzaban a verse desnudos de hojas y solo los pinos conservaban su perpetuo tono verde. Se fijó en el coche desde el que la Ertzaintza custodiaba el faro y reconoció a Ane Cestero en el asiento del conductor.

Llenó de agua el hervidor y se acercó a la puerta. ¿Qué menos que ofrecerle una taza de té? En el armario tenía un paquete de pastas sin abrir. Seguro que la ertzaina agradecería tomarse un respiro.

—¡Ane! —llamó saliendo al exterior.

—¿Pasa algo? —preguntó Cestero apeándose apresuradamente del vehículo.

—No. Todo bien. Ven a tomar un té.

La ertzaina dudó unos instantes. Seguro que sus órdenes eran no acercarse al faro salvo que fuera necesario.

—No sabía que te tocara hoy a ti —la saludó Leire en cuanto Cestero se acercó a las escaleras.

—Hoy tengo sesión doble. Por la mañana aquí y por la tarde a seguir a Mendikute —apuntó la ertzaina. Tenía cara de sueño. A Leire no le sorprendió. Era de esperar después de pasarse horas dentro de un coche vigilando un faro en el que solo se movían las gaviotas.

—Siento mucho todo esto.

—No es culpa tuya. Solo faltaba... Te acepto el té. Me vendrá bien para despejarme.

—Pasa —la invitó Leire haciéndose a un lado para permitirle entrar al faro.

—No. Tengo que quedarme fuera. Estoy controlando que nadie se acerque.

La escritora echó un vistazo a los alrededores del edificio. No se veía nadie. Sin embargo, no quiso insistir.

—Voy a por el té —anunció dirigiéndose a la cocina.

Un minuto después, ambas mujeres estaban sentadas en las escaleras con sendas tazas humeantes en las manos.

—Ayer estuve con Iñigo. ¿Sabías que está en Hondarribia? —explicó Leire.

Cestero negó con la cabeza.

—¿Qué pinta allí? ¿Y sus clases? —A pesar de que sus gestos trataban de mostrar indiferencia, la escritora comprendió que había despertado su interés.

—Lo vi extraño. No sé qué le pasa, pero me volví preocupada. Siempre ha cuidado mucho su imagen y ayer lo encontré dejado. Parecía incluso ausente.

—¿No le preguntaste?

Leire confesó que no. Llevaba desde el encuentro con el criminólogo reprochándose no haber admitido su invitación a cenar. Tal vez hubiera podido saber qué era lo que le preocupaba.

—Para mí que está jodido porque ninguna de las dos quisimos admitirlo en nuestra casa —apuntó Cestero.

—Puede ser. También lo he pensado, pero me da la impresión de que hay algo más —reconoció la escritora antes de tomar un trago de té. Necesitaba aclararse la voz antes de continuar—. ¿Tú sigues sintiendo algo por él?

La ertzaina alzó la mirada hacia las nubes y respiró con fuerza.

—No. Lo he olvidado ya —anunció volviéndose hacia Leire, que tuvo la impresión de que mentía.

Unos gritos desviaron la atención de la escritora hacia la carretera. Al principio creyó que se trataba de algún excursionista que hablara alto, pero enseguida comprendió que la cadencia repetitiva de aquellas voces respondía a algún tipo de protesta. Cestero dejó la taza en las escaleras y se acercó al coche con el móvil en la mano.

—¡El faro para el pueblo! ¡Menos privilegios, más trabajo! —Apenas una decena de personas llegaban desde Pasaia repitiendo las consignas que Felisa profería a través de un megáfono.

Encabezaba la marcha una pancarta con grandes letras rojas:

Basta de engaños. ¡Hotel ya!

Junto a la pescadera, Leire reconoció a su hija, Agostiña. Los maridos de ambas también sostenían el cartel. Tampoco faltaban algunas de sus antiguas compañeras de tripulación en la trainera de San Juan, jóvenes desempleadas movidas seguramente por Agostiña, la misma que logró que la expulsaran del equipo. A los tres restantes solo los conocía de cruzárselos alguna que otra vez por las calles del pueblo. La gallega ya no contaba con el poder de movilización que tenía no hacía demasiado tiempo y Leire se temía que eso no hiciera sino aumentar su animadversión hacia ella.

Cestero trataba de interponerse en el camino de los manifestantes mientras hablaba por el teléfono móvil, quizás pidiendo refuerzos a la comisaría.

—¡El faro para todos! ¡Queremos un hotel!

La exigua manifestación hubiera podido resultar irrisoria de no contar con la presencia de la prensa. Dos cámaras de televisión y varios reporteros gráficos tomaban imágenes desde diferentes ángulos. Leire lamentó que algo que en condiciones normales no hubiera despertado ningún interés mediático, obtuviera ahora semejante altavoz. Tras el crimen de Iñaki parecía que todo lo relacionado con el faro de la Plata tuviera puntos de convertirse en noticia de portada.

Los manifestantes alcanzaron la explanada de aparcamiento y, lejos de detenerse, continuaron su avance hacia el faro. Leire dio un paso atrás en busca de la protección del edificio. Cestero había reculado hasta las escaleras y trataba de impedir que pusieran el pie en ellas.

Felisa logró hacerlo. Con pasos decididos subió al tercer escalón. Con el megáfono en la boca, dedicó una mirada desafiante a Leire y se giró hacia el grupo.

—Nos roban el futuro de nuestros hijos para dar privilegios a una forastera —comenzó a arengarlos. Su voz sonaba metálica a través del aparato y, a pesar de ello, la escritora creía identificar en ella la bilis que la corroía por dentro—. Que no nos engañen. En el de Senekozuloa no caben ni dos turistas. El hotel lo queremos aquí. ¿Sabéis cuántos puestos de trabajo traería? —Dejó la pregunta en el aire antes de alzar el puño—. ¡El faro para el pueblo!

—¡El faro para el pueblo! —corearon los demás.

Felisa subió un nuevo peldaño y Leire buscó a Cestero con la mirada. Esperaba que hiciera algo para no verse obligada a regalarle a la pescadera la victoria de tener que encerrarse asustada dentro del faro.

La ertzaina asió a Felisa por el brazo y la invitó a bajar.

—¡No me toques! Ya están defendiéndola, como siempre —protestó la mujer dejando caer el megáfono y alzando ambas manos. Los rizos que poblaban su cabeza bailaron nerviosos y sus largas raíces blancas quedaron a la vista.

—Por favor, señora. Es una propiedad privada —insistió Cestero mientras la mujer trataba de subir más escalones.

—¡No me pegues! ¡Ay, tortura...! —clamaba la pescadera mientras la ertzaina tiraba de su brazo para impedirle subir. Solo cuatro peldaños la separaban de Leire—. ¡Siempre estáis del lado de los ricos!

El resto de manifestantes se limitaba a jalearla.

—¡El faro para el pueblo! ¡El faro para...!

—Haga el favor de bajar o tendré que detenerla —le ordenó Cestero tirando de ella con fuerza.

Después todo sucedió tan deprisa que Leire no llegó a comprender cómo había ocurrido. Solo vio a la ertzaina forcejeando y a Felisa tropezando y cayendo escaleras abajo. La mala suerte quiso que en la caída se golpeara con la barandilla. Una herida se abrió en su ceja derecha.

Las cámaras se aproximaron a la carrera para registrar la sangre que manaba del corte. En medio de la confusión, Agostiña se encaró con la policía mientras su padre socorría a la pescadera.

—¡Sois unos salvajes! ¡Nunca estáis con el pueblo! —clamó la joven con el rostro desencajado.

—¿Qué te han hecho, cariño? ¡Malditos bárbaros! —se lamentó el marido limpiándole la sangre con un pañuelo de tela que no tardó en estar empapado—. ¡Que alguien llame a una ambulancia, por Dios!

Leire observaba la escena sin saber qué hacer. Si ofrecía su ayuda, sería rechazada de malas maneras. De eso no albergaba la más mínima duda. La pescadera no le permitió dudarlo mucho tiempo, porque se puso en pie y la señaló con rabia.

—Casi me matan. Y todo por defenderla a ella. Nunca estarán del lado de los pobres. ¡Nunca! —apuntó mientras las cámaras se deleitaban con la escena. Su mirada, velada por la sangre que le cubría el lado derecho del rostro y le confería el aspecto de una desvalida víctima de guerra, estaba cargada de rencor.

Solo Leire percibió la fugaz sonrisa triunfal que le dedicó volviéndose hacia ella.

La pescadera tenía lo que quería.

35

10 de noviembre de 2015, martes

El tren regional continuó su camino en cuanto la señal acústica advirtió del cierre de puertas. Su lento avance inundó los andenes desiertos con un sinfín de traqueteos y chirridos. Leire observó alejarse la pesada oruga metálica hasta que una pronunciada curva a la derecha la devoró. La sierra de Urbasa cerraba el paisaje por el sur y, a pesar del cielo gris plomizo, sus arboledas coloreaban el día con sus encendidos tonos rojizos.

Respiró con fuerza para llenar sus pulmones con el aire seco y frío del valle de Sakana. Lo necesitaba. Todavía golpeaban sus tímpanos los lamentos de Felisa. En cuanto los sanitarios desplazados al faro le hicieron una rápida cura en la ceja y todo se sumió en la habitual tranquilidad que solo las gaviotas rompían con sus graznidos, Leire se montó en la Vespa para bajar a la estación de tren. Necesitaba salir de allí, y Altsasu le pareció el mejor destino. Tenía una visita pendiente desde el encontronazo en el bosque con los ecologistas.

La escritora buscó el paso subterráneo que salvaba las vías y bajó las escaleras para buscar la salida hacia el pueblo. No le costó dar con la librería de Elena. Se encontraba en la calle principal, donde la vida que había echado en falta en la estación bullía con fuerza. Era casi la una del mediodía y los vecinos entraban y salían de los comercios cargados de bolsas de la compra. Aquí y allá se veían pequeños grupos charlando, y en el paso de cebra una veintena de niños de primaria cruzaban acompañados de dos profesoras que trataban de que se dieran prisa.

Leire se entretuvo mirando el escaparate. No estaba su nueva novela. Tampoco se encontraba en Altsasu para comprobarlo, pero le salía inconscientemente cada vez que pasaba ante cualquier lugar donde se vendieran libros. No sintió decepción. Bastante tenía con lo que estaba a punto de afrontar.

Volvió a tomar aire a fondo, echó una última mirada a ambos lados para asegurarse de que ningún cliente se dispusiera a entrar y dio un paso hacia el interior de la tienda.

—Vaya, una visita ilustre. Una escritora famosa en mi librería de pueblo... —la saludó la dependienta con un tono que no traslucía bienvenida alguna.

Leire tragó saliva. Tampoco esperaba una alfombra roja después de su primer encuentro en el robledal de Dantzaleku. Sin embargo, le sorprendió que Elena supiera que era escritora. Esperaba que para ella no fuera más que la compañera de Iñaki y Mendikute en el astillero, otra más de esos que querían robarle sus valiosos robles.

—Hola. ¿Qué tal, Elena? —se obligó a decir con la sonrisa más amable que fue capaz de dibujar.

La librera ni siquiera la miraba. Se limitaba a ordenar unos pitufos de plástico bajo el mostrador de vidrio.

—¿También hoy vas a enviarme a la Policía Foral para desalojarme de mi propia librería? —inquirió derribando sin querer varios muñecos. No estaba cómoda con la inesperada visita.

Leire le calculó unos treinta y cinco años, parecía ligeramente más joven que ella, aunque quizás fuera un efecto del maquillaje. Su cabello rojizo y los ojos oscuros le daban cierto atractivo a pesar del mohín de desagrado que mostraban sus labios.

—Iñaki era mi pareja —anunció la escritora llevándose las manos a la barriga.

Elena dejó lo que estaba haciendo y puso los brazos en jarras.

—¿Y qué? —Su rostro no expresaba simpatía alguna.

—Pues... —Leire estaba desconcertada. Se maldijo para sus adentros por haber esperado una palabra de apoyo—. Hace unos días alguien lo mató y me gustaría saber quién fue.

—Yo no. Ya puedes irte. —El gesto de desprecio de Elena resultaba tan doloroso como una puñalada.

La escritora tomó aire. Le estaba hablando de un asesinato, de una vida arrebatada por el sinsentido. Echó un rápido vistazo a las estanterías. Tampoco allí había rastro de sus libros; ni la novedad ni los anteriores.

—Ponte en mi lugar —le rogó sintiendo que las lágrimas le humedecían los ojos—. Necesito comprender por qué lo mataron. No puedo seguir viviendo sin respuestas.

Elena cogió un taco de documentos y golpeó su parte inferior contra el mostrador para alinearlos.

—Ese es tu problema. ¿No te parece? —le dijo sin alzar la vista. Leire tuvo la impresión de que los ojos de la librera estaban también empapados, aunque descartó la idea. Sus palabras no traslucían tristeza alguna.

—¿Por qué me odias? —inquirió mordiéndose el labio con fuerza. Lo último que quería era que la viera llorar.

—Yo no te odio. Solo me das igual —murmuró Elena perdiéndose por una puerta lateral. Le temblaba la voz.

La escritora aguardó a que volviera, pero tras unos minutos comprendió que la charla había terminado. No sacaría nada en claro de aquella librería.

La calle San Juan acogió las lágrimas que Leire llevaba un rato reprimiendo. Los bancos que daban la espalda a los coches estacionados le ofrecieron un lugar donde sentarse y cubrirse la cara con las manos. La actitud de la librera había conseguido desgarrarla por dentro y reabrir las heridas de la muerte de Iñaki.

—¿Puedo ayudarte? ¿Estás bien? —le ofreció una señora que llevaba el pan bajo un brazo y la bolsa de la frutería en la otra mano.

Leire negó con la cabeza. Solo necesitaba unos minutos para reponerse.

—Estoy bien. No es nada —murmuró secándose las lágrimas con el dorso de la mano.

—Venga, anímate, mujer. Que la vida son dos días y el segundo se pasa sin que te enteres —le dijo la recién llegada dejando la bolsa en el banco para acariciarle la espalda.

—¿Qué le pasa? ¿Necesita ayuda? —le preguntó a la lugareña otro señor que portaba una caja de cartón con botellas de vidrio vacías—. ¿No es de aquí, no?

La mano de la mujer se estrechó sobre el hombro de Leire en una muestra más de apoyo.

—No. Es de fuera —anunció estirándose para echar un vistazo al rostro de la forastera—. Ya se encuentra mejor, ¿verdad?

La escritora asintió en silencio. Poco imaginaban aquellos dos que le acababan de dar justo lo que precisaba: un apoyo que difícilmente hubiera podido recibir en una ciudad, donde cualquiera habría evitado atender a una persona llorando.

—*Eskerrik asko.* Me encuentro mucho mejor —apuntó poniéndose en pie.

La mujer corrió a acariciarle la barriga.

—Oh, pero si estás en estado... Eso sí que es un motivo de alegría. No llores, hija. Estás en la flor de la vida. Disfrútalo.

El de las botellas sonreía complacido.

—Voy a tirar esto, que cualquiera diría que tenemos un bar en casa —comentó alejándose.

Tras una despedida azucarada con numerosos parabienes y nuevas caricias en el vientre, Leire se encaminó a la carnicería de Iván.

La encontró dos calles más allá. Era un establecimiento pequeño, de paredes alicatadas con pequeños azulejos blancos y un sencillo mostrador sobre el que pendían un sinfín de morcillas y chorizos frescos. El dependiente se alegró de verla y levantó un extremo del mostrador para salir a saludarla.

—¿Qué tal te ha ido con Elena? —le preguntó el joven. Con el delantal blanco manchado de sangre y un sencillo gorro de tela del mismo color parecía mayor que días atrás con su camiseta de tirantes en el Dantzaleku.

—Tenías razón. Ha sido un desastre —reconoció Leire.

Iván dibujó una mueca de fastidio.

—Te avisé. La tía ha llevado esta historia demasiado lejos y ahora es incapaz de pararla. ¿Qué te ha dicho? —preguntó el carnicero volviendo al interior para continuar cortando unos filetes a cuchillo.

—Nada, solo asegura que ella no ha sido, pero todo entre gestos de desprecio —reconoció intentando no romper a llorar de nuevo.

—Elena es muy retorcida, pero tanto como para... Ya me entiendes... —El carnicero alzaba la vista hacia ella mientras movía con destreza el cuchillo.

Un cliente se asomó a la puerta y preguntó si estaba listo su pedido.

—Aquí lo tienes —indicó Iván colocando una generosa bolsa sobre el mostrador. Introdujo la mano en el paquete y comprobó una nota escrita a bolígrafo—. Veintidós con treinta.

—Me habrás puesto buena carne de guisar, ¿no? Que luego mi señora se enfada si llevo mal género. La última se deshilachaba y menuda la que me montó. La bronca no te la comerás tú, no —protestó el cliente entregándole dos billetes.

—La mejor pieza te he reservado: bombilla. Y la chistorra es de primera. Ayer me quedé hasta las once de la noche para prepararla, que desde que gané el premio en el concurso de Arbizu tengo a todo el valle revolucionado y no doy abasto. Toma, ocho euros. Para que no te quejes de que no te hago descuento.

El otro cogió la bolsa y el cambio.

—No te arruinarás por treinta céntimos —le dijo dirigiéndose al coche que tenía mal aparcado frente a la puerta.

El carnicero se limpió las manos bajo el chorro de agua y se las secó en el delantal.

—Lo que te decía... Yo no creo que Elena tuviera nada que ver con lo que le hicieron a Iñaki, pero los celos la están llevando demasiado lejos.

—¿Qué celos? —Leire no comprendía de qué le hablaba ahora el talador.

—Es lo que quería explicarte —reconoció Iván—. Para

que veas las vueltas que ha dado nuestra querida Elena, al principio formaba parte del grupo de voluntarios para ir a cortar los robles.

Leire frunció el ceño.

—¿Elena era taladora? Me estás tomando el pelo.

El carnicero empaquetó los filetes y los introdujo en una bolsa que dejó a un lado del mostrador. Después pasó el cuchillo por el afilador y lo colgó de la banda imantada de la que pendían otras herramientas de corte. Finalmente se limpió las manos en el delantal y abrió un cajón para tomar el teléfono móvil.

—Era taladora, sí. Y llegó a cortar los primeros robles, con los que pusisteis las cuadernas de la quilla del galeón —aseguró saliendo de detrás del mostrador para mostrarle algo a Leire—. ¿Ves? Estas fotos son en Etxarri. ¿A quién reconoces?

La escritora pasó el dedo por la pantalla. Allí estaba Elena. Casi no la reconocía con el pelo tan largo, pero no cabía duda de que se trataba de ella. En su mano sostenía una larga sierra cuyo extremo opuesto asía Iván. Él no había cambiado tanto. Había alguien más y su visión aceleró su corazón. No le sorprendió verlo, aunque no esperaba encontrarlo sosteniendo a Elena por la cintura.

—Iñaki —musitó con un hilo de voz.

—Así es: Iñaki. Siéntate —le indicó Iván acomodándose en un largo banco apoyado a la pared y tirando del brazo de Leire para que le imitara.

Ella obedeció mientras le miraba suplicando una explicación.

—¿De cuándo es esa foto? —inquirió apremiante.

Iván deslizó el dedo por la pantalla y nuevas imágenes desfilaron ante los asombrados ojos de la escritora. El protagonismo, que el fotógrafo buscaba para los robles derribados y los taladores voluntarios afanándose en su trabajo, se lo llevaban instantánea a instantánea Iñaki y Elena. Siempre juntos, siempre sonrientes y siempre demasiado cerca el uno del otro.

—Eran novios. Bueno, estaban liados, yo qué sé —explicó Iván sin ocultar su incomodidad—. Pensaba que lo sabías.

Comprendí que no era así cuando me llamaste y empezaste a hacerme preguntas.

—¿Cuándo era eso? —Leire temía que la respuesta supusiera un jarro de agua fría.

El carnicero pulsó sobre la imagen y varios datos numéricos ocuparon el extremo inferior de la pantalla.

—Las fotos son de octubre de dos mil trece —apuntó girándose hacia Leire y torciendo los labios. Parecía que se estuviera disculpando por sus palabras—. Después todavía hubo alguna otra visita de Iñaki. Hacíamos una saca cada semana y él venía con las plantillas a elegir los árboles. Dejaría de venir a primeros de diciembre. Mendikute le dio el relevo y entonces llegó la revolución. Elena dejó el grupo de taladores y empezó a alzar la voz contra lo que ella dio en llamar el expolio de los robles. En el valle encontró pocos seguidores, pero a través de internet consiguió que llegaran los activistas que conociste el otro día.

Leire apenas había escuchado sus últimas palabras.

—¿Estás seguro de que Iñaki y ella estaban juntos? —preguntó con la vista fija en un cartel con el despiece de una vaca. Su mirada perdida atravesaba aquella cartulina colgada de los azulejos con cinta adhesiva y volaba muy lejos de allí, hasta un mar agitado bajo un cielo que amenazaba galerna. De pronto el primer beso con Iñaki, el apasionado encuentro frente a los acantilados de Jaizkibel en una frágil dorna que las olas hacían bailar, no se le antojaba tan sincero como había creído. ¿Por qué le había dicho él que era la primera mujer con la que estaba en muchos años?

—Claro que salían juntos —insistió el carnicero—. Cuando Iñaki no tenía que trabajar en aquella central que desmantelaba, solía quedarse a dormir con ella en su casa. Luego empezó a salir contigo y desapareció sin dar explicaciones. Y Elena…

Un zumbido llamó la atención de Leire hacia la lámpara matamoscas situada sobre la puerta. Algún insecto había caído en ella, atraído por su luz ultravioleta.

—Por eso me odia —musitó asintiendo lentamente. El

despecho explicaba la animadversión que la librera le había mostrado hacía apenas unos minutos.

Iván asintió, de nuevo con ese rictus apenado con el que parecía disculparse por estar añadiendo piezas que encajaban difícilmente en el puzle de la vida de la escritora.

—Pero Elena no es la asesina que buscas. Conozco bien a su familia y son unos pedazos de pan. Estar despechada no significa que haya matado a alguien.

Leire arrugó la nariz.

—Si tan enamorada estaba de Iñaki, ¿no debería haber mostrado una mínima tristeza ante su muerte? A mí no me parece tan buena persona como dices —apuntó antes de recordar que hacía solo unos minutos había tenido la impresión de que la librera no lograba contener las lágrimas.

El carnicero se puso en pie para ayudar a entrar a una clienta que se apoyaba en un bastón.

—Llorará en su casa, cuando nadie la vea. ¡Concha, qué sorpresa! ¿Ya estás recuperada de la operación? Le han puesto una prótesis de rodilla y mira qué bien anda —apuntó girándose hacia Leire, que se obligó a esbozar una sonrisa.

—No creas, que mis dolores me cuesta. Ay, hija... Déjame que me siente —indicó la anciana apoyándose en la escritora para tomar asiento entre gestos de dolor—. La otra me la hicieron bien, pero esta pierna me la han dejado peor. ¿Ves? Tengo que ayudarla con la mano para que no se quede estirada.

—Eso es ahora, al principio. Luego ya verás. Correrás la maratón dentro de un par de días —bromeó Iván regresando al mostrador—. ¿Has visto qué chistorra hice anoche? ¿Te pongo un kilito?

Las largas ristras que pendían sobre el mostrador oscilaron movidas por la mano del carnicero.

—No, demasiado fresca. A mí no me la cuelas. Déjala secar unos días, que pierda peso y agua, y entonces me la vendes. —La mujer señaló una bandeja de plástico blanco—. Ponme callos. Estarán bien limpios, ¿no?

—¿Cuánto quieres, medio kilo?

Otro cliente, tocado con una txapela que ocultaba parte de

su escaso pelo blanco cortado a navaja, se asomó por la puerta.

—Espero aquí fuera, que no me dejarás acabar la faria dentro —señaló mostrando un puro a medio fumar—. Pero que no se me cuele nadie, eh...

—Tranquilo José Mari. Yo te guardo la vez —le dijo Iván antes de señalar a la anciana—. ¿Qué más te pongo, Concha?

Leire se puso en pie. No sacaría mucha más información de allí. Bastante se había removido en su interior. Suerte que el lento discurrir de los paisajes desde la ventanilla del tren le ayudaría a poner en orden sus pensamientos.

—Si me disculpáis, yo me voy —anunció apoyando una mano en el hombro de la clienta—. Que vaya bien la recuperación. Ya verá como la maratón no está tan lejos como cree.

—Ay, hija...

—Espera, Leire —le pidió el carnicero estirándose para descolgar una ristra de chistorra y envolverla en un papel—. Toma, para que pruebes esta obra de arte.

La anciana soltó una risotada como de carraca vieja.

—No tiene abuela el tío —espetó negando con la cabeza—. Ponme un cuarto y mitad de carne picada, anda. No, de esa no. A saber desde cuándo está ahí. Coge un trozo de cadera y me lo picas para mí. Y no te olvides de ponerle perejil.

Leire agradeció el paquete y se dirigió a la puerta, donde la recibió como un puñetazo el humo rancio del puro de José Mari.

—Vaya chica más maja. ¿No es de aquí, no? —oyó a la anciana conforme se alejaba rumbo a la estación.

—No, es de fuera.

—Ya me parecía a mí.

36

10 de noviembre de 2015, martes

Antonius corría a un lado y a otro, olisqueando cada mata de hierba y hurgando con las patas delanteras en el suelo arenoso. De vez en cuando, algún otro perro se le acercaba y jugaban unos instantes a revolcarse antes de que cada uno siguiera su camino. Esa tarde todavía no había bajado a bañarse al río, pero no tardaría en hacerlo. Con el pelo mojado y las patas en el agua, parecía uno de esos osos que pescan salmones en los ríos de Alaska.

Arditurri, el viejo coto minero de las afueras de Oiartzun, era el paraíso del perro labrador. Aitor lo sabía y, siempre que podía, lo llevaba a pasar la tarde. Lo que no le gustaba a Antonius eran las numerosas bocaminas. Mientras algunos de sus amigos se perdían en el interior, él se limitaba a asomar el hocico y ladrar asustado. Las amplias bóvedas abiertas a pico siglos atrás le devolvían su voz en forma de eco y entonces escondía el rabo entre las piernas y se alejaba lloriqueando.

—Esta mañana ha venido un grupo de críos. Han visitado la mina y después han subido hacia la cascada —apuntó Eusebio, el dueño de un ratonero que corría detrás de Antonius tratando de arrebatarle la piña que llevaba en la boca—. Andaban por ahí arriba, entrando y saliendo de las bocaminas... Algún día habrá un disgusto.

—Los profesores deberían tener más cuidado, que por aquí hay muchos peligros —añadió Antxon, inseparable de su txapela—. ¡Pintto, ven aquí! Este cabrón de perro me va a matar a disgustos. ¿Ya te han contado que la semana pasada se perdió y nos volvimos locos buscándolo? —le preguntó a Aitor.

—Parece que lo encontraste —celebró el ertzaina señalando el border collie con el mentón.

—Apareció por casa el cafre de él. Estábamos cenando y lo oímos ladrar tras la puerta. Menudo disgusto llevaba mi hija... A este paso voy a tener que traerlo con correa. Ve una oveja y sale detrás sin preocuparse por volver.

—No te quejes —le dijo uno al que Aitor conocía solo de vista—. Por lo menos se sabe el camino. Si se te pierde solo tienes que esperarlo en casa. A mí se me perdió un husky y nunca más lo vi. Para mí que se lo llevó alguien. Este no lo suelto —añadió señalando un bulldog francés que tiraba de la correa intentando sumarse al resto de perros que corrían libres.

Aitor saludó con la mano a Julián, el veterano del grupo. Llegaba apoyado en su bastón por la vía desmantelada del antiguo tren que unía las minas con el puerto de Pasaia.

—Cualquier día se le queda el perro por el camino —comentó Eusebio en voz baja.

El ertzaina se fijó en el mil leches del anciano. Cojeaba y tosía casi al mismo tiempo. Verdaderamente no parecía quedarle mucho, aunque en ocasiones la longevidad de los animales podía resultar asombrosa.

—Vaya tarde más buena ha quedado —saludó Julián alzando el bastón una vez estuvo cerca.

—Muy buena —corroboró Aitor alzando la vista hacia el cielo. Aiako Harria, las enormes Peñas de Aia, destacaban libres de nieblas y algunas cascadas se adivinaban saltando entre las rocas en busca del fondo del valle.

—Esto no tiene precio —añadió Antxon llevándose la mano a la txapela—. ¿Dónde se puede estar mejor que aquí? ¡Pintto...! ¡Pintto, que vengas, coño!

El border collie corrió a olisquear la mano de su dueño, que le propinó un par de afectuosas palmadas en la cabeza. Después volvió a salir corriendo hacia una bocamina.

Aitor miró alrededor. Había otras mesas de picnic como la que ellos ocupaban. Todas vacías, igual que el centro de interpretación, que solo abría los fines de semana. Entonces sí que el valle se llenaba de visitantes que querían ver la mina. Los demás días Arditurri se convertía en un remanso de paz que solo algunos vecinos de Oiartzun se acercaban a disfrutar.

—¿Y vosotros, qué tal? —le preguntó Eusebio—. Os están dando buena estopa con el caso de Pasaia.

El ertzaina celebró no haberles dicho que formaba parte del equipo que llevaba el caso. Solo sabían que era su comisaría la que se estaba ocupando del crimen del faro.

—Nunca llueve a gusto de todos —admitió restándole importancia.

—El comisario ese que sale en la tele tiene razón —intervino Antxon—. ¿Qué es eso de que un caso así no lo lleve la comisaría de su zona? ¿Quién mejor que los policías más cercanos para conocer la realidad del lugar?

Aitor osciló la cabeza a un lado y a otro.

—Visto así parece que tienes razón —reconoció—. Pero no disponen de medios para hacerlo. Por eso existen las Unidades de Investigación.

—El poli ese dice que si él continuara dirigiendo la comisaría de Rentería, el caso estaría resuelto —añadió Eusebio—. Los tiene cuadrados el tío. Toma ya, sin pelos en la lengua.

—Tenemos una policía que no sirve para nada —sentenció Julián. Su perro se había hecho un ovillo a sus pies y solo se movía cuando el anciano le daba sin querer con el bastón—. El pintor ese es un cabeza de turco. Bastante tiene el pobre hombre con que la tele no pare de repetir que se gastaba el dinero ajeno en vicios, como para cargar también con el sambenito de asesino.

—Es lo que dice el comisario de la tele —aseguró Antxon—. Están desviándonos la atención hacia el pintor y el asesino sigue campando a sus anchas.

Aitor buscó a Antonius con la mirada. No tenía ganas de seguir con la conversación. Estaba harto de que de pronto todos fueran expertos policiales. Santos estaba haciendo un daño irreparable a la imagen de la Ertzaintza.

¡Guau!

El labrador acudió a su rescate. Estaba empapado y Aitor se hizo a un lado al intuir lo que ocurriría a continuación. No le sirvió de mucho, porque el animal se sacudió con fuerza y miles de gotitas de agua y fango impactaron contra su dueño y quienes se sentaban cerca.

—Antonius, no... —protestó Aitor llevándose las manos a la cara para quitarse los restos de barro.

El perro ladró y agitó el rabo contento, derritiéndole el corazón. Era imposible reñirle en esas condiciones; en realidad siempre lo era.

37

10 de noviembre de 2015, martes

El paisaje se proyectaba lentamente al otro lado de la ventana, como en una vieja película en Cinemascope. Caseríos solitarios, rebaños de ovejas sin esquilar y bosques de hayas que comenzaban a desnudarse de hojas se sucedían sin pausa, aunque también sin prisa alguna. Leire lo agradecía. Esa tarde no necesitaba trenes de alta velocidad.

Un túnel le robó las vistas y después llegó otro y otro más. El macizo montañoso de Aizkorri era implacable con los cazadores de paisajes hermosos. El cristal sin panorámica le devolvió su propia imagen. Tras ella no había nada. Solo los asientos vacíos del resto del vagón y el traqueteo metálico del tren al recorrer aquellas vías envejecidas.

Sus ojos hablaban de tristeza. Trató de esbozar una sonrisa pero apenas pudo mantenerla unos segundos. ¿Por qué le había mentido Iñaki? ¿Qué necesidad tenía de decirle que no había tenido pareja en muchos años si estaba saliendo con la librera de Altsasu? De algún modo se sentía traicionada. Tal vez Iñaki temiera que ella lo rechazara de haber sabido que salía con otra; tal vez no se tratara más que de una prolongación de la mentira que habría contado a Elena para justificar su repentino desinterés.

Poco importaba ya. Iñaki estaba muerto y jamás podría explicarse. Además, si algo parecía claro era que su relación con la librera había acabado tras aquel primer beso en la dorna, y eso era lo único importante.

La claridad del exterior del túnel la obligó a entrecerrar los párpados para acostumbrarse a ella de nuevo. De pronto los paisajes verdes habían cedido el testigo a las fábricas. A través de los portones abiertos de algunos pabellones se veía fuego y cubas de hierro incandescente, gigantescas cacerolas infernales que operarios con buzos azules movían con ayuda de grúas y cadenas.

Elena seguía ocupando sus pensamientos. El rencor de la librera de Altsasu era evidente. Resultaba descorazonador que hubiera pasado de amar a Iñaki a odiarlo tanto. Trató de imaginarse en su misma situación y llegó en parte a comprenderla. No era fácil que tu pareja se diera la vuelta un día y solo volviera a aparecer para mirarte con indiferencia. Iñaki no había jugado limpio con ninguna de las dos, pero Elena era sin lugar a dudas la que se había llevado la peor parte.

El tren redujo la velocidad mientras una voz enlatada anunciaba que entraban en Zumarraga. Los andenes se veían desiertos, aunque una decena larga de viajeros se apeó de un convoy que circulaba en dirección contraria. El paso subterráneo los devoró antes de que los vagones blancos y rojos reemprendieran su camino. En el bar que ocupaba un extremo del edificio principal dos clientes miraban la televisión. Leire hacía tiempo que no la veía. La que había en el faro la despachó en cuanto su madre se mudó a vivir con ella. No quería que las estridentes discusiones de otros silenciaran el rugido de las olas. No se arrepentía, y menos ahora que sabía que lo único que encontraría si la encendía era a Felisa convertida en víctima de la brutalidad policial y a Mendikute erigido en el mismísimo demonio.

La voz metálica de la megafonía exterior anunció la salida del regional con destino Irun, en el que viajaba Leire, que recuperó la marcha con una ligera sacudida.

Conforme los bloques de pisos levantados en los años sesenta para acoger a los trabajadores de las fábricas quedaban atrás, Leire volvió a dirigir sus pensamientos a la librera. Era una mujer fuerte, eso era innegable. De lo contrario no hubiera formado parte del equipo de taladores. Las sierras mecánicas hacían el trabajo, pero cualquiera no podría soportar su peso ni la fuerza que era necesario ejercer contra el tronco.

De haberse presentado en el faro, Iñaki le habría abierto la puerta y ella podría haber aprovechado el desconcierto inicial para asestarle la puñalada que le robó la vida. Fuerza no le faltaba y, probablemente, ganas tampoco.

«No, solo es una mujer herida en su amor propio —se dijo negando al mismo tiempo con la cabeza.»

La melodía de su móvil sumió en un segundo plano los rítmicos susurros del tren, interfiriendo por un momento en sus pensamientos. Introdujo la mano en el bolsillo pequeño de la mochila y se fijó en la pantalla. Una punzada de inquietud la golpeó al comprobar que no conocía el número de teléfono. La voz que la despertara días atrás volvió a resonar en todos los recovecos de su mente. Su dedo pulgar estuvo a punto de pulsar la tecla que rechazaba la llamada, aunque en el último momento se deslizó hacia la verde. No podía permitir que el miedo la dominara, o quien trataba de hacerle la vida imposible habría logrado su objetivo.

—¿Sí? —saludó llevándose el aparato a la oreja. Sin ser consciente de ello, contenía la respiración.

—¿Leire? Hola, soy Oriol Serra, de la librería El Hogar del Libro —saludó alguien al otro lado de la línea.

La escritora suspiró aliviada.

—Hola, Oriol. ¿Qué tal? Cuánto tiempo…

—¿Qué tal estás tú? Me lo ha explicado todo Jaume Escudella. Me gustaría trasladarte nuestro más sincero pésame. Ya sabes que nuestra librería es tu casa.

—Gracias, Oriol.

—De la presentación que teníamos prevista, ni te preocupes. La haremos igualmente aunque no puedas venir. Me ha pedido Escudella que te llame para insistirte. Ya sabes que no lo haré, pero si te apetece desconectar y cambiar de aires, estaremos más que encantados de recibirte en Barcelona.

Leire vio desfilar al otro lado del cristal un campo salpicado de innumerables motas blancas. Las ovejas habían bajado ya de los altos pastos de verano y ocupaban las campas cercanas a los caseríos.

—Me voy a tomar una temporada de reflexión. Supongo

que lo entenderás —se disculpó.

—Claro. Por supuesto. Un hotel a orillas del puerto, tú que tanto estimas el mar, una charla con lectores que te adoran... Piénsatelo. Si te animas a cambiar por un par de días el aire del norte por el del Mediterráneo, aquí te esperamos —insistió el librero—. Hay mucha gente preguntando por ti desde hace semanas y el libro está funcionando de maravilla.

—Gracias, Oriol. Lo valoraré —mintió Leire.

—¿Seguro? —comentó animado su interlocutor—. Sería una magnífica noticia para nosotros. Y para ti; no olvides que cambiar de aires es muy importante cuando la vida se pone cuesta arriba.

—Sí, Oriol. Tengo que dejarte, ¿vale?

—Oh, claro. No quiero presionarte. Todo lo contrario. Lo hago por ti. Cuídate mucho y piénsatelo.

—Gracias. Hasta luego, Oriol. Un abrazo a toda la gente de El Hogar del Libro —se despidió la escritora antes de guardar el móvil.

Todavía no hacía un minuto que había cortado la comunicación cuando el aparato volvió a sonar. ¿Otra vez? No le apetecía volver a escuchar insistentes argumentos. No pensaba ir a Barcelona, se pusieran como se pusieran Oriol Serra y su editor.

Pulsó la tecla de responder y se obligó a no ser tan cortante como le pedía el cuerpo.

—Dime, Oriol —dijo reprimiendo un suspiro.

Estaba equivocada. No se trataba de ningún librero. De haberse detenido a comprobarlo habría visto que quien la llamaba había ocultado el número.

Primero fue una exhalación que saturó el auricular. Después un largo silencio que le transmitió un terror que la bloqueó por completo. Por último llegaron las palabras. Fue apenas un susurro gélido que le hizo ponerse en pie y mirar aterrorizada a uno y otro lado para confirmar que el vagón seguía tan desierto como creía.

—Chivata... Chi-va-ta...

—¿Quién eres? —consiguió preguntar a duras penas. La mano que no sostenía el aparato se aferraba con fuerza al respaldo del asiento delantero. Odiaba darse cuenta de que su tono de voz delataba el terror que sentía.

—Chi-va-ta...

Tras la última sílaba, que se estiró en forma de hálito fantasmal durante varios segundos, la llamada se extinguió. Leire se dejó caer en el asiento y observó el teléfono paralizada por el miedo. La foto del faro de la Plata que mostraba el fondo de pantalla no logró transmitirle la confianza que precisaba. Durante varios minutos la contempló fijamente. Temía que en cualquier momento volviera a mostrar una perturbadora llamada entrante.

El inconfundible sonido de una puerta la devolvió al tren que su mente había abandonado. Venía de la parte trasera del vagón, como los pasos que se acercaban. Las afueras de Beasain desfilaban al otro lado del cristal mientras ella luchaba contra el deseo de agazaparse bajo el asiento y se giraba, con el corazón en un puño, para comprobar de quién se trataba.

—Buenas tardes —la saludó el revisor estirando la mano hacia ella—. Vaya cara de susto. No esperabas que apareciera nadie, claro. Si es que este regional parece un tren fantasma. Y hoy ni tan mal, que en el otro vagón llevo dos pasajeros: casi un récord.

Leire tardó unos instantes en comprender que aguardaba el billete. Con una sonrisa forzada, masculló un saludo al tiempo que se ruborizaba. Con la precipitación de quien se sabe en ridículo, rebuscó en los bolsillos y le entregó el pequeño cartoncillo que había obtenido en la máquina expendedora de la estación de Altsasu.

El uniformado comprobó su título de transporte antes de devolvérselo. Después se alejó canturreando por el pasillo y desapareció por la puerta que daba paso al siguiente vagón.

La escritora sintió que las fuerzas volvían tras su visita. Saber que no estaba sola en aquellos vagones le insuflaba confianza. Mientras los andenes de una nueva estación tomaban forma tras la ventana y el monte Txindoki despuntaba orgulloso en el paisaje, volvió a bajar la mirada hacia el móvil. Tenía una corazonada y no le gustaba lo más mínimo. Marcó el número del móvil de Mendikute y esperó impaciente a que contestara. Necesitaba descartar que se hubiera tratado de él.

Los tonos se sucedieron uno tras otro sin obtener respuesta. Tampoco la segunda vez que lo intentó. Aguardó unos minutos por si le devolvía la llamada, pero el teléfono no dio señales de vida.

Finalmente buscó en la agenda el número de Cestero. La policía tenía que estar al corriente de lo que acababa de ocurrir.

38

11 de noviembre de 2015, miércoles

Las gotas de agua se acumulaban en el parabrisas, convirtiendo la avenida de Euskadi y el arranque de la calle Azkuene en una suerte de pintura abstracta. De vez en cuando alguna se hastiaba de permanecer en el mismo lugar y se dejaba caer arrastrando a las que estaban más abajo, hasta desaparecer en el límite inferior del cristal. Y así pasaban los segundos, los minutos, las horas... Cestero no estaba segura de poder aguantar mucho más tiempo sin salir del coche.

Por un momento estuvo tentada de ir a comprar un libro a la pequeña librería que veía enfrente y en la que no paraban de entrar vecinos en busca del diario o de alguna revista. Quizás uno de Leire Altuna. Si tenían tanto éxito, seguro que serían entretenidos. Después lo descartó. Nunca le había gustado leer. Le costaba mantener la concentración demasiado tiempo. Prefería la actividad física.

Se revolvió nerviosa en el asiento. Odiaba aquel portal. Llevaba días delante de él. Controla los movimientos de Mendikute, le había ordenado Madrazo. Y allí estaba, con un cuaderno y un bolígrafo que apenas había empleado. El sospechoso había reducido sus salidas a la mínima expresión.

Cestero no era la única que aguardaba a que el pintor abandonara su domicilio. Había por lo menos dos unidades móviles de diferentes televisiones aparcadas muy cerca y varios reporteros merodeaban de vez en cuando junto al portal.

Algunos habían llegado a pulsar timbres del portero automático, aunque no parecían haber obtenido mucha respuesta. Hacía apenas cinco minutos un periodista con barbas de hípster había grabado una entradilla para el informativo ante el portal. Poco antes sus compañeros habían entrevistado a la librera y a los pocos vecinos que se prestaban a contestar sus preguntas.

La falta de otras noticias de alcance convertía Pasaia en el imán que atraía todos los focos. Aunque Cestero sabía por experiencia que el interés no tardaría en decaer. Solo hacía falta que algún tren descarrilara a cientos de kilómetros de allí o que se produjera alguna alerta de atentado en algún rincón de Europa para que las televisiones desaparecieran sin decir adiós.

El teléfono vibró sobre el asiento del copiloto. La pantalla iluminada mostraba el nombre de Leire Altuna junto a un círculo verde. Lo pulsó y se llevó el aparato a la oreja.

—¿Te han vuelto a llamar? —preguntó a modo de saludo.

—No. La única llamada que tengo es tuya de hace media hora. Me estaba duchando.

—Sí. He comentado en comisaría lo de la llamada que recibiste ayer. Es necesario que pongas una denuncia para que el juez nos permita pinchar tu teléfono.

—Eso llevará tiempo, ¿no? —objetó Leire contrariada.

—Sí, pero de momento tenemos una solución. Existen aplicaciones que permiten identificar las llamadas ocultas. Ahora te envío un wasap con el nombre de una de ellas para que te la bajes. Instálala y sigue las instrucciones. Así podremos identificar la llamada entrante, aunque pondría la mano en el fuego por que fue Mendikute.

La escritora se mantuvo en silencio unos instantes. Era evidente que también a ella se le había pasado esa posibilidad por la cabeza. ¿Quién si no iba a llamarla chivata?

—Fue el mismo que me llamó las otras veces. Estoy segura —anunció Leire.

Cestero asintió fijándose en un chico con la gorra roja de una cadena de pizzerías que entraba al portal con un taco de folletos en la mano.

—Claro que fue el mismo. Las primeras llamadas se produjeron cuando tu amigo el pintor supo que te habías enterado de lo de su deuda. Y ahora que lo has delatado llega la de ayer.

—A mí no me convence. ¿Sigues haciéndole seguimiento? —inquirió Leire. Su voz no mostraba ni un ápice de simpatía—. No tenía que haberte contado lo de la deuda. En la radio están hablando de él como si se tratara de un criminal. Me dijiste que no se haría público.

—Siento mucho la filtración. No era mi intención que la noticia llegara a la prensa. Esos cabrones tienen demasiados contactos en la comisaría. Por lo menos no ha trascendido nada de las amenazas telefónicas —se disculpó Cestero.

—Vaya una mierda. Llevo desde ayer llamándole por teléfono y no responde. Empiezo a preocuparme —confesó la escritora.

Cestero se dijo que lo extraño hubiera sido lo contrario. Mendikute tenía motivos para enfadarse con quien lo había expuesto al sumarísimo juicio de los medios de comunicación.

—No te preocupes. Estará molesto. Eso es todo —dijo restándole importancia.

—¿Ha salido de casa? Igual me acerco por allí a ver si puedo hablar con él. Qué menos que una disculpa... —Leire parecía realmente afectada.

—No te agobies. Ya se le pasará. No olvides que quien robó el dinero fue él. Además, eso lo convierte en sospechoso destacado del asesinato de Iñaki. Joder, que creemos que te está amenazando por teléfono... Ni se te ocurra acercarte a él mientras no se aclaren las cosas —le instó Cestero accionando el limpiaparabrisas. De vez en cuando se veía obligada a hacerlo para poder seguir vigilando el portal.

—Mendikute no ha sido —apuntó la escritora convencida—. No me has contestado. ¿Desde cuándo no ha salido de casa?

Cestero miró de reojo el cuaderno, aunque no necesitaba hacerlo para saber que el sospechoso no había abandonado el portal desde hacía más de veinticuatro horas. El último apunte era de Zigor, que se había encargado la víspera por la mañana del seguimiento.

—La última vez que salió fue ayer antes del mediodía.

Pasó por el Eroski y volvió con comida como para un regimiento. Creemos que planea quedarse en casa hasta que se calme un poco todo. Cada vez que sale se le echan los periodistas encima —apuntó la ertzaina.

El suspiro de Leire saturó el auricular.

—Estamos hablando de un hombre que se pasa el día en la calle. Si no está pintando, está en el astillero, y si no en el bar, pero a casa solo va a dormir. Verse en la tele como un ladrón y como sospechoso de asesinar a un amigo suyo tiene que haber sido demoledor para una persona tan popular. Si no hay festejo de barrio en el que no esté involucrado... No me gusta nada esto. Voy a acercarme a hablar con él —decidió la escritora.

Cestero observó resignada el portal. La dependienta de la panadería aledaña charlaba animadamente con una clienta que llevaba el pan bajo el brazo y trataba con la otra mano de abrir el paraguas para protegerse de la lluvia.

—Dame cinco minutos —pidió contrariada. Lo que estaba a punto de hacer desobedecía las instrucciones de Madrazo, pero sería mejor que permitir que Leire Altuna se acercara por allí—. Voy a subir yo a hablar con él. Intentaré pasártelo al teléfono.

—Está bien —admitió la escritora—. Dile que yo no lo acuso de lo de Iñaki. Tal vez así se anime a hablar conmigo.

Apenas unos minutos después Cestero ponía los pies sobre el felpudo verde con un *Ongi Etorri* que daba la bienvenida al visitante. Llevó la mano al timbre y congeló el gesto antes de pulsarlo. Si Madrazo se enteraba de lo que iba a hacer le caería una buena bronca. Sus órdenes eran claras: llevar un registro de los movimientos del pintor. Nada más.

No tenía sentido. Era una pérdida de tiempo. Con los absurdos seguimientos del suboficial, las investigaciones se dilataban hasta límites insostenibles. También ella comenzaba a estar intrigada por las escasas salidas del sospechoso y necesitaba comprobar que todo fuera bien tras esa puerta.

Jugueteó pensativa con los dedos sobre el botón hasta que

finalmente lo presionó y aguardó a que el pintor respondiera. No se oyeron pasos al otro lado de la puerta.

—¡Mendikute! ¡Necesito que abras la puerta, por favor! —llamó mientras insistía con el timbre.

—¿Qué quieres? ¿No podéis dejarlo en paz de una vez? —le espetó la vecina de enfrente asomándose al rellano. La mujer dirigió una mirada al hueco de la escalera en busca de cámaras de televisión.

—Soy ertzaina —aclaró Cestero mostrándole la placa identificativa—. Solo quería asegurarme de que se encuentra bien.

La vecina, que llevaba un batín que se adivinaba muy cálido, la observó unos instantes con gesto desconfiado. Su mirada volaba de la placa al *piercing* de la nariz y la ropa de calle de la agente. Era evidente que Cestero no encajaba con la imagen que tenía de un policía. Finalmente pareció darle crédito y se dirigió a la puerta de Mendikute para llamar con sus nudillos. Solo tres golpes, lentos pero fuertes, que resonaron en el interior de la vivienda.

—Mendi... Soy Pepita. Abre un momento, anda —dijo la vecina. De algún modo lograba que sus palabras sonaran como un amable susurro y, al mismo tiempo, como una orden que Mendikute alcanzaría a oír sin ningún problema.

—Desde ayer por la mañana no ha vuelto a salir —apuntó Cestero.

—¿Te extraña, con lo que hay ahí abajo? He salido antes a por el periódico y me han puesto una cámara delante mientras me freían a preguntas... Que si lo conozco, que si es violento, que si da problemas en la vecindad...

La ertzaina se encogió de hombros.

—El caso ha causado una gran alarma. Solo hace dos años de los crímenes del Sacamantecas y esto ha conmocionado de nuevo a la opinión pública —se disculpó Cestero a pesar de sentirse también víctima del trato sensacionalista que los periodistas daban a cualquier avance de la investigación que se filtrara.

La mujer insistió una vez más con los nudillos en la puerta, pero siguió sin obtener respuesta.

—Igual ha salido —apuntó.

—No. Eso seguro que no. De casa no se ha movido —aseguró la ertzaina.

La vecina la observó unos segundos con cara de fastidio.

—Espera —pidió después asomándose a su vivienda y abriendo el cajón de una pequeña cómoda—. Voy a entrar. No sea que le haya pasado algo.

Cestero la vio introducir la llave en la cerradura del piso de Mendikute con un creciente nerviosismo. Temía que algo no fuera bien tras esa puerta.

—Mendi, ¿estás ahí? Soy Pepita —saludó la mujer dando un paso al interior del vestíbulo.

Cestero se apresuró a seguirla.

—No. Tú espera aquí. Si te necesito, ya te llamaré yo —le ordenó la vecina apoyándole una mano en el pecho.

La ertzaina obedeció a regañadientes. De manera casi instintiva, se llevó la mano al arnés que llevaba oculto bajo la sudadera gris y tomó su arma reglamentaria. No le gustaba nada el silencio que emanaba de la vivienda.

—Mendi... Soy Pepita...

La amable voz de la vecina le llegaba desde el interior. Las luces que iba encendiendo y apagando a su paso se reflejaban en el paragüero negro del recibidor.

—¿No está? —inquirió Cestero dando un paso en el vestíbulo. Era extraño, pero podría haber ocurrido. ¿Cuántas veces se había despistado con el teléfono móvil en lugar de mirar hacia el portal?

La mujer no respondió. Solo emitió un lamento al que siguió algo parecido a un llanto ansioso. La ertzaina comprendió que algo iba mal y entró con grandes zancadas y con la pistola por delante.

—¡Alto, policía!

Sentía el corazón cabalgando en su pecho. Conforme avanzaba por aquel pasillo en penumbra se dijo que debería pedir refuerzos. Lo haría en cuanto pudiera. Primero tenía que socorrer a la vecina. La había metido en un aprieto.

—¿Dónde está? ¿Señora? —preguntó deteniéndose al llegar a un distribuidor al que se abrían tres puertas.

No hizo falta respuesta. La mujer del batín se dio de bruces con ella. Regresaba con el rostro desencajado y se abrazó a Cestero como si fuera una hija a la que hacía años que no veía.

—¿Qué le han hecho? ¿Por qué...? —sollozó refugiándose en su hombro.

La policía se la quitó de encima y se asomó al cuarto de baño. En cuanto lo hizo supo que la pistola era en balde, como también lo serían los refuerzos. A pesar de ello, y con los lamentos de la vecina a su espalda, cogió el teléfono y marcó el número de la comisaría. Mientras aguardaba respuesta, se giró apresuradamente hacia el lavabo y vomitó lo poco que se había llevado a la boca en toda la mañana.

Cuando logró recomponerse, se volvió de nuevo hacia la bañera con la aprensión aferrada al estómago. El cuerpo pálido e inerte de Mendikute flotaba ajeno a su presencia. Lo peor no eran los horribles cortes que le abrían de lado a lado las muñecas, ni el agua teñida de rojo escarlata por la abundante sangre, sino el gesto tranquilo del pintor en medio del horror más absoluto.

39

11 de noviembre de 2015, miércoles

Leire los veía allí abajo, con sus cámaras y micrófonos de colores alegres, expectantes a cualquier movimiento tras las ventanas de la fachada principal del faro. La explanada de aparcamiento se quedaba pequeña para las cuatro unidades móviles, a las que se sumaba el coche gris plata y sin distintivos de la Ertzaintza. De no haber sido por ese agente tan amable —¿cómo se llamaba, Aitor?—, todavía estarían aporreando la puerta y llamando al timbre insistentemente. Suerte que el ertzaina los hubiera hecho recular y no les permitiera volver a subir las escaleras hacia el edificio.

No tenía ganas de salir. ¿Qué iba a decirles, que se sentía culpable por haber puesto a Mendikute en una diana mediática que no había sido capaz de soportar? Eran ellos, los mismos que ahora aguardaban a que saliera para avasallarla con sus preguntas, quienes lo habían matado. Sin sus programas morbosos dando por sentada la culpabilidad del pintor, no se habría suicidado.

Porque Leire seguía sin estar convencida de que Mendikute fuera un asesino. A pesar de que demasiados indicios apuntaban a su autoría en el crimen, ella se negaba en su fuero más interno a que alguien a quien Iñaki consideraba un amigo hubiera podido asesinarlo.

Estaba muy arrepentida de haber compartido con Cestero su descubrimiento sobre la deuda del pintor. Desde entonces la rueda de los dimes y diretes no había cesado de girar con una saña endiablada. Eran ellos, aquellos que la esperaban ante la puerta, quienes lo habían matado, pero era ella, su supuesta amiga, la que les había servido en bandeja su presa.

Y claro que se sentía culpable, insoportablemente culpable.

Su teléfono móvil empezó a sonar sobre la mesilla de noche. Estiró la mano para cogerlo y comprobó angustiada que se trataba de Jaume Escudella. Solo faltaban él y su maldita presentación en Barcelona. Pulsó la tecla de rechazar la llamada y suspiró desanimada. El faro comenzaba a resultarle opresivo. Necesitaba salir, bajar a la bocana y sentirse libre junto al mar.

Bajó lentamente las escaleras y tomó el impermeable del perchero. Lo iba a necesitar. Quizás en ese momento no llovía, pero llevaba todo el día haciéndolo intermitentemente.

—Vamos allá —trató de animarse en voz alta mientras abría la puerta. No pensaba perder tiempo con los periodistas. Solo el que precisara para llegar hasta la Vespa, arrancar el motor y lanzarse carretera abajo.

—¡Ahí está! ¡Vamos, graba! —Apenas le dio tiempo a comprobar de dónde venían las palabras, porque en un par de segundos estaba rodeada de cámaras que la grababan y reporteros, en su mayoría mujeres, que le acercaban el micrófono al tiempo que disparaban sus preguntas.

—Por favor, no voy a decir nada —exclamó deteniéndose con las dos manos por delante, a modo de inútil parapeto.

—¿Estás satisfecha de cómo se ha resuelto el caso o hubieras preferido verlo ante la justicia?

—¿Qué sientes al saber que el asesino de Iñaki jamás podrá ser juzgado?

Las preguntas se sucedían a una velocidad de vértigo conforme Leire se abría paso entre sus micrófonos.

—¡Basta! —gritó deteniéndose en seco—. Mendikute no mató a Iñaki. Por supuesto que no. Solo metió la mano en la caja y lo habría devuelto si no le hubierais hecho la vida imposible. —Ella misma se sorprendió de la irritación con que escupió sus palabras, que dejaron mudos por un instante a los reporteros—. Y ahora, dejadme en paz. No tengo nada más que hablar con vosotros.

—Fuentes de la investigación están dando por hecho que

fue Mendikute —apuntó un periodista de la televisión autonómica cortándole el paso—. ¿Por qué defiende lo contrario?

Leire lo apartó para seguir su camino. ¿Es que ni siquiera podían respetar a una mujer embarazada? La Vespa estaba ya cerca. Solo quería llegar hasta ella y alejarse de allí.

—¡Atrás, todos! ¡Dejad de acosarla inmediatamente! —La orden llegó desde detrás de las cámaras—. ¡Atrás! ¡Policía!

Aitor Goenaga se abrió paso a empujones para llegar hasta Leire. Le pasó un brazo por la espalda y la obligó a apretar el paso.

—¿Tienes algún sospechoso? —preguntó todavía una joven acercándole el micrófono a la escritora.

—¡Atrás he dicho, cojones! —se le encaró el ertzaina propinándole un manotazo.

En apenas unos segundos, Leire estaba sentada en el asiento del copiloto del coche del agente, que arrancó el motor y pisó a fondo el acelerador en punto muerto para que los periodistas se apartaran. Después introdujo la primera marcha y enfiló la carretera hacia San Pedro.

—No debería estar haciendo esto, pero no he podido aguantarme. Son insoportables —se lamentó Aitor en cuanto el faro quedó atrás—. ¿Adónde ibas? ¿Te llevo a algún sitio?

La escritora negó con la cabeza. Todavía sentía el pulso acelerado y el vocerío machacándole los tímpanos.

—Solo quería salir un rato y perderlos de vista.

El policía asintió sin apartar la mirada de la estrecha cinta asfaltada.

—No sé qué les enseñan en la carrera, pero una asignatura debería ser respeto. —Un mirador, asomado a la bocana y desde el que la panorámica de San Juan resultaba inmejorable, apareció a la izquierda de la carretera. Aitor redujo la velocidad y lo señaló—. Te propondría parar aquí, pero no tardarán en bajar y te tendrían otra vez a tiro. Allí arriba no pintan nada si no estás.

—Eso si no les da por montar guardia hasta que regrese —apuntó sin ocultar su disgusto—. Creo que pasaré en la motora a San Juan y me daré un largo paseo hasta Puntas.

La lluvia, que comenzaba a caer de nuevo, no acompañaba, de modo que habría pocos caminantes y podría estar tranquila. El mar, las rompientes y los faros de enfilación, que no tardarían en encenderse, le regalarían la paz que precisaba.

—Te dejaré en el embarcadero y volveré a subir al faro. Si mi jefe se entera de que lo he dejado sin vigilancia no le hará mucha gracia —apuntó Aitor antes de dar un golpe de volante para esquivar a dos monjas que una curva cerrada impedía ver—. Casi me las cargo… ¿De dónde salen tantas?

—Hay un convento en San Pedro. Últimamente les ha dado por esta carretera. Estarán más tranquilas que en el paseo de los muelles —comentó Leire.

—Pues van a alucinar cuando lleguen arriba —se rió el policía.

La escritora se las imaginó rodeadas de cámaras. Seguro que más de uno aprovechaba para interrogarlas sobre lo sucedido. Un toque insólito para las noticias de las nueve.

Aitor redujo la velocidad al aproximarse a las primeras casas del pueblo. Algunas paseantes subían hacia el faro en su ritual diario. No faltaban a él a no ser que lloviera con ganas. Había quien se sentaba en los bancos que se asomaban a la bocana al pie de la torre de luz, pero la mayoría llegaba hasta allí y giraba para volver sobre sus pasos. Irene no tardaría en sumarse. Era su camino de vuelta a casa tras salir del trabajo.

—¿Qué tal te encuentras? —inquirió Aitor cuando pasaban junto a la mansión de los Besaide. Se veía cuidada a pesar de estar deshabitada. Las plantas que adornaban el alféizar de las ventanas del primer piso estaban en buen estado, mejor incluso que cuando alguien vivía en el edificio.

Leire estuvo a punto de darle al policía una respuesta de cortesía, pero algo la animó a sincerarse con él.

—Destrozada —admitió con un suspiro—. Si ya me costaba mantenerme a flote después de lo de Iñaki, el suicidio de Mendikute me ha hundido.

—Te comprendo. A todos nos hubiera gustado poderlo llevar ante la Justicia —añadió Aitor sin apartar la vista de la carretera.

Leire negó con la cabeza.

—Es que ni siquiera estoy segura de que fuera él quien lo mató. Me siento culpable. Nunca debí acudir a vosotros con un problema interno del astillero. El pobre hombre no soportó la presión de verse señalado y se quitó la vida. Joder, y todo por un asunto de dinero...

—No olvides su llamada. La hizo tratando de ocultar el número, pero hemos podido identificar que fue realizada desde su propio teléfono fijo la tarde que se suicidó. Tú misma has podido comprobarlo con la aplicación que te recomendamos instalar.

Leire reconoció que tenía razón. Saber que la llamada que recibió en el tren venía de casa de Mendikute había supuesto una gran decepción para ella.

—Solo me llamó chivata. No hubo amenazas como las anteriores veces que me llamaron —trató de disculparlo.

Los edificios de la zona alta de San Pedro, crecida en la década de los sesenta para acoger a miles de trabajadores recién llegados, se levantaban a ambos lados. Tras el instituto de la Marina aparecieron los primeros barcos amarrados y la vida portuaria se desparramó junto al coche.

—Cestero dice que le aseguraste que era la misma voz que en las anteriores amenazas —señaló Aitor.

Leire asintió a regañadientes. Ya no estaba tan segura. Un susurro era difícil de comparar con otro, aunque era cierto que había tenido la impresión de que se trataba de la misma persona que la había amenazado previamente.

—No sé. Es complicado de explicar —admitió buscando el *Aitona Manuel II* a través de la ventanilla. Al reconocer la pértiga del pintor apoyada en su borda apartó la mirada con una mueca de tristeza.

Consciente de su malestar, Aitor apartó la mano derecha del volante y señaló su barriga.

—¿Cómo la vas a llamar?

Leire esbozó una sonrisa. La primera en demasiadas horas.

—Sara —anunció sin dudarlo. Acababa de decidirlo. Fue en una venta entre un pueblo llamado así y Zugarramurdi donde tuvo la primera noticia de su embarazo y se le antojaba el nombre perfecto. Sonoro, comprensible en casi todos los idiomas y forjado a partir de recuerdos que removieron sus creencias.

—Sara —repitió el policía—. Me gusta.

También a Leire le gustó oírlo de sus labios.

40

11 de noviembre de 2015, miércoles

—Entonces, caso resuelto —celebró Letizia cerrando la carpeta.

Madrazo no parecía tan seguro. Su mirada recaló en el resto de agentes del grupo. Los animaba a tomar la palabra para oponerse si no estaban de acuerdo. La cajonera alta sobre la que acostumbraban a reunirse servía esta vez de apoyo para las tazas de café. No había papeles que analizar, ni notas forenses en las que sumergirse.

—Yo no estaría tan segura. Si ayer no estábamos convencidos de la culpabilidad del pintor, hoy tampoco. Su suicidio no lo convierte en culpable. —Fue finalmente Cestero quien abrió la boca.

—¿Cómo que no? No hay mejor manera de admitir la culpa —se le encaró la agente primera. Su camiseta de cuello vuelto se ceñía con gracia a sus curvas, logrando que, a pesar de no contar con escote alguno, la mirada quedara imantada por sus voluptuosos pechos.

Cestero no la soportaba. No podía con la importancia que se daba al hablar ni con el desprecio con el que se dirigía a quienes estaban por debajo de ella en el escalón jerárquico. Aunque lo que más la sacaba de quicio era que Letizia supiera cómo realzar la diferencia de altura entre ellas. Se colocaba demasiado cerca para obligarla a levantar la cabeza si quería mirarla a la cara y no al pecho.

—¿Y si lo mató la vergüenza de verse señalado cuando toda su vida giraba en torno a las relaciones sociales? —intervino Cestero—. Realmente no tenemos más motivos que ayer para cerrar el caso.

Madrazo asintió pensativo y dirigió la mirada a Zigor, que se limitó a encogerse de hombros. Cuando había división de opiniones y no tenía claro por cuál se inclinaría el suboficial, el agente acostumbraba a no tomar partido.

Cestero lamentó que Aitor estuviera vigilando el faro en esos momentos, porque seguramente se habría puesto de su lado.

—¿Habéis oído a Santos? —comentó Madrazo con gesto de fastidio—. Esta mañana decía en la radio que Mendikute no era ningún asesino y que se ha suicidado por no poder soportar la presión. Asegura que quien mató a Iñaki sigue suelto. Lo malo es que los periodistas le siguen el juego porque la alarma que genera un poli diciendo ese tipo de cosas da audiencia.

—Por eso tenemos que cerrar el caso —se defendió Letizia—. Mientras lo mantengamos abierto y sin un sospechoso detenido alimentamos las teorías más enrevesadas.

Cestero reconoció que tenía razón, pero se negaba a dar carpetazo al caso. Leire Altuna no parecía convencida de la culpabilidad de Mendikute, y su intuición acostumbraba a resultar infalible. Claro que en esta ocasión le tocaba demasiado de cerca y quizás no fuera tan objetiva como en anteriores ocasiones.

—Vamos a trabajar con la teoría de que el pintor fue el asesino. Habrá que buscar pruebas que lo incriminen, aunque sea debajo de las piedras —decidió Madrazo—. Quiero resultados ya.

Cestero se mordió la lengua para no echarle en cara que si no hubieran perdido tanto tiempo en seguimientos podrían haber avanzado más.

—¿Más prueba que la deuda del dinero robado cuya existencia solo conocía la víctima? ¿Más prueba que la llamada amenazante a la escritora justo antes de quitarse la vida? —Letizia abría las manos con una sonrisa burlona.

—La llamaba chivata. No suena demasiado a amenaza —aclaró Cestero.

—Hubo otras llamadas antes, y ahí sí hubo amenazas —objetó Letizia.

—Nadie puede asegurar que esas las hiciera Mendikute —le discutió Madrazo—. La primera vez que la amenazaron lo hicieron desde una cabina, y todavía no sabemos a quién pertenece el móvil desde el que fue realizada la segunda llamada. Para mí que hay alguna irregularidad. No es habitual que la compañía telefónica tarde tanto en informarnos. En cualquier caso, no podemos inculpar a Mendikute en esas amenazas. Necesitamos pruebas de verdad.

—¿Y el faro? —preguntó Zigor abriendo por primera vez la boca—. Supongo que esta noche no hará falta que vaya a darle el relevo a Aitor... Muerto el sospechoso, se acabó el peligro.

Madrazo arrugó los labios y los movió a un lado y a otro, pensativo.

—No nos cuesta nada mantener la vigilancia unos días más. Por lo menos hasta que tengamos claro que fue el pintor —sugirió Cestero.

—¿Que no nos cuesta? —se burló Letizia—. Eso será a ti. Yo estoy hasta los ovarios de pasarme allí un montón de horas perdidas. ¿Sabes el despilfarro de personal que supone? Podríamos estar investigando el caso más a fondo si no perdiéramos el tiempo ahí arriba.

—¿Y qué pasa si finalmente Mendikute no es el asesino? ¿Vamos a dejar a Leire Altuna a merced de quien la llama con amenazas? —intervino Cestero.

—Mucha gente recibe amenazas todos los días y no les ponemos una patrulla —se excusó Madrazo.

—Quizás porque no les han asesinado a su pareja hace una semana —sentenció Cestero. Le parecía increíble que se estuvieran planteando retirar la protección del faro.

—Pues que se mude a un lugar menos expuesto. —Letizia comenzaba a mostrarse excesivamente irritada.

—Basta —zanjó Madrazo abriendo los brazos como un árbitro de boxeo—. Seguiremos con la vigilancia del faro. Solo unos días más, hasta que consigamos alguna prueba concluyente que incrimine a Mendikute.

Letizia lo fulminó con la mirada antes de girarse hacia Cestero. Las venas hinchadas del cuello y su rictus de desprecio lo decían todo. Por suerte, el suboficial dio por terminada la jornada y los envió a casa antes de que nadie pudiera volver a abrir la boca.

Cestero introducía la llave en la cerradura del portal cuando oyó el griterío en el bar de al lado. Por un momento guardó la esperanza de que se tratara de una algarabía festiva, pero los insultos enseguida la ayudaron a comprender que se trataba de una discusión extremadamente acalorada. Sin pensárselo dos veces, dejó la llave y corrió hacia allí. La plaza entera guardaba de pronto un silencio expectante y algunos se acercaban también con intención de cotillear o mediar en la discusión.

—Dejad paso, por favor —pidió la ertzaina apartando a algunos curiosos agolpados ante la puerta.

—¡Mentira! ¡Es todo mentira! —gritaba fuera de sí un hombre de pelo castaño al que reconoció inmediatamente como Xabier, el exmarido de Leire Altuna. Su mano izquierda sostenía por la camisa a uno que parecía bastante mayor que él.

—¿Mentira? ¡Ja! —dijo el otro encarándose con él. Esta vez Cestero lo reconoció. Era Vicente, el marido de Felisa y se veía bastante afectado por la bebida—. A Mendikute se lo ha cargado ella con sus historias falsas. El pobre hombre no ha soportado la vergüenza.

—¡Repítelo! ¡Repítelo si eres hombre! —Xabier le mostraba con rabia el vaso de txakoli mientras tensaba todos los músculos de su brazo.

—¡Basta ya, vosotros dos! —ordenó Cestero acercándose a separarlos.

—Venga, dejadlo ya —se sumó otro parroquiano sin soltar su copa de tinto.

Los demás dieron un paso atrás. Las peleas de taberna era mejor evitarlas, y más cuando intervenía en ellas un pescador acostumbrado a la dura vida en alta mar.

—¿Todavía te gusta? ¡Vaya un perro faldero! —le espetó Vicente crecido ante la protección que le brindaba la llegada de la policía.

Sin previo aviso, el vaso que sostenía Xabier impactó con fuerza en la cara del marido de la pescadera. El fino vidrio se desintegró con estrépito en un sinfín de diminutos puñales que se clavaron con saña en el rostro del agredido y en la propia mano del pescador. De pronto todo eran aullidos de dolor teñidos de rojo y, por fin, otros muchos brazos se sumaron a los de Cestero para separar a Xabier de una presa a la que seguía tratando de asestar puñetazos.

—¡Llamad a una ambulancia! —pidió la ertzaina sujetando al pescador contra la pared. Las heridas que presentaban uno y otro no parecían profundas, pero alguien tendría que hacerles una buena cura.

—Está loco… Ha querido matarme —protestó Vicente llevándose la mano a la cara para extraerse fragmentos de cristal. Al verse los dedos cubiertos de sangre, sus ojos se abrieron en un gesto de terror—. ¡Me ha cortado el cuello!

—El próximo que quiera pegarse, que lo haga en la calle —espetó la chica que atendía la barra retirando un plato de pintxos que había quedado repleto de cristales y salpicaduras rojas. Su expresión bailaba entre la impotencia y la ira.

Cestero se dijo que no le faltaba razón. Iba a tener que llevarse a Xabier detenido. Dirigió la mirada al reloj que presidía la barra. Eran más de las nueve de la noche y llevaba demasiadas horas fuera de casa.

No podía ser que una pelea de borrachos le arruinara la noche. Buscó el móvil en el bolsillo y llamó a la comisaría de Rentería. Ese era un asunto para los ertzainas de Seguridad Ciudadana. Esperaría a que llegara la patrulla y se retiraría a dormir.

41

12 de noviembre de 2015, jueves

Leire empujó la puerta de vidrio con un nudo en el estómago. Las furgonetas de diferentes medios de comunicación que se encontraban estacionadas junto a la librería adelantaban que no sería una presentación cualquiera. La expectación era máxima, y no era para menos. Había cancelado todas sus citas promocionales desde el asesinato de Iñaki y esa, la de Barcelona, sería la primera y, por el momento, también la última en varias semanas. Hasta aquella misma mañana Leire no había decidido acudir. Necesitaba cambiar de aires y olvidar, aunque fuera por unas horas, la nube de periodistas apostados ante la puerta del faro. Además, el de El Hogar del Libro era un evento especial, una cita anual con lectores, críticos y periodistas. Algo así como una puesta de largo oficial de la novela a la que no debía faltar por respeto a quienes la seguían con fidelidad.

Entre pequeños grupos de lectoras que hablaban por lo bajo y trataban de cruzarse una mirada con ella, se dirigió al mostrador y alzó levemente la mano para llamar la atención de uno de los dependientes.

—Leire Altuna, ¿verdad? Espere un segundo, por favor. Voy a llamar al director —anunció perdiéndose por una puerta lateral.

La escritora alzó la vista hacia el reloj de pared. Faltaban solo diez minutos para que diera comienzo el evento. El taxista que la había llevado a la plaza de Catalunya desde el aeropuerto del Prat no había sabido esquivar el atasco de la Gran Vía. Las calles paralelas que había elegido con la esperanza de que gozaran de un tráfico más fluido estaban igual de colapsadas.

—Hola, Leire. ¿Te acuerdas de mí? —le preguntó una mujer acercándose con su nueva novela en la mano.

En los ojos de las demás se adivinaba un reproche. ¿Quién era esa para saltarse los protocolos y atreverse a molestar a la escritora antes de que se abriera el turno de firmas?

—Dame una pista —pidió Leire tratando de hacer memoria.

—Soy Eva, la de Pamplona. La del padre que había hecho el servicio militar en Orbaizeta. Estuvimos hablando en la presentación de *La fábrica de las sombras.* —El tono de voz de la mujer pasó del entusiasmo inicial a la súplica. No quería quedar mal delante de las amigas que la esperaban dos pasos más atrás.

Leire asintió fingiendo que la recordaba. Era lo habitual en las presentaciones. Se acercaban tantos lectores a saludarla que difícilmente lograba acordarse de todos. Algunos rostros que se repetían de año en año le resultaban familiares, y en unos pocos casos era capaz de ponerles nombre e incluso de saber algo de sus vidas. Eran una minoría. Los demás eran personas anónimas que para ella resultaban igual de importantes porque sus ánimos y su cariño la ayudaban a seguir escribiendo.

—Perdona, claro que me acuerdo de ti. He tenido unos días muy difíciles últimamente y la cabeza me juega malas pasadas —se excusó pasándole la mano por la espalda a la señora. Los rostros de quienes observaban la conversación pasaron de la sorna a la decepción.

—Lo sé. Lamento mucho lo de tu marido. En casa también lloramos su muerte. Mi padre te adora. No ha podido venir porque sigue esperando la operación de cadera. Ya sabes, los recortes. Aquí estamos muy mal. Han cerrado plantas enteras en los hospitales. —Leire dirigió una mirada al director de la librería, que aguardaba a un par de respetuosos metros, y asintió incómoda fijándose en el reloj—. Lo tienes enamorado. Dice que nadie le había hecho recordar Orbaizeta tan bien como tú.

Leire esbozó una sonrisa forzada. En realidad no era su intención que la gente vinculara Lalanne-sur-Mer, el pueblecito bretón donde ella ubicó la historia, con la selva de Irati. De no haber sido por el afán de Escudella por explicar que la novela se basaba en los espantosos crímenes de Orbaizeta, nadie lo habría sabido.

—Dale un beso a tu padre de mi parte —le pidió a la lectora antes de girarse hacia el director del establecimiento.

—Espera. Dedícale el nuevo libro. Le hará ilusión —rogó la mujer a su espalda.

—¡Un momento, por favor! —El director alzó la voz para hacerse oír—. La invitada firmará libros al terminar la rueda de prensa. Ahora tenemos que pasar al salón de actos para comenzar la presentación. —Después bajó el tono para saludar con dos besos a Leire—. Gracias por venir. Sé que has cancelado muchos eventos. Te acompaño en el sentimiento. ¿Qué tal el viaje?

—Bien. En avión es un momento —apuntó la escritora siguiéndolo a través de las estanterías atestadas de libros. No lo decía por cortesía. Hacía poco más de dos horas se encontraba en el aeropuerto de Hondarribia aparcando la Vespa y, de no ser porque el último vuelo de vuelta despegaba demasiado pronto, habría podido regresar a casa esa misma tarde.

Todas las butacas del salón, que con su amable luz aterciopelada parecía más un teatro, estaban ocupadas. Leire calculó rápidamente más de cien asistentes. Sumados a los que fueran llegando durante el coloquio, supondrían más de dos horas de firma de libros. No le gustaba despachar demasiado rápido a los lectores. ¿Qué menos que charlar un par de minutos con cada uno para poder regalarles una dedicatoria personalizada?

Tras la mesa plagada de micrófonos que ocupaba el escenario había solo dos sillas. Tal como habían acordado, sería el director de la librería quien la presentara. Era la única condición impuesta por Leire: que Jaume Escudella no tomara la palabra en ningún momento. No quería volver a oírle vincular *Caza de Brujas* con crímenes reales.

Una vez que ocupó su lugar, la escritora recorrió la sala con la mirada y sintió una punzada de aprensión. Nunca había tenido delante micrófonos de tantos colores, ni tampoco tantas cámaras de televisión. En realidad era una buena noticia. A más cobertura mediática, más ventas para la novela. Del que no había rastro era de su editor. Quizás le hubiera hecho caso por una vez y no apareciera por la librería.

—*Bona tarda.* Gracias a todos por regalarnos vuestra presencia —comenzó el anfitrión tras beber un trago de agua. Leire lo imitó y se llevó la copa a los labios. No tenía sed, pero necesitaba aplacar los nervios de alguna manera—. No me gustaría comenzar sin expresar a nuestra invitada nuestra más sincera gratitud. Sabemos perfectamente lo que supone para ella desplazarse a nuestra ciudad en las circunstancias actuales. Nuestras disculpas a los medios que cubriréis el acto por no haber podido confirmar la presencia de Leire Altuna hasta esta misma mañana.

La escritora mostró una sonrisa de agradecimiento que se le heló en los labios al ver aparecer a Jaume Escudella. El editor la saludó con un leve movimiento de cabeza y se quedó al fondo de la sala, de pie y apoyado en la pared.

—La novela que hoy presentamos...

El director continuó su discurso cargado de loas a Leire y su obra durante unos minutos que se hicieron largos. Después le tocó el turno a la escritora, que realizó una breve sinopsis del libro antes de perderse en detalles sobre el proceso de creación que siempre eran del agrado de los asistentes. Tampoco quiso alargarse demasiado, porque sabía que habiendo tantos reporteros tendría que responder a bastantes cuestiones, y eso siempre hacía interminables las presentaciones.

—Si os parece, vamos con las preguntas. No solo la prensa. Si algún lector o alguna lectora tiene cualquier tipo de duda, que no se la guarde —comentó aun a sabiendas de que, aparte de los periodistas, nadie se atrevería a abrir la boca. Era lo habitual. Las preguntas de los fans llegaban después, en privado, cuando se acercaban a que les firmara el libro.

Un reportero alzó la mano. Lo reconoció de alguna presentación anterior. El bigote poblado y las gafas de pasta lo hacían inconfundible.

—Ante todo mis condolencias —comenzó acercándose el micrófono a la boca—. Me gustaría saber cuánto hay de ti en la investigadora que protagoniza el libro.

Leire sonrió. Era una pregunta recurrente. A pesar de ello, la respondió a gusto y se extendió al explicar algunos detalles de su vida que proyectaba sobre la protagonista, logrando arrancar un par de risas al público.

Se sentía bien. Había dejado atrás los nervios del comienzo y estaba disfrutando compartiendo los entresijos de su trabajo con una audiencia tan nutrida. Por un momento, había logrado esquivar la tristeza y abstraerse del miedo en el que vivía instalada desde hacía ya demasiados días.

La siguiente en levantar la mano fue una chica joven con una coleta morena y cazadora de cuero. El director de la librería hizo un gesto a uno de sus empleados para que le acercaran el micrófono y ella carraspeó girándose a un lado antes de abrir la boca.

—En la nota de prensa que se nos ha hecho llegar para convocarnos a este acto se informa del futuro lanzamiento de una novela basada en el crimen de su pareja...

Leire estaba tan horrorizada que no escuchó la pregunta que siguió a la afirmación. Su mirada buscó a Jaume Escudella, que la contemplaba muy serio desde el fondo de la sala.

—Eso no es cierto —anunció tajantemente. Si su editor pretendía forzarla anunciándolo a la prensa no iba a conseguirlo—. No va a haber novela alguna sobre ese tema. Debe de tratarse de un error.

—Lo pone aquí bien claro —insistió la reportera agitando un folio sobre su cabeza—. *El faro de la muerte* la va a titular.

Jaume movió afirmativamente la cabeza cuando Leire lo fulminó con la mirada.

—Es un error de mi editor. Expresa solo un deseo suyo —explicó Leire secamente. No tenía intención de hablar más sobre ese tema y tampoco pensaba salvarle el culo a Jaume. Si alguien quería pedir cuentas que se las pidieran a él—. No va a haber novela sobre lo sucedido. Es más, no va a haber más novelas. Por lo menos, en una buena temporada —añadió llevándose las manos a la barriga para hacer notar su embarazo.

La periodista no parecía dispuesta a ceder.

—¿No le parece que crear una historia de ficción a partir de crímenes que han sucedido puede resultar muy lesivo para las familias de las víctimas? ¿No será ese el motivo de que se haya replanteado no escribir *El faro de la muerte* después de haberlo anunciado?

Leire tragó saliva con dificultad mientras oía entre el público la palabra buitre. Un murmullo creciente se adueñó de una sala que aguardaba su respuesta con todas las miradas fijas en ella.

—Cualquiera que haya leído mis novelas sabe que no reflejan crímenes reales, sino situaciones imaginarias creadas por mí. La historia que hoy presentamos, por ejemplo, se desarrolla en Barcelona. Que yo sepa, nadie recordará que haya sido colgado alguien de la estatua de Colón.

Los gestos de asentimiento que percibió en algunos de sus lectores le insuflaron ánimo. El dependiente de la librería trató de recuperar el micrófono, pero la reportera le indicó que no había terminado.

—¿Cómo explica entonces que en la nota de prensa se nos convoque a la presentación de un libro del que se dice, y cito textualmente, que está basado en los horribles crímenes que sacudieron hace unos meses Bilbao y Zugarramurdi?

Leire se mordió la comisura de los labios para frenar las lágrimas. Había sido una ingenua al no leer la nota que Escudella había enviado para convocar a los medios de comunicación. Con prohibirle compartir con ella el micrófono creía haberlo neutralizado. Sin embargo, su editor había ido más lejos que en ninguna de las presentaciones anteriores. Lo peor era tener que verlo frente a ella como si nada ocurriera. La había lanzado a los leones y ni siquiera estaba sentado a su lado para compartir con ella las dentelladas.

—Hay un error en eso también —balbuceó a duras penas.

La rabia y la impotencia le agarrotaban la garganta—. La editorial...

—Vaya, también hay un error en eso —la interrumpió la periodista dejando caer la hoja al suelo—. Pues nada, otro día que nos hagan llegar la nota de prensa del día y no la de otra presentación.

Leire abrió la boca para replicar, pero el murmullo de aprobación que siguió a las palabras de la reportera la obligó a cerrarla de nuevo.

Era demasiado. En condiciones normales tal vez hubiera podido defenderse y derivar el foco de las críticas hacia Jaume Escudella. Tras los sucesos de los últimos días, sin embargo, no se sentía con fuerzas de hacerlo. La situación la superaba.

Con los ojos anegados de lágrimas, se puso en pie y avanzó con pasos rápidos por el pasillo central. De camino tuvo que esquivar los trípodes sobre los que se apoyaban dos cámaras de televisión. No se detuvo. La luz blanca que se colaba por la puerta del fondo tiraba de ella como un potente imán. Necesitaba salir de allí cuanto antes.

—La tía se va. No le gusta oír la verdad y se marcha —oyó a su espalda.

El rostro de Jaume se desdibujaba tras el velo de lágrimas. Llegó hasta él y concentró toda la rabia acumulada en el brazo derecho. Después se volvió hacia atrás para tomar impulso y le propinó una sonora bofetada.

—¡Hijo de la gran puta! —espetó con palabras desgarradas que brotaron de los más profundo de su corazón.

Después se dejó devorar por la luz de la tienda y corrió hacia la calle entre las estanterías repletas de libros y los carteles anunciando la presentación de su última novela.

42

12 de noviembre de 2015, jueves

Las farolas brindaban su luz naranja a la pista asfaltada que discurría entre pastos y caseríos solitarios. Arriba, en lo más alto de una loma, las casas de Oiartzun se arremolinaban en torno a una iglesia que, a esas horas, se veía oscura. Eran apenas las siete de la tarde, pero la noche reinaba sobre el trazado del viejo ferrocarril que Cestero recorría a buen ritmo en busca de un poco de relajación.

Estaba inquieta. Consultaba la pantalla de su móvil cada pocos pasos. No había sido fácil tomar la decisión de perdonarlo y menos aún la de llamarlo. Llevaba horas intentando hablar con él y comenzaba a odiar aquella voz femenina que la informaba de que el teléfono estaba apagado o fuera de cobertura.

Volvió a marcar su número una vez más. El resultado, el esperado. Comenzaba a preocuparse. No le gustaba sentirse culpable, pero no podía evitarlo. Iñigo no se había portado bien con ella, eso era evidente, aunque aquella tarde con la maleta en la puerta de su casa parecía arrepentido. Tal vez pudiera darle una segunda oportunidad o por lo menos admitirlo como amigo. Sin él no habría resuelto el caso del parque de Etxebarria; sin la pericia del profesor, era posible que nunca hubieran dado con la prueba que incriminaba al asesino en aquella espantosa muerte en la hoguera. Estaba en deuda con él y había decidido ofrecerle su perdón. ¿Cómo iba a impedirle que participara en la investigación del crimen del faro?

Empezaba a temer que le hubiera ocurrido algo. No conseguía quitarse de la cabeza que Leire lo había visto desaliñado y alicaído en Hondarribia.

—No pienses tonterías —se dijo en voz alta, obligándose a caminar más rápido.

Era una tarde agradable. Las Peñas de Aia ponían el telón de fondo. Su silueta jorobada se recortaba imponente contra un cielo sin luna. El camino se dirigía sin titubeos hacia la montaña. Era en sus entrañas donde se abrían las bocaminas que durante siglos vomitaron el hierro y la plata que fomentaron la construcción del tren desmantelado por el que caminaba la ertzaina. El río discurría muy cerca, con una cantinela invisible que contagiaba su humedad al ambiente. Los murciélagos volaban alrededor de las farolas, a la caza de insectos atraídos por la luz. En la lejanía cantaba un cuco... Una tarde preciosa de no haber sido por la inquietud y el sentimiento de culpa que la devoraban.

Buscó en el móvil el teléfono de la Universidad de Deusto en San Sebastián. Tal vez Iñigo estuviera allí. Se lo imaginó en un despacho prestado, atendiendo a las alumnas de doctorado que le tocaba dirigir aquel cuatrimestre. Con un poco de suerte, todavía podría hablar con él. Solo necesitaba oír su voz, saber que se encontraba bien y pedirle que le devolviera la llamada en cuanto estuviera libre.

—Universidad de Deusto, dígame —la saludó una voz masculina.

—Buenas tardes. Me gustaría hablar con Iñigo Goikoetxea, del departamento de Criminología, por favor.

—Uf, aquí ya no queda nadie. Espere a ver —una musiquilla repetitiva copó el auricular—. Perdone, el profesor Goikoetxea trabaja en Bilbao.

—Lo sé, pero temporalmente está en Donostia.

—Un momento, que hago la consulta. —En esta ocasión la melodía se prolongó un par de minutos—. Malas noticias. Me temo que la persona por la que pregunta ya no trabaja en Deusto.

—Claro que trabaja ahí. Es profesor —aclaró Cestero comenzando a perder la paciencia.

—No señorita, lo siento. Buenas tardes.

—¿Oiga? —La ertzaina se dio cuenta de que hablaba al

vacío. Su interlocutor había cortado la comunicación.

Víctima de una enorme impotencia, buscó el número de la universidad en Bilbao y lo marcó.

—*Deustuko Unibertsitatea, arratsalde on.*

—*Arratsalde on.* Soy la agente Cestero, de la Ertzaintza. ¿Puede confirmarme si Iñigo Goikoetxea trabaja ahí?

La mujer que atendía la llamada no lo dudó ni un instante.

—No, en estos momentos no trabaja en la universidad.

—No puede ser. Es profesor en la facultad de Psicología —apuntó Cestero. Era, obviamente, un malentendido.

—Lo era, pero se encuentra apartado de la docencia —explicó la mujer.

—¿Iñigo? —se extrañó la ertzaina—. ¿Hablamos de la misma persona?

—Iñigo Goikoetxea, sí. No se crea que aquí no estamos sorprendidos.

—¿Qué ha hecho? —inquirió Cestero deteniéndose en seco.

—No estoy autorizada a decírselo —admitió la voz.

—Soy ertzaina...

—Pues sabrá mejor que yo lo que dice la ley de Protección de Datos. Me encantaría ayudarla, pero lo siento —objetó la mujer. Su tono era amable.

—¿Ha hecho algo grave? —insistió Cestero. Necesitaba saber qué había ocurrido.

Durante unos segundos tuvo la impresión de que la telefonista iba a ceder. Cuando habló, sin embargo, volvió a verter un jarro de agua fría sobre sus expectativas.

—Lamento no poderle ser de más ayuda.

—Está bien. Gracias.

—A usted. Buenas tardes.

La ertzaina guardó el móvil en el bolsillo antes de llevarse las manos a la cabeza y resoplar. ¿En qué lío se habría metido Iñigo para que lo hubieran echado de la universidad? Se sentía traicionada una vez más. ¿Por qué no se lo habría contado?

El río Oiartzun se dibujaba entre los árboles, igual que las ovejas que aguardaban agrupadas junto a una langa a que su dueño viniera a buscarlas para llevarlas al corral. El tiempo discurrió lentamente durante los minutos que Cestero pasó apoyada en un árbol con la mirada perdida en aquel aletargado mundo nocturno. Después, su pulso comenzó a latir más deprisa. Había tenido una idea. Con un poco de suerte, en unos minutos sabría lo que había ocurrido.

Cuando llegó a la comisaría no quedaba nadie de su turno. Madrazo y todos los suyos hacía casi dos horas que habían salido, las mismas que llevaba ella caminando en busca de un sosiego que no había logrado encontrar. Subió sin perder el tiempo en saludos hasta su ordenador y lo encendió mientras los agentes del turno de tarde la observaban de reojo. Mientras el programa se iniciaba, se preparó un café doble.

—¿Qué tal, Cestero? ¿Cómo lo lleváis? —le preguntó el suboficial Urdanibia acercándose hasta ella.

—Eh, bueno... Más o menos —reconoció, dando a entender que no había demasiados avances. No tenía ganas de perderse en explicaciones. Su ordenador la esperaba.

—¿Ya has visto que Santos os está dando caña en la tele? —Urdanibia introdujo en la cafetera una cápsula de descafeinado.

—¿Cómo se permite eso? Debería estar prohibido —protestó Cestero sintiendo el aroma del café en sus fosas nasales.

El suboficial asintió.

—Lo han suspendido de empleo y sueldo. Para mí que es lo que buscaba. No está bien en Irun y parece que les ha cogido el gusto a las tertulias. Y los periodistas, encantados de tener un ertzaina entre sus opinadores.

Cestero celebró la noticia. Santos merecía un castigo por el desprestigio al que estaba sometiendo a sus compañeros.

—Tenéis que aclararos —le recomendó el suboficial—. Si dais el caso por cerrado tras el suicidio del principal sospechoso, organizad una rueda de prensa con el comisario y decidlo bien alto. Lo que no podéis es dar a entender que no lo tenéis claro, porque entonces os dan por todos lados. ¿No ves que hay demasiada prensa pendiente del caso?

—Para mí, no está cerrado —reconoció Cestero.

—Arguméntamelo. Yo lo cerraría sin dudar. Tenéis un móvil y un sospechoso clarísimo.

Cestero se encogió de hombros.

—No lo sé —reconoció volviendo a su ordenador. No tenía ganas de discutir, y menos ante la mirada del resto de agentes, que fingían dedicarse a sus quehaceres cuando en realidad estaban pendientes de la conversación junto a la cafetera.

El programa había tenido tiempo suficiente para cargarse. Solo necesitó teclear el nombre completo del profesor para poder comprobar si había alguna investigación en curso en la que apareciera mencionado. Tras pulsar sobre la lupa del buscador, un temporizador parpadeante ocupó la pantalla. Después desapareció y dejó paso a un expediente. Adelantándose en la silla para consultarlo, Cestero sintió que se quedaba sin aire.

Aquello no se lo esperaba.

43

12 de noviembre de 2015, jueves

Los obenques tintineaban en lo alto de los mástiles de los veleros amarrados, componiendo una agradable melodía metálica que invitaba al relax. Desgraciadamente, la armonía tenía su contrapunto en el rugido hiriente de una moto que circulaba por el paseo de Colón. Los barcos dormían en su letargo otoñal y solo en algunos se intuía una vida que en la mayoría se había evaporado con la llegada de los primeros fríos: una toalla secándose en la cubierta, una escotilla abierta, un libro sobre una silla... Las demás embarcaciones se adivinaban olvidadas desde el verano y muchas tenían las velas recogidas en recias fundas impermeables.

El contacto con el mar y su brisa cargada de salitre le habían contagiado la paz que necesitaba. Hacía horas que había abandonado llorando el salón de actos y ahora, por fin, comenzaba a calmarse. Ni siquiera recordaba qué calles había elegido tras dejar atrás la plaza de Cataluña para dirigirse al puerto. Porque no tuvo ninguna duda de que el único lugar en el que encontraría sosiego en aquella ciudad bulliciosa y frenética era a orillas del Mediterráneo.

Los muelles del museo de Historia de Cataluña estaban desiertos a esas horas. ¿Qué hora era en realidad? Poco importaba. Dos amantes se besaban incansables, ajenos como ella al paso del tiempo, en un banco al que apenas llegaba la luz de las farolas. En la orilla opuesta de la dársena del Comercio, los edificios portuarios se fundían con un moderno complejo de ocio. La calma se evaporaba entre luces de neón y música disco cuyas notas llegaban hasta Leire arrastradas por la brisa.

Una ráfaga más intensa agitó rebelde los mástiles y los obenques sonaron con más fuerza. Tal vez fuera la señal que esperaba su estómago, pues ronroneó hambriento. La pequeña también pareció despertar. Ella también necesitaba comer.

Miró alrededor. Los establecimientos de recuerdos y helados que flanqueaban el museo estaban cerrados. Dirigió la vista al Maremagnum y sintió pereza ante la idea de perderse por sus pasillos impersonales, idénticos a los de cualquier centro comercial del mundo. Un recuerdo lejano, de viaje adolescente del instituto, la hizo decantarse por las cercanas callejas de la Barceloneta. Estaba segura de que no lograría dar con aquella tasca en la que había disfrutado de las mejores tapas de pescado de su vida, pero seguro que no sería la única taberna en aquel humilde vecindario de pescadores.

Antes de alejarse de la lámina de agua, más negra que la propia noche, dirigió una última mirada a los diques que protegían el puerto de los embates del Mediterráneo. Los faros de enfilación que identificaban la puerta marítima de Barcelona guiñaban rítmicamente sus luces verde y roja. Su visión la reconfortó. Al fin y al cabo, no era tan diferente de la bocana de Pasaia o de la embocadura de cualquier otro puerto. De pronto se descubrió pensando en Iñaki. Era imposible no hacerlo al ver el mar. Apenas un par de días antes de su muerte fantaseaban con la idea de zarpar de la ciudad condal para recorrer en un pequeño velero todas las orillas del Mediterráneo. Todavía podía oírlo entusiasmado, planeando las escalas en las islas griegas y en las lejanas costas turcas. Lo más doloroso no era que ya jamás pudieran hacerlo, sino que todo apuntara a que había sido un amigo quien se lo había arrebatado, y todo por unos miles de euros y el miedo al qué dirán.

Para cuando quiso darse cuenta se había llevado las manos al vientre y acariciaba a su futura hija mientras le prometía que algún día cumplirían juntas el sueño de su padre.

Una nube de dudas se interpuso en sus pensamientos. Le dolía que Iñaki no hubiera sido claro con ella. Cuanto más lo pensaba, más segura estaba de que le había ocultado que salía con Elena por miedo a que lo hubiera rechazado. En realidad es lo que habría hecho de haber sabido que tenía pareja. Sin embargo, no le gustaba que sus amoríos hubieran comenzado entre mentiras.

Estaba ensimismada pensando en ello cuando un tono de su teléfono la trajo al presente. Se trataba del último sonido que deseaba oír en un momento mágico como aquel. Alzó la vista hacia el cielo en busca de alguna improbable referencia horaria y suspiró de vuelta a la realidad. Estuvo tentada de no consultarlo, pero podría tratarse de su madre. Tener que dormir sola en el faro no le hacía ninguna gracia, aunque no había querido admitir la oferta de Amparo, que pretendía hacerle un hueco en su casa.

El wasap no era de Irene. La bolita verde junto a la foto de Xabier indicaba que era suyo.

¿Ya te ha contado tu amiga la poli lo que soy capaz de hacer por defenderte?

Leire suspiró decepcionada. Claro que Cestero le había explicado lo patético que podía llegar a ser su exmarido. Era extraño, antes no era agresivo. La vida en alta mar lo había cambiado.

Dudaba aún si contestarle de manera cortante o ignorar su mensaje cuando el teléfono volvió a sonar. Esta vez era una llamada, y en cuanto comprobó en la pantalla el largo número entrante supo que su paseo había terminado.

—Hola —respondió con un escalofrío.

El gélido susurro pareció emerger de ultratumba.

—Qué fantástica idea dejarme a tu madre sola en el faro mientras paseas por Barcelona. —Le siguió un silencio ocupado por una sonora inspiración—. Me lo has puesto muy fácil esta vez.

Después solo quedó el vacío. Su interlocutor había cortado la comunicación y de nada sirvió que Leire preguntara ansiosa qué quería de ella y le rogara a voz en grito que dejara en paz a los suyos.

44

12 de noviembre de 2015, jueves

El viento sur regalaba una temperatura templada, poco habitual a esas alturas del año, y Cestero estaba decidida a disfrutar de la velada en la plaza de San Juan. Necesitaba quitarse de la cabeza, aunque solo fuera por un momento, aquello que mostraba su ordenador hacía apenas un par de horas. Con los pies colgando sobre el agua tranquila de la bocana y las casas de pescadores apiñadas a su espalda, el botellín de Keler le parecía el mejor regalo después de una sorpresa tan desagradable.

—¿Ya le has contado tu movida? —le preguntó Nagore a Olaia. Eran sus dos mejores amigas. Había quedado con ellas para tomar algo. Después de la cerveza le tocaría el turno a un buen bocata y más tarde caería alguna que otra caña. Era lo bueno de alternar por el pueblo. No había que preocuparse de coches ni controles de alcoholemia.

—¿Qué te ha pasado? —quiso saber Cestero volviéndose hacia Olaia. Seguro que se trataba de algún conflicto con Elisa. Desde que salían juntas no hacían más que discutir.

—El sábado se enfadó porque bailé con otra y ahora no me responde a los mensajes —anunció su amiga.

—Seguro que se le pasará —apuntó Nagore antes de señalar a la ertzaina—. ¿No es tu móvil el que suena?

Cestero asintió. En realidad no sonaba, solo vibraba en el bolsillo de sus pantalones vaqueros.

—Que les den por saco. Seguro que es algo de trabajo —apuntó contrariada. Sabía que tenía que responder y acabaría haciéndolo.

—Vaya rollo ser poli. Siempre te están llamando a deshoras —le dijo Olaia dando una calada a su cigarrillo de liar.

La ertzaina dejó la cerveza en el suelo y se llevó la mano al bolsillo. Al ver el nombre de Leire Altuna en la pantalla frunció el ceño. Era extraño. Si no había entendido mal, estaría en Barcelona.

—Ane Cestero —dijo llevándose el aparato a la oreja. Sus amigas se burlaron de ella repitiendo sus respectivos nombres y apellidos por lo bajo.

La voz de la escritora le llegó atropellada. Hablaba de una nueva amenaza telefónica y estaba muy alterada.

—Cálmate, Leire. ¿Cuándo has recibido la llamada? —inquirió la ertzaina.

—Ahora mismo. Otra vez esa espantosa voz… ¡Daos prisa, Ane! Va a por mi madre…

Cestero desvió la vista hacia las alturas de la orilla opuesta, a sabiendas de que desde donde se encontraba no alcanzaría a ver el faro de la Plata.

—Tranquila. Recuerda que tenemos una unidad de vigilancia día y noche frente a la puerta. Nadie puede acercarse a tu casa sin que lo veamos. ¿Por qué no llamas a tu madre para confirmar que todo está en orden?

—Es lo primero que he hecho. No atiende al teléfono. Ni al móvil ni al fijo. ¿Dónde estás? Sube al faro, por favor. Me temo que haya ocurrido algo. Joder, que sabe que mi madre está sola… —le rogó Leire al borde del llanto.

—Voy a avisar a mi compañero —anunció Cestero poniéndose en pie. Comenzaba a ver motivos para la preocupación—. Seguro que él puede tranquilizarnos. Dame un par de minutos.

La ertzaina buscó en la agenda de contactos el número de Zigor. Era él quien montaba guardia ante el faro.

—¿Qué pasa, Ane? ¿Ya te han jodido el rato libre? —le preguntó Olaia tirando la colilla.

La ertzaina no contestó. Se limitó a alejarse hacia el centro de la plaza, donde nadie pudiera oírla.

Los tonos se sucedieron sin que hubiera respuesta.

—Vamos, coge —apremió Cestero por lo bajo mientras volvía a marcar el número. El resultado fue el mismo.

Cestero regresó junto a sus amigas y se agachó para recuperar su cerveza. Volvería a probar pasados un par de minutos.

—¿Solucionado? —le preguntó Nagore.

—No —reconoció la ertzaina dando un trago del botellín. Intentaba mostrarse tranquila, a pesar de que tenía ganas de dejarlo todo y salir corriendo hacia el faro.

—¿Cómo es que pueden llamarte a cualquier hora? —quiso saber Olaia. Ya estaba liándose otro cigarrillo.

—Es lo que tiene estar en Investigación. Los de Seguridad Ciudadana cumplen un horario más estricto. Además, ahora no era de la comisaría. Era una amiga.

—¿La farera? —planteó Nagore.

—La llaman con amenazas —apuntó Cestero siguiendo con la mirada la motora, que cruzaba hacia San Pedro sin pasajeros—. Vaya mal rollo. Se cargan al novio y ahora se dedican a amenazarla.

—Joder... Yo estaría acojonada. ¿Y sigue viviendo ahí arriba? —preguntó Olaia.

Cestero asintió.

—Tenemos una patrulla en la puerta —explicó tratando de restarle importancia. ¿Dónde se habría metido Zigor?

—Es igual. Después de lo del novio yo no viviría en el faro ni de coña. Como si no se pudiera llegar por la parte de atrás —apuntó Olaia antes de girarse hacia Nagore—. ¿Tú te acuerdas de aquella temporada que a Markel y a sus colegas les dio por escalar y subieron al faro de la Plata por el acantilado?

Su amiga movió afirmativamente la cabeza.

—Como para no acordarme. Si estaba mi hermano también. Menuda la que lió el farero al verlos aparecer. ¿Cómo se llamaba aquel viejo? ¿Mateo?

—Marcos —le corrigió Olaia—. Vaya cascarrabias era el tío. De cría solía subir con mis padres a merendar a la fuente del Inglés y, al pasar junto a la verja, mi hermano y yo le tocábamos el timbre. Salía hecho un energúmeno. —Soltó una carcajada al recordarlo—. Una vez pilló a Josu por la oreja y lo llevó a rastras hasta donde estaban mis padres.

Cestero no la escuchaba. Observaba ansiosa la pantalla del teléfono, que no emitía señal alguna. Volvió a llamar a Zigor. Esta vez tampoco hubo respuesta. Buscó de nuevo el faro con la mirada y creyó entrever su luz guía entre los árboles que lo ocultaban. Allí arriba podría estar ocurriendo algo. No podía seguir esperando.

—Me voy —anunció poniéndose en pie de un salto.

—¿Al faro? —inquirió una de sus amigas conforme Cestero se alejaba en busca de su moto.

La pregunta quedó flotando en el aire a la espera de una respuesta que no llegó.

45

12 de noviembre de 2015, jueves

La linterna del faro de la Plata bañaba con su luz cálida el coche estacionado a los pies de la escalera que se dirigía al edificio. Los árboles desnudos que rodeaban la pequeña explanada de aparcamiento proyectaban sus retorcidas sombras sobre el asfalto, que moría allí tras un sinuoso recorrido desde Pasaia. La luz se extinguía cada veinte segundos y todo quedaba bañado en una oscuridad absoluta durante los breves instantes que tardaba en volver a encenderse.

Todo parecía en orden y no se percibía movimiento tras las ventanas del faro. Sin embargo, Cestero temía que solo fuera una apariencia.

Estacionó la Honda detrás del coche de su compañero y se apeó apresuradamente con el arma reglamentaria en la mano.

—¿Qué pasa? ¿Qué haces aquí? —inquirió Zigor abriendo la puerta del conductor. Al encenderse, la luz del habitáculo obligó al policía a entrecerrar los ojos.

—¿Por qué no respondes a mis llamadas? —Cestero bajó la pistola.

El ertzaina dibujó un gesto de extrañeza antes de girarse hacia el asiento del copiloto para coger su móvil.

—Mierda... Lo tengo silenciado. ¿Me has llamado tres veces? ¿Qué ha pasado?

Cestero dirigió la vista hacia el faro. El hermoso edificio con formas de castillo medieval se veía tranquilo. Las siluetas de algunas gaviotas se recortaban sobre las almenas. La linterna amplificaba sus negras sombras, que carecían de cabeza. Un estremecimiento le recorrió el cuerpo al reparar en ello, aunque enseguida dedujo que no se trataba de aves decapitadas, sino durmientes. Escondían su cabeza bajo las alas. La estampa, sin embargo, resultaba inquietante a contraluz.

—¿Has visto a la madre? —inquirió.

—No. Todavía no ha llegado. Tampoco en el turno de Letizia. ¿Me quieres explicar a qué viene tanta alarma? —la apremió Zigor saliendo del vehículo y señalando el arma que Cestero sostenía aún en la mano. Su rostro somnoliento contrastaba con la agilidad de sus palabras.

—Yo también sé lo que es estar de escolta —dijo Cestero. En los últimos días llevaba demasiadas horas realizando tediosos seguimientos—. ¿No te habrás quedado dormido?

—Por supuesto que no —se defendió Zigor molesto con la mera sugerencia de que tal vez no estuviera haciendo bien su trabajo. A Cestero le dio la impresión de que se esforzaba por abrir los ojos en exceso.

—Oye, que no soy Madrazo. A mí me lo puedes reconocer. Sé que es un coñazo estar aquí tantas horas y que a veces mantener la atención se convierte en una misión imposible —reconoció la ertzaina—. Alguien ha llamado a Leire Altuna y le ha dicho que se iba a cargar a su madre. ¿Te das cuenta de la gravedad de lo que estamos hablando? ¿Hay alguna posibilidad de que esté dentro de ese faro y tú no lo sepas?

—No... Bueno, yo qué sé... Pues igual se me ha podido pasar —admitió el agente con gesto dubitativo—. Pero ya te digo que me extrañaría mucho que haya pasado por delante del coche y no la haya visto.

—Pero ha podido pasar —insistió Cestero.

—Ha podido pasar, claro. Nadie es perfecto —aceptó el policía.

El teléfono de Cestero vibraba de nuevo. Era Leire Altuna. Quizás tuviera noticias sobre su madre.

—Cestero —respondió.

—¿Sabes algo de mi madre? Sigue sin atender a mis llamadas. Joder, no me tendría que haber venido a Barcelona... —Su angustia llegaba a través de las ondas con una cercanía desgarradora.

—Estoy en el faro. Aquí no está. No te preocupes, vamos

a localizarla.

—¿Has entrado? ¿Seguro que no está? Mierda… ¿Qué le ha hecho? —sollozó la escritora.

Cestero dirigió la vista a la torre de luz. Seguía sin percibirse movimiento. Algunas gaviotas se habían despertado y se lanzaban al vuelo entre graznidos que más parecían risotadas estridentes.

—No hemos entrado, pero mi compañero no ha visto a tu madre por aquí —explicó con la mirada fija en el faro. Tenía que entrar en él. No podía quitarse de la cabeza que entre sus muros podría estar sucediendo algo terrible.

Leire se ocupó de reforzar su idea.

—Tenéis que entrar. ¿Y si está muerta o malherida en el suelo del recibidor? Joder, igual todavía podéis hacer algo… —Su voz denotaba una gran tensión. Maldita sea. En mala hora me dejé engañar para venir a Barcelona.

Cestero decidió no perder más tiempo escuchando lamentos.

—Tranquilízate, Leire. Vamos a encontrar a tu madre. Te lo aseguro. Dame un momento. Enseguida te llamo —anunció antes de cortar la comunicación sin aguardar respuesta. Después se giró hacia Zigor—. Tenemos que entrar.

—¿Al faro? ¿Tienes una orden de registro?

—Tengo el permiso de Leire Altuna —argumentó Cestero a sabiendas de que no era suficiente.

Zigor no necesitó pensárselo.

—Ni de coña. Espera que hablo con Madrazo.

—Ya le llamo yo —se adelantó la ertzaina buscando entre los últimos números marcados de su agenda. Le había llamado para ponerle al día mientras iba de camino—. Jefe… Sí, sin novedad… Tenemos que entrar al faro… No, claro que no, pero tenemos el permiso de Leire Altuna… A la mierda la orden. Puede estar ocurriendo algo ahí dentro… Venga, Madrazo, no podemos dudar… No me jodas… Sí, ya te esperamos.

—¿Viene? —preguntó Zigor sin ocultar su alivio.

—Ya me dirás para qué. No hará nada que pueda poner en peligro su puesto. Don Comodón… —protestó Cestero contemplando desanimada el edificio. Odiaba todos esos farragosos procedimientos que complicaban el día a día de un policía. Resultaba frustrante saber que podría estar sucediendo algo tras esas paredes y no poder acceder, a no ser que el juez de guardia lo autorizara.

—Voy a entrar —anunció comenzando a subir las escaleras. No pensaba esperar a su jefe cuando el tiempo podría ser capital.

Zigor la siguió hasta la puerta.

—Yo no quiero saber nada. Es una locura —se excusó desenfundando su pistola—. Te cubro, pero nada más.

Cestero lo maldijo por lo bajo por su falta de implicación. Ella no se había hecho policía para salvar el culo y cobrar a fin de mes, sino porque sentía la necesidad de ayudar a los demás. Y sabía que lo que se disponía a hacer tendría consecuencias. En caso de que realmente estuviera sucediendo algo, Madrazo se colgaría encantado la medalla; si, por el contrario, el faro estaba tan desierto como parecía, el asunto podría acabar con la apertura de un expediente. Aunque el testimonio de Leire Altuna confirmando su petición de auxilio quizás la ayudara a esquivarlo. De lo que no se salvaría era de una buena reprimenda del suboficial por haber actuado por su cuenta.

Cogía impulso para propinar una primera patada en la cerradura cuando un ruido llamó su atención hacia la explanada de aparcamiento.

—¿Quién anda ahí abajo? —preguntó Zigor sacando una linterna del bolsillo de la chaqueta.

—La puerta de un coche —apuntó Cestero intentando atisbar en la oscuridad.

El motor que se oyó a continuación tampoco dejó lugar a dudas. Un vehículo se alejaba. Sus luces de posición enseguida se dibujaron entre las ramas desnudas de los árboles que flanqueaban la carretera que bajaba al pueblo.

Los policías se apresuraron a bajar las escaleras. El haz de la linterna recorría los alrededores del faro en busca de algún movimiento.

—Ahí, mira —apuntó Zigor deteniendo el foco sobre una

persona que avanzaba a trompicones.

—Joder, es la madre... —Cestero echó a correr hacia la mujer que adelantaba una mano para protegerse del torrente luminoso que la cegaba. Caminaba con paso inseguro, encorvada y trazando unas violentas eses que delataban que estaba malherida—. ¡Llama a una ambulancia, que no pierdan tiempo!

—Alguien debería interceptar ese coche —añadió Zigor a su espalda.

Antes de que Cestero llegara hasta Irene, la mujer se desplomó sobre la gravilla. Tal vez fuera demasiado tarde.

—Señora, soy policía. Tranquila. Ya ha pasado todo. Enseguida llegará el médico —explicó arrodillándose junto a ella y empujándola para darle la vuelta. Irene quedó tendida boca arriba, con los ojos entreabiertos y expresión desorientada. No se le apreciaban restos de sangre a simple vista. Cestero tiró de su camisa y comprobó que no había marca alguna de agresión en el abdomen. Después aproximó su rostro al de Irene, que movía los labios como si quisiera decirle algo pero solo emitía un sordo lamento. La ertzaina se apartó con una mueca de desagrado y se giró hacia el coche, donde Zigor tecleaba un número en su teléfono móvil.

—Olvida lo de la ambulancia. No está herida. Solo borracha perdida. Atufa a ginebra —indicó debatiéndose entre el alivio y la vergüenza.

46

13 de noviembre de 2015, viernes

—¿Has visto esto? —Aitor giró la pantalla de su ordenador para que Cestero pudiera verlo.

La ertzaina leyó el titular que ocupaba todo el ancho de la página de *El Diario Vasco* y frunció el ceño.

—¿De dónde lo han sacado? ¿Tú sabías algo?

Su compañero negó con la cabeza.

—Parece que cuentan con datos fiables. ¿Has leído la noticia?

—No, solo el título —reconoció Cestero acercándose a la pantalla—. ¿Veneno? Joder, pues se lo curraron muy bien. Te aseguro que nadie hubiera dicho que aquello no era un suicidio.

—Chicos, novedades —anunció Madrazo acercándose con una carpeta en la mano—. ¿Qué es eso que leéis? No me jodas que los del juzgado se han vuelto a adelantar... ¡Es inconcebible que los resultados del forense se filtren a la prensa!

El teléfono móvil del suboficial sonaba en el bolsillo de su camisa. Los periodistas de otros medios de comunicación habrían visto la noticia y querrían una confirmación del dato que acababa de poner patas arriba el caso del faro.

—Tampoco es una sorpresa —reconoció Cestero—. Después de la llamada de ayer por la noche podíamos intuir que el asesino seguía suelto.

—¿Qué pasa, aprovecháis que me voy para montar una reunión? —apuntó Letizia regresando de la máquina de café con un vaso de plástico humeante. Era la única que seguía bebiendo esa agua sucia en lugar de recurrir a la cafetera de cápsulas que habían comprado entre la mayoría de los agentes. Cestero sospechaba que lo hacía solo por no dar su brazo a torcer y reconocer que le gustaba más algo que no había sido promovido por ella.

—Hay novedades —la informó Madrazo entregándole la carpeta—. Lo mataron.

Letizia arrugó el gesto.

—¿A quién? —inquirió abriendo el informe de toxicología.

—A Mendikute. Fue sedado antes de su muerte. El suicidio se acaba de convertir en un asesinato.

La agente primera leyó por encima los documentos.

—¿Cloroformo?

—Y en una cantidad nada desdeñable —apuntó el suboficial—. Según el forense, las concentraciones eran elevadas.

—Alguien llamó a su puerta, lo abordó con el somnífero y lo arrastró a la bañera para simular un suicidio. O quizás Mendikute conociera al visitante y lo invitara a pasar —resumió Cestero.

Letizia la fulminó con la mirada, señal de que no tenía nada que objetar y que le hubiera gustado ser ella quien apuntara esa hipótesis.

—Pues es evidente que quienes montabais guardia ante su puerta no hicisteis bien vuestro trabajo —añadió la agente primera—. Lo mataron delante de vuestras narices.

Cestero no pudo evitar un sentimiento de derrota. Era cierto lo que decía. Sin embargo, todavía albergaba la esperanza de que el crimen no se hubiera producido durante su turno.

—Fue el diez de noviembre entre las cuatro y las cinco de la tarde. ¿Quién se ocupaba del seguimiento a esa hora? —preguntó Madrazo consultando el informe.

—Yo —reconoció Cestero. No hizo falta que nadie la regañara para que sintiera su profesionalidad cuestionada. Delante de sus propios ojos había tenido al asesino. Lo había visto entrar y abandonar el portal sin reparar en él, sin darse cuenta de que en los minutos, o tal vez horas, que había pasado tras esa puerta que había contemplado hasta el tedio más absoluto, se había perpetrado un crimen casi perfecto.

—¿Hiciste fotos de la gente? —preguntó el suboficial.

Cestero negó con un gesto.

—Solo un registro en papel.

—Habrá que echar un vistazo a esos apuntes —decidió Madrazo.

La ertzaina abrió el primer cajón de su mesa y extrajo un cuaderno verde.

—Aquí está. A ver... El diez... Hubo bastante movimiento en el portal. No apunté demasiada cosa, la verdad. La orden era clara: controlar las entradas y salidas de Mendikute. De los demás, ni palabra. —En su tono se colaba un reproche al propio suboficial. Tal vez si sus órdenes hubieran sido distintas habría estado más atenta a otro tipo de movimientos, e incluso podría haber evitado el asesinato—. ¿A qué hora has dicho, las cuatro? Mira, a las tres y cinco tengo la entrada de una abuela con dos nietos. A las cuatro menos cuarto, la de un señor con paraguas y gabardina. A las cuatro y diez, la de un chico con propaganda, que tardó solo tres minutos en volver a salir. A las cuatro y veinticinco salió un señor con un perro blanco. Un minuto después entró una mujer corpulenta de pelo rizado y chaqueta azul marino...

—Para, para —ordenó el suboficial—. Lo que necesitaríamos saber es quién de todos ellos volvió a salir en menos de dos o tres horas. No creo que el asesino se demorara más tiempo en la casa.

Cestero asintió mientras consultaba el cuaderno. Esperaba no haberse dejado ninguno sin apuntar.

—Tres de ellos volvieron a salir en mi turno de seguimiento: el de la propaganda, el de la gabardina y la señora de rizos.

—¿Podrías hacer un retrato robot de los dos últimos? —le pidió Madrazo.

La ertzaina apretó los labios y negó con la cabeza.

—Llovía bastante. Lo veía todo a través de la luna mojada del coche. Bastante es que fuera capaz de apuntar tantos detalles.

—¿Tantos? —se burló Letizia con los brazos cruzados de forma que resaltaban más su abultado pecho—. Gabardina, rizos, paraguas, chaqueta... Tampoco parece que entraras mucho al detalle.

Cestero tragó saliva. Sentada en su silla y con sus dos superiores de pie ante ella, se sentía como en un examen de fin de carrera. A su lado Aitor apartaba la vista hacia la pantalla, aliviado de que la reprimenda no fuera con él.

—Está claro que podría haberlo hecho mejor —señaló Madrazo—. De todos modos, tendremos que apañarnos con lo que tenemos. Dos personas: un hombre y una mujer. Cestero, ve al portal y pregunta a los vecinos si conocen a alguien con esa descripción. Tal vez alguno de ellos viva en uno de sus pisos. Eso nos dejaría al otro como único sospechoso.

—¿Y cómo va a preguntarles por unas personas que ni siquiera sabe cómo son? Hola, soy poli, ¿conoces a un tipo con gabardina y paraguas? Pues sí, a uno en cada piso de este portal. —Las diferentes voces que imitó Letizia dibujaron una sonrisa en los labios del suboficial.

—Estaría bien contar con fotos de todos los vecinos —añadió Madrazo antes de volverse hacia Cestero—. Y si es alguien que llegó de fuera algún vecino podría haberse cruzado con el intruso en el portal, y eso nos ayudaría a mejorar su descripción física. Interroga a todos a ver si recuerdan algo de aquella tarde.

—Os estáis olvidando del móvil —apuntó Cestero recobrándose de la crítica—. ¿Quién podría querer que el asesinato de Mendikute pareciera un suicidio? No estamos ante un crimen normal.

Madrazo asintió pensativo.

—Cada cosa a su tiempo —decidió—. Empecemos por acotar los sospechosos y después nos centraremos en el móvil.

Cestero se puso en pie y cogió de mala gana la cazadora del respaldo. Odiaba los ritmos del suboficial. Cada cosa a su tiempo... A ese paso tardarían años en cerrar el caso.

47

13 de noviembre de 2015, viernes

Leire empujó la puerta de la Bodeguilla con un nudo en la garganta. La noche en el hotel de Barcelona y el vuelo a Hondarribia se le habían hecho interminables. Desde que Cestero le explicara que su madre había aparecido sana y salva, pero bebida, su mente era un torbellino de reproches y lamentaciones que iban y venían. La angustia por las llamadas había pasado a un segundo plano ante la convicción de que tenía que tomar decisiones serias respecto a Irene. La de la víspera era la gota que colmaba el vaso, la última decepción que pensaba permitirse. Si su madre quería seguir viviendo con ella, las normas tendrían que quedar muy claras, mucho más de lo que creía haberle transmitido hasta el momento.

El aroma a salazón, vino y madera vieja no la ayudó a rebajar la tensión. Había dejado la Vespa mal estacionada junto a la puerta y ni siquiera se había molestado en desligar la pequeña maleta de la parte trasera del asiento. Quería pasar por el faro a darse una ducha antes del funeral de Mendikute, pero antes de dedicarse a ella misma necesitaba zanjar el tema de Irene.

Tras el mostrador, su madre esbozó una tímida sonrisa y fue incapaz de mantenerle la mirada. Lejos de sentir lástima por ella, Leire se sintió furiosa. Estaba harta de tener que afrontar una y otra vez situaciones de ese tipo; harta de no poder dedicar sus pensamientos a la pequeña que estaba en camino por tener que preocuparse del alcoholismo de su madre. La vida era injusta.

—¿Puedes acompañarme a dar un paseo? —Las palabras de Leire sonaron más a orden que a invitación, y más con el contundente gesto señalando la puerta.

—Espera, no sé si puedo —se disculpó Irene girándose hacia el extremo de la barra donde se encontraba Amparo.

—Claro que sí —decidió Leire abriendo la puerta. Después alzó la voz—. Amparo, cariño, me llevo a mi madre un momento.

La anciana asintió con una sonrisa y la despidió con la mano antes de seguir atendiendo a un cliente.

—Me sentía sola. Lo siento, siempre te defraudo —murmuró Irene siguiendo a Leire al exterior.

—Un día... ¡Un maldito día! —exclamó la escritora agradeciendo el frescor de la calle—. ¿Es que no puedo dejarte ni un puñetero momento sin que cojas la botella?

—Es la última vez —aseguró su madre tomándole la mano.

Leire sacudió el brazo para apartarse de ella.

—La última vez... ¿Cuántas veces he oído eso? ¿Cuántas? Estoy cansada, *ama*. Te acompañé a Alcohólicos Anónimos, te traje conmigo al faro, te busqué un trabajo... ¿Qué más tengo que hacer para que lo dejes de una vez?

—Es la última, te lo prometo. Estaba asustada.

—¿Es él, verdad? El hombre con el que estás saliendo es el problema. Hasta que no empezaste a verte con él, íbamos ganando la partida a la bebida —comentó Leire enfilando mecánicamente hacia los muelles.

Su madre se apresuró a seguirla.

—¿Cómo puedes decir eso? —le preguntó con gesto herido—. Es un hombre bueno. Desde que perdí a tu padre jamás había estado tan a gusto con alguien. Me quiere, me hace sentir mejor. No como tú, que me recuerdas cada día que no soy más que una carga para ti.

La escritora se detuvo para girarse hacia ella, pero Irene rehuyó su mirada y continuó caminando. Un sentimiento de culpabilidad comenzó a abrirse paso en su interior. Hasta entonces no había sido consciente de que su madre se sintiera tan sola. Era cierto que el cariño que en su niñez sintiera hacia Irene se había esfumado muchos años atrás, a medida que el alcohol iba abriendo una brecha implacable entre ellas.

Aunque de ahí a lo que le reprochaba su madre había un trecho.

—Nunca te he dicho que seas una carga —intentó defenderse Leire.

—No hace falta decirlo. Me lo haces sentir cada día, cada hora, cada vez que subo a tu maldito faro y me amenazas con enviarme con tu hermana si no hago lo que quieres. —Irene se había detenido a la orilla del muelle y se apoyaba en una oxidada barandilla blanca con la mirada perdida en la dársena.

—¿Lo que quiero? —se indignó Leire. Se arrepentía de haber suavizado el tono. Era habitual que su madre aprovechara sus bajadas de guardia para darle la vuelta al asunto de la discusión. Solo la amenazaba con enviarla de vuelta a Bilbao cuando la sorprendía bebiendo—. Ya me estás enredando... ¿Y quién es tu amigo? ¿Por qué no me lo presentas?

Esta vez Irene se giró de golpe hacia su hija.

—¡Ni loca! Seguro que te las ingenias para que se aleje de mí.

Leire recibió sus palabras como un latigazo. Sus manos se le fueron instintivamente al vientre y acarició a su pequeña. Ojalá jamás tuviera una conversación así con ella o se le partiría el corazón. Su mirada herida reparó en el *Aitona Manuel II*. Los botes de pintura de Mendikute todavía ocupaban un rincón de su cubierta. Más arriba, en los muelles, las sillas de plástico de dos rederas descansaban sin ocupantes junto al soporte de hormigón de una sombrilla, y un arrantzale sostenía la caña a la espera de que algún pez de roca picara el anzuelo. El cubo vacío que tenía a sus pies delataba que aún no se había cobrado presa alguna.

—Me gustaría que fueras feliz, ¿sabes? —le dijo Leire a su madre con la mirada nublada por la tristeza—. Si estás bien con ese hombre, te apoyaré. Nunca intentaría apartarlo de ti. Lo único que quiero es que dejes de beber. Explícale que eres alcohólica y que debes mantenerte lejos de la bebida.

Irene permaneció unos segundos en silencio. Su mirada perdida recaló en la trainera que navegaba junto a los muelles de Antxo.

—Yo no tengo ningún problema con el alcohol. Es un empecinamiento vuestro. Todo el mundo bebe a veces —musitó sin osar dirigir la vista hacia su hija.

—No empecemos con eso... ¿No estarás faltando a la terapia de grupo? —se alarmó Leire. Tendría que llamar al coordinador.

Irene tardó en responder. Sus labios temblaron en varias ocasiones hasta que finalmente los abrió para hablar.

—Tenía miedo, hija. Estaba aterrorizada. ¿Tan difícil es de entender? ¿Tú te atreverías a pasar la noche sola en el faro con todo lo que está pasando?

Leire suspiró.

—Te quedaste en el faro porque quisiste. Amparo te ofreció una cama en su casa y te negaste...

—No quiero ser una carga para ella. Ya tengo mi cama en el faro, pero eso no quita que estuviera asustada.

La escritora apretó los labios. El miedo era un argumento difícil de rebatir.

—Ayer todos daban por hecho que había sido Mendikute y el pobre hombre ya no estaba aquí para hacerte daño. Además, tampoco estabas sola. Ahí fuera tenías a la Ertzaintza. Al más mínimo problema, podrías haber abierto la ventana para pedir ayuda.

—Yo sabía que Mendikute no había sido. Siempre venía a la Bodeguilla y era un hombre de lo más atento —sentenció su madre—. ¿Has oído las novedades? En la tele...

—¿Lo del sedante? —la interrumpió Leire. Cestero se lo acababa de contar por teléfono. Su primera reacción fue de desazón. El asesino seguía suelto. Después, en cambio, se había sentido mejor. Era terrible que el pintor hubiera sido asesinado, pero personalmente le resultaba menos doloroso que imaginar a Mendikute matando a Iñaki y quitándose la vida tras su delación. Esa era la buena noticia; la mala, que el caso seguía abierto.

—Vendrá a por nosotras. Lo sé —apuntó su madre con el terror dibujado en el rostro.

La escritora reprimió un escalofrío.

—No es verdad. Lo van a detener. Ya lo verás.

Irene se encogió de hombros. Sus ojos mostraban de pronto un miedo irracional y su mandíbula tembló casi imperceptiblemente.

—Ese faro está maldito. Tenemos que salir de él —apuntó a duras penas.

Leire recordó el encuentro con Fernando Goia y se dijo que muy pronto los deseos de su madre serían una realidad.

—¿Qué dices? Quiero que estés tranquila. —Sus manos se apoyaron en los hombros de Irene, al tiempo que le dedicaba la mirada más tranquilizadora que fue capaz de mostrar.

—Va a volver, hija, y esta vez no estará Iñaki para protegernos —aseguró su madre.

—Tenemos a la Ertzaintza día y noche ahí delante. Estamos suficientemente protegidas.

—Se irán. Antes o después se marcharán y entonces caerá sobre nosotras.

—No te preocupes —reconoció Leire estremeciéndose. Odiaba darse cuenta, pero Irene le estaba contagiando su miedo—. Antes de que eso ocurra nos habremos ido del faro.

Su promesa quedó flotando sobre las aguas y solo el motor lejano de una chipironera se molestó en silenciarla.

48

13 de noviembre de 2015, viernes

La última calada llegó antes de lo que hubiera deseado. Se llevó la mano al bolsillo y palpó el paquete de tabaco. Todavía le quedaban algunos cigarrillos. Comprobarlo le insufló seguridad. No le gustaba la idea de estar allí arriba sin una nube de nicotina que llevarse a la boca.

Dejó caer la colilla, tan apurada que el filtro había comenzado a quemarse, y la pisó. Los helechos y la maleza estaban verdes, pero mejor no correr riesgos inútiles.

Su mirada recaló en el faro de la Plata. Sus formas de castillo medieval se recortaban sobre el azul intenso del Cantábrico. La cresta rocosa donde se apoyaba rompía la armonía verde de las laderas que caían hacia el mar para alzarse, vigilante, sobre la bocana. Era un paisaje hermoso, pero no estaba allí para disfrutar de la panorámica.

Con movimientos nerviosos, abrió la mochila y buscó los prismáticos. Tardó unos instantes en localizar la torre de luz en la imagen aumentada. Cuando lo hizo sintió un cosquilleo en la barriga. Allí estaba la Vespa de la escritora y también el coche de la Ertzaintza que custodiaba el faro desde la muerte de su novio.

Buscó la ventana del dormitorio. Tras los cristales, la cama se veía deshecha. El edredón blanco, las paredes blancas, los muebles blancos... Era un mundo blanco que seguramente inspirara paz en Leire Altuna hasta que comenzó la pesadilla. Pero seguro que ya no lo veía igual. Ese faro se había convertido en una cárcel, una auténtica sepultura en vida. Y pensaba hacer lo imposible por que continuara así.

Volvió a fijarse en la cama alborotada. Todavía recordaba los cuerpos desnudos y entrelazados y los gestos de placer. Todavía podía oír los gemidos y las complicidades que aquel día parecían traspasar los cristales para volar hasta las alturas del fuerte del Almirante. Había llegado a sentir una excitación que todavía se reprochaba.

Odiaba que desbordaran tanta felicidad. Por eso bajó, introdujo la llave en la cerradura y abrió el cajón de la cocina sin molestarse por no hacer ruido. Sabía que, con la escritora en la ducha, Iñaki bajaría a comprobar qué ocurría. Todavía recordaba la expresión sorprendida del joven al ver aparecer a alguien tras la puerta. Después todo había sido muy rápido. La sensación del acero atravesando la carne y el lamento inconcluso que brotó de una boca a la que acompañaban unos ojos tan aterrorizados como confundidos.

Había sido más fácil de lo que jamás imaginó. No se podía decir que le hubiera cogido el gusto, pero tampoco sentía horror ni arrepentimiento por la vida que había arrebatado. Había sido casi un trámite, un asunto rápido que resolver, y nada más. No tenía pesadillas por la noche ni se le aparecía la víctima cuando apagaba la luz de su dormitorio.

Lo de Mendikute tampoco había supuesto ninguna complicación. Con lo que no contaba era con que la autopsia tirara por tierra su intención de que pareciera que el pintor se había quitado la vida. Ahora la culpa no pesaría tanto sobre los hombros de la escritora, y eso escocía. Tanto trabajo llevándolo hasta la bañera y cortándole las muñecas, para que el imbécil del forense lo hubiera echado a perder.

Un movimiento llamó su atención de nuevo hacia la ventana. Primero fueron unas piernas desnudas. Después una camiseta larga que dejaba a la vista solo parte de las nalgas redondeadas de la escritora. Llevaba una toalla envolviéndole el cabello y abría cajones en busca de ropa que ponerse. La curva de su embarazo era cada vez más evidente. Ella no lo sabía, pero jamás llegaría a conocer al bebé que llevaba dentro.

Una vez se hubo puesto la ropa interior, Leire Altuna se acercó a la ventana. Miró hacia el cielo para comprobar qué tiempo hacía y observó el coche ante su puerta. Una leve sonrisa se dibujó en su rostro conforme alzaba la mano para saludar al agente que estuviera allí dentro. Esa curvatura en sus labios le golpeó con fuerza a través de los binoculares. ¿Cómo era capaz aún de esbozar la más mínima sonrisa?

Una gaviota graznó a escasa distancia y otras se sumaron en un coro desagradable. Apartó los prismáticos para buscarlas y las vio muy cerca, sobre las ramas de un pino del que no quedaba más que el esqueleto después de que algún rayo hubiera impactado en él. No se sintió a gusto bajo su inquisitiva mirada. No le gustaban esos bichos tan ruidosos ni sus pequeños ojos fríos y calculadores.

Cuando volvió a dirigir la vista hacia el faro, Leire Altuna se había vestido y consultaba su teléfono móvil sentada en la cama. Se sintió como un ave de presa espiando a su víctima desde las alturas. Allí estaba. Allí la tenía, en su jaula. Solo tenía que decidir el momento para caer implacable sobre ella.

No había prisa. Ninguna. No mientras la escritora fuera capaz de dibujar la más mínima sonrisa. Primero se la borraría del todo y solo después dejaría caer la espada de Damocles sobre su cabeza.

49

13 de noviembre de 2015, viernes

Cestero abandonó el portal con una sensación agridulce. Había logrado identificar al hombre de la gabardina, un asesor fiscal que vivía en el tercero derecha y que recibía a los clientes en el propio salón de su casa. Había llegado incluso a verlo y él mismo reconoció haber entrado y salido de casa a las horas que la ertzaina tenía registradas en su cuaderno. Sin embargo, nadie conocía a la mujer de rizos. Solo una vecina respondía parcialmente a la descripción. Se llamaba Edurne, habitaba de alquiler en el sexto derecha y, en cuanto la vio, la ertzaina supo que no se trataba de ella. La señora que había visto días atrás era más alta y más ancha que aquella mujer menuda y encorvada.

Al sentir las primeras gotas de agua en la cara, reparó en que, en realidad, se trataba de una buena noticia. Si la mujer de los rizos no vivía en el portal y los vecinos no eran capaces de reconocerla en la descripción que les había dado, era una completa extraña. Y eso era precisamente lo que estaban buscando. Esa desconocida, que estuvo dentro del inmueble durante las dos horas en las que la autopsia situaba el crimen de Mendikute, era la asesina que estaban buscando.

Sacó el teléfono del bolsillo y marcó el número de Madrazo. Se sentía exultante. Por fin comenzaban a acotar la investigación.

—Buscamos a una mujer —apuntó en cuanto el suboficial respondió al otro lado.

Madrazo escuchó atentamente la explicación antes de felicitarla.

—Buen trabajo, Cestero. —La ertzaina se sintió halagada. Era demasiado poco habitual oír de su boca palabras de reconocimiento—. Te iba a llamar ahora. Hemos localizado el locutorio desde el que se realizó la llamada que Leire Altuna recibió en Barcelona. No estás lejos. Zigor ha salido ya hacia allí. Le he dicho que pase a buscarte. Es en la calle Azkuene de Trintxerpe, a un par de minutos de donde te encuentras ahora.

A Cestero no le costó ubicarse mentalmente. Conocía esa empinada calle que dividía Donostia y Pasaia. La tenía a solo unos metros. Una acera pertenecía a una localidad, y la de enfrente, a la otra. Era una situación extraña, y más desde que la coexistencia de diferentes sistemas de recogida de basura la habían convertido en el frente de guerra más fotografiado por los periodistas de la zona. Los donostiarras contaban con los contenedores habituales, abiertos día y noche, mientras que los pasaitarras debían bajar cada día de la semana un tipo de basura y colgarla de la percha que correspondía a su vivienda. Si el lunes era el turno de la orgánica, el martes le tocaba a los envases y el miércoles al papel. Cestero se había acostumbrado rápidamente a lo que se conocía como el *puerta a puerta*, aunque en la calle Azkuene saltaba a la vista que no todo el mundo había logrado hacerlo. Los contenedores del lado donostiarra no daban abasto para acoger los residuos de los vecinos de ambos lados de la vía, mientras que muchas de las perchas de la acera opuesta jamás habían visto colgado un cubo de basura.

El sonido hiriente de un claxon la sobresaltó. Zigor había detenido el coche en doble fila y la apremiaba con gestos. Tras el Renault Megane sin distintivos, el autobús de la línea San Pedro-Hernani accionaba insistentemente los faros para instarle a apartarse de su camino.

Una bandera brasileña pegada toscamente con cinta de embalar destacaba en el escaparate del locutorio. Sobre la puerta, en letras doradas, todavía se podía leer *Mercería La buena estrella*, aunque un cartel anunciando envíos de dinero rápidos y sin comisiones aclaraba que nada quedaba de aquel viejo negocio.

—Nos lo ha puesto fácil. La llamada fue hecha desde un teléfono brasileño y solo existen tres locutorios regentados por ciudadanos de ese país a menos de cien kilómetros de Pasaia. No ha habido más que llamarlos para confirmar que se trata de una de las líneas que utilizan aquí. Ya sabes, recurren a compañías extranjeras para conseguir tarifas más baratas en las comunicaciones internacionales —explicó Zigor haciéndose a un lado para invitar a Cestero a entrar en primer lugar.

La ertzaina se rió para sus adentros del gesto. Ojalá se mostrara siempre tan cortés. Cuando se trataba de repartirse los méritos acostumbraba a ser el primero en dar un paso al frente.

—Agente Cestero, de la Ertzaintza —se presentó mostrando su placa a la mujer de tez tostada que atendía el mostrador.

—Buenos días. Los esperaba —anunció la dependienta apoyándose en el cristal bajo el que un día debieron de desplegarse ovillos de colores diversos. Un sinfín de cajas de chicles y piruletas les habían tomado el testigo. Las bolsas de patatas y bollería industrial que colgaban a su espalda completaban la apariencia de tienda de chucherías que se difuminaba al dirigir la vista hacia el resto del establecimiento. Dos ordenadores de sobremesa y cuatro sencillas cabinas de madera con teléfonos de pared aclaraban la verdadera naturaleza del negocio.

—Tenemos unas preguntas que hacerle —anunció Cestero.

—Lo sé, pero ya les he dicho por teléfono que no llevo un registro de mis clientes —se disculpó la brasileña. Las decenas de finas trenzas que poblaban su cabeza debían de haberle costado horas de trabajo.

—No se preocupe. Le ayudaremos a recordar. Estamos hablando de ayer a las diez menos cuarto de la noche. No tendría muchos clientes a esa hora. Ni siquiera imaginaba que un locutorio estuviera abierto tan tarde —intervino Zigor.

La mujer soltó una risita.

—Esa hora es la peor. Nuestros clientes son en su mayoría latinoamericanos y la diferencia horaria convierte la noche en hora punta.

El tono meloso que imprimía a sus palabras comenzaba a

poner nerviosa a Cestero.

—Quizás no se lo han dicho, pero tenemos motivos para creer que un asesino realizó ayer una llamada desde aquí —explicó con la esperanza de que eso le refrescara la memoria.

La brasileña volvió a mover la cabeza en señal de negación.

—Lo siento, señorita. Aquí entra mucha gente y no hay manera de acordarse de todos los que pasan por esa puerta. Ayer, además, jugaba el Atlético Mineiro contra el Corinthians, y había aquí mucha gente. —Conforme se excusaba, señalaba la pantalla que colgaba de la pared del fondo.

—Han tenido más de una denuncia por vender alcohol y piratear partidos de fútbol —comentó Zigor volviéndose hacia Cestero.

—Eso son calumnias —se defendió la dependienta alzando el dedo índice.

Cestero suspiró, cada vez más convencida de que de aquel lugar no sacarían la información que precisaban.

—¿Recuerda a una señora de pelo rizado y ancha de hombros? —preguntó a desgana.

—¿Cómo de largo? ¿Así, como el mío? —inquirió la brasileña llevándose una mano a las trenzas.

La ertzaina recibió la respuesta como un soplo de esperanza. Tal vez hubieran dado por fin con el camino.

—Así, como usted. Un poco más corto incluso —apuntó.

La mujer se mantuvo unos segundos pensativa.

—No. No recuerdo a ninguna mujer así.

—¿Y de pelo más largo? —lo intentó una vez más Cestero.

—Tampoco. Ninguna chica de rizos —aclaró la brasileña encogiéndose de hombros.

Los agentes intercambiaron una mirada de fastidio.

—¿Había alguien más ayer con usted? —preguntó Zigor mientras Cestero se acercaba a la puerta con los brazos en jarras. Necesitaba perder de vista, aunque fuera por unos segundos, a aquella lerda.

—No. Solo los clientes.

Cestero ya no escuchaba. Su mirada había recalado en algo que podría resultar crucial para la investigación.

—Zigor, ven un momento —llamó girándose hacia el interior del locutorio.

Su compañero la observó extrañado. Solo al verla apremiarlo con la mirada se acercó hasta la puerta.

—¿Qué pasa? ¿Te vas a mitad de interrogatorio?

—Mira —le indicó Cestero señalando el rótulo que colgaba de la fachada a escasos veinte metros del locutorio.

—¿La Caja Rural? —Zigor alzaba las cejas—. ¿Y qué?

—Joder, pues que habrá cámaras que vigilen el cajero —apuntó la ertzaina echando a andar hacia la sucursal.

—¿Y si no llegó por este lado? —objetó Zigor dispuesto a encontrar alguna pega para disimular su escasa diligencia.

—Bueno, por lo menos tendremos un cincuenta por ciento de posibilidades. Si no comprobamos la grabación no tenemos ninguna —decidió Cestero.

50

13 de noviembre de 2015, viernes

Eran muchos los que se habían congregado en la iglesia de San Pedro para dar el último adiós a Mendikute, aunque Leire echaba en falta gente más joven. Al fin y al cabo, el pintor contaba con amigos de todas las edades en las diferentes comisiones festivas y actividades de voluntariado en las que tomaba parte. La hora del sepelio, las doce del mediodía, habría jugado un papel determinante en la asistencia. Solo jubilados y personas desempleadas podían permitirse ir a la iglesia a esas horas en un día laborable.

A pesar de la incomodidad de aquellas diminutas gotas que se le agolpaban en el borde de la capucha antes de caer engordadas sobre su rostro, Leire agradeció el aire fresco de la calle. No habría aguantado cinco minutos más de ceremonia. El sermón del cura, que bailó entre el castellano y el euskera como si se tratara de una misma lengua, no había logrado emocionarla. Parecía un niño a quien su maestro tomara una lección aprendida de memoria. Tan rápido enlazaba unas frases con otras que a duras penas se le entendía, como si el muchacho supiera que en cuanto acabara con lo memorizado podría salir al patio con esa pelota que ya miraba de reojo.

Así eran las misas demasiadas veces. Tal vez por ello Leire había dejado de creer, si es que había llegado a hacerlo alguna vez. Las oraciones las dejaba para su madre, que con sus turnos de adoración perpetua debía de cumplir sobradamente con los deberes eclesiásticos de toda su familia.

El séquito fúnebre subió lentamente hacia el camposanto, en un respetuoso silencio que solo profanaban los goterones que se precipitaban desde los aleros de los tejados y las ramas desnudas de los árboles. Las campanas lloraban en la distancia. Por delante circulaba el coche de la funeraria, adornado con una corona de flores en la que se leían parabienes de sus compañeros del astillero. La había encargado la propia Leire. No iba a ayudarla a sentirse menos culpable, pero era lo mínimo que podía hacer.

Cada paso que daba, cada paso que subía por aquel camino de cemento, le recordaba que había llegado a creer que ese hombre que ahora yacía en una fría caja de madera era el asesino de Iñaki.

—Perdóname, Mendi —susurró en voz tan baja que quienes caminaban junto a ella no pudieron oírla.

La torturaba saber que el pintor jamás podría perdonarla. ¿Cómo había podido llegar a dudar del que seguramente era el mejor amigo de Iñaki?

El grave chirrido de la verja del cementerio acompañó la llegada de quienes abrían la comitiva. Poco a poco, los asistentes accedieron al recinto mortuorio y se dispusieron en filas alrededor de una tumba cuya losa había sido retirada. Varios ramos de flores aguardaban junto a ella a que la lápida volviera a ocupar su lugar para ser dispuestos encima.

De pie en la tercera fila, Leire echaba en falta algo y no terminaba de comprender de qué se trataba. Necesitó recorrer con la mirada una y otra vez a todos para entenderlo. En torno al ataúd podían verse decenas de rostros tristes, algunos llorosos incluso. No había, sin embargo, una mujer destrozada por el llanto, ni unos hijos desolados, ni tampoco unos padres abrazados en su impotencia. No, en el funeral de Mendikute no había nada de eso.

Ajeno a los pensamientos de la escritora, el párroco vertió agua bendita sobre el féretro antes de leer sin apenas entonación un pasaje de los evangelios. Después tomó la palabra un segundo sacerdote. Se llamaba Carlos y era el único hermano del pintor al que se disponían a dar sepultura; su único familiar cercano. Había llegado la víspera desde Costa de Marfil, donde era misionero salesiano. En la iglesia también había tomado la palabra para expresar el pesar que le embargaba, pero el párroco enseguida lo despachó del altar, consciente tal vez de que lograba transmitir a los congregados un sentimiento que él era incapaz de despertar.

—Es triste para mí cuando veo la lápida de este pequeño mausoleo de mi familia y compruebo que existe todavía suficiente espacio libre en ella para inscribir a varias generaciones más. Desgraciadamente, ese hueco jamás se llenará. Conmigo morirá el último de nuestra saga. Cuando el Señor me llame a su lado, nadie quedará que llore esta tumba —apuntó el salesiano logrando conmover a todos los presentes. El sirimiri y las lágrimas se confundían en su rostro—. Siempre guardé la esperanza de que mi querido hermano tuviera herederos que mantuvieran viva la estirpe. Alguien, a quien Dios juzgará en su momento, nos lo ha robado antes de que pudiera hacerlo.

—¡Asesino! —gritó una voz desgarrada a su espalda.

—¡Asesino! —se sumaron otros.

El párroco abrió la boca para comenzar a leer las oraciones, pero el salesiano alzó la mano para detenerlo.

—Hermanos, el perdón es el arma más poderosa que nos ha dado Dios —regañó a quienes todavía clamaban venganza—. La mayor condena del asesino de mi hermano será llevar el resto de su vida la pesada carga de su muerte sobre la espalda. Y esa mochila será más difícil de soportar cuanto mayor sea la fuerza de nuestro perdón. No lo juzguemos nosotros. Ya lo hará el Señor cuando llegue su hora. De ese juicio nadie escapa. Os lo prometo.

El cura de San Pedro carraspeó incómodo para recuperar la atención de sus feligreses, pensativos tras escuchar al salesiano. Las oraciones propias de las exequias se prolongaron durante unos minutos en los que Leire no pudo evitar sentirse observada. Allí donde dirigiera la vista se cruzaba con vecinos que la observaban con lástima. Solo al ver que reparaba en ellos, apartaban incómodos la mirada, aunque a veces se demoraban contemplando su barriga con una mueca de tristeza. ¿Sería así la vida a partir de ahora? Ahí está la viuda a la que asesinaron al marido... Ahí va la pequeña que jamás conocerá a su padre... Se mordió el labio para no llorar de impotencia, y aún más fuerte para no gritarles que esa fría mañana no tocaba lamentarse por ella, sino por la desgracia de un pueblo que acababa de perder a uno de sus habitantes más queridos.

—Descanse en paz —terminó el párroco de pie ante la tumba.

Los operarios municipales arrastraron la pesada losa que la cubría, y el lento sonido de decenas de pies arrastrándose sobre la gravilla mojada anunció que, para los demás, la vida seguía su curso.

51

13 de noviembre de 2015, viernes

Irene observaba la pantalla con el ceño fruncido. Era la tercera vez que Cestero y Madrazo le mostraban la grabación, y seguía sin abrir la boca.

—Es usted. Es evidente —señaló el suboficial.

La imagen no ofrecía lugar a dudas. La madre de Leire Altuna pasaba junto al cajero automático de la Caja Rural en dirección al locutorio. Solo cinco minutos después regresaba sobre sus pasos. La hora coincidía plenamente con la amenaza telefónica recibida por su hija en el puerto de Barcelona.

—¿No tiene nada que explicar? —intervino Cestero—. ¿Debemos entender su silencio como una confesión?

La mujer negó con un movimiento rápido de cabeza sin apartar la vista del vídeo.

—Yo no fui. ¿Cómo iba a llamar a mi hija para asustarla? ¿En qué cerebro cabe algo así?

Cestero pensó que parecía sincera.

—No se lo digáis a Leire —pidió Irene girándose para comprobar que la puerta estuviera cerrada—, pero no recuerdo haber estado en Trintxerpe. La verdad es que bebí un poco y estaba aturdida.

—Eso no hace falta que lo jure —apuntó Madrazo señalando la pantalla.

Cestero asintió. La forma de caminar de Irene no era la de una persona sobria. Tampoco se la veía en tan mal estado como una hora más tarde, cuando llegó al faro haciendo eses.

—¿Y cómo explica lo que vemos? —preguntó la ertzaina.

Irene se encogió de hombros. Parecía confundida.

—Iría a comprar cerveza —aventuró señalando la lata que llevaba en la mano al regresar del locutorio.

Madrazo se acercó a la pantalla y soltó una leve risita.

—Ni me había fijado en ese detalle —murmuró abriendo mucho los ojos—. ¿Tú habías visto que llevaba una cerveza?

—No —reconoció Cestero. Estaba tan sorprendida por el rumbo que tomaba la investigación que no había reparado en los detalles de la imagen—. ¿Seguro que no hizo ninguna llamada? La hora coincide. ¿No le parece demasiada casualidad?

La mujer abrió las manos.

—Las casualidades existen —sentenció poco convencida.

—¿Puedes hacer pasar a la escritora? —pidió el suboficial señalándole la puerta a Cestero.

La ertzaina se puso en pie y salió al pasillo. Después se dirigió a la sala de espera e hizo una señal a Leire para que la siguiera. De camino tuvo que esquivar la mirada acusadora de Letizia, que no había recibido de buen grado que el suboficial no la hubiera elegido a ella para el interrogatorio.

—¿Estás preparada? —preguntó apoyándole a Leire la mano en la espalda—. No va a ser nada fácil.

—¿Qué ha hecho? —inquirió la escritora visiblemente abrumada. Cestero le había pedido que se acercara por la comisaría con su madre, pero no había querido entrar en detalles por teléfono.

La ertzaina no respondió. Solo abrió la puerta de la salita de interrogatorios y la invitó a pasar.

—Buenas tardes, señorita Altuna. Gracias por venir —la saludó Madrazo poniéndose en pie para sacudirle la mano—. Me temo que hemos dado con una desagradable pieza en este rompecabezas. Por favor, tome asiento y observe esta grabación.

Cestero se rió para sus adentros. ¿Cómo lo hacía para sonar siempre tan forzado cuando trataba de ser cortés?

—Es mi madre. ¿Qué hace ahí? —murmuró la escritora acercando el dedo índice a la pantalla.

—Es una grabación de ayer, momentos antes y después de la llamada que recibiste —explicó Cestero—. La cámara está situada a solo veinte metros del locutorio desde el que se realizaron las amenazas. ¿Ves? Aquí se dirige hacia el establecimiento y cinco minutos más tarde se aleja de él.

Una oscura sombra nubló el rostro de Leire. Su mirada estaba clavada en la figura en blanco y negro que accedía a la pantalla por su borde inferior y la abandonaba por la esquina derecha de la imagen antes de regresar realizando el recorrido inverso.

—¿Me llamaste tú? —inquirió girándose hacia su madre. En sus ojos se leía una profunda decepción.

—Claro que no. Ya se lo he explicado, pero no han querido creerme —el tono de Irene era una mezcla de indignación y vergüenza.

Leire se volvió hacia Cestero a la espera de una aclaración.

—Dice que fue al locutorio a comprar cerveza —explicó la ertzaina señalando la lata que Irene llevaba en la mano.

Leire suspiró.

—Demasiado creíble, la verdad —reconoció con gesto contrariado.

—¿Justo en el momento en que desde el locutorio se estaba realizando una llamada a tu móvil? —apuntó Cestero torciendo el gesto.

La escritora cerró los ojos mientras hacía memoria.

—No era ella. No era su voz —dijo pensativa.

—Creía que se trataba de una voz irreconocible —intervino Madrazo.

—Así es, pero estoy segura de que no era ella. No era su forma de expresarse —aclaró Leire—. Ya sé que suena raro lo que estoy diciendo, pero tengo la certeza de que no era mi madre la que estaba al otro lado de la línea.

Cestero buscó la mirada del suboficial, que se encogió de hombros. Era de esperar que la hija no asumiera que su propia madre pudiera estar tras las amenazas. En cualquier caso habría que dejar libre a Irene. Decisiones así resultaban frustrantes, porque saltaba a la vista que aquello no podía ser una mera coincidencia.

—Solo entré a comprar una cerveza —insistió la madre, consciente de la expresión derrotada de los policías.

—Es increíble —le recriminó la escritora—. Tenía entendido que estabas viéndote con alguien y resulta que te dedicas a beber sola. Te imaginaba en un bar compartiendo penas y vino con un amigo y resulta que te paseas por Trintxerpe con una lata de cerveza en la mano.

—Una cerveza, hija... Ni que fuera vodka ruso —objetó Irene.

—Porque no habría nada más fuerte —sentenció Leire.

Madrazo cerró el ordenador portátil de un manotazo. Su contrariedad era evidente.

—Pueden irse —decidió señalando la puerta con el mentón.

Irene se puso en pie apresuradamente. La idea de abandonar la comisaría la seducía. Leire musitó unas palabras de disculpa y la siguió al exterior.

—Vaya mierda. Estaba segura de que confesaría ser la autora de las llamadas —reconoció Cestero en cuanto se quedó a solas con el suboficial.

Madrazo dejó caer en la mesa el bolígrafo que tenía en la mano.

—La vieja no se acuerda de nada. ¿Has visto cómo miraba el vídeo? Ni se acordaba de haber estado ayer en el locutorio —apuntó Madrazo—. ¿Tú estás segura de que no es la mujer que viste entrando al portal de Mendikute?

Cestero asintió apretando los labios. Ya quisiera ella poder decir lo contrario para desencallar el caso.

—Se trataba de una mujerona. Ancha de espaldas y bastante más alta que la señora que acaba de salir de aquí.

—¿Segura al cien por cien? —Madrazo la apremiaba con sus intensos ojos negros.

—Al cien por cien —aseguró Cestero manteniéndole la mirada.

El suboficial mostró una sonrisa al tiempo que asentía.

—Has hecho un buen trabajo, Ane. Aunque a Zigor le ha costado reconocer que la idea de la cámara del cajero ha sido tuya, lo he sabido desde el primer momento. Él no es tan resolutivo.

—Para lo que ha servido... —se lamentó Cestero.

—No corras. No podemos acusarla solo con esa imagen, pero no estaba allí solo por la lata de cerveza. La vieja tiene que haber hecho la llamada. Solo necesitamos saber por qué. —Madrazo se llevó una mano a la cabeza y se apartó un mechón del flequillo, ajado por el salitre y el sol, que le caía hacia los ojos.

—Y qué relación tiene con los crímenes, si es que la tiene —añadió la ertzaina.

El suboficial empujó hacia ella un folio con una captura de pantalla del vídeo de la Caja Rural.

—Antes de irte a casa, pasa por el locutorio con una foto de la vieja. Igual viéndola se les refresca la memoria y certifican que estuvo allí anoche.

Cestero cogió la imagen y se giró hacia la puerta. Antes de abrirla, sin embargo, se volvió de nuevo hacia el suboficial.

—¿Sabes una cosa? —le dijo con un cosquilleo en el estómago—. Me gusta trabajar contigo cuando dejas atrás tus malditos seguimientos.

52

13 de noviembre de 2015, viernes

La llamada del presidente de la Autoridad Portuaria llegó cuando aguardaba en el embarcadero a que la trainera de Hibaika pasara a recogerla. Quedar ahí, a medio recorrido, había sido idea de Maialen cuando Leire le pidió que le permitiera remar esa tarde. Solo un día más. Lo necesitaba para ordenar sus pensamientos, que comenzaban a ser demasiado convulsos. La entrenadora había accedido a su petición, pero no estaba dispuesta a permitirle realizar un entrenamiento completo en su estado. La recogerían en el muelle de San Pedro, allí donde los remeros de la *Sanpedrotarra* guardaban su embarcación, y la devolverían al mismo lugar tras media hora bogando por mar abierto. Ni un minuto más.

La trainera negra todavía era una mancha que se aproximaba desde la orilla de Antxo cuando el teléfono vibró dentro de la bolsa estanca. El nombre de Fernando Goia en la pantalla le hizo fruncir los labios. Su llamada solo podría significar que las obras tenían fecha de inicio.

—Hola, Fernando.

—¿Qué tal, Leire? Tengo dos noticias. Una buena y otra no tanto. ¿Por cuál empiezo?

—Por la buena.

Los remos de la trainera se movían al mismo ritmo, como un gigantesco insecto perfectamente coordinado. Conforme se acercaba, eran también audibles los ánimos de la patrona y las exhalaciones de las tripulantes.

—No, venga. Empiezo por la mala. Tienes que ir preparando las maletas. En una semana comenzaremos la obra.

El próximo jueves estarán allí las máquinas. —El presidente hizo una pausa a la espera de una respuesta de Leire, que acababa de recibir el segundo duro golpe de la jornada. Por lo menos este lo esperaba, aunque no tan pronto—. La buena noticia es que tengo un lugar para reubicarte y estoy seguro de que te encantará.

—Gracias, Fernando... ¿Dónde...? —la escritora se sentía reconfortada. Ya se veía en casa de su hermana durante los meses que durara la rehabilitación, y planteárselo le hacía sentir un vértigo insoportable.

—En otro faro que depende de la jurisdicción de nuestro puerto. ¿Has oído hablar de la isla de Santa Clara?

Leire la visualizó, con sus acantilados implacables y sus bosques solitarios, tan bien como si la estuviera contemplando desde la batería de las Damas del cercano monte Urgull.

—¿La de Donostia? —inquirió segura de que se estaba equivocando.

—¿Cómo lo ves para vivir ahí una temporada? Está deshabitado desde hace años, pero se encuentra en buen estado. —El tono del presidente era optimista. Conocía suficientemente a su interlocutora para saber que la propuesta le resultaría cautivadora.

Las manos de la escritora recalaron en su abultada barriga.

—No sé si es el mejor lugar para ponerse de parto —admitió a pesar de que el lugar le parecía un sueño. Por un momento se imaginó escribiendo allí una novela, con las luces de San Sebastián dibujando una hermosa curva al otro lado de la bahía, y el mar, inabarcable, al otro lado del islote. Apenas unos meses atrás la invitación a pasar una temporada en Santa Clara la hubiera cautivado. Lástima que las circunstancias no fueran ahora las mismas.

—He pensado en todo —explicó Fernando—. Si la meteorología nos respeta y las lluvias dan un poco de tregua, en dos meses estará acabada la obra. Todavía estarás de siete meses cuando vuelvas al faro de la Plata; ocho meses, si tenemos en cuenta el probable retraso.

—¿En serio? —Aquello lo cambiaba todo.

—¿Eso es un sí?

Leire se sorprendió a sí misma sonriendo con la mirada fija en la trainera que estaba a punto de alcanzar el muelle.

—Claro que sí. Muchas gracias, Fernando. —Un gélido susurro resonó en algún rincón de su mente y le borró de golpe la felicidad del rostro—. Espera... No sé... Quizás no es lo más prudente. Ya sabes lo de las amenazas. ¿Cómo iba la Ertzaintza a protegerme en un lugar así?

El presidente contestó con un silencio que delataba que tampoco a él le convencía del todo.

—Seguro que detendrán al criminal que te está haciendo la vida imposible antes de la fecha fijada para la entrada de los obreros al faro —aseguró el presidente—. Lo que no puedo hacer es retrasar más el arranque de los trabajos. En los últimos días se están produciendo hasta dos cortocircuitos al día. Es insostenible. El presupuesto en lámparas se está disparando. ¿Sabes cuánto cuesta cada una de esas bombillas? Y los de mantenimiento tampoco pueden pasarse el día metidos en el faro.

—Lo sé, Fernando. Tampoco te he pedido que retrases nada —se defendió Leire—. Mira, haremos una cosa. Hablaré con Raquel y me iré con ella a Getxo una temporada. Por lo menos hasta que detengan al asesino. Después me iré a Santa Clara. Seguro que una isla solitaria me viene muy bien para poner en orden mi cabeza.

—Me parece perfecto. Y ya verás cómo no necesitas irte a casa de tu hermana. Seguro que antes de lo que crees le echan la mano al cuello —apuntó el presidente antes de despedirse.

Los faros de enfilación todavía estaban apagados. La noche se acercaba, era evidente. Sin embargo, aún quedaba algo más de una hora de luz. Era un atardecer extraño. Las nubes bajas otorgaban un aspecto fantasmal a la bocana. Las zonas más altas de Jaizkibel y Ulia aparecían desdibujadas tras aquellos gigantescos dedos de algodón sucio que las acariciaban con escaso tacto. El verde de las vertiginosas laderas adquiría tonos metálicos, igual que el mar, una lámina oscura y sospechosamente tranquila.

—¡Vamos! Esto no es un paseo, es un entrenamiento... ¡Remad! *Bat, bi. Bat...*

La voz de Maialen reverberaba en la ensenada de Senekozuloa. Los desprendimientos marcaban el paisaje como zarpazos de un legendario animal en los acantilados que las abundantes lluvias cubrían de vegetación. Algunos pescadores aguardaban pacientes en los diques a que la dorada de sus sueños picase el anzuelo, aunque Leire sospechaba que poco les importaba volver a casa con las manos vacías. Estaba convencida de que tras su afición a menudo solo había un profundo amor por el mar y la soledad.

—Venga, vamos a salir. Ponedle un poco más de ganas —anunció la patrona.

La escritora sintió su mirada fija en ella. La interrogaba sin palabras. Quería saber si estaba lista para abandonar la seguridad que ofrecían los espigones de punta Arando. Con un casi imperceptible movimiento de cabeza le dijo que sí. Sentía la tensión en su barriga y, cuando sus compañeras aceleraban el ritmo, su remo iba ligeramente desacompasado hasta que lograba alcanzarlas.

—Esto va a acabar en tormenta —comentó Sorkunde, la joven estudiante de enfermería que esa tarde compartía banco con Leire. Normalmente ocupaba posiciones de proa, lejos de los bancos más cercanos a la popa donde aquel día la había sentado Maialen, en una prueba más de lo poco segura que se sentía llevando a una embarazada a bordo.

—No llames al mal tiempo —le recriminó la patrona clavando el remo en el mar para corregir el rumbo y esquivar el dique.

Leire alzó la vista. El gris del cielo, la pesada sensación de bochorno y la calma chicha que se respiraba parecían dispuestos a dar la razón a su compañera de banco. Se imaginó las frías gotas cayendo sobre ella y las sintió corriendo por su rostro sofocado. No le vendría mal un poco de lluvia. Mientras no llegara acompañada de viento y oleaje, claro.

—¿Habéis consultado la previsión? —preguntó casi sin

resuello. Hablar y remar no eran compatibles en su situación.

—Hay una leve posibilidad de tormenta, pero la anunciaban para más tarde, a eso de las nueve —explicó Maialen—. Para entonces estaréis en casita, arrebujadas en la manta del sofá. Oye, ¿seguro que estás bien? Te veo muy congestionada.

La escritora asintió sin dejar de remar. Una vez más había perdido el ritmo y su remo apenas se levantaba del agua cuando lo empujaba para coger impulso.

—No te preocupes por mí.

A pesar de la falta de olas, no era lo mismo bogar por el interior del puerto que hacerlo por el Cantábrico. La mar de fondo formaba elevaciones que la frágil trainera remontaba para volver a bajar a continuación, una sucesión de colinas y valles acuáticos que obligaban a las remeras a emplearse a fondo.

Leire trató de concentrarse en el movimiento de sus brazos. Uno, dos; uno, dos… Intentó acompasar su respiración con el esfuerzo y, por un momento, consiguió adaptarse al ritmo de bogada del resto de la tripulación. Sabía que no lo mantendría mucho tiempo. En cuanto su mente volara hacia sus preocupaciones volvería a perderlo.

Ver a Irene en la grabación que le había mostrado la Ertzaintza la había roto por dentro. Por más explicaciones y excusas que buscara, la presencia de su propia madre en el locutorio desde el que la habían amenazado no era gratificante. No había querido reconocerlo ante Cestero, pero temía que tuviera algo que ver con las llamadas. ¿Qué hacía si no en aquel locutorio que no venía de camino a ninguna parte en el preciso momento en que se produjo la llamada que recibió en los muelles de Barcelona? La fría voz que le heló la sangre volvió a resonar en sus tímpanos. *Me lo has puesto muy fácil esta vez.*

Clavando con fuerza el remo en el mar, intentó centrarse en el motivo que podría mover a Irene a hacer algo tan terrible. ¿Qué había ocurrido entre ellas para que se distanciaran hasta tal punto? ¿Y si lo único que pretendía fuera reclamar su atención? Dejarla sola en el faro mientras se iba a Barcelona a pasar la noche no se le antojaba ahora la mejor idea, aunque seguía sin parecerle un motivo suficiente para que su madre reaccionara de ese modo. El miedo, en cualquier caso, era traicionero, y más si se mezclaba con una dosis de alcohol y una aún mayor de soledad. Tal vez eso la hubiera movido a buscar un locutorio y fingir la amenaza.

—*Bat, bi... Bat, bi... ¡Goazen!*

Los músculos de Leire se tensaban bajo la piel de sus brazos con cada bogada. Uno, dos... El ritmo era trepidante. La pequeña se movía constantemente en su interior en busca de una posición más cómoda.

—*Bat, bi... Bat, bi...* ¡Bogad!

La bocana no era ya más que una estrecha abertura entre los vertiginosos acantilados. Pasaia había desaparecido tras la abrupta naturaleza de la costa vasca. Era un contraste sorprendente en apenas unos minutos de navegación. Vista desde el mar, la franja de tierra era una implacable sucesión de acantilados y elevaciones verdes que apenas dejaban espacio a la vida.

Un destello llamó la atención de Leire hacia babor. El faro de Getaria adelantaba la llegada de la noche. Pronto se sumarían los demás en un coro de luces que humanizaba la agreste línea de costa. Fue entonces cuando llegó la primera contracción. Era un dolor mantenido y punzante, desconocido hasta el momento. El remo cayó de sus manos y quedó a merced de la corriente mientras se abrazaba la barriga. Estaba asustada.

—¿Qué pasa? —inquirió Maialen alzando la mano—. ¡Parad! ¡Joder, hostia! No tenía que haberte dejado remar...

—¿Cómo estás? —Sorkunde le acariciaba la cara mientras le apoyaba la otra mano en el vientre.

—No sé —admitió Leire aterrorizada. No podía ponerse de parto a los cinco meses o la pequeña no tendría posibilidad alguna de sobrevivir—. Creo que son contracciones.

—Túmbate —le instó la futura enfermera apartándose para dejar el banco libre. Después alzó la vista hacia la patrona y negó con la cabeza—. Deberíamos regresar cuanto antes.

Una nerviosa algarabía se adueñó de la embarcación.

—¡La madre que me parió! ¿Cómo se me ocurre...? —La

patrona se llevaba las manos a la frente—. Venga, sentaos... Vamos a virar para enfilar hacia puerto.

Una nueva contracción atenazó el vientre de Leire, que se mordió el labio angustiada. La pequeña no se movía. No sabía si eso era buena o mala señal, pero comenzaba a temerse lo peor. Había sido una irresponsable.

—Voy a pedir ayuda —decidió Maialen sacando su teléfono móvil—. Venga, remad con ganas, cojones... Iremos regresando para que los de Salvamento Marítimo nos alcancen cuanto antes.

Con cada nueva contracción, Leire sentía que le faltaba el aire. Se estaba mareando. Oyó a la patrona apremiando a quien la atendía al otro lado del teléfono. Un sudor frío cubrió su rostro cuando oyó la palabra aborto. No podía más. Se agarró con fuerza a la borda y asomó la cabeza hacia el mar. Todo le daba vueltas.

Vomitó ruidosamente mientras su vientre se tensaba en una nueva contracción. El dolor era insoportable, pero no era nada comparado con el desgarrador temor a que el mar y su propia estupidez le robaran la pequeña que Iñaki y ella tanto habían deseado.

53

13 de noviembre de 2015, viernes

—No, Antonius, tienes que caminar junto a mí. Sin adelantarte.

Era la cuarta vez que Aitor trataba de recorrer el pasillo con el labrador. Faltaban pocos días para el concurso y sabía que en la última edición Antonius había perdido puntos por no mantenerse dócilmente a su lado en la pasarela. Con una correa todo resultaría más fácil, pero no le permitirían emplearla en el desfile. El perro debía caminar junto a su amo, al mismo paso y con la cabeza erguida.

—Sí, así. Muy bien. Esta vez sí... Levanta un poco más el morro. Así, Antonius... Nooo... Con lo bien que íbamos...

Aitor se regañó para sus adentros. Era culpa suya. No tenía que haberle dado esas galletitas en forma de hueso durante el primer ensayo. Ahora el perro buscaba en su mano algún otro premio. En cuanto daba unos cuantos pasos manteniendo el tipo, el animal alzaba el hocico para olisquear los dedos de su dueño con la esperanza de que cayera algo de ellos.

Quizás si se las lavaba, eliminando todo rastro de los suculentos huesitos de colores, Antonius no los buscaría a mitad de pasillo.

—Espera un momento, voy al baño —le dijo al perro, que se sentó obediente.

El teléfono comenzó a sonar en el salón y Antonius salió brincando hacia allí. Aitor suspiró dejando caer los brazos. A ese paso harían el ridículo en el concurso.

—Basta, chico... Es solo un teléfono —trató de tranquilizar al animal. Sus ladridos ocultaban el timbre del móvil—.

Dime, cariño —contestó Aitor. A pesar de haber pasado tres años de la separación, seguía dirigiéndose con ese tipo de palabras a Teresa.

—Hola, Aitor. ¿Qué tal estás? Madre mía, cómo está Antonius... ¿Qué le pasa? —La voz de su exmujer sonaba cargada de amabilidad, y eso nunca era una buena noticia.

—Ya sabes... Se pone como loco cuando oye el teléfono.

—¿A ver? Pásamelo, anda.

Aitor puso el manos libres y Teresa saludó al perro con el mismo tono que se emplea para hablar a un bebé. Lejos de calmarse, Antonius ladró con más fuerza.

—Nada, no sirve —anunció el ertzaina recuperando el teléfono.

—Bueno, no me enrollo, que veo que no está el horno para bollos —anunció su exmujer—. Tengo que pedirte un favor.

—¿Otra vez? Teresa, por favor. Tienes que administrarte mejor. Yo también tengo mis gastos. —Aitor se sentía impotente. ¿Hasta cuándo iba a tener que seguir ayudándola económicamente?

—Solo son dos mil euros. Te prometo que será la última vez. La tienda ya empieza a funcionar...

El ertzaina negó con la cabeza. ¿Dos mil euros? ¿Cuánto dinero le había dado ya desde que se separaron?

—¿Y Borja? ¿Por qué no le pides ayuda a él? Es tu pareja...

Aitor sabía muy bien la respuesta, aunque Teresa jamás la reconocería. Tenía miedo de que Borja supiera que su tienda de té era deficitaria.

—Te lo devolveré. Es solo temporal...

—¿Me lo devolverás? ¿Cuándo? ¿Cuando la tienda se convierta de pronto en la quimera del oro? Venga, Teresa... Lo que tienes que hacer es reconocer que te equivocaste y cerrar el negocio. Llevas casi tres años y todavía no has ganado un euro.

—Eso no es verdad. Por Navidad siempre gano y ahora empieza a moverse el mercado durante todo el año. Aitor, por favor, necesito ese dinero para hacer los pedidos de Navidad. En enero te lo devolveré.

Aitor acarició la cabeza del labrador. Se había calmado y

había dejado de ladrar.

—No. Esta vez no —decidió el ertzaina—. Ya es hora de que admitas que tu tienda no es rentable. No puedes seguir tirando el dinero a un pozo sin fondo.

—Claro que es rentable. Cada vez viene más gente...

—No es verdad. Un negocio no se tiene para poder alardear con tu novio de que eres empresaria, sino para ganarte la vida.

—Por favor, Aitor —rogó Teresa con tono de fastidio.

—No, cariño. Lo siento mucho pero te he prestado ya demasiado dinero. Tienes que abrir los ojos a la realidad.

—Eres un cabrón. No sé cómo te aguanté tantos años —se despidió su exmujer antes de colgar el teléfono.

Desanimado, Aitor se dejó caer pesadamente en el sofá. En momentos así se lamentaba de haberse esforzado por mantener con ella una relación cordial, en lugar de acabar sin dirigirse la palabra, como hacían tantas otras parejas rotas.

¡Guau, guau!

Consciente de su pesadumbre, Antonius saltó al sofá y corrió a darle unos lametazos en la cara.

—Antonius, por favor. Baja de aquí. Ya sabes que lo tienes prohibido —le instó el ertzaina con pocas ganas mientras empujaba al labrador para quitárselo de encima—. Venga, hombre, que pisas el mando...

Un piloto azul se encendió en el televisor, que segundos después mostraba los colores amables de un plató en el que varias personas estaban sentadas a una mesa. Una pantalla de plasma mostraba tras ellos una imagen de Mendikute sonriente enfundado en un buzo blanco. Junto a él, unas letras rojas: *Terror en Pasaia.*

El realizador cambió de cámara y, en lugar de la vista general, se centró en un primer plano de la presentadora. Saludaba a alguien que la atendía al otro lado del hilo telefónico. Aitor resopló contrariado. La voz de su interlocutor comenzaba a resultarle familiar en los últimos días, aunque tenía la esperanza de dejar de verlo en la televisión tras su suspensión. Sin embargo, ahí estaba, opinando del caso una vez más, y una fotografía de su rostro ocupaba un recuadro en el extremo inferior derecho de la pantalla.

—Desde el primer momento tuve claro que Mendikute no era ningún asesino y ahí están los hechos para confirmar que tengo razón —se vanagloriaba Santos.

Aitor pulsó el botón rojo y apagó el televisor. Esa tarde no. No tenía ganas de aguantar también a ese idiota empeñado en desprestigiar a sus propios compañeros. Era evidente que lo hacía de manera premeditada, quizás con la esperanza de que la presión social lo devolviera a su puesto de comisario. Algo que no ocurriría, aunque se había metido a los periodistas en el bolsillo y cualquier decisión en su contra resultaría muy difícil de explicar.

Antonius apoyó las patas delanteras en el pecho de su dueño y ladró en demanda de atención.

—Ya voy —anunció Aitor rascándole el cuello—. Vamos a seguir ensayando, venga.

54

14 de noviembre de 2015, sábado

Al abrir los ojos, la claridad se le clavó como alfileres que penetraran hasta el fondo de su cerebro. Los latidos de su corazón le golpearon con saña las sienes y el estómago le envió una lastimera protesta. Abrazando la almohada, se giró para dar la espalda a la ventana. Había olvidado bajar la persiana y el torrente de luz que se colaba por ella resultaba insoportable. Una náusea le obligó a concentrarse en la respiración para tratar de frenar el impulso de salir corriendo hacia el lavabo.

En mala hora había bebido tanto la víspera. No acostumbraba a hacerlo, apenas algún zurito al salir de trabajar, pero no le quedaba otro remedio que llevarse el vaso a la boca si quería que Irene le siguiera. A menudo aprovechaba algún descuido de la mujer para cambiarle la copa y dejarle la más llena a ella. No siempre era posible, claro, y a veces no podía evitar beber la parte que le correspondía.

Todo le daba vueltas. El dormitorio se había convertido en un barco en plena marejada. Se incorporó ligeramente y se llevó la mano a la frente para secarse el sudor frío. Lejos de ceder, el dolor de cabeza se volvió más intenso. Mejor tumbarse de nuevo.

Consultó el reloj. Todavía era muy pronto. Podía dormir un poco más. Tal vez fuera la mejor idea. Más tarde quizás se despertara en mejor estado.

Cerró los ojos y trató en vano de dejarse llevar por el sueño. Tendría que levantarse y tomar una pastilla de paracetamol si quería que la jaqueca le diera una tregua para poder dormir. Sin embargo, ponerse en pie podría suponer que el mareo fuera a peor y no quería acabar vomitando. Sabía que si lo hacía una primera vez no sería capaz de dejar de correr al lavabo durante el resto del día.

Su mente comenzó a repasar los acontecimientos de la víspera. Tampoco recordaba haber bebido tanto. Había recogido a Irene en la obra de la nueva lonja del pescado, como cada día. Se citaban allí para que nadie del pueblo los viera. Había sido idea de la mujer hacerlo así. Se sentía insegura, probablemente incluso culpable, iniciando una relación después de tantos años de viudedad y no quería dar que hablar. Allí, entre albañiles llegados de fuera de Pasaia, ella se subió al coche y se dirigieron a un bar del barrio de Ergoien, en Oiartzun. Primero fue una botella de sidra y luego otra de vino. ¿O fueron dos? El problema era mezclar. ¿Cuándo aprendería?

Esperaba que, por lo menos, la enorme resaca que padecía hubiera servido para seguir hundiendo la moral de Leire Altuna. Sabía perfectamente que era el camino a seguir. Conocía de primera mano los estragos del alcohol. No necesitaba esforzarse lo más mínimo para recordar con todo lujo de detalles el miedo que, durante muchos años, le agarrotaba el cuerpo cada vez que oía la llave de su padre en la cerradura. Por mucho que su madre hiciera como que no pasaba nada, los gritos y los golpes eran imposibles de ocultar. Las palabras de desprecio dirigidas a su *amatxo* se le clavaban en su propio corazón, y por más que trataba de cubrirse los oídos con las manos era incapaz de ignorar lo que estaba ocurriendo en la cocina. Después su *aita* se acercaba al salón con la expresión orgullosa de quien acaba de vencer una contienda y se sentaba a su lado a ver la televisión. Soportar su aliento a vino barato no era lo peor, sino el tener que refrenar el deseo de salir de allí para correr a abrazarse a una madre que seguro que lloraba en silencio.

Lo había sufrido durante toda su infancia y todavía se descubría apretando en exceso la mandíbula cada vez que lo recordaba. Por eso sabía perfectamente que tenía que explotar el alcoholismo de Irene si quería hundir en los infiernos a la escritora. Seguro que no habría golpes en el faro, pero no eran necesarios para que el alcohol se convirtiera en un puñetazo en el alma de los de alrededor. Sí, eso estaría resultando demoledor para Leire y no pensaba detenerse por muchas resacas que tuviera que padecer para lograrlo.

55

14 de noviembre de 2015, sábado

No le resultaba fácil caminar lentamente. Acostumbrada a salir a correr y a los largos entrenamientos en la trainera, no era sencillo obligar a sus piernas a respetar un ritmo tan tedioso. Sabía, sin embargo, que no le quedaba otro remedio. Los médicos habían sido claros: nada de esfuerzos, nada de someter al feto a un estrés como el de la víspera. Era eso o perderlo. Habían sido tres las horas que pasó en aquella camilla de hospital con cintas que monitorizaban todo lo que ocurría en su barriga. Tuvo suerte, porque las contracciones fueron espaciándose en el tiempo hasta que desaparecieron por completo. La próxima vez podría resultar fatal.

—Tuve miedo. Creía que la perdía —le confesó a su madre, que caminaba junto a ella por la carretera del faro.

—Eres una bruta. ¿A quién se le ocurre remar a los cinco meses de embarazo? Tienes que tomártelo con más calma — la regañó Irene.

Leire sabía que tenía razón. Lo sabía mucho antes de subirse en aquella trainera negra y comenzar a bogar. Pero lo necesitaba. Solo pensar que en los cuatro meses que quedaban por delante no podría hacer deporte se le caía el mundo a los pies. ¿Cómo iba a neutralizar la tensión que el día a día acumulaba en su cuerpo?

Los jirones de niebla se aferraban a los árboles y otorgaban al paisaje un aspecto invernal. Hacía frío, pero no llovía, que ya era mucho tras varios días de precipitaciones persistentes. No se veía un alma. Era demasiado temprano para los paseantes vespertinos. Los que no tardarían en aparecer eran los peregrinos, que llegaban, con puntualidad británica, a partir de las doce del mediodía tras recorrer los quince kilómetros que los separaban de Hondarribia. El destino final de su etapa, la capital guipuzcoana, estaba a poco más de una hora del faro de la Plata.

—Todos necesitamos una válvula de escape —comentó Leire—. Tú también podrías aficionarte a hacer deporte.

—¿A mis años? —se escandalizó Irene.

Algo en la manera de expresarse de su madre le dijo a Leire que la víspera había estado bebiendo. Ya había tenido esa misma impresión al entrar en el faro cuando regresó de madrugada del hospital. Olía a alcohol. Iba a abrir la boca para preguntarle por ello cuando decidió darle el beneficio de la duda. Hacía solo veinticuatro horas que le había prometido que no volvería a beber, y le dolía que pudiera haber tardado tan poco en traicionar sus palabras.

—No tienes por qué correr maratones. Hay deportes más suaves. Mira, el yoga te iría bien. Te ayudaría a tener una mente más fuerte —insistió Leire volviendo a centrarse en la conversación.

—¡Qué dices! A mí déjame tranquila, que yo me apaño con mis cosas.

Irene había apretado el paso de manera inconsciente. Como cada vez que el fantasma del alcohol flotaba sobre la conversación, quería alejarse de ella cuanto antes.

Leire no estaba dispuesta a ceder. Cuando esa mañana le había pedido a Amparo que diera el día libre a su madre para que le hiciera compañía tras el susto de la víspera, solo pensaba en poder hablar sosegadamente sobre algo que le preocupaba demasiado.

—¿Me vas a contar qué hacías en el locutorio?

Irene esbozó una mueca de tristeza al tiempo que exhalaba un suspiro. Su ritmo se relajó, consciente de pronto de que por mucho que corriera no podría esquivar la explicación que le debía a su hija.

—Sé lo mismo que tú —reconoció—. Lo que vi en el vídeo.

—¿Tan mal estabas? ¿No recuerdas nada? —Leire se sentía

tan furiosa como decepcionada.

—Hasta que me vi en aquella pantalla no recordaba siquiera haber estado en ese lugar —confesó Irene girándose hacia su hija con gesto avergonzado—. Te prometo que habrá un antes y un después. Es la última vez que hago algo así.

Leire visualizó en su mente a su madre avanzando, en blanco y negro, hacia el locutorio.

—Te dedicas a beber sola. ¿Te das cuenta de lo patético que es todo esto?

—Ya te he dicho que no lo volveré a hacer. —Esta vez la vergüenza de Irene había cedido el testigo al reproche.

—Hay algo que no entiendo —indicó Leire—. Cestero dice que alguien te subió al faro en coche. En el vídeo, en cambio, estás tú sola. ¿Cómo me lo explicas?

Su madre se mantuvo pensativa unos instantes. Después negó con la cabeza. Tampoco ella parecía tenerlo muy claro.

No hubo lugar para más preguntas, porque una voz metálica que llegaba distorsionada por la distancia resonó abajo, en la bocana.

—¿Qué es eso? —preguntó Irene apretando el paso hacia el mirador que colgaba sobre la ría. Dos religiosas, de amplios hábitos blanco marfil y tocado negro, se hallaban apoyadas en la barandilla, interesadas por lo que ocurría ladera abajo.

—Ave María purísima —las saludó Irene humillando la cabeza cuando llegó hasta ellas.

—Sin pecado concebida —replicaron las monjas al unísono. Sus rostros bien redondeados mostraron una sonrisa de cortesía. Después, como si les molestara la presencia de nuevas espectadoras, se volvieron hacia la carretera y se alejaron rumbo al faro.

Leire se asomó a aquel magnífico otero. Las casitas de San Juan se estiraban junto al oscuro espejo que les ofrecían las aguas del puerto. Era una vista hermosa. Le costó unos instantes dar con la protesta, pero la localizó cuando la consigna se repitió.

—¡Basta de privilegios! —Esta vez se oyó claramente. Era Felisa, megáfono en mano, quien daba voces desde una chipironera detenida en medio de la bocana. La acompañaban a bordo otras dos personas a quienes Leire no logró identificar.

En ambas orillas había otros dos reducidos grupos, de no más de cuatro vecinos cada uno. Eran los encargados de mantener tensa una cinta de plástico que impedía la navegación por la bocana, tal como hiciera siglos atrás la vieja cadena cuando las guerras obligaban a cerrar la entrada a puerto.

—Esa mujer está loca —murmuró Irene—. Dice Amparo que está pasándolo muy mal económicamente. La gente ha dejado de ir a su pescadería desde lo del Sacamantecas. A nadie le gustó como se ensañó contigo. Por eso te tiene tanta rabia.

La escritora suspiró.

—Lo que no me perdona es que el faro no sea para Agostiña. Siempre erre que erre con eso... Pues no nos va a echar —anunció convencida. Fernando había sido muy claro: la decisión del ministerio de abrir faros a usos hosteleros no incluía edificios habitados como el de la Plata.

El gesto de Irene delataba que no le hacía ninguna ilusión la aseveración de su hija. Estaba deseando salir de la torre de luz.

—No te preocupes, *ama*. No nos queda otro remedio que dejarlo por una temporada. Pero volveremos —anunció llevándose las manos a la barriga—. Quiero que Sara crezca en él.

—¡El faro para el pueblo! —En la bocana, Felisa había conseguido colgar de la cinta una pancarta con la reivindicación que repetía sin cesar a través del altavoz.

Una embarcación neumática de color blanco se aproximó a la chipironera de la pescadera. Leire la reconoció de inmediato. Era la que empleaban los técnicos de la Autoridad Portuaria para hacer reparaciones en las balizas de aproximación.

—Es Fernando Goia —apuntó aguzando la vista. El presidente dialogaba con Felisa.

—Vendrá la policía —anunció Irene—. ¿A quién se le ocurre bloquear el puerto? Mira, un remolcador —añadió señalando hacia mar abierto—. Esto se pone interesante.

El buque avanzaba limpiamente entre los diques de punta Arando y se dirigía sin titubeos hacia la posición de Felisa. Su bocina, grave y contundente, resonó poderosa entre las empinadas laderas y obligó a la escritora a cubrirse los oídos con las manos.

Cuando el estruendo dio una tregua, la voz de Fernando llegó clara pero apagada por la distancia. Instaba a la pescadera a retirarse. Después su lancha se hizo a un lado y la chipironera apenas aguantó unos segundos más en su posición. La cinta blanca y roja y su pancarta quedaron como protagonistas únicas de la bocana, un freno más psicológico que moral para el remolcador que se aproximaba.

Un silencio expectante se adueñó del momento. Los paseantes se detuvieron en los paseos de Puntas y Ondartxo para observar la escena con curiosidad. Los manifestantes también enmudecieron. Sus proclamas se congelaron en sus cuerdas vocales al comprender que el buque no se detendría.

Leire buscó a Felisa con la mirada. Su chipironera, ahora junto a la orilla, se veía ridícula comparada con el barco negro de formas contundentes, igual que la impotente pancarta que pendía obstaculizando la entrada a puerto. La gallega se llevó por última vez el megáfono a la boca.

—El puerto está cerrado... —anunció antes de que la bocina del remolcador silenciara sus palabras.

La proa del buque no se inmutó al toparse con la cinta, que se tensó como un tirachinas antes de partirse limpiamente por la mitad. El *Pecal Dieciocho* continuó hacia los muelles de Antxo ajeno a las dos tiras blancas y rojas que quedaron flotando a merced de la corriente.

La escritora ahogó una risita antes de darse la vuelta.

La protesta había terminado.

56

14 de noviembre de 2015, sábado

Lo sabían. La primera que llamó haciendo preguntas fue Cestero. De eso hacía ya dos días. La llamada de Leire había tardado más en llegar, hacía solo unos minutos. El trance había sido duro, tremendamente doloroso. Iñigo era consciente de que ya nada sería igual. Por mucho énfasis que quiso poner en su inocencia, tenía la certeza de que no le habían creído, igual que los demás.

El barquero soltó amarras y dijo algo en francés antes de acelerar. Poco a poco, la orilla de Hondarribia quedó atrás y Hendaia fue tomando forma ante el transbordador. Los muelles de Sokoburu, con sus incontables veleros amarrados, lo vieron pasar hasta que arribó a los alrededores del complejo de talasoterapia. Uno a uno, los pasajeros desfilaron por la pasarela metálica y se perdieron por el puerto sin vida. Todos menos Iñigo, que continuó sentado en su banco con la mirada nublada por las dudas y el alma dolorida.

—¿Otro viaje? —le preguntó el barquero acercándose con el taco de tickets—. Mire, le cobraré cinco euros más y se puede pasar usted todo el día ahí sentado si quiere. ¿Le parece?

El profesor sacó la cartera y le pagó. Después el hombre se acercó a ayudar a quienes embarcaban.

—*Bonjour. Bienvenue à bord!* —los saludó.

Era un bucle que se repetía incansable. Por cuarta vez, Iñigo se disponía a cruzar a la orilla opuesta sin otra finalidad que ocupar el tiempo y aclarar sus ideas.

No era fácil haberse quedado sin trabajo. Tampoco soportar preguntas de difícil respuesta y reproches que se le clavaban en el fondo del alma. Lo peor era comprender que, de la noche a la mañana, toda su vida se había desmoronado para siempre. Necesitaba que por lo menos Leire creyera su versión de los hechos. Tal vez ella no fuera consciente, pero era importante para él.

Ajenas a sus pensamientos, dos jóvenes que parecían gemelas tomaron asiento en la fila de delante. Sus pantalones de licra dejaban intuir demasiado. Tanto como la mirada ladeada que le lanzó una de ellas, que se le antojó insinuante. Iñigo tomó aire y trató de adoptar una postura menos derrotada. Tenían unos bonitos labios y el tatuaje de un corazón roto que llevaba en el brazo la que se sentaba a la derecha le daba un aire duro que le resultó atractivo. Le recordó al que se había tatuado Cestero. El profesor dibujó una sonrisa y aguardó a que volvieran a girarse hacia atrás. Si lo hacían era que estaban interesadas en él, y no dejaría pasar la ocasión.

En cuanto el barco llegó a Hondarribia y las muchachas se pusieron en pie para desembarcar comprendió desilusionado que había sido una falsa alarma. Las siguió con la mirada hasta que se perdieron en las calles del barrio pesquero con la esperanza de que, antes o después, se giraran hacia él, pero nada ocurrió. Sin levantarse del banco, se llevó la mano a la barba que la pereza le impedía afeitar, y se dijo que esa era la culpable. Las ojeras que enmarcaban sus ojos y delataban demasiadas preocupaciones tampoco ayudarían.

Con un suspiro impotente vio soltar de nuevo amarras y el transbordador cabeceó rumbo a Francia. El Bidasoa mecía sus penas bajo un cielo encapotado del que solo a veces se desprendían algunas gotas. Era un día triste, como todos los que llevaba lejos de Bilbao y de la comprensión de los suyos. La vergüenza era maliciosa y le pellizcaba con sus finos dedos. Y eso jamás cambiaría. Siempre que lo vieran, alguien lo recordaría y le señalaría para decir en voz bien alta:

—Mira, ahí va ese profesor al que denunciaron por acoso sexual.

57

Madrugada del 15 de noviembre de 2015, domingo

La silueta se acercaba por la carretera del faro. Su respiración, lenta y trabajosa, se extendía por el bosque y contagiaba su ansiedad al paisaje. Las gaviotas alzaron el vuelo contrariadas y sus graznidos resonaron como carcajadas en la oscuridad de una noche sin luna. El filo del cuchillo reflejaba la luz de las farolas, tan escasas y en tan mal estado que no lograban dibujar las facciones del caminante solitario. Su paso era lento pero decidido y en cada ruidosa exhalación se adivinaba un odio visceral, un espantoso deseo de muerte.

Cuando el visitante alcanzó la explanada de aparcamiento y se detuvo a contemplar el faro, el griterío de las gaviotas se tornó insoportable. Aquella respiración, sin embargo, lograba abrirse paso entre el ruido de las aves para helar la sangre de Leire. No podía verle el rostro, pero supo de algún modo que aquella figura negra que observaba su casa sonreía. La tenía. Era el juego del gato y el ratón, y había dado con su madriguera. Ahora solo le faltaba entrar y acabar con ella.

El susurro telefónico resonó una vez más en su mente. Sus amenazas se repitieron una y otra vez, mezcladas con los gritos de unas gaviotas que ni siquiera alcanzaba a ver por la ventana.

Iba a suplicar que parara cuando un desagradable dolor le hizo llevarse las manos a la barriga. No le sorprendió su tacto suave y cálido. Se la acarició y frunció el ceño al dar con una cicatriz que no recordaba. Estaba bajo el ombligo y dibujaba una larga sonrisa que ocupaba gran parte del abdomen. Recorrió su hallazgo con los dedos y comprendió que no se trataba de ninguna cicatriz, sino de un corte reciente.

Se miró las manos. Las tenía cubiertas de sangre.

Gritó. Lo hizo tan fuerte como pudo y fue su propia voz la que le hizo abrir los ojos. Su dormitorio tomó forma bajo las rítmicas idas y venidas de la linterna del faro.

Se palpó precipitadamente el vientre y comprobó que todo estaba en orden.

Sin embargo, unos lamentos rompían el silencio de la noche. Abrió bien los ojos y sacudió la cabeza para cerciorarse de que estaba despierta. Seguían allí. Venían de la habitación de su madre y eran demasiado reales para formar parte de ninguna pesadilla.

Se puso en pie de un salto y corrió hacia ella.

—¡Ya viene, hija! ¡Ya está aquí! —el rostro de Irene estaba desencajado por el terror. Sentada en la cama, se aferraba al edredón como si en él estuviera la salvación.

—Es solo una pesadilla, *ama*. No viene nadie. —Leire se sentía extraña abrazando a su madre y acariciándole la cabeza para tranquilizarla. La mujer estaba empapada, envuelta en fríos sudores.

—Viene a matarnos... Creo que ha conseguido entrar. No es ninguna pesadilla. ¡Es real! —sollozó Irene apartando a su hija y señalando la ventana.

El faro emitió un guiño que a Leire se le antojó más largo de lo habitual. La oscuridad efímera en la que quedó sumido el dormitorio le hizo apretar los dientes. También ella había tenido una pesadilla demasiado real.

—Tranquila. No es más que un sueño. ¿De acuerdo? —apuntó agachándose para ponerse a la altura de Irene y sujetarla por los brazos. Los ojos de su madre reflejaban un miedo atroz. Lo peor de todo era que sabía que su propia mirada no sería muy diferente. Era terrible tener que tranquilizar a alguien cuando ella misma se encontraba bloqueada por el pánico.

Irene negó con la cabeza. Estaba temblando y miraba al vacío.

—¡Nos va a matar, cariño!

—¡Basta ya, *ama!* Es solo una pesadilla... —exclamó Leire dando un paso atrás.

Su madre volvió a negar con la cabeza. El pozo negro de sus ojos había comenzado a inundarse de brillantes lágrimas.

—¿No oyes voces? Está aquí dentro, en el faro —señaló abrazándose con fuerza a su hija—. ¡Va a matarnos!

—¡Basta, por favor! ¡Basta! —gritó Leire cubriéndose los oídos con las manos.

Dio un paso hacia la puerta. Lentamente. No quería asomarse a las escaleras. Algo en su interior le decía que no lo hiciera si no quería comprobar que lo que anunciaba Irene era demasiado real. Tampoco tuvo tiempo de hacerlo porque una leve explosión resonó en el edificio. El resplandor del faro dejó de colarse por la ventana y todo, absolutamente todo, quedó sumido en la más absoluta oscuridad.

El alarido de Irene hizo estremecerse a Leire. Luchando contra el miedo, la escritora se acercó a tientas hasta la puerta y buscó el interruptor de la luz. Lo pulsó, a pesar de que sabía que no obtendría el resultado deseado.

Nada. La oscuridad seguía reinando en la habitación. En el exterior, las gaviotas graznaban alborotadas, igual que en su sueño.

—Estamos perdidas... —Oyó asegurar a su madre. Su voz llegaba apagada por el edredón que se había echado encima.

El deseo de acurrucarse en una esquina, de hacerse tan pequeña que resultara invisible y llorar muerta de miedo hasta que todo pasara era demasiado fuerte. Sin embargo, Leire logró recomponerse y dar los pasos que la separaban de la ventana. Necesitaba comprobar si había movimiento allí fuera.

El corazón le dio un vuelco al ver una silueta en la explanada de aparcamiento. Estaba de pie y observaba el faro con los brazos cruzados.

Exactamente igual que en su pesadilla.

58

Madrugada del 15 de noviembre de 2015, domingo

La música estaba demasiado alta y apenas podía entender lo que explicaba Olaia, aunque las pocas palabras que captaba eran suficientes para que Cestero se compusiera un boceto de la situación. También ayudaban los numerosos gestos contrariados de su amiga.

—¿Desde cuándo no da señales de vida? —inquirió la ertzaina alzando la voz.

—Casi dos semanas. Desde el sábado que salimos por Rentería —explicó Olaia después de dar un trago al vodka con naranja.

Cestero se dijo que eso no era nada comparado con los casi dos meses que había estado ella sin saber de Iñigo. A pesar de ello se cuidó mucho de decirlo en voz alta. Olaia no necesitaba ahora ese tipo de comentarios, sino palabras de apoyo, porque era evidente que Elisa no regresaría.

—No va a volver —apuntó Nagore dejando su cubata en la barra. Junto a ellas, otros clientes aguardaban a que la camarera de mechas californianas les sirviera sus consumiciones—. Yo creía que entre tías sería diferente, pero ya veo que hay algunas igual de cobardes que muchos tíos.

Cestero le recriminó con la mirada que fuera tan directa.

—¿Qué? Es lo que hay. Cuanto antes lo tenga claro, antes podrá pasar página —espetó Nagore.

Tal vez tuviera razón. ¿De qué servía marear la perdiz si la relación se veía claramente acabada?

—¡Qué cabrona, tía! ¿Qué le costaba contestarme con un wasap y darme un motivo para desaparecer así? —se lamentó

Olaia. Sus grandes ojos negros, habitualmente tan desbordantes de vida, se veían tristes.

La ertzaina la sujetó por los hombros y le obligó a mantenerle la mirada.

—No busques motivos. No los hay. Se ha cansado, se ha buscado otra... Vete a saber, igual ahora le gustan los tíos. Mira para adelante y olvídala. Es una cobarde y no tiene ovarios para decírtelo a la cara —apuntó con fuerza. Tenía la extraña sensación de estar hablando también para sí misma. Iñigo y los motivos por los que no había sido claro con ella todavía ocupaban demasiado tiempo en sus pensamientos.

—Pasa de ella. No se merece que le dediques ni un minuto más —sentenció Nagore. Sus palabras se fundieron con los acordes de una machacona canción que hablaba de amores mal entendidos.

—Es fácil decirlo —protestó Olaia antes de dar un largo trago de su vaso.

—Venga, tía. Mira qué buena estás. Ya quisiera yo estar como tú —le espetó Nagore—. Si quieres, hoy mismo te puedes liar con otra.

Su amiga se rió. Ya era mucho en su situación.

—¿Bailamos un poco? —propuso Cestero tomándolas por las manos y arrastrándolas hacia un espacio libre que serviría de pista de baile.

Las quejas apenas duraron unos segundos, los que tardaron en comenzar a moverse al ritmo latino que inundaba el ambiente.

La ertzaina se llevó el botellín de cerveza a la boca y dio un trago sin perder el ritmo. No le entusiasmaba bailar, pero sabía que a Olaia le encantaba y esperaba que eso la ayudara a olvidar el desamor.

De pronto unas manos se apoyaron en sus hombros.

—¡Ane Cestero...! —oyó a su espalda.

Al girarse descubrió un rostro bronceado y sonriente. Sus dientes se veían muy blancos en la penumbra del local.

—¿Madrazo? Joder, salir de fiesta y encontrarte con tu jefe... —exclamó volviéndose hacia sus amigas con gesto de fastidio.

—¿Este es tu jefe? —preguntó Nagore con la boca abierta en una mueca de asombro. Cestero la conocía demasiado bien como para adivinar lo que estaba pensando—. ¿Nos lo presentarás, no?

—No sabia que salieras por la Parte Vieja —comentó Madrazo sin perder la sonrisa. Sus amigos observaban la escena a cierta distancia. Algo en ellos, quizás las sudaderas, quizás su cabello ajado por la exposición al salitre y el sol, o tal vez todo ello, delataba que también eran aficionados al surf.

—A veces. Me gusta más Rentería, pero algunos sábados venimos aquí —admitió la ertzaina señalando a sus amigas como dando a entender que eran ellas las culpables.

—Nosotros siempre salimos por aquí. Seguro que ya lo sabías y has venido a hacerte la encontradiza —bromeó el suboficial sujetándola afectuosamente por el hombro.

—Claro, como si no tuviera otra cosa en que pensar —protestó Cestero.

—Yo soy Nagore. —Su amiga dio un paso al frente y propinó un par de besos a Madrazo. ¿Se trataba solo de un efecto óptico o se los había dado muy cerca de la boca?— Si tengo que esperar a que Ane me presente...

—Encantado —le dijo el policía apoyándole la mano en la espalda—. Yo tampoco os he presentado a mis amigos y no pienso hacerlo. Son como buitres y se os echarían encima.

La carcajada que siguió a sus palabras resultó contagiosa. Cestero dirigió la mirada hacia el grupo de surferos. Eran tres, todos treintañeros, aunque se adivinaban cuatro o cinco años de diferencia entre unos y otros. No había ninguno feo, pero Madrazo era el más atractivo.

—¿Y de verdad eres su jefe? —quiso saber Nagore mientras el suboficial saludaba a Olaia.

—Qué va. Somos compañeros. El jefe es el comisario. Yo soy uno más —comentó Madrazo guiñándole un ojo a Cestero.

La ertzaina respondió con una sonrisa de compromiso. Ojalá fuera cierto y pudiera mandarlo a la mierda cada vez que imponía sus ritmos tediosos a las investigaciones en curso. Si no fuera su jefe, para rato iba a obedecerlo cuando la mandaba sentarse ante un portal a perder mañanas enteras.

Uno de los amigos de Madrazo le acercó un gin-tonic, que el suboficial recibió propinando un par de largos tragos que vaciaron medio vaso.

—Este es Josu. Un vividor. El tío es profesor de gimnasia a media jornada. Si vais por la Zurriola, es el de la tabla naranja y el traje verde y rojo. Se pasa todo el día cabalgando olas —le presentó el suboficial.

—Exagerado... Solo me meto en el agua seis días a la semana —protestó su amigo con una risotada.

Mientras Olaia y Nagore le saludaban, Cestero sintió una vibración en el pantalón. ¿Quién podría llamarla a esas horas? Introdujo rápidamente la mano en el bolsillo y dirigió una mirada seria a su jefe.

—Es Leire Altuna —anunció abriéndose paso a empujones para llegar a la salida—. ¿Hola? ¿Leire?

La voz de la escritora le llegaba mezclada con la música a todo volumen del local.

—Espera. No te oigo. Dame un segundo, que salgo del bar —pidió Cestero cada vez mas nerviosa. ¿Qué decía la escritora de un intruso?

El silencio de la calle la acogió en cuanto la doble puerta se cerró tras ella.

—Ahora sí. Dime, Leire —anunció mientras la música volvía a colarse en el exterior para enmarcar la salida de Madrazo.

—Hay alguien ahí fuera... Creo que puede tratarse del asesino. —Leire hablaba atropelladamente.

—Tranquila —le instó Cestero—. Tenemos un coche allí contigo. ¿Dónde dices que está el sospechoso?

—Enfrente de la puerta. Nos está mirando. Quiere entrar...

—Si no ha entrado estamos a tiempo. No te preocupes... —trató de calmarla la ertzaina.

A su lado, Madrazo había marcado un número en su móvil y aguardaba respuesta.

—Aitor, tenemos un aviso de la escritora. Hay alguien rondando el faro. ¿Tú ves algo? ¿No te habrás movido de tu posición...? Sí, en el faro. Cestero, ¿dónde se supone que ha detectado al intruso?

La ertzaina se apartó el teléfono de la cara.

—Enfrente de la puerta. Plantado en medio del aparcamiento.

—¿La has oído? —inquirió Madrazo volviendo a dirigirse a Aitor—. Sí, enfrente del faro... ¿Seguro...? Agita la mano o hazle alguna señal con la linterna para que se calme... Cestero, a quien está viendo Altuna es a Aitor, que está de pie junto al coche. No hay nadie más allí.

La agente suspiró aliviada.

—Tranquila, Leire. Es una falsa alarma. Se trata de Aitor Goenaga, nuestro compañero. No está allí para atacarte, sino para protegerte. Te está haciendo señas. ¿Lo ves?

La respuesta de la escritora se demoró unos instantes.

—Sí. Lo veo. Joder, perdona... Vaya vergüenza. Me estoy volviendo loca con tantas amenazas y mi madre tampoco ayuda...

—No te preocupes. Ahora descansa —indicó la ertzaina.

—Lo siento —insistió Leire antes de colgar.

Cestero resopló negando con la cabeza.

—Vaya susto... —exclamó con la mirada perdida.

—Debería buscarse otro sitio para vivir. Ahí no estará tranquila nunca, y nosotros tampoco podemos controlar los accesos al cien por cien —apuntó Madrazo—. Eso por no hablar de que algún día tendremos que dejar de custodiar el faro.

Cestero alzó la vista hacia el cielo y el sirimiri la obligó a cerrar los ojos. Hasta entonces no se había dado cuenta de que llovía. Tampoco de que estaba ligeramente mareada. Las cervezas le habían hecho efecto.

—¿Volvemos dentro? —propuso dando un paso hacia el bar.

—Espera. ¿Te importa que demos un paseo? Demasiados oídos indiscretos por aquí —indicó su jefe dirigiendo una mirada hacia los grupos de clientes que apuraban sus cigarrillos bajo los aleros del edificio. Después apoyó una mano en la espalda de Cestero y echó a andar por la calle Mayor. Atrás quedó la iglesia de Santa María, con su portada barroca que prometía un mundo mejor al otro lado de sus desgastados muros de arenisca. A lo lejos, en pleno ensanche, fuera física y temporalmente de la Parte Vieja, se alzaba la estilizada aguja neogótica de la catedral que tomó el relevo de Santa María cuando la capital guipuzcoana desbordó sus murallas.

Apenas habían comenzado a caminar hacia el Buen Pastor cuando giraron por la solitaria calle Puerto y enfilaron hacia la plaza de la Constitución. De algunos bares brotaban retazos de canciones cuando las puertas se abrían para dejar salir a clientes que rompían el silencio de aquellas calles que la lluvia volvía tristes.

—Me alegro de haberte encontrado hoy aquí —murmuró Madrazo cuando alcanzaron la plaza rodeada de arcos que constituía el corazón del casco histórico.

Cestero sintió que le costaba tragar saliva. Estaba tensa. No estaba preparada para un encuentro tan íntimo con su superior. ¿Qué venía ahora, una declaración de amor? Si al menos le hubiera dado alguna pista en comisaría...

—He estado pensando en lo que dijiste ayer —anunció Madrazo. El flequillo, vencido por el peso del agua, le caía sobre un rostro al que el sirimiri otorgaba un atractivo aire salvaje.

Cestero frunció el ceño. No recordaba a qué se refería.

—Me echaste en cara que nos estábamos olvidando del móvil del crimen en el caso del pintor —explicó el suboficial deteniéndose bajo los arcos—. Tengo que reconocer que lograste removerme. Tal vez no sea la mejor idea llevar los casos de un modo tan pautado. Me gusta aclarar todo por pasos, me ayuda la sensación de tener los ritmos controlados. —Hizo una pausa para estirar la mano hacia la lluvia. Algunas gotas cayeron en su palma abierta. Las observó agruparse en una sola gota más grande antes de retirar el brazo para secarse en el pantalón vaquero—. Quizás debería ser más dinámico, daros más libertad.

La ertzaina se preguntó cuántos gin-tonics se habría tomado para estar sinceràndose así con ella. Por un momento se imaginó la vuelta al trabajo el lunes. Se le ocurrían dos opciones: o se había despertado una nueva complicidad entre ellos o Madrazo se mostraría distante, arrepentido del encuentro bajo la lluvia donostiarra.

—¿Vamos a dejar de hacer seguimientos? —apuntó la ertzaina con un tono burlón que pretendía quitarle hierro al asunto. Tan pronto como terminó la pregunta se mordió la lengua, maldiciendo la facilidad de palabra que le daba el alcohol.

El suboficial se rió. Tenía una sonrisa hermosa. Ojalá la mostrara más a menudo en la comisaría. Después se apartó el pelo de la frente y negó con la cabeza.

—No te pases. Sabes que son necesarios —protestó fingiéndose molesto. Sus ojos también eran bonitos y muy expresivos. El alcohol les otorgaba un brillo particular—. ¿Qué harías tú en mi lugar? No es fácil tener que comandar un equipo. Un paso en falso puede ser imperdonable. Hay vidas que pueden depender de mis decisiones.

Cestero siguió con la mirada a una pareja de chicas que cruzaba la plaza bajo la lluvia. El pavimento mojado brillaba y los charcos reflejaban el escudo de la ciudad que presidía la biblioteca. Algo más allá, entre las sombras de los arcos del otro lado, un joven que caminaba solo se abrió la bragueta y comenzó a mear contra una columna.

—¿Le saco la placa? —señaló la ertzaina con una sonrisa.

Madrazo se rió y pasó la mano por la nuca de su compañera.

—Vaya susto le darías. Déjalo. ¿Quién no lo ha hecho alguna vez?

El chico terminó sus quehaceres y se perdió por los soportales hacia la calle San Jerónimo.

—¿Qué haría yo? —recordó Cestero—. No sé. Menos seguimientos y más interrogatorios. Algo más activo.

—¿Y quién te dice que daría mejores frutos? —objetó Madrazo—. No es fácil decidirlo, pero reconozco que me has hecho pensar. Oye, volvamos al caso. ¿Cuál sería el móvil de la madre? ¿Por qué querría matar al yerno, fingir el suicidio del pintor y amedrentar a su hija por teléfono?

Cestero le puso la mano en el pecho para frenarle, pero la retiró azorada tras encontrarse con sus poderosos pectorales labrados por el surf.

—Yo no correría tanto. Olvida a la madre de momento. Para mí la clave de todo está en el falso suicidio de Mendikute.

Madrazo le dedicó una mirada apremiante. Estaba deseando que continuara explicándose. Tres veinteañeros abandonaron el bar de la esquina entre cánticos y rimas obscenas. La joven que los acompañaba, atenta a la pantalla de su teléfono, no parecía muy impresionada, a pesar de que ellos trataban, con sus cantinelas, de llamar su atención.

—El asesino estuvo demasiado tiempo en el lugar del crimen —comenzó a explicar Cestero—. Sedar a alguien, desnudarlo, arrastrarlo a la bañera y hacerle cortes en las muñecas no es algo que pueda hacerse en diez minutos. Apuntaría a que le llevó más de una hora. ¿No te parece un riesgo innecesario?

—Un momento... Hablas del asesino en masculino —intervino Madrazo—. ¿Has olvidado a la mujer de rizos? Tú misma la viste entrar al portal.

Cestero reconoció que estaba pasando por alto esa pista. Por algún motivo no acababa de encontrarla trascendente.

—Dejémoslo de momento en que no sabemos si buscamos a un hombre o una mujer. Volvamos al tema del crimen de Mendikute... ¿Qué te sugiere a ti?

—Está claro que era muy importante para el asesino que creyéramos que se trataba de un suicidio —apuntó Madrazo pensativo.

—Quizás le importara más la impresión que causaría saber que Mendikute, acosado por la prensa y la policía, se había quitado la vida, que el propio crimen. —Añadió Cestero reforzando su argumento—. ¿Sabes? Mi impresión es que el pintor es una víctima colateral. Solo lo mató para hundir a Leire Altuna en un mar de culpa.

El suboficial observó en silencio la plaza desierta. No había luz tras los cristales de sus balcones numerados y solo algunos bares, con las mesas de sus terrazas apiladas, mostraban señales de vida.

—El asesino la odia. Pretende enterrarla en vida —resumió volviéndose hacia Cestero, que celebró que coincidiera con ella en su visión del caso—. ¿Crees que su madre puede tener algún motivo para hacerlo?

Cestero alzó la mirada y se encontró con la esfera blanca del reloj que destacaba en la fachada del viejo ayuntamiento. Eran casi las tres de la mañana y al día siguiente tenía comida familiar en casa de sus padres. Tendría que volver al bar a buscar a sus amigas y regresar a Pasaia si no quería ser incapaz de levantarse a tiempo.

—Parece que la señora tiene problemas con la bebida y Leire la obliga a asistir a reuniones de Alcohólicos Anónimos. Tengo entendido que el alcohol provoca bastantes discusiones entre ellas —explicó volviendo a la conversación.

Madrazo torció el gesto.

—Cuando hay adicciones por medio... —murmuró negando con la cabeza—. ¿Quién más puede tener motivos para odiarla tanto?

La ertzaina se encogió de hombros con la mirada perdida en los aros concéntricos que las cada vez más escasas gotas dibujaban en un charco cercano.

—No tengo ni idea —reconoció.

—¿Algún lector perturbado? ¿Envidias entre escritores? —aventuró Madrazo alzando las cejas.

Sus palabras hicieron viajar la mente de Cestero hasta unos días atrás en el faro de la Plata. Una taza de té en las escaleras, una pancarta, gritos, sangre y tensión mal contenida.

—Para envidia la que le tiene Felisa Castelao. Esa pescadera la culpa de todos sus males. Si su hija tiene que seguir viviendo con ella es culpa de Altuna, si vende pescado en mal estado es culpa de Altuna... Está desquiciada —apuntó sin poder quitarse de la retina el rostro crispado de la gallega.

—¿Tiene rizos? ¿Encajaría en la descripción de la mujer que viste entrar al portal?

—Ya lo he pensado —admitió la ertzaina—. Felisa tiene el pelo rizado, pero aquella señora era más alta. Estoy segura de ello.

Su superior resopló. Habría preferido comenzar a acotar la lista de sospechosos.

—Envidia, adicciones, odio... Los peores instintos del ser humano —masculló pensativo.

Cestero asintió. Así era siempre. Cuando la Ertzaintza intervenía no acostumbraba a ser porque alguien estuviera repartiendo bondad y caramelos en una reunión de vecinos.

—No sé si estamos aclarando algo —reconoció desanimada.

—Claro que sí —afirmó Madrazo estirando de nuevo la mano para comprobar que había parado de llover—. Sabemos que tenemos dos víctimas, pero también una tercera que es en realidad la víctima real de todo este asunto.

La ertzaina celebró sus palabras. No se le ocurría un resumen mejor del caso.

—Leire Altuna es la clave.

—Así es. El lunes vas a ser tú quien se ocupe de la seguridad del faro —indicó Madrazo tomando de nuevo el papel de jefe—. Eres su amiga. No te quedes en el coche. Siéntate con ella y trazad un listado completo de personas que puedan tener motivos para hacerle todo esto.

Cestero recibió la orden de buen grado. Por fin investigación activa y no tediosas horas de espera dentro de un vehículo.

—Me encanta este nuevo Madrazo —espetó, arrepintiéndose en el acto de su efusividad.

—Y a mí trabajar contigo —reconoció el suboficial tomándola por el hombro y echando a andar de vuelta al bar donde habían dejado a sus amigos—. No me lo oirás en comisaría, pero eres lo mejor que tengo en mi equipo. ¿Y sabes una cosa? Tienes unos ojos preciosos.

La ertzaina fue incapaz de reprimir una sonrisa.

—Gracias —se limitó a musitar. Se trataba de su jefe. Mejor no olvidarlo.

—¿Qué crees que encontraremos ahora? —preguntó Madrazo cuando la fachada barroca de Santa María anunció que llegaban al Atari—. Apostaría por que el cabrón de Josu se ha ligado a una de tus amigas.

Cestero se rió.

—No sé yo quién se habrá ligado a quién. Si duermen juntos hoy será porque Nagore ha dado el primer paso, que esa las mata callando.

El suboficial soltó una carcajada.

—Pues se han juntado el hambre con las ganas de comer. —La mano que apoyaba en el hombro de Cestero la atrajo aún más hacia sí—. ¿Tú también andas así?

—Qué va —mintió la ertzaina—. Yo siempre duermo sola.

—Será porque tú quieres.

Cestero suspiró mientras valoraba sus palabras. ¿Se trataba de una proposición o solo de una muestra de cortesía?

—Será porque yo quiero —decidió finalmente empujando la puerta del bar para dejarse devorar por la música y el gentío.

59

Madrugada del 15 de noviembre de 2015, domingo

Aitor observaba la silueta del faro recortada contra la bóveda estrellada que enmarcaban las nubes bajas. Era una estampa hermosa. Hacía demasiado tiempo que no disfrutaba de una visión tan fascinante del firmamento. El emplazamiento del edificio, con la propia ladera del monte Ulia protegiéndolo de los excesos lumínicos del entorno de Donostia, era a priori un buen lugar para ver los astros. Sin embargo, la propia luz guía se ocupaba normalmente de crear un resplandor que lo impedía.

Con el faro apagado, todo había cambiado y lo sentía como un regalo a sus esfuerzos por no dormirse sentado en el coche. De pie junto al vehículo, el policía permitía a sus ojos deleitarse con la apabullante visión de miles de diminutos puntos blancos en el cielo. Galaxias lejanas y misteriosas se desplegaban ante él en un panorama que le recordaba mucho a una noche que pasó con dos amigos en un solitario refugio en las alturas del valle de Hecho. Solo que en aquella ocasión no desviaba la mirada de vez en cuando hacia el mar en busca de algún barco que navegara cerca de la costa. Era consciente de que un faro apagado significaba un potencial riesgo para la navegación. Él no era hombre de mar, pero no hacía falta serlo para saber que, sin la referencia de las luces guía, los barcos que carecían de los sistemas más modernos de orientación podían encallar contra bajíos y acantilados.

Sabía que sería cuestión de minutos que las nubes volvieran a cerrarse para robar la panorámica y continuar descargando su persistente lluvia. O quizás Leire Altuna reemplazara la bombilla y todo volviera a la normalidad mucho antes.

Era extraño que la farera tardara tanto en volver a encenderlo. Quizás con el susto no se habría percatado de que la luz se había fundido. Pensaba en ello cuando la puerta del edificio se abrió y la escritora bajó las escaleras.

—Me has asustado. Te he visto aquí, en medio, y he pensado que eras el asesino —confesó Leire.

—No era mi intención. Lo siento. A veces salgo del coche para no dormirme. No es fácil mantenerse en vela tantas horas en un lugar tan tranquilo —admitió Aitor—. Si alguna vez vuelves a tener miedo, abre la ventana y llámanos. Estamos aquí, día y noche.

—Siento que tengáis que hacer esto por mí —apuntó Leire—. La verdad es que no sería capaz de vivir aquí sin tener la certeza de que estáis cerca. Es terrible no saber quién está detrás de las llamadas. Vivo aterrorizada, siempre con la incertidumbre de cuándo va a ser su próxima aparición. Esa voz...

El ertzaina asintió con gesto circunspecto.

—El acoso es un crimen a cámara lenta. Quiere anularte, pero no lo vamos a permitir. No te va a hacer daño.

La escritora sonrió sin convencimiento.

—Es una mierda estar así —reconoció.

Aitor reprimió el impulso de estirar la mano para acariciarla. Un policía debía mantener las distancias.

—Oye, ¿sabes que el faro está apagado? —indicó señalando la torre de luz.

Leire se giró para observar la campana de vidrio.

—Ahora subirán una bombilla de recambio. Es la segunda que se funde en veinticuatro horas y me he quedado sin repuestos —explicó sin apartar la mirada de allí—. Joder, cuántas estrellas.

—Es una maravilla —reconoció el policía alzando la vista hacia el cielo.

Leire se apoyó en el capó del coche para observar mejor el firmamento.

—Creo que no había visto tantas en mi vida. Es increíble. ¿Y toda esa nube de luz?

—Es la Vía Láctea, nuestra galaxia —señaló Aitor abriendo la puerta del coche y tomando el termo que guardaba en el asiento del copiloto—. ¿Quieres un café?

La escritora no apartó la mirada del cielo.

—No. Bastante nerviosa estoy. Tengo unas pesadillas brutales, y mi madre, ni te cuento. Lo peor es que no hay manera de hacerle entender que son solo sueños.

—¿Dónde está? —inquirió Aitor llenándose la taza. El fragante brebaje todavía humeaba a pesar de que hacía más de cinco horas que lo había sacado de la cafetera.

—Se ha vuelto a dormir. Estaba tan asustada que se ha quedado sin fuerzas y ha caído redonda.

—¿No te has planteado trasladarte a algún lugar donde no estéis tan apartadas? —Tan pronto como Aitor terminó la pregunta se arrepintió de haberla hecho—. Bueno, aquí estáis seguras, no me malinterpretes. Estamos nosotros…

Leire observó unos instantes la oscura silueta del faro.

—Es mi casa. Nuestra casa —aclaró llevándose las manos a la barriga—. No pienso permitir que consiga su objetivo. Ya nos ha arrebatado a Iñaki. No va a robarnos también nuestra vida.

El ertzaina asintió. Cestero le había hablado de la fuerza de Leire.

—¿Ha vuelto a llamarte? —preguntó apoyándose en el coche junto a ella—. Ya sé que parece un contrasentido, pero esas llamadas son una buena ayuda. Gracias a ellas le echaremos el guante. Pronto cometerá un error y podremos localizarle.

—Ya —murmuró Leire.

Aitor esperó a que añadiera algo más, pero no lo hizo. El perfil de la escritora destacaba armónico ante la bóveda celeste. No parecía tener ganas de hablar del caso.

—¿Has visto? ¡Una estrella fugaz! —señaló el policía.

Leire asintió con la cabeza.

—Ha ido a caer cerca de Getaria —comentó estirando el brazo hacia el cabo lejano en el que un faro lanzó un guiño amigo.

El ertzaina observó las siluetas que se dibujaban en la distancia.

—¿Cómo lo reconoces en plena noche? Bueno, qué tontería… Eres farera.

—Tres ocultaciones cada diez segundos. El de más allá,

aquel que se adivina entre la bruma, es Matxitxako: un destello cada siete segundos.

Aitor dirigió hacia allí la vista. No alcanzaba a distinguir niebla alguna.

—¿Bruma? ¿Cómo lo sabes?

—Porque su brillo llega más apagado de lo habitual y además se ve rodeado de una especie de halo.

El ertzaina hizo un movimiento afirmativo a pesar de que no vio diferencia alguna entre la luz de Matxitxako y las demás.

—¡Otra! —exclamó señalando una nueva estrella fugaz que trazó una rápida parábola en el cielo.

—¿Hay que pedir un deseo, no? —preguntó Leire.

—Es raro ver tantas a estas alturas del año. Por San Lorenzo sería normal, pero en noviembre… —comentó Aitor antes de llevarse el café a los labios. El aroma amargo le inundó con fuerza las fosas nasales. Después dio un trago y el líquido le despertó las papilas gustativas. Sabía que recordaría aquella noche mucho tiempo. Solo faltaba Antonius. Si pudiera estirar la mano y acariciar la suave cabezota de su labrador, su felicidad sería plena.

—Hay miles y miles… Podríamos pasarnos días contando todas las estrellas que se ven y no acabaríamos —apuntó la escritora. Se la veía feliz viajando con la mirada por allí arriba—. Y ni siquiera sé ponerles nombre. Como para irme en barco a dar la vuelta al mundo.

Aitor sonrió antes de señalar hacia un grupo de astros que brillaba con especial intensidad.

—Esa constelación es Orión, y esa uve doble de más allá, Casiopea. La Osa Mayor ya la conocerás. ¿Y la estrella Polar? Para los navegantes de nuestro hemisferio fue una suerte contar con una referencia que les indicara el norte en el cielo. En el hemisferio sur no tienen nada parecido. Bueno, la Cruz del Sur, pero no es tan evidente.

Apoyada a su lado, Leire atendía sus indicaciones con atención y sin abrir la boca. El leve contacto del brazo de la escritora bajo el pijama le resultaba agradable y algo le decía que también ella estaba a gusto.

El ruido de un motor se ocupó de romper la magia de la noche. Un vehículo se acercaba. Sus faros enseguida aparecieron entre los árboles.

—Los de mantenimiento —anunció Leire apartándose del coche.

—Se acabaron las estrellas —dijo Aitor sin poder disimular el tono de decepción.

—Tendré que decirles que apaguen cada noche un rato el faro —bromeó Leire observando la furgoneta blanca que acababa de detenerse a un par de metros de ellos.

—Tienes mucha suerte de vivir en un lugar así —reconoció el ertzaina señalando el edificio con un movimiento de cabeza.

La escritora dibujó una sonrisa mientras le apoyaba afectuosamente la mano en el brazo.

—Y de tener ángeles guardianes como tú. Muchas gracias, Aitor. No puedes imaginar la ayuda que me has prestado esta noche.

El ertzaina se sonrojó en la oscuridad mientras Leire se giraba para acompañar al recién llegado al interior del edificio.

60

15 de noviembre de 2015, domingo

—¡Qué maravilla! Hacía tantos años que no iba de picnic... La última vez fue cuando mis hijas eran pequeñas. Estuvimos en La Arboleda, a orillas de los lagos. ¿Has estado alguna vez allí? —comentó Irene sentándose a la mesa. En la bolsa de rafia llevaba una manta para extender sobre la hierba. Sin embargo, el viento sur que soplaba desde primera hora no había sido suficiente para secar la tierra empapada tras las lluvias de los últimos días. Suerte que alrededor del fuerte de Guadalupe hubiera un sinfín de mesas para elegir.

—No. La verdad es que no lo conozco. ¿Eso está por Barakaldo, no? —se interesó él tomando asiento frente a ella.

—En Trapagaran —especificó la mujer acariciándole el brazo con una mirada cómplice—. Ya iremos. Te llevaré a la Sabina a comer una buena alubiada. Ya verás qué sitio más bonito.

Él asintió ahogando un suspiro. Después introdujo las manos en la bolsa y colocó el pollo asado sobre la mesa.

—En verano esto se pone a tope —explicó trazando un círculo con el brazo para abarcar las mesas dispersas entre los árboles—. Si no llegas pronto, no coges sitio.

Irene se giró y su vista recaló en el mar, que se extendía azul tras las amplias praderas que algunos bosquetes tapizaban con los colores ocres del otoño.

—Es precioso. No me extraña. ¿Y estos muros qué eran?

—Un fuerte. Lo construyeron hace poco más de cien años para evitar invasiones de gabachos. Mira, eso que se ve ahí es Francia —explicó señalando la recortada costa labortana y sus incontables casitas blancas asomadas al mar.

—Solo conozco Hendaia —confesó Irene—. Podríamos ir un día a Biarritz. Dicen que es una maravilla.

—Una maravilla —repitió él asintiendo con escaso entusiasmo. No tenía ganas de llenar la agenda con tantos planes como ella pretendía.

—Hay tantos lugares a los que podemos ir. Yo libro todos los domingos —seguía Irene—. ¿Conoces Viena?

Él forzó una sonrisa al tiempo que negaba con la cabeza.

—Ya iremos —decidió ella poniéndose en pie para repartir el pollo—. Aunque ahora da miedo ir de viaje… ¿Has oído lo del atentado del viernes en París? Más de cien muertos en una sala de fiestas. Madre mía… Que Dios los acoja en su seno.

—Están locos.

—Da miedo. No me digas que no. ¿Qué te pongo, muslo o pechuga?

—Yo soy más de lo segundo. Ya sabes… —bromeó guiñándole un ojo.

La mujer se fingió escandalizada y soltó una risita.

—Cada cosa a su tiempo —apuntó tendiéndole el plato—. Sírvete ensalada.

El silencio que siguió mientras comían el primer bocado le ayudó a relajarse. No soportaba que Irene hablara tanto. Siempre con sus proyectos de futuro y sus ilusiones.

—¿Cómo está tu hija?

La mujer se llevó un pedazo de pollo a la boca antes de hablar.

—No tan asustada como yo. Es como si no fuera consciente del peligro que corremos.

—Pues estáis en el punto de mira —aseguró él.

—Te juro que ya hasta oigo voces y ruidos por las noches. Ese faro está maldito —apuntó Irene—. No creas que me hace caso cuando se lo digo. Dice que es todo fruto de mi imaginación; que si el vino, que si la ginebra…

Él negó con la cabeza.

—Es muy pesada con eso del alcohol. Tú no tienes ningún problema con la bebida. Todos bebemos algo de vez en cuando, y más cuando estamos pasando un bache como el que estás teniendo que soportar tú.

—Yo oigo cosas raras, como si no estuviéramos solas —aclaró Irene.

—No es un lugar seguro. Primero la mujer destripada a sus puertas y ahora el novio de tu hija... Cualquier día ocurrirá otra desgracia, es cuestión de tiempo. Y esas llamadas...

Irene se mantuvo unos segundos pensativa con expresión derrotada.

—Lo de la obra es una suerte. Así salimos de ahí. A ver si no volvemos. Ya podrían darle a Felisa su hotel.

—Todavía os quedan unos días. A mí me preocupas tú porque te quiero, pero también tu hija y tu nieta. No me gustaría que os pasara nada.

—Lo sé. —Irene estiró la mano para posarla sobre la suya. La tenía fría—. No sé qué haría sin ti.

La sonrisa de la mujer resultaba excesivamente empalagosa.

—Te he traído una cosa —anunció él sacando de la chaqueta algo que dejó sobre la mesa.

—¿Una pistola? —Irene la cogió con menos reparos de los que él esperaba que pusiera.

—Cuidado. Está cargada —anunció girándose para asegurarse de que no hubiera nadie cerca—. Cuando terminemos de comer haremos unas prácticas de tiro en el fuerte. Has de aprender a disparar. Creo que puede aprovechar estas últimas noches que pasaréis en el faro para ir a por vosotras. —El temor que leyó en el rostro de Irene le dijo que lo del arma había sido una buena idea—. Guárdala bien y, cuando te vayas a dormir, escóndela bajo la almohada. Si alguien entra en tu habitación, no pierdas ni un segundo. Dispárale antes de pedirle explicaciones.

La mirada de la mujer estaba fija en la pistola.

—Me da seguridad —reconoció—. Tendré cuidado de que no la vea Leire. No creo que le haga ninguna gracia.

—Escóndela bien.

Irene dejó el arma a un lado para ponerse en pie y coger dos vasos de plástico de la bolsa. Después rebuscó en su interior.

—Ay, que se nos ha olvidado el vino. Qué raro... Juraría haberlo metido.

—Los años no perdonan —bromeó él con tono burlón.

—Vaya faena. Con lo a gusto que nos tomaríamos ahora un vinito —protestó Irene apartando la bolsa de un manotazo.

Él asintió simulando fastidio. En realidad había sido él quien había tirado la botella a una papelera cercana. No podía enviar a Irene al faro con signos de estar bebida si no quería que Leire la interceptara antes de que pudiera ocultar el arma en su dormitorio.

—¿Me enseñas a disparar? —preguntó Irene recuperando el revólver.

—Espera que acabemos de comer. Ni siquiera hemos terminado el pollo…

—No, no. Ahora —insistió la mujer girándose hacia el fuerte—. El postre lo dejamos para merendar.

Él sonrió poniéndose en pie. Las cosas estaban saliendo como quería.

—Vamos, venga. Mira, ahí hay un par de latas vacías —dijo señalando la mesa vecina—. A ver si les aciertas.

Se agachó a por ellas y siguió a Irene hacia el viejo fuerte militar. Una rampa los llevó hasta el foso que recorría todo el perímetro de las instalaciones caídas en el olvido. Una larga hilera de ventanas se abría a aquel largo corredor, y también algunas puertas en forma de arco de medio punto.

—Es enorme todo esto —comentó Irene, sorprendida del tamaño de aquel laberinto de piedra.

—Desde fuera no se aprecia, pero aquí dentro vivían cientos de soldados. Ven, por aquí. Este pasadizo nos valdrá.

Se trataba de una galería lateral de paredes enlucidas de blanco y cubiertas de graffitis de dudosa calidad artística en gran parte de su superficie. No era el lugar más acogedor del mundo, pero serviría para practicar puntería. Con un poco de suerte, las recias paredes del complejo ahogarían los disparos.

Dispuso la primera lata vacía de refresco de cola sobre una mesa rota a la que solo quedaban tres patas y contó seis pasos desde ella.

—Suficiente. Dentro del faro no tendrás que enfrentarte a nadie a más de cuatro o cinco metros de distancia —anunció haciendo un gesto a Irene para que se aproximara.

La mujer se colocó delante de él, dándole la espalda. La cogió por la cadera y ella giró la cara en busca de un beso. Él la correspondió.

—No sé si seré capaz —admitió Irene estirando los brazos para prepararse para el disparo.

—Claro que sí. Igual que en las películas. Apunta a la lata y no te preocupes si fallas, que la primera vez es normal.

Aún no había terminado sus palabras cuando una potente detonación reverberó en la estancia abovedada. Le siguió el golpeteo metálico de la lata rebotando por el suelo.

—¿Le he dado? —se extrañó Irene sin atreverse a dar un paso.

—No me lo puedo creer —celebró él—. Vaya una fuera de serie.

Agachado junto a la lata, comprobó que la bala la había atravesado de lado a lado. Incapaz de contenerse, soltó una risita incrédula y volvió junto a Irene, que sonreía orgullosa.

—Vamos a probar desde un poco más atrás —indicó empujándola para que recular un par de metros.

Irene volvió a estirar los brazos. Sostenía el arma con ambas manos sin necesidad de explicarle nada. Las series policíacas que saturaban las parrillas de las cadenas de televisión hacían maravillas.

—¿Vamos allá? —inquirió la mujer mirando fijamente la nueva lata abollada que ocupaba la mesa.

—Cuando quieras —le susurró él al oído.

El dedo de Irene tiró del gatillo y un nuevo estruendo recorrió los intrincados pasillos de la fortificación. El disparo había vuelto a ser certero, como demostraba la lata que voló por los aires para caer al suelo cinco metros más allá.

Él abrió los ojos y la boca al mismo tiempo sin ocultar su asombro. Después estalló en una sonora carcajada.

—Creo que es suficiente —se congratuló. No había lugar a dudas. Irene era una excelente tiradora—. Vámonos antes de que algún imbécil llame a la policía para avisar de que aquí dentro están matando a alguien.

—Me parece que si alguien entra al faro con malas intenciones se va a llevar una buena sorpresa —apuntó Irene observando orgullosa el arma.

—Una sorpresa que jamás podrá olvidar —añadió él echando a andar hacia la salida.

61

16 de noviembre de 2015, lunes

El teléfono móvil sonaba ansioso en la mesilla de noche y penetraba en los inquietos sueños de Leire. Le costó asimilar que el sonido venía del mundo real y no de las maquinaciones de su inconsciente. Los tonos se extinguieron antes de que su mano pudiera alcanzarlo, aunque enseguida volvieron a sonar, hiriendo el silencio de aquella habitación que la luz de la mañana teñía de blanco.

Apartándose el cabello enmarañado de la cara, la escritora trató en vano de adaptar sus ojos a la claridad para leer la pantalla. Los caracteres aparecían en una nebulosa que los fundía con la intermitente señal que alertaba de la llamada entrante.

—¿Sí? —contestó sin levantar la cabeza de la almohada. Estaba agotada después de otra nueva noche marcada por las pesadillas.

—Despierta, Leire. ¿Estás lista para morir? Te quedan bien esas bragas negras. ¿Son de luto?

Leire sintió que se le desbocaba el corazón mientras se sentaba precipitadamente para fijarse en su ropa interior. Era negra. Su mente adormilada se puso en guardia mientras se giraba angustiada hacia todos los ángulos de la habitación. Se sentía desvalida en su desnudez, desprotegida en ese faro que las circunstancias comenzaban a convertir en la peor de las pesadillas.

¿Dónde estaba? ¿Desde dónde la observaba aquel monstruo? No comprendía nada.

Su primera reacción fue tirar del edredón para cubrirse las piernas desnudas. Después dejó caer el aparato sobre la cama y se puso en pie. De pronto sentía la apremiante necesidad de salir corriendo, de abandonar el faro para siempre y huir con su pequeña hasta donde nadie pudiera encontrarla.

Se acercó a la ventana. En la loma que se alzaba frente al faro no se percibía movimiento. A sus pies, el coche de la Ertzaintza seguía aparcado en el lugar habitual. Su visión le resultó tranquilizadora. Solo tenía que abrir la ventana para pedir auxilio. Se volvió de nuevo hacia la cama en busca de algo con lo que vestirse y reparó en el móvil. Un piloto verde indicaba que la llamada seguía en curso. Estiró la mano con aprensión y se lo acercó a la cara. Iba a gritar que la dejaran en paz pero la voz se le adelantó.

—Sí, están ahí fuera. No podrán ayudarte. Muy pronto otros guardarán luto por ti —le dijo antes de que un pitido indicase que su interlocutor había cortado la comunicación.

62

16 de noviembre de 2015, lunes

—Es una maravilla este lugar. Vaya vistas. Si yo viviera aquí creo que también me saldrían unos libros perfectos —bromeó Cestero apoyada en una de las almenas—. Podrías montar una cafetería aquí arriba. Menuda terraza.

El gesto afirmativo de Leire tenía algo de nostalgia. No era para menos. En solo unos meses daría a luz a una pequeña que no podría conocer a su padre. En aquel faro, en aquel rincón tan privilegiado de la costa cantábrica, habían ocurrido unos hechos terribles que jamás podría borrar de su memoria, y menos aún de su corazón.

—Podría dejar los libros y montar un bar —reconoció la escritora recorriendo con la mirada la terraza del faro—. Seguro que me ganaría mejor la vida.

—Ya será menos —apuntó Cestero—. Si eres una de las escritoras más vendidas. Tus novelas están por todas partes.

Leire arrugó los labios.

—Díselo a mi editor. El tío se está forrando a mi costa —se lamentó acercándose la taza de té a los labios.

—Bueno, pero tú te llevarás una buena parte. ¿Cuánto os dan a los autores?

—En teoría, el diez por ciento.

—¿El diez? —le interrumpió la ertzaina—. ¿Y el noventa restante?

—Se queda por el camino. Editores, distribuidores, vendedores, impresores... Toman parte demasiados intermediarios hasta que el lector compra el libro en la tienda. Pero el problema no está ahí, sino en que el cabrón de mi editor no me paga mis derechos. Utiliza la deuda para presionarme. Quiere que escriba un nuevo libro.

—¿Eso es legal? —Cestero estaba escandalizada.

—No, claro que no. Lo voy a denunciar, pero ya sabes cómo funciona la Justicia en este país. Una mierda, vaya. Dentro de unos años me darán la razón y para entonces igual la editorial ha quebrado o Jaume se ha declarado insolvente.

—Joder, ¿y no tienes más opciones?

—Sí, escribir una novela sobre el asesinato de Iñaki y todo lo que me está pasando. Está empeñado en que lo haga. Claro, tendría unas ventas espectaculares. A la gente le puede el morbo. —Leire se detuvo con la mirada perdida en el mar y dibujó una mueca de asco—. Es un cabrón. Dice que no puedo dejar pasar una oportunidad así. Como si fuera tan fácil. Cada vez que intento teclear un par de líneas seguidas me pongo a llorar y tengo que dejarlo.

La ertzaina no supo qué contestar. Su mirada recaló en la claridad que se adivinaba tras las nubes hacia el oeste, a caballo entre el mar y la tierra. El sol estaba bajo, a punto de dormirse en el mar para dar paso a la noche. Lástima que el cielo cubierto les impidiera disfrutar de una puesta de sol que, desde aquella atalaya, resultaría perfecta. Después extrajo una libreta del bolsillo y se giró de nuevo hacia Leire.

—¿Cómo se llama tu editor?

—Jaume. Jaume Escudella.

Cestero garabateó su nombre en lo alto de una página.

—¿Lo crees capaz de estar detrás de los crímenes?

El rostro de la escritora mostraba ahora una gran tristeza. Sus ojos estaban fijos en el suelo, lejos de los hermosos paisajes que se abrían en cualquier dirección.

—Ya lo he pensado. No tiene principios y solo le importa el dinero. He llegado a plantearme que todo lo que me está ocurriendo no sea más que un guion escrito por él para dirigirme hacia una novela perfecta —admitió alzando una mirada llorosa hacia Cestero—. Pero hay algo que me hace descartarlo: no vive aquí.

—Si la memoria no me falla, no andaba lejos el día del asesinato de Iñaki —indicó la ertzaina.

Leire asintió lentamente.

—¿Y Mendikute? ¿Y las llamadas? —preguntó Leire—. No, no creo que Escudella haya podido hacerlo.

La ertzaina resumió sus palabras de manera esquemática y remató la página con un apunte en letras bien grandes: sicario.

—No tiene por qué haberlo hecho él en persona —señaló dirigiéndose a la escritora—. Puede haber pagado a alguien para que lo haga por él.

Su argumentación convenció a Leire, que asintió con gesto grave.

—La verdad es que de ese cerdo me esperaría cualquier cosa —reconoció antes de clavar la vista en una gaviota que volaba bajo—. ¿Habéis podido averiguar algo de las llamadas? Hoy me estaba espiando, ya no tengo ninguna duda. Es horrible... ¿Sabes lo que es ponerte a temblar cada vez que oyes el teléfono?

Cestero inspiró lentamente. Era un tema que le resultaba frustrante. Madrazo había apremiado a la compañía de teléfonos para que dieran una respuesta inmediata. El número de móvil de esa mañana volvía a ser el mismo de días atrás, y seguían sin saber a quién pertenecía ni la ubicación desde la que se había realizado la llamada.

—Tranquila. Estamos ahí fuera día y noche. No vamos a permitirle que te haga ningún daño. Si te vuelve a llamar, grábalo. Será útil como prueba —indicó la ertzaina pasando la página y dibujando una raya en el margen superior de la siguiente hoja. Necesitaba un nuevo nombre—. Sé que no es fácil, pero te voy a pedir que me ayudes a hacer una lista de personas que puedan odiarte o envidiarte tanto como para llegar a hacerte tanto daño.

Leire lanzó un profundo suspiro. La lenta cadencia de las olas al golpear contra la base del acantilado puso el telón de fondo al largo silencio.

—También he pensado sobre ello, pero no imagino a nadie que me quiera tan mal como para tratar de arruinarme la vida así, y menos que sea capaz de asesinar a otros por hacerme daño —explicó antes de llevarse las manos a la barriga con una mueca de dolor.

—¿Estás bien? —se preocupó Cestero acariciándole la espalda.

—Sí, no es nada —apuntó la escritora estirándose—. Ya está, ya ha pasado.

La ertzaina aguardó unos instantes hasta verla completamente recuperada.

—No buscamos una mente normal, sino un psicópata, alguien a quien algo que has hecho le ha despertado un odio tan irrefrenable como para ser capaz de matar a personas de tu entorno por torturarte. —Leire atendía su explicación con un leve movimiento afirmativo—. Venga, hagamos juntas una lista de todas las personas con las que hayas tenido algún tipo de encontronazo.

—Felisa —apuntó la escritora casi sin darle tiempo a terminar la frase—. Esa sería para mí una buena sospechosa. ¿Tú sabes cómo me odia? Mira, se me pone la piel de gallina solo de pensarlo.

Cestero apuntó el nombre de la gallega.

—¿Quién más? ¿Algún lector enamorado al que no hayas correspondido? —inquirió propinando unos golpecitos en la libreta con el bolígrafo.

Leire soltó una risotada que suavizó la tensión.

—Soy escritora, no cantante de pop. La gente no se enamora de nosotras —protestó sin perder la sonrisa—. Pero espera, de amor no correspondido tengo uno.

—Iñigo —se adelantó la ertzaina con gesto contrariado.

La escritora se lo pensó más de lo que Cestero hubiera deseado. En lugar de un no rotundo, siguió con la mirada una chipironera que se hacía a la mar y negó con la cabeza.

—Pensaba más bien en Xabier, mi exmarido. Desde el funeral de Iñaki está muy pesado. Pretende que le dé una nueva oportunidad; que vuelva con él.

—¿Ese no salía con la primera mujer que mató el Sacamantecas? —La ertzaina trataba de hacer memoria.

—Con Amaia, sí —confirmó Leire—. Pues ahora anda detrás de mí todo el día. Y no creas que no he sido clara. No tengo la más mínima intención de volver con él. Joder, que acaban de asesinar a mi novio.

Cestero apuntó su nombre mientras la escritora se enjugaba las lágrimas.

—Su afán por recuperarte podría llegar a explicar el asesinato de Iñaki, pero lo de Mendikute y las llamadas no acabo de verlo —reconoció llevándose el tapón del bolígrafo a la boca.

—Perdona. No es fácil para mí hablar de todo esto —se disculpó Leire aclarándose la voz. Después tragó saliva y trató de continuar—. Cada vez que Xabier me ve intenta meterme miedo para que me vaya con él a San Pedro.

La ertzaina arrugó los labios y los movió pensativa a un lado y a otro.

—Cargarse al pintor por eso... No sé si lo veo. Pero está bien, no olvidemos que es violento. Menuda la que lió en el bar de San Juan. Vaya avería le hizo en la cara al marido de Felisa —comentó apuntando el nombre de Xabier en la libreta. Después dirigió la vista hacia el mar y tomó aire antes de seguir. Lo que iba a preguntar no le hacía ninguna gracia—. ¿Qué opinas de Iñigo? ¿Debería apuntar su nombre o no? —Algo parecido a un nudo en el estómago le impedía hablar con facilidad—. Lo de la denuncia por acoso... No sé, de pronto tengo la impresión de que ya no lo conozco... ¿No me dijiste que no soportaba a Iñaki?

Leire se mordió el labio.

—Lo del acoso es terrible —reconoció pensativa—. Ayer volví a hablar con él y asegura que no es culpable. No puedo creerle.

—Le puede la bragueta —sentenció Cestero—. ¿Lo apunto o no? Podría haber matado a Iñaki para tener el camino libre para volver contigo.

—No. Te aseguro que el embarazo le echa para atrás. No quiere este tipo de compromisos. —Leire parecía segura de sus palabras.

Cestero asintió.

—Tienes razón. ¿Algún escritor rival o alguien a quien hayas podido ofender con tus novelas? —La lista era todavía demasiado corta.

Leire negó con la cabeza. Por un momento se mantuvo en silencio, pensativa, observando las olas que rompían en el acantilado. El salitre trepaba arrastrado por la ligera brisa que acariciaba la descomunal laja de roca sobre la que se alzaba la terraza.

—Te hablé de Elena. La de Altsasu. Apúntala también —indicó la escritora señalando el cuaderno de Cestero.

—¿La ecologista? —la ertzaina no estaba muy convencida.

—Sí, la librera. No te lo conté todo. Iba a hacerlo cuando murió Mendikute y todo pasó a un segundo plano —se disculpó Leire—. Elena no es una activista más. Tenía una relación con Iñaki cuando empezamos a salir juntos. Por eso lo odiaba y por eso me odia.

Cestero tomó nota del nombre. No le motivaba tener que recurrir a la Policía Foral para interrogarla, pero no cabía duda de que habría que hablar con ella y la Ertzaintza no tenía competencias en el valle navarro de Sakana.

—Pues te guardabas una información que no parece una tontería —le recriminó alzando la vista de sus apuntes—. Unos celos enfermizos explicarían tanto el asesinato como las llamadas.

—Pero te olvidas de Mendikute —advirtió Leire—. ¿Por qué a él?

—A Mendikute lo mataron solo por destrozarte a ti con la culpa. Recuerda que fingió un suicidio —recordó la ertzaina—. Descríbemela. ¿Se corresponde con la mujer que vi entrando en el portal del pintor la tarde de su muerte?

Leire balanceó la cabeza dando a entender que no estaba segura.

—Es fuerte, ancha de espaldas, pero no tiene rizos. Tiene pelo corto y teñido de rojo. Además, ¿a qué hora la viste tú entrar?

—A las cuatro y veinticinco. —Cestero no necesitaba consultar sus anotaciones para saberlo.

—Tiempo de sobra. Yo cogí el tren a las tres y pico en Altsasu. Debí de abandonar su librería hacia la una.

—Tuvo dos horas para llegar a Pasaia y presentarse en el

portal de Mendikute. En coche no se tarda ni una hora —aseguró la ertzaina—. Tal vez tu visita fuera el desencadenante del crimen del pintor. Necesitaba vengarse de ti.

—Recuerda que no tiene rizos —objetó Leire.

Cestero jugueteó pensativa con el *piercing* de la lengua entre los dientes.

—Existen las pelucas. Ya empiezo a no dar importancia a los rizos —decidió en voz alta.

—Entonces también descartamos que sea necesariamente una mujer... —apuntó Leire.

—Claro —admitió la ertzaina con gesto contrariado.

Sin aviso previo, el faro se encendió junto a ellas. Con la campana de cristal al alcance de la mano, su luz resultaba ofensiva.

—¿Qué hora es? —preguntó Leire cogiéndole a la ertzaina el brazo para mirarle el reloj de pulsera—. Joder, si se nos ha hecho de noche... Mi madre tendría que haber llegado ya. —Se detuvo un momento, pensativa—. No... Hoy tiene reunión de Alcohólicos Anónimos. Ya no sé en qué día vivo.

—La tenemos en la grabación aquella —recordó Cestero anotando su nombre en una nueva página—. ¿Cómo lo ves? ¿Crees que sus problemas con la bebida podrían haberla llevado tan lejos?

—No. Es mi madre. Discutimos y se enfada porque intento atarla en corto, pero eso es todo —se apresuró a aclarar la escritora. La voz se le rompió y le costó arrancar de nuevo. El esfuerzo que hacía para no derramar nuevas lágrimas era evidente—. No digo que aquel día no me llamara ella. Quizás lo haría, pero sería por miedo. Estaba aterrorizada sola en el faro. Lo demás es imposible. Ni siquiera la veo tan fuerte como para clavarle un cuchillo a un hombre joven y deportista.

—No olvides el efecto sorpresa. Tu novio nunca hubiera esperado algo así de su suegra. Para cuando pudiera haber reaccionado...

—Para nada. Mi madre no fue —la interrumpió Leire reforzando con gestos su negación.

Cestero lamentó que no fuera objetiva. Las adicciones

podían transformar a una persona hasta el punto de hacerle perder los vínculos afectivos con su propia familia.

—Perdona que te esté haciendo pasar por esto. Sé que supone remover demasiadas cosas en tu interior, pero lo necesitamos para desatascar el caso —se disculpaba la ertzaina cuando un sonido llamó su atención hacia el lado opuesto del edificio. Alguien acababa de cerrar la puerta de un coche.

—¿Será ella? —se extrañó Leire acercándose a las almenas que se asomaban a la explanada de aparcamiento—. Si que han terminado pronto...

—¿Por qué no pruebas a hablar con su noviete del tema del alcoholismo? —inquirió Cestero—. Eso ayudaría.

Leire se apoyó en el muro y forzó la vista para tratar de localizar a su madre. Cuando la ertzaina llegó a su lado solo pudo ver los pilotos traseros del coche alejándose entre los árboles.

—No lo conozco —explicó la escritora sin apartar la mirada del aparcamiento—. No quiere presentármelo. Para mí que le da miedo precisamente eso, que le hable de sus problemas con el alcohol. Quizás tema que él la abandone si sabe de su adicción.

—Puede ser —reconoció la ertzaina antes de señalar hacia la carretera—. Mírala. Ahí la tienes. La ha dejado antes de llegar, como el día que estabas en Barcelona.

—Así lo hace siempre. Serán instrucciones de mi madre para evitar que pueda hablar con él —se lamentó Leire—. Joder, mira cómo viene. Ya estamos otra vez.

El paso de Irene era inseguro. Era evidente su falta de coordinación fruto del alcohol que habría estado bebiendo.

—El otro día venía bastante peor. Algo es algo —trató de tranquilizarla Cestero recordando las violentas eses que trazaba en mitad de la noche.

Leire no la escuchaba. Se había lanzado escaleras abajo para recibir a su madre. La ertzaina guardó el cuaderno en el bolsillo y alzó la vista hacia el cielo, de un tono que aún no era completamente negro. Se apoyó en una de las almenas y soltó un suspiro. No pensaba apresurarse. La guerra del alcohol no era cosa suya. Dejaría a la escritora y su madre que aclararan sus diferencias y después bajaría.

Era una noche hermosa, y más desde la serenidad de aquel faro solitario. La luna creciente, apenas una pestaña blanca, acariciaba las alturas de Ulia. Las ramas desnudas de un pino seco la ocultaban, aunque solo en parte. Le pareció ver movimiento allí arriba. Algún vecino paseando al perro. Un destello fugaz se lo corroboró. De pronto una idea comenzó a galopar en su mente.

—Joder, claro que la ve... —espetó Cestero en voz alta. Aquella elevación frente al faro era una buena atalaya para espiar el edificio. El dormitorio blanco, las bragas negras... Habían registrado la habitación en busca de cámaras y habían llegado a valorar que tal vez aquellas menciones no fueran más que simples casualidades.

Ahora, de pronto, todo cobraba sentido.

63

16 de noviembre de 2015, lunes

Cuando llegó al fuerte del Almirante le faltaba el resuello. Había corrido demasiado y la pendiente pasaba factura. Apenas había tenido tiempo de estacionar el coche en el apartadero que había al pie del sendero para subir a toda prisa con los prismáticos colgando del cuello. Todo con tal de no perderse la llegada a casa de Irene. ¿Cuántas veces más tendría que hacerla llegar borracha para que su hija se derrumbara impotente?

Todavía sentía en su boca el regusto a vino rancio de los labios de la alcohólica. Le repugnaba con toda su alma. Cada vez le resultaba más difícil fingirse enamorado y aguantar sus besos y sus miradas melosas. De buena gana le metería un tiro entre ceja y ceja, pero no podía. La madre era una pieza esencial en el juego. La necesitaba para alimentar los miedos de Leire y minarle la moral poco a poco hasta conseguir que su vida entera fuera un infierno.

Por fin comenzaba a sentir que estaba logrando vengar el daño que la escritora le había infligido en el pasado. Ella era la culpable de su soledad y de que tanta gente le hubiera dado la espalda. Ahora, por fin, se estaba haciendo justicia y pronto, muy pronto, cuando su existencia estuviera completamente arrasada por el dolor, regalaría a la escritora la dulce paz de la muerte.

Se llevó los binoculares a la cara y el faro se hizo de pronto tan grande que parecía al alcance de la mano. Buscó en la explanada de aparcamiento y en las escaleras de la entrada. Nada, solo un coche de la policía en el lugar habitual. No había sido suficientemente rápido. Comenzaba a mascullar un juramento entre dientes cuando reparó en que había movimiento tras la ventana de la cocina. Dirigió los prismáticos hacia allí y descubrió a Irene sentada a la mesa. Su gesto desorientado delataba que estaba bebida. Frente a ella se encontraba Leire Altuna. Los aspavientos, que se repetían una y otra vez, hablaban de un enfado mayúsculo. ¿Y quién era esa tercera mujer que las cortinas ocultaban en parte? Parecía mediar. Apoyaba la mano en el brazo de la escritora para pedirle que se calmara. En un momento dado, la desconocida se adelantó para susurrar algo al oído de Leire.

Entonces la reconoció.

¡Ane Cestero! ¿Qué hacía esa entrometida en la cocina del faro?

¿Cómo no se había dado cuenta de que se trataba de ella? Esos rizos eran inconfundibles. Cómo los odiaba... Cómo la odiaba a ella, su autosuficiencia y ese maldito *piercing* que la hacía parecer una fulana.

El sonido de un motor reclamó su atención hacia la carretera. Miró el reloj. Las siete. Debía de tratarse de alguna pareja en busca de un rincón para sus amores furtivos.

En la cocina seguían las caras largas. Maldijo por lo bajo a Cestero. Su presencia rebajaría a buen seguro la tensión habitual en las discusiones familiares. No era lo mismo enzarzarse con una mochila cargada de años de reproches a la espalda que hacerlo con alguien ajeno que tratara de establecer un punto de equilibrio. Ojalá su intermediación no fuera suficiente para que Irene confesara su identidad. Creía tenerla suficientemente aleccionada sobre lo mucho que podría hacer su hija para que su relación fracasara, pero tal vez la mujer se ablandara si era una ertzaina quien le preguntaba.

El ruido del motor creció en intensidad. Unos faros aparecieron entre los árboles y, pocos segundos después, una furgoneta de carga había alcanzado el ensanche donde la carretera del faro moría. Un hombre y una mujer bajaron de ella y abrieron el portón trasero. La luz del cajón de carga le permitió identificarlos: Felisa Castelao y Vicente, su marido.

Aquello sí que prometía.

Sin apartarse los prismáticos, sacó del bolsillo el paquete de tabaco y se llevó un pitillo a la boca. Los recién llegados portaban una larga escalera de madera hacia el faro, del que habían salido Leire Altuna y Cestero. El sencillo farol de la fachada iluminaba la expresión extrañada de sus rostros. La ertzaina decía algo, pero los graznidos de las gaviotas impedían oír sus palabras desde allí arriba.

—¡Millonaria! —Los reproches que profería la pescadera lograban, en cambio, llegar hasta su otero a pesar de la distancia.

El faro sumió todo en la oscuridad con una de sus fugaces ocultaciones. Cuando volvió a encenderse, la escalera estaba apoyada en la pared del edificio y alcanzaba casi las ventanas del segundo piso.

Todo ocurría demasiado rápido, y visto a través de los prismáticos tenía un cierto aire irreal, como una vieja película de cine mudo.

—...propiedad privada. Deténgase. —La voz de Cestero llegó clara esta vez.

La pescadera no hizo ademán alguno de obedecer. Sus manos se aferraron a la escalera y su pie derecho se apoyó en el primer peldaño a pesar de que Cestero tiraba de su ropa para que no lo hiciera.

El aumento que le ofrecían los prismáticos era demasiado potente para poder contemplar toda la escena al mismo tiempo, y se veía obligado a moverlos a un lado y a otro para comprender cuál era el papel de cada uno de los actores. Leire Altuna negaba con la cabeza, visiblemente disgustada, asustada incluso, al ver el cariz que estaban tomando los acontecimientos; Felisa había conseguido zafarse de la ertzaina y subía por la escalera con una pancarta bajo el brazo; su marido se encaraba con Cestero, que mostraba su arma a la gallega mientras le ordenaba que se bajara inmediatamente de allí. Tras la ventana de la cocina, Irene dormía ajena a todo con la cabeza apoyada sobre la mesa, una visión patética que le hizo soltar una risita.

—¡Millonaria! ¡...para el pueblo! —La pescadera continuaba gritando desde lo alto de la escalera mientras sus manos se apresuraban a atar la pancarta a una cañería.

—¡Baje ahora mismo de ahí! —le instó Cestero apuntándola con la pistola.

—¡Dispárame! ¡Vamos, vosotros siempre con los poderosos! —soltó Felisa con un tono cargado de rabia.

El faro volvió a sumir todo en la oscuridad y, cuando regresó la luz, el marido de la gallega, ajeno al arma, forcejeaba con Cestero para impedirle que subiera a obligarla a bajar. Un disparo detuvo el tiempo y una nube de gaviotas alzó el vuelo desde los acantilados cercanos. Los prismáticos se movieron rápidamente en busca de heridos, pero no había habido suerte. La ertzaina observaba su pistola con expresión sorprendida.

—¡Estás loca! —exclamó Felisa girándose hacia la agente.

Entonces sucedió lo que nadie esperaba.

La parte superior de la escalera se separó de la pared y comenzó a inclinarse hacia atrás. El arco que trazó en la noche fue primero muy lento, pero se aceleró conforme se aproximaba al suelo. Un alarido de pavor se sumó a los graznidos inquietos de las gaviotas cuando Felisa comprendió que su caída era inevitable. Sus brazos aletearon frenéticos para tratar de aferrarse a la pancarta que había conseguido ligar a la bajante.

El faro volvió a lanzar un brindis a la oscuridad. El escaso segundo sin luz discurrió demasiado lento, como si quisiera realzar el dramatismo del horrible crujido con el que el cráneo de Felisa se encontró con el asfalto.

Después todo fue silencio. Las propias gaviotas contuvieron la respiración mientras la sangre se extendía implacable junto a la pescadera y las carreras horrorizadas se sucedían allí abajo.

No era posible. Retiró los prismáticos y forzó la vista tratando de enfocar la distancia. Aquello no podía estar ocurriendo. Los lamentos y el llanto del marido no tardaron en confirmarle que era demasiado real. Incluso desde allí arriba lograba leer las grandes letras que colgaban de la fachada.

El faro para el pueblo.

Una risa incrédula se abrió paso en su pecho hasta estallar en una áspera carcajada. El festín de muerte seguía para Leire Altuna y esta vez ni siquiera había tenido que esforzarse. Dio una última calada al cigarro antes de perderse por el sendero que llevaba al coche. Quería estar lejos cuando llegaran los medios de comunicación y desplegaran sus antenas para conectar en directo con el telediario de la noche.

64

17 de noviembre de 2015, martes

El paraguas rojo daba una pincelada de color a un paisaje entristecido por la lluvia que caía desde antes del amanecer. Las propias ropas oscuras de Irene se aliaban con el cielo gris plomizo y los árboles despojados de hojas. Leire no recordaba cuándo las habían perdido, pero aquella mañana no cabía duda de que el invierno había llegado pese a que el calendario no lo anunciara aún.

Las gotas que corrían por la ventana desdibujaban en parte la silueta de su madre alejándose por la carretera, aunque todavía la intuía haciéndose cada vez más pequeña. Había sido incapaz de regañarla. Poco importaba ya que la víspera llegara bebida, si la sangre de Felisa todavía formaba un grotesco reguero en el asfalto mojado. El joven albino que trabajaba en el servicio municipal de limpieza trataba, desde primera hora, de eliminar todo recuerdo de aquel horror. Y, sin embargo, la sangre se resistía, como una última venganza silenciosa de la pescadera.

Había sido horrible. El crac del hueso, la sangre, los lamentos del marido, las cámaras, los focos... Durante horas, los alrededores del faro se habían convertido una vez más en el escenario de una película de terror.

El viento todavía hacía bailar la pancarta. La veía asomarse a la ventana con cada ráfaga. *El faro para el pueblo.* El último grito de Felisa, que nadie había osado retirar, quién sabía si por respeto póstumo o por alguna superstición.

Era una suerte que Cestero estuviera allí cuando todo ocurrió. De lo contrario nadie podría ahora corroborar el relato auténtico de lo sucedido. De poco serviría que el marido clamara ante los reporteros que a su mujer la habían matado derribando la escalera, si una agente de la autoridad defendía la realidad.

El albino, enfundado en su chubasquero amarillo chillón, alzó la vista hacia la ventana y cruzó una mirada con Leire. Sus ojos rojizos le causaron un desasosiego que trató de disimular alzando la mano y sonriendo. Él no respondió. Le mantuvo la mirada con indiferencia unos instantes y después volvió a agacharse junto a los restos de sangre.

Incómoda, Leire apartó la vista y buscó a su madre tras la cortina de agua. La curva estaba a punto de devorarla en su caminata diaria hacia la Bodeguilla. Caminando bajo la lluvia se veía frágil, desvalida. Como tantas otras veces, se dijo que iba siendo hora de comprar un coche.

Su madre volvió a acaparar su mente. El alcohol le estaba ganando la partida. Era tan evidente como doloroso. Pero era todo demasiado complicado. ¿Cómo iba a echarle en cara la borrachera de la víspera? ¿Cómo iba a hacerlo si esa noche había vuelto a despertarse con esas horribles pesadillas que tanto la angustiaban? ¿Cómo iba a hacerlo si la muerte de Felisa volvía insignificantes los tres o cuatro vinos de más que se hubiera tomado?

No había sido buena idea seguir viviendo en el faro tras el asesinato de Iñaki. Miró el teléfono que tenía en la mano. El plazo de la Autoridad Portuaria para abandonar el edificio estaba a punto de cumplirse y no se veía en la isla de Santa Clara en semejantes condiciones.

Solo le quedaba una opción.

Buscó en la agenda un teléfono que hacía tiempo que no marcaba y pulsó el botón de llamada.

—Vaya, si es mi hermanita, la desaparecida —la saludó Raquel tras solo tres tonos.

Leire se apartó el aparato y acercó el dedo a la tecla de colgar. ¿Era la misma Raquel que le había ofrecido su ayuda el día de la despedida de Iñaki? Se mordió la lengua y volvió a llevarse el móvil a la oreja. No pensaba rendirse a la primera de cambio.

—¿Qué tal estás, Raquel? ¿Qué tal Lorea? Debe de estar enorme —apuntó haciendo grandes esfuerzos por ser amable.

—¿Tú qué crees? Tiene seis meses. Está grande y bonita, pero eso ya lo sabrías si vinieras a verla. No siempre vas a tener una sobrina pequeña —le reprochó su hermana.

—Perdona, eh. No está siendo una época fácil para mí —se disculpó Leire indignada.

—Ya lo sé. Estuve contigo el día del funeral de Iñaki. No sé si lo recuerdas... Leire, sé que es difícil lo que te está tocando, pero al menos tú tienes a la *ama* ayudándote.

La escritora no daba crédito. Si Irene estaba en el faro era porque Raquel se negaba a seguir ocupándose de ella.

—Ya sabes que no es precisamente la mejor ayuda —apuntó la escritora sin entrar en detalles. No lo necesitaban. Las dos conocían de sobra unos problemas con el alcohol que habían comenzado hacía demasiados años.

—¿No iba tan bien con lo de Alcohólicos Anónimos? Venga, Leire, por lo menos te hará la comida... Mi vida también es complicada. Ni te imaginas lo desquiciante que es tener una cría que no te deja dormir por las noches.

Leire suspiró. No la aguantaba. De pronto cualquier opción le parecía mejor que irse a su casa mientras rehabilitaban el faro. Cualquiera, aunque tuviera que compartir cama con el asesino de Iñaki.

—Dale un beso a Lorea —dijo a modo de despedida.

—No te lo tomes a mal. Estás muy susceptible... —Le dio tiempo a escuchar antes de cortar la comunicación.

La escritora se cubrió la cara con las manos. Necesitaba calmarse. La lluvia que golpeaba incesantemente el vidrio no ayudaba.

—No puedo salir de aquí para meterme en otro faro —se dijo desesperada.

Su móvil emitió un zumbido. Lo había silenciado la víspera para no atender las llamadas de algunos periodistas que tenían su teléfono y que querían escuchar su versión de lo sucedido esa noche.

Se giró hacia la mesa y lo cogió del frutero. Era extraño

ver vacío aquel cesto de mimbre, una señal más de que las cosas no iban bien. Irene acostumbraba a pasar por la frutería y nunca faltaban naranjas, kiwis, plátanos y manzanas en casa. ¿Cuántos días hacía que había dejado de ocuparse de ello? Leire ni siquiera lo recordaba, y eso tampoco era la mejor señal.

Era un wasap. El remitente aparecía en un círculo con unas gafas de sol Ray-Ban. La visión de su sonrisa con los dientes excesivamente blanqueados le generó un sentimiento de impotencia. ¿A qué esperaba para denunciarlo?

Pulsó sobre el mensaje y se desplegó.

Tengo una sorpresa para ti. Vete escribiendo la novela, que te voy a cubrir de gloria y dinero.

Leire necesitó leerlo de nuevo para asimilarlo. ¿Cómo tan pocas palabras podían definir tan bien a alguien?

—Puerco de mierda —escupió con un mohín de desprecio.

El dinero. Siempre el dinero. No había nada más en el mundo para Jaume Escudella.

El timbre de la puerta la sobresaltó. No esperaba ninguna visita. Se asomó a la ventana. El albino había desaparecido del campo de visión. Tal vez se tratara de él.

—Soy Xabier. Abre, por favor.

Leire dibujó una mueca de hastío al tiempo que tiraba de la puerta.

—No voy a irme a tu casa —le dijo como único saludo.

—¿No me invitas a pasar? Me estoy empapando —le apremió su exmarido, logrando que se hiciera a un lado para permitirle entrar. A escasos metros, el ertzaina que custodiaba el faro aguardó un gesto de Leire antes de volver a introducirse en el vehículo—. Me he cruzado con tu madre y la he bajado a la Bodeguilla. No hace día para andar paseando...

Leire lo conocía lo suficiente como para adivinar un reproche en sus palabras. Si no vivierais aquí arriba, solas y desvalidas, tu pobre madre no tendría que caminar bajo la lluvia. Venga, admítelo, baja a San Pedro conmigo. Xabier no lo había dicho, pero no necesitaba decirlo.

—Tengo que comprarme un coche —anunció Leire intentando sacudirse de encima la presión—. He querido bajarla en moto, pero no ha aceptado.

—¿Te extraña? —la mueca burlona de su exmarido era aún más hiriente que sus palabras—. Lluvia, viento y hasta granizo... ¿Te parece un día para coger la Vespa?

Leire abrió el grifo del fregadero y llenó el hervidor de agua. No le apetecía té, pero necesitaba escaparse de la conversación.

—¿Has visto? Tuvieron que darme cuatro puntos, pero Vicente salió peor parado —se jactó Xabier mostrándole el tajo en la mano.

—¿A qué has venido, a enseñarme orgulloso tus heridas de guerra? —le preguntó Leire volviéndose hacia él.

Xabier apartó la mano herida de su vista.

—A ver qué tal estás. No se habla de otra cosa en el pueblo.

—¿Y qué dicen? ¿Que la maté yo? ¿Que si yo no viviera aquí Felisa seguiría con vida? —Leire sentía la rabia y la impotencia manejando su boca como si de una marioneta se tratara. Tenía miedo de bajar a Pasaia y ver la reacción de sus vecinos a la repentina muerte de la pescadera.

Xabier negó con la cabeza.

—Todos sabemos que fue un accidente. Su hija y Vicente andan erre que erre, y también algunos de quienes la jaleaban en eso del hotel, pero ya sabes...

Leire respiró tranquila al oír sus palabras.

—Se cayó. Fue horrible —apuntó con la mirada perdida en el recuerdo.

—¿Dónde fue, aquí mismo? —inquirió Xabier asomándose a la ventana.

—Ahí. Hace un momento todavía se veía la sangre —señaló Leire observando el lugar del impacto a través del cristal mojado. Ya no se apreciaba la marca roja.

El rugido del agua hirviendo ocultó el sonido del motor de la furgonetilla del albino, que se alejó lentamente por la carretera.

—Me he enterado de que tienes que abandonar el faro en dos días. Mi propuesta sigue en pie. Ven a mi casa —propuso

Xabier volviéndose hacia ella. Sus manos buscaron las de Leire, que las rechazó sin apartar la mirada de la ventana.

La escritora frunció el ceño. Así que era eso lo que lo había llevado al faro. Era increíble lo rápido que corrían las noticias por Pasaia.

—Espero no haber llegado tarde —insistió su exmarido—. En mi casa, en nuestra casa, hay sitio también para tu madre. —Le acercó la mano a la barriga. Su calor resultaba reconfortante—. Y para la pequeña, por supuesto. Leire, mírame. —La escritora se resistió unos segundos, aunque finalmente se giró hacia él. Sus bonitos ojos verdes carecían de la vitalidad de otros tiempos, pero parecían sinceros—. Te he echado de menos. Vuelve conmigo. Nada será igual, te lo prometo.

Leire se mordió el labio. Era una buena oferta, lo sería si no hubiera sentimientos de por medio y si pudiera aceptarla solo durante el tiempo que durara la obra en el faro. Sin embargo, las palabras de Xabier hablaban de amor y eso era algo que ella no podía ni quería ofrecerle.

—No voy a ir a tu casa. No hace falta que insistas —zanjó Leire tratando de parecer segura.

Los maxilares de Xabier se tensaron bajo la piel de su cara. No era alguien acostumbrado a que le llevaran tanto la contraria. Sin embargo, su voz continuó siendo afable:

—Está todo igual que cuando te fuiste. Además, en una semana vuelo al Índico. Me tengo que reincorporar al atunero y estaréis solas en casa. Venga, Leire…

—No, Xabier. Me alquilaré un apartamento aquí cerca. No necesito tu ayuda —mintió la escritora maldiciendo para sus adentros su mala suerte con el dinero. El bufete de abogados que llevaba el asunto de las preferentes le aseguraba que se produciría una sentencia favorable, pero esta llegaría demasiado tarde en cualquier caso.

—Piénsalo, Leire. Te estaré esperando —sentenció su exmarido propinándole un fugaz beso en la mejilla antes de abandonar el edificio.

65

17 de noviembre de 2015, martes

—Siéntate. —Madrazo señalaba la silla situada al otro lado de su escritorio. La barba de dos días que le cubría el mentón enmarcaba la mueca de circunstancias, claro anuncio de que la conversación no iba a ser tan amigable como días atrás en las calles de la Parte Vieja.

Cestero obedeció. Se esperaba el interrogatorio, aunque estaba tranquila. Ella había actuado correctamente.

—Cuéntame la verdad. Desde el principio —pidió el suboficial cruzando los brazos sobre la mesa. La camisa blanca que llevaba desabrochada se ceñía a su torso y le sentaba bien.

—Es exactamente como aparece en el atestado —explicó buscando su mirada—. Felisa se cayó sola. La escalera estaba mal apoyada y venció.

—¿Y el arma? ¿Por qué la sacaste? —inquirió Madrazo.

—Joder, ¿qué habrías hecho tú?

El suboficial tomó aire a fondo mientras se recostaba en la silla.

—Solo era una pancarta.

Cestero sabía que tenía razón. Lo sabía desde que vio la escalera caer.

—Estaba sola y no tenía porra ni nada. El marido estaba muy violento. Y ella... Ya sabes cómo se las gastaba esa señora. Solo mostré el arma como medida disuasoria.

Madrazo asintió apretando los labios. Cestero celebró que en sus ojos se adivinara una complicidad que su expresión corporal no permitía intuir.

—Dámela —le pidió su jefe estirando la mano.

—¿Mi pistola? —se extrañó la ertzaina.

El suboficial asintió con gesto grave.

—El marido dice que efectuaste un disparo. No lo he visto en el informe.

Cestero entrelazó las manos sobre la mesa. Sabía que el disparo podría causarle problemas.

—Solo mostré el arma para instar a Felisa a bajar de la escalera. El tío se me abalanzó encima. Quería quitármela.

Madrazo arrugó los labios mientras la estudiaba largamente con la mirada.

—Sé que no disparaste por capricho —aseguró antes de hacer un gesto con la mano para insistir en que le entregara el arma—. La van a examinar los de balística. Es el protocolo. No deberías haber omitido el disparo en el atestado.

La ertzaina asintió lentamente. Conocía el procedimiento. Se puso en pie y asió la manilla de la puerta. La pistola estaba en el cajón de su mesa.

—Ahora la traigo —anunció tirando del pomo.

La cabellera rubia de Letizia se coló por el quicio mientras la agente primera trataba de recuperar la compostura. Su rostro era un poema.

—¿Desde cuándo se espían las conversaciones en esta comisaría? —le espetó Madrazo levantándose de la silla.

Cestero se rió para sus adentros sin abandonar el despacho. Quería ser testigo de las explicaciones que su compañera pudiera dar de su lamentable comportamiento.

—Yo... No es lo que parece. Para nada. Qué fuerte que creas eso de mí. —Era increíble la facilidad que tenía la agente primera para tomar el papel de víctima—. Solo quería asegurarme de que estabas solo antes de molestar. Traigo algo que puede ser importante —añadió tendiendo un documento a Madrazo—. Acaba de llegar. Es sobre el móvil desde el que se ha estado amenazando a la farera.

El suboficial le arrebató el papel y lo leyó, al principio de mala gana y después con atención.

—¿Tú no tenías que ir a por tu pistola? —le indicó Letizia a Cestero. Su tono incluía una burla.

—Espera, no te vayas —le indicó Madrazo alzando la mano. Sus ojos seguían clavados en el documento, y en sus labios no había ni rastro de sonrisa—. Esto es muy grave.

Letizia se las arregló para interponerse entre el suboficial y Cestero, que tenía que mirar por encima del hombro de su compañera.

—Para mí que hay algún tipo de malentendido. No puede ser —comentó la agente primera.

Madrazo negó con la cabeza.

—No sé qué cojones habrán hecho con la cadena de custodia —dijo alzando la vista del escrito.

Cestero no entendía a qué se referían.

—¿Qué ha pasado?

El suboficial le tendió el papel esquivando a Letizia.

—La compañía telefónica nos remite a nuestra comisaría en Irun. Parece ser que hace dos meses nuestros compañeros solicitaron información sobre el mismo número de móvil desde el que se han realizado las amenazas a Leire Altuna. —Hizo una pausa para dar tiempo a que Cestero leyera el informe—. El aparato y su tarjeta SIM prepago se corresponden con uno que fue incautado en una operación contra la trata de blancas. Su propietario es un ruso con permiso de residencia.

—O el ruso ha quedado en libertad y le han devuelto el teléfono o se trata de un error —insistió Letizia—. Seguro que han mezclado los dos casos.

—¿Has llamado a Irun para comprobarlo? —le preguntó Madrazo con un tono impertinente que hizo sonreír a Cestero.

La única respuesta de la agente primera fue negarlo con la cabeza. También ella había captado el mensaje de su superior y comprendía que era mejor no continuar por ese camino.

—¿Llamo? —se ofreció Cestero.

—Ya era hora, alguien con iniciativa —apuntó Madrazo llevándose la mano a la frente para apartarse el flequillo—. Vaya movida. Como se confirme que una prueba ha desaparecido de una comisaría y está siendo utilizada para amenazar a Leire Altuna... Es que no quiero ni pensarlo.

Cestero corrió a su mesa y buscó en el directorio el teléfono de la comisaría de Irun. Marcó el número y solicitó que le pasaran con Investigación. Una voz de hombre que se adivinaba joven saludó enseguida al otro lado del hilo telefónico. Estaban al corriente del informe y el extranjero detenido continuaba en prisión preventiva.

—Hemos estado haciendo inventario de todas las pruebas que tenemos en el armario de seguridad y no hay rastro de ese teléfono —reconoció.

—¿Lo teníais bien custodiado? —quiso saber Cestero. En realidad imaginaba la respuesta. Ella misma tenía a veces en su cajón pruebas que deberían estar bajo la custodia de un superior. Los protocolos eran claros al respecto, pero cuando algún agente trabajaba con una prueba acostumbraba, a menudo, a guardarla personalmente durante el tiempo que precisara consultarla. No era lo correcto, pero se hacía frecuentemente.

—Del armario de custodia no lo han robado —se limitó a decir el agente.

Cestero no necesitaba oír más.

—Pero lo han robado —señaló tajante.

—En nuestras instalaciones no está —reconoció el ertzaina.

Cestero se despidió y volvió al despacho del suboficial. No le gustaría estar en la piel de quienes trabajaban en la comisaría de Irun. Si la pérdida de una prueba por un fallo en la cadena de custodia era considerada un error capital, la vinculación de esa misma prueba con un caso en el que no faltaban asesinatos era de una gravedad incalculable. Iban a rodar cabezas y, lamentablemente, serían, como siempre, las de quienes menos lo merecerían.

—¿Qué tal, Ane? —la saludó una voz a sus espaldas. Aitor Goenaga acababa de entrar a la sala y colgaba su chubasquero del perchero. Las gotas dibujaban un boceto abstracto en las baldosas grises del suelo—. Vaya manera de llover. Oye, ¿estás bien? Se diría que acabas de cruzarte con un muerto.

La ertzaina sonrió por cortesía. Su mente estaba lejos de allí, comenzaba a hilvanar una teoría que resultaba demasiado inquietante.

—Hay novedades. Luego te cuento, ahora tengo que ir adonde Madrazo —anunció dirigiéndose al despacho del suboficial. Antes de abandonar la sala, sin embargo, se giró de nuevo hacia su compañero—. ¿Te toca custodia del faro esta mañana?

—Sí. He venido a redactar unos informes y me voy para allá. Zigor estará deseando que le dé el relevo. Las noches se hacen pesadas allí arriba.

Cestero asintió.

—Espérame. Creo que iré contigo —le pidió antes de alejarse apresuradamente.

Cuando llegó al despacho, Letizia se las había arreglado para sentarse junto al suboficial.

—¿Qué te han dicho? —apremió Madrazo.

—Se confirma que el teléfono móvil salió de allí.

El gesto de asombro de su jefe era evidente.

—Esperaba que se tratara de un error. ¿Os dais cuenta de la gravedad de lo que estamos hablando? ¿Te han dicho si tienen alguna hipótesis de lo sucedido?

—Nada.

—Tiene que ser un error. No puede ser de otra manera —intervino Letizia con gesto autosuficiente—. ¿No encuentran el teléfono?

Cestero no le contestó. Llamó la atención de Madrazo alzando la mano y señaló hacia la puerta.

—¿Puedo irme un par de horas?

—¿Adónde? —inquirió el suboficial mirándola de soslayo.

—Tengo una corazonada. Luego te cuento.

Letizia se giró con una mueca de incredulidad hacia Madrazo mientras aguardaba su respuesta cortante. Sin embargo, el suboficial asintió con una mueca de complicidad tras unos instantes valorando la respuesta.

—Vete. Tómate el tiempo que necesites. Pero trae la pistola ahora mismo.

66

17 de noviembre de 2015, martes

La lluvia que los acompañaba al salir de la comisaría cesó en cuanto el Renault Megane dejó atrás Rentería y el humo blanco de su fábrica de papel. Las grúas del puerto se adueñaron después del paisaje y un lento tren cargado de coches regaló una nota de colorido a la mañana gris.

—¿No me vas a contar nada? —insistió Aitor sin apartar la vista de la carretera. El autobús de Lurraldebus que les precedía acababa de detenerse en la parada de Antxo y vomitaba pasajeros en la acera.

—Todavía no es más que una idea muy vaga. Quiero asegurarme antes de meter la pata —se disculpó Cestero estudiando a los pasajeros recién apeados del transporte público, cuyas ropas de colores oscuros sugerían que el invierno había llegado.

—Lo del teléfono ese es muy raro. Para mí que es un error. Un número bailado en el registro de pruebas o algo así —comentó su compañero reanudando la marcha.

Cestero se limitó a guardar silencio. Ojalá se tratara solo de eso, aunque cuanto más tiempo tenía para tejer sus ideas, más segura estaba de haber dado por fin con una buena pista.

—¿Y este libro? —inquirió la ertzaina tomando en sus manos la novela que Aitor llevaba en la guantera—. No me digas que ahora lees a Leire Altuna.

El ertzaina se ruborizó.

—Bueno... Tanto oír hablar de ella...

Cestero soltó una risotada. Le gustaba lo transparentes que resultaban los sentimientos de su compañero.

—¿Te mola Leire? —Su pregunta sonó demasiado a afirmación.

Aitor trataba de gestionar su rubor mientras se encogía de hombros.

—Acabo de empezar su libro. Es pronto para decirte si me gusta o no —murmuró con fingida falta de interés.

—No te hagas el tonto —se burló Cestero—. Ya sabes a qué me refiero.

Las naves de la Herrera, con almacenes de sal en desuso y depósitos de carbón venidos a menos, desfilaron a ambos lados del coche antes de que la avenida principal de Trintxerpe tomara el relevo. El silencio incómodo de Aitor fue cediendo el testigo a una leve sonrisa que anunciaba que Cestero había dado en el clavo.

—¿Así vigilas tú el faro? —espetó la ertzaina antes de estallar en una nueva carcajada.

Su compañero se volvió a ruborizar y Cestero supo que era mejor no ahondar en el tema.

La entrada en la estrecha carretera del faro borró de golpe las últimas casas de Trintxerpe y dibujó un paisaje donde el color otoñal de los árboles y el verde oscuro de la lámina de agua del puerto eran los protagonistas. El Megane ganó altura rápidamente y las casas de San Juan, presididas por la ermita de Santa Ana, se dibujaron al otro lado de la estrecha bocana. Un buque naranja se abría paso junto al pueblo rumbo a mar abierto. Fue una visión fugaz, porque el arbolado lo ocultó todo enseguida. Cestero saludó con la mano a dos monjas que paseaban agarradas del brazo bajo un paraguas de tamaño considerable. Después señaló un Opel Zafira negro estacionado al borde de la estrecha carretera.

—Déjame aquí mismo —indicó observando el sendero que arrancaba junto al coche y trepaba con fuerza para adentrarse en un pinar—. Espera… ¿Tienes una bolsa de pruebas?

Aitor la observó inquisitivo conforme se la entregaba.

—Me tienes intrigadísimo —confesó esperando una explicación.

Cestero mostró una sonrisa enigmática.

—Luego bajo al faro y te cuento —dijo cerrando la puerta y esperando a que el Megane continuara su camino para dirigirse al sendero. Antes de poner el primer pie en él se llevó la mano al pecho y buscó en balde su pistola. La acababa de dejar sobre la mesa de Madrazo.

Con una desagradable sensación de vulnerabilidad, se dejó devorar por el pinar y comenzó a remontar el desnivel.

****

Era la puerta de un coche cerrándose, no cabía duda. El motor se había detenido, alguien había salido del vehículo y este había vuelto a reanudar la marcha. El sirimiri que caía desde que había llegado a su puesto de caza, hacía apenas quince minutos, no era suficiente para ocultar ruidos tan fuertes. Al contrario, daba la impresión de que esa lluvia fina y la falta de viento amplificaban los sonidos cercanos, creando una suerte de cortina de agua que silenciaba el resto del mundo para realzar la proximidad más inmediata. Así, cada gota que se precipitaba desde su capucha a los helechos secos que cubrían el suelo resultaba perfectamente audible en aquella extraña calma otoñal.

Los primeros pasos no los oyó, pero supo que alguien subía por el sendero. Quienquiera que fuera habría visto su coche allí abajo, aunque eso no era ningún problema. Podría tratarse del vehículo de cualquier excursionista.

El runrún del motor continuó abriéndose paso entre los árboles hasta que el Renault Megane tomó forma en la explanada de aparcamiento del faro. El policía que lo conducía se apeó para saludar al compañero que había pasado la noche ante la torre de luz.

Dirigió los prismáticos hacia el sendero que subía de la carretera. La inquietud le corroía las entrañas. No podía quedarse allí mientras un ertzaina subía por aquella senda que tantas veces había recorrido en los últimos días para espiar a su presa. Todavía recordaba el gesto aterrorizado de Leire Altuna cuando comprendió, con el teléfono en la mano, que alguien la espiaba de cerca. Todavía sentía en la boca la dulce sensación de saberse dueño del destino de aquella escritora que removía todos los rincones de su habitación en busca de alguna cámara oculta.

Los pinos le impedían ver el sendero. La misma vegetación que le había servido de escondrijo se volvía ahora en su contra. Sin embargo, el crujido de algunas ramas que alguien pisaba en su avance le avisó de que realmente era lo que parecía. Un ertzaina subía hacia el fuerte del Almirante.

****

El pinar se abrió para ceder el testigo al bosque bajo. Arbustos espinosos y helechos cubrían la vertiente marítima del monte Ulia, por la que serpenteaba la senda. Un cruce apareció ante Cestero y la obligó a elegir. La opción de la derecha bajaba hacia un roquedo y se perdía entre árboles para desembocar en la explanada de aparcamiento del faro. La de la izquierda, por la que siguió subiendo la ertzaina, se encaminaba hacia una cumbre que se adivinaba amable. Era allí, no le cabía duda, donde había visto aquel destello la víspera antes de que lo de Felisa cambiara el foco de su atención.

—Maldita lluvia —siseó pasándose la mano por la cara para apartarse las gotas que le hacían cosquillas en la nariz.

El sirimiri no cesaba y se fundía con una fina bruma que adormecía el paisaje, sumiéndolo todo en una tristeza que calaba hasta los huesos. Todo rastro de color había desaparecido de aquel mundo silencioso y solitario.

Deteniéndose para recuperar el resuello, Cestero se giró hacia el mar. La espuma blanca del oleaje dibujaba caminos a ninguna parte en una inabarcable masa gris metálico. El carguero que hacía unos minutos había visto abandonando la seguridad del puerto se alejaba hacia el horizonte entre embates de olas que saltaban furiosas sobre su cubierta. Y todo sumido en un pesado silencio, como visto a través de un televisor sin sonido.

De pronto una extraña sensación la obligó a volverse hacia

la cumbre cercana. Se sentía observada. Intentó atisbar movimiento o alguna figura humana entre la bruma, pero fue en vano. Reanudando la marcha, se dijo que allí no había nadie, que estaba sola en medio de la nada. El recuerdo del Zafira estacionado a pie del sendero, sin embargo, le hizo redoblar la atención.

****

Conteniendo la respiración, retiró el seguro de su pistola. Estiró el brazo que sostenía el arma y cerró el ojo izquierdo para apuntar mejor. Estaba lejos para acertarle a la primera, pero si aquella entrometida daba un paso en falso no dudaría en descerrajarle los tiros que hicieran falta. Le dolía verla allí, pisándole los talones, aunque no le sorprendía que a alguien se le hubiera ocurrido que a Leire Altuna la espiaban desde aquel fuerte que dominaba gran parte del paisaje. ¿O acaso esos idiotas creían que era casualidad que supiera de que color eran las bragas de la escritora?

—Vamos, acércate, zorra —mascullló entre dientes sin soltar la pistola. No le gustaba ver a Cestero husmeando tan cerca de su otero, ni haber tenido que abandonarlo para esconderse tras unas rocas cercanas.

Odiaba a aquella ertzaina. Pocas cosas le harían más feliz que poder matarla a sangre fría, meterle un tiro que la dejara malherida y rematarla tras acercarse para regocijarse ante ella de la vida que le arrebataba. Sin embargo, sabía que no debía hacerlo. Todo estaba preparado para el golpe definitivo, un golpe perfecto que acabaría con Leire Altuna sin que nada pudiera salpicarle. ¿Qué mejor que una muerte a manos de su madre? La pistola que le había dado estaría ya bajo el colchón de su cama. Solo faltaba añadirle esa tarde un poco de estramonio en el vino para que las visiones se volvieran más intensas y disparara a su hija cuando acudiera a socorrerla.

Nadie creería la versión de esa vieja alcohólica cuando explicara que se había tratado de un error.

Era, sencillamente, perfecto. Solo lamentaba no poder ver

el gesto de la escritora cuando ella y la hija que llevaba dentro murieran a manos de la misma persona que la trajo al mundo.

No podía echarlo a perder ahora.

Cuando todo pasara, tendría tiempo de ir a por Cestero.

****

La ertzaina estaba segura de haber dado con el lugar que buscaba. La perspectiva del faro, que se recortaba allí abajo, como una siniestra casita de muñecas colgada sobre el mar, era la correcta. Apenas pudo comprobarlo unos instantes, porque la bruma se hizo de pronto más densa y apenas alcanzaba a ver a cuatro o cinco metros. La sensación de estar siendo observada se agudizó y se llevó la mano al arnés. Maldiciéndose por haberse aventurado en aquel lugar sin llevar un arma, volvió a centrarse en el viejo puesto de caza de palomas que se alzaba junto al fuerte del Almirante. Los helechos pisoteados delataban movimiento reciente, algo que habría sido normal dos años atrás, antes de que fuera prohibida la caza en el monte. Ahora, en cambio, con los cazadores litigando en los tribunales para regresar a Ulia, aquellas huellas recientes carecían de una explicación lógica.

—Ya te tengo —anunció agachándose hacia la hierba para apartarla con la mano.

Con una sonrisa de satisfacción, recordó los leves destellos de la víspera. El primero le había pasado casi desapercibido desde la terraza del faro. Fue el segundo, que llegó instantes antes de la muerte de Felisa, el que le indicó que allí arriba había alguien encendiéndose un cigarrillo. Después llegó la fatal caída y todo pasó a un segundo plano, del que no había emergido hasta que esa mañana comenzara a atar unos cabos que ahora parecían confirmarse.

Con sumo cuidado para no contaminarlas, introdujo en la bolsa de pruebas las dos colillas que encontró.

El corazón le latía deprisa. Sabía que lo tenía.

67

18 de noviembre de 2015, miércoles

De pie ante la cama, la escritora observaba desanimada las maletas abiertas y a medio llenar. Nunca antes le había costado tanto preparar el equipaje. La idea de abandonar su casa, aunque solo fuera por unos meses, le resultaba insoportable. En realidad, no era tanto el hecho de dejar el faro como el tener que refugiarse en el piso de su exmarido. Porque se había decidido por la casa de Xabier. Al fin y al cabo, solo convivirían unos días con él porque después se iría bien lejos, al pesquero en el que faenaba frente a las costas de Somalia. Así su madre podría continuar con su trabajo y no tendrían que alejarse de Pasaia. Tras casi quince años en el pueblo, sentía que sus raíces estaban allí. Lejos, demasiado lejos, quedaban sus días infantiles de correrías por el Casco Viejo bilbaíno. Además, aunque le costara reconocerlo, cualquier opción le parecía mejor que irse una temporada a Getxo con su hermana.

El sonido metálico se repitió. Lo hacía cada veinte o treinta segundos, con una cadencia insistente que despertaba en la escritora el desasosiego de la aguja del reloj en una cuenta atrás. Los obreros descargaban andamios de un camión y los apilaban al pie del edificio. La obra comenzaría al día siguiente y los preparativos se aceleraban. Los alrededores del faro se habían convertido en un ruidoso campo de maniobras.

Se dirigió al armario y cogió un par de sujetadores. Se prometió que solo se los pondría en caso de emergencia, o acabaría cediéndolos. En cuanto llegara a casa de Xabier iría a la mercería a por ropa interior de premamá.

Otra vez ese horrible ruido metálico. No lo soportaba.

Podrían ir con más cuidado y no dejar caer los andamios con tan poco tacto. Se llevó las manos al vientre en respuesta a una patada de Sara. Sus movimientos, apenas perceptibles hasta hacía un par de semanas, comenzaban a ganar intensidad.

Todavía no había avisado a su exmarido de que Irene y ella pasarían una temporada en su casa. Guardaba una última esperanza de que la Ertzaintza lograra detener antes al asesino de Iñaki, aunque, a medida que pasaban las horas, comenzaba a perderla. Cestero, sin embargo, le había asegurado por wasap que las cosas iban bien y que no tardaría en tener noticias suyas.

Estaba nerviosa. La ertzaina no le respondía a las llamadas y se limitaba a rogarle paciencia en sus mensajes.

Era fácil pedirlo, pero complicado estar tranquila cuando la policía estaba a punto de detener al asesino de Iñaki. Si todo iba bien, en unas horas todo habría acabado. Ojalá ese cabrón estuviera pronto entre rejas. Así todo sería más fácil. Podría mudarse al faro de Santa Clara sin tener que pasar por el piso de Xabier, donde podrían protegerla sin necesidad de grandes despliegues.

La escritora todavía no daba crédito. Estaban pendientes de un análisis de ADN, pero Cestero estaba demasiado segura de que era él. Leire negó con la cabeza. Por más que trataba de buscar un motivo para que la odiara tanto, no lograba comprenderlo. Era lo malo de los psicópatas. Adentrarse en sus mentes repletas de requiebros resultaba imposible. Sin embargo, ella necesitaba una explicación.

¿Por qué?

Introdujo en la maleta varios pantalones y retiró de sus perchas algunas chaquetas, que extendió sobre la cama y dobló menos meticulosamente de lo que hubiera deseado. No podía concentrarse. Era todo tan increíble… Por más que lo pensaba, no entendía —y sabía que jamás podría hacerlo— que alguien cuya labor era dar protección a los demás estuviera detrás de tanto horror.

68

18 de noviembre de 2015, miércoles

Cestero alzó la vista hacia el rótulo con un pájaro azul que coronaba el edificio y sonrió para sus adentros. La idea había sido suya y había logrado cautivar a Madrazo desde el primer momento. El suboficial empujó la puerta de la garita de vigilancia y la ertzaina le siguió al interior. El empleado de Prosegur se puso en pie tras el mostrador. A pesar de su evidente juventud y de su rostro casi infantil, era calvo como una bola de billar.

—Somos ertzainas —se presentó Madrazo mostrando su placa—. Venimos a practicar una detención.

—¿Aquí? —se extrañó el vigilante pulsando el botón que desbloqueaba el giro del torno—. ¿Puedo ayudaros? ¿Conocéis las instalaciones?

—Ya nos las arreglaremos —indicó el suboficial—. ¿En qué plató se hace el programa *La tarde es nuestra*?

—En el tres. Están ahora mismo en directo. ¿Seguro que no necesitáis ayuda?

—No, gracias. Solo precisamos discreción para que no se frustre la operación —apuntó Cestero siguiendo a su jefe.

Un corto tramo al aire libre, de nuevo bajo la intensa lluvia, los llevó al edificio principal. Tras el mostrador de recepción, en el que una mujer enfundada en un uniforme oscuro se limitó a sonreírles, arrancaba un largo pasillo al que se abrían diferentes platós. Fotos anticuadas de presentadores famosos colgaban de las paredes, en un intento de romper la monotonía de aquel sobrio espacio de ladrillo y conducciones a la vista.

—Quizás no es el momento, pero tengo una mala noticia que darte —anunció Madrazo sin dejar de caminar.

—¿Me van a suspender? —se adelantó Cestero sintiendo un nudo en la garganta.

—Balística ha confirmado que el casquillo hallado junto al faro salió de tu arma. Asuntos Internos ha abierto una investigación y serás apartada de tu puesto mientras no se esclarezcan los hechos. Ya puedes rezar por que la bala no aparezca incrustada en la escalera de la que cayó la pescadera.

La ertzaina torció el gesto. Ella había disparado al aire, pero en pleno forcejeo con Vicente resultaba imposible aventurar adónde había ido a parar el proyectil.

—¿Cuándo entra en vigor mi suspensión? —quiso saber.

Madrazo le apoyó la mano en la espalda.

—Tengo la orden en mi despacho. No la he ejecutado porque mereces estar hoy aquí. Si el caso está resuelto ha sido gracias a ti —admitió el suboficial apretando afectuosamente el hombro de su compañera—. En cuanto regresemos con el detenido a la comisaría, te retiraré la placa. Espero que solo sea por unos días.

Cestero no tuvo tiempo de contestar. Un número tres destacaba en una puerta metálica de gran tamaño que se encontraba entornada. El piloto rojo sobre el dintel anunciaba que el programa estaba en plena emisión.

—¿Cómo lo hacemos? —inquirió asomándose al interior. Varios operadores de cámara se hallaban apostados alrededor de un plató presidido por una mesa con varios tertulianos—. ¿Lo detenemos así, a saco?

Madrazo se mordió el labio.

—No. Aguardaremos al primer corte para la publicidad.

—¿Pasamos al plató o esperamos aquí, en el pasillo? —preguntó Cestero.

—Entramos. Nos quedaremos entre las cámaras —decidió el suboficial tirando de la puerta. El operador de cámara que tenían más cerca se giró con gesto despreocupado hacia ellos, y no tardó en perderse de nuevo en la imagen que le mostraba la pantalla de su aparato.

—Ahí lo tenemos —susurró Madrazo señalando a Santos con el mentón.

Cestero ya lo había visto. Ocupaba una silla a la derecha de la presentadora, que escuchaba atentamente a otro invitado que la ertzaina reconoció vagamente de haberlo visto desde la comodidad de su sofá. Otros dos tertulianos ocupaban los extremos de la mesa.

—¿Cómo ve el asunto de la muerte de Felisa Castelao, comisario? Su marido denuncia que hubo un disparo que la derribó. ¿Es la Ertzaintza responsable del fatal desenlace? —preguntó la conductora cuando el otro terminó su disertación sobre la maldad inherente al ser humano.

—¿Comisario...? —se indignó Madrazo—. Vaya jeta... Si hace años que no lo es y encima está suspendido.

Cestero se encogió de hombros al tiempo que suspiraba. Nada le sorprendía. Llevaba demasiadas tardes viendo a Santos en la televisión y estaba acostumbrada a que lo presentaran con tanto boato.

—Sin duda. ¿A qué viene disparar contra una mujer que está colgando una pancarta inocente? —replicó Santos con gesto grave—. Una muestra más de lo mal que se están haciendo las cosas. Hay demasiado nerviosismo entre los agentes que llevan el caso del crimen del faro. Saben que están dando palos de ciego desde el primer día y eso no es bueno. El autor de los asesinatos se crecerá ante la debilidad policial. Golpeará de nuevo, y estoy seguro de que no tardará en hacerlo. Me jugaría el cuello a que esta semana tendremos nuevas víctimas.

—Deberíamos detenerlo ahora mismo —apuntó Cestero. No podían permitir que siguiera sembrando dudas sobre la actuación policial.

Madrazo negó con la cabeza.

—No vamos a interrumpir la emisión. Espera un poco al intermedio.

El cámara que tenían cerca los reprendió con la mirada. No podía entenderles, y menos con los auriculares que le permitían recibir órdenes del realizador, pero los cuchicheos no eran bienvenidos entre las bambalinas de un programa en directo.

—¡Madre mía, más muertes esta misma semana! —se escandalizó la presentadora gesticulando hacia la cámara que la enfocaba—. Ojalá Antonio Santos se equivoque. Nunca he deseado con más fuerza que un colaborador esté en un error.

Cestero resopló asqueada. Aquello era demasiado. Si el corte para la publicidad se demoraba le iba a costar mucho no acercarse a la mesa y acabar con aquel lamentable circo.

—¿Cómo soportan tanto calor? —protestó Madrazo dándose aire con la mano.

Decenas de focos iluminaban el plató, rodeando con un aura de luz la mesa de la tertulia y el decorado formado por un sencillo contrachapado de madera pintado con motivos urbanos. No faltaba una falsa ventana tras la que una foto a gran tamaño mostraba una vista vespertina de la ciudad. Por el suelo corrían, como largas serpientes, cables de los colores más diversos.

—Me ha visto —anunció Cestero sintiendo un cosquilleo en el estómago.

La primera reacción de Santos al reconocerla entre los operadores de cámara fue esquivar la mirada. Sin embargo, ahora la tenía clavada en ella. La sonrisa de autosuficiencia que mostraba hacía apenas unos segundos se había congelado en sus labios.

—Te tenemos, cabrón —musitó Madrazo.

La presentadora discutía unos detalles de la argumentación de la mujer que ocupaba la silla a la derecha del excomisario, una socióloga que trataba de esbozar un perfil colectivo de los habitantes de Pasaia.

Santos no las escuchaba. Sus ojos seguían fijos en Cestero. Destilaban odio, pero también, y eso reconfortó a la ertzaina, miedo. Se sabía atrapado. Si ella y Madrazo estaban allí, junto a la única puerta de salida, no era para darle la enhorabuena por sus declaraciones.

Cestero se sacó las esposas del pantalón y se las mostró con una mueca burlona.

—¿Cómo tuviste tan claro que era él? —inquirió Madrazo sin apenas mover los labios.

—Porque he trabajado a sus órdenes. Porque lo he sufrido. Es un jodido psicópata y un idiota al mismo tiempo. Lo del móvil me resultó demasiado evidente. ¿Quién podría ser tan necio como para creer que el terminal no nos llevaría a la comisaría de Irun? Joder, si lo primero que hacemos cuando incautamos un teléfono es extraer de él toda la información que podemos...

—Pues has solucionado un caso que nos estaba costando la reputación —reconoció el suboficial pasándole fugazmente la mano por la espalda. Cestero sospechaba que, de haber estado solos, el gesto habría sido más efusivo.

Las pruebas de ADN habían sido concluyentes. Las colillas halladas en el puesto de caza de palomas del fuerte del Almirante habían pasado por la misma boca que había mordisqueado los bolígrafos de la mesa de Santos en la comisaría de Irun. Y no sería la única prueba con la que contaran, pues Aitor y Letizia estaban a punto de entrar a casa del excomisario. Si todo iba bien en el registro, darían con el teléfono móvil robado en dependencias policiales. Santos no tenía escapatoria.

La presentadora introdujo un cambio de tema, pero el excomisario alzó la mano para interrumpirla. El piloto rojo de la cámara que le enfocaba se encendió.

—Mírala. Ahí la tienes —anunció señalando a Cestero—. Esa es la ertzaina que disparó contra Felisa Castelao. Seguro que ha venido a explicar su actuación negligente.

—La madre que lo parió —masculló Madrazo mientras la presentadora dirigía una mirada extrañada hacia los policías.

A una orden del realizador, uno de los operadores de cámara giró el objetivo hacia Cestero. Desde su asiento en la mesa, Santos sonreía, aunque sus ojos delataban su miedo.

—Vamos —decidió Cestero dando un paso al frente. Madrazo la siguió con la pistola en la mano y el dedo tenso en el gatillo—. Antonio Santos, quedas detenido por los asesinatos de Iñaki Arratibel y Wifredo Sánchez Mendikute —anunció orgullosa.

Las cámaras bailaban alrededor de la escena, recogiendo cada detalle y haciendo enmudecer a la presentadora, que apenas alcanzó a balbucear algo como que *La tarde es nuestra* siempre se adelantaba a la noticia.

Santos no ofreció resistencia. Sus manos se unieron en su zona lumbar para facilitar que lo esposaran mientras su cabeza negaba una y otra vez con gesto apenado.

—Es un error —anunció con la mirada clavada en la cámara que tenía el piloto rojo encendido—. No es más que un lamentable error. Uno más de los policías que llevan el caso.

Cestero lo sujetó por la nuca y lo empujó hacia la salida. De buena gana le habría escupido en la cara, pero se obligó a mantener la compostura. Demasiadas cámaras estaban siendo testigo de cada uno de sus movimientos. Se sentía tensa, de pronto formaba parte de una extraña obra de teatro, pero estaba también exultante. Aquello no había salido exactamente como tenían planeado, pero las esposas constreñían las muñecas del excomisario y miles de hogares habían podido seguir en directo el espectáculo de su detención.

69

19 de noviembre de 2015, jueves

Iñigo empujó la puerta sin darse cuenta de que estaba conteniendo la respiración. Todos los músculos de su cuerpo estaban tensos y se sentía como quien hace equilibrios sobre una cornisa asomada al abismo. De pronto aquel viejo teatro reconvertido en cafetería era el último lugar en el que quería estar, y, sin embargo, sabía que tenía que hacerlo. Le había costado dar el paso y aún más que ella aceptara su invitación. No podía echarse atrás. Tampoco seguir escondiéndose tan lejos de Bilbao como pudiera. Necesitaba entender qué había ocurrido, qué había hecho tan mal y pedir perdón por el daño que había ocasionado a aquella muchacha a la que doblaba la edad.

Sin moverse de la entrada, recorrió con la mirada las mesas que ocupaban la platea. Algunos rezagados todavía comían, aunque la mayoría de los clientes tomaban café. La elección del lugar no había sido fruto de la casualidad. El profesor lo había propuesto para asegurarse de que no estaría con ella a solas. No quería dar la más mínima oportunidad a malentendidos.

Comprobó, entre decepcionado y aliviado, que la joven no había llegado. Tal vez se hubiera echado atrás en el último momento. Tampoco para ella debía de resultar fácil sentarse a tomar un café con el hombre al que había denunciado por acoso.

Se dirigió a una de las escasas mesas libres y tomó asiento. La puerta seguía sin abrirse, salvo para dejar salir a un grupo de empleados de banca a los que delataba su traje. Una camarera se acercó y pasó una bayeta por la mesa.

—¿Qué va a ser? —inquirió con una sonrisa cansada.

—Un café largo manchado de leche —pidió el profesor antes de sentir que el nudo que tenía en la boca del estómago se estrechaba al máximo. Allí estaba Nerea. Acababa de entrar al teatro y lo buscaba con la mirada.

Alzó la mano para llamar su atención y la joven esbozó una sonrisa forzada al reparar en él. Después se acercó, esquivando mesas y sillas repletas de clientes, mientras Iñigo se ponía en pie para acercarse a recibirla. La amplia sudadera verde que vestía la muchacha no tenía mucho que ver con la blusa escotada con la que se había presentado en su despacho aquella tarde. Todavía recordaba, como si hubiera ocurrido esa misma mañana, la imagen de Nerea inclinada hacia él y dejando a la vista sus pechos perfectos sin sostén alguno que los contuviera.

—¿Cómo estás, Nerea? —la saludó tendiéndole la mano.

Ella le correspondió antes de sentarse en la silla que le ofrecía.

—¿Por qué tanto interés en verme? —preguntó la joven con gesto desconfiado.

La camarera regresó con el café y se alejó de nuevo en busca de un cortado con hielos para la recién llegada.

—Quiero disculparme por lo que ocurrió. No fue mi intención presionarte. No sé... Creo que todavía no he logrado entender lo que sucedió entre nosotros —musitó Iñigo tratando de mantenerle la mirada.

El rostro de Nerea se torció en una mueca de incredulidad.

—Venga, Iñigo. No naciste ayer... Sabes perfectamente que no cumpliste tu parte del trato.

El profesor arrugó el entrecejo. ¿A qué se refería? Solo recordaba a Nerea revisando contrariada su examen sobre la mesa del despacho hasta que, de pronto, cambió su centro de atención hacia él. La joven acercó sus labios a los suyos con una mirada cargada de deseo, corroborando la impresión de que su posición, inclinada y mostrándole las tetas, no era casual. Después Nerea llevó sus manos hacia abajo para desabrocharle la bragueta y él olvidó las líneas rojas que regían la relación entre profesores y alumnos.

—Fue todo para que te aprobara —comprendió herido Iñigo.

Nerea abrió las manos al tiempo que mostraba un gesto de fastidio.

—No te hagas el tonto. Ya lo sabías. A ver si vas a creer que me apetecía chupársela a un viejo.

Iñigo recibió sus palabras como el mayor jarro de agua fría de su vida. Ni siquiera el anuncio de su suspensión por acoso le había dolido tanto como el desprecio de aquella alumna con la que creía haber tenido una aventura sincera.

—Tú me deseabas. Lo vi en tus ojos —masculló en busca de reparo.

—¡Venga, hombre! Estás loco... ¿Qué tienes en la cabeza? Aterriza, tío. ¿De verdad crees que lo hice por gusto? Vamos, si estaba claro: tú me apruebas y yo... —exclamó Nerea asqueada—. Por eso no soporté tu wasap subido de tono cuando comprobé en las notas definitivas que no me habías aprobado.

—¡No podía hacerlo! No sería justo con tus compañeros.

La joven frunció los labios mostrando su enfado.

—Por tu suspenso, este curso no podré acceder a la beca. Mis padres no son ricos. ¿Sabes que igual tengo que dejar la carrera por tu culpa?

Iñigo suspiró. A él aquella historia le había costado el trabajo y la reputación.

—Todavía no entiendo cómo se originó el malentendido. ¿Te propuse yo algo aquella tarde? ¡No, claro que no!

Los hermosos ojos negros de la muchacha brillaban y sus labios temblaban por la tensión.

—¿Crees que no vi cómo me mirabas las tetas? Solo te faltaba babear. No es necesario abrir la boca para proponer algo. Solo supe leer entre líneas, pero me engañaste. Además, cualquiera que tenga oídos se entera de tus rollos con otras tías de la facultad. ¿No creerás también que las demás se acuestan contigo porque les gustan los maduritos?

Iñigo encajó con dificultad el nuevo golpe. Se giró a uno y otro lado para comprobar que los vecinos de mesa no estuvieran escuchando la conversación.

—Siento haberte hecho pensar que podría subirte la nota a cambio de sexo —se disculpó—. La verdad es que todavía no soy consciente de haberlo sugerido siquiera, pero parece que tú lo entendiste así y lo lamento de veras.

—Me hiciste sentir como una puta.

—Lo siento —insistió Iñigo. La culpa pesaba como una losa sobre sus hombros. ¿Qué estaba haciendo? ¿Cómo era posible que fuera famoso en la facultad por sus líos de faldas con alumnas?

—Tus disculpas no me van a ayudar —lamentó Nerea. Las lágrimas asomaban ya sin reparos a sus ojos.

—Desgraciadamente es todo lo que te puedo ofrecer. No puedo aprobarte —explicó el profesor—. Todo esto ha sido un despropósito. Si me hubieras dicho que la nota era tan importante para ti, podría haberte encargado algún trabajo que te ayudara a subirla. Seguro que había alguna solución mejor que la que buscaste.

—¿Seguro que no puedes aprobarme? —el tono de súplica que se coló en las palabras de la joven delató su verdadero motivo para admitir la invitación a encontrarse con él esa tarde.

—Tan seguro como que ya no trabajo en la universidad. Me he quedado sin trabajo —aclaró Iñigo con un lento suspiro.

La estudiante lo estudió unos segundos con la mirada y solo abrió la boca cuando estuvo convencida de que no había nada que hacer con su nota.

—Pues no hace falta que alarguemos esta pantomima —musitó secándose las lágrimas y apartando la mirada. Después se puso en pie y se alejó hacia la salida.

—¿Aceptas mis disculpas? —inquirió Iñigo alzando la voz. Era importante para él oírle que le perdonaba. Esta vez, y muy a su pesar, logró llamar la atención de quienes ocupaban las mesas cercanas.

Nerea detuvo su avance y se volvió hacia él. Por un instante parecía que sus labios temblorosos iban a decir algo, aunque no fue así. Apenas un segundo después se dio la vuelta para reanudar su marcha con paso rápido y abrió la puerta para dejarse devorar por el ajetreo de la tarde bilbaína.

70

19 de noviembre de 2015, jueves

—¿Así que desde aquí me espiaba? —Leire observaba el sencillo refugio de cazadores con una mezcla de curiosidad y aprensión.

Se trataba de un precario parapeto de palos y ramas secas, igual que los otros cuarenta puestos de caza de paloma que salpicaban la fachada marítima de Ulia. Aún recordaba su primer otoño en el faro, cuando, desde el amanecer y hasta media mañana, el silencio era profanado por continuos disparos, especialmente los días de viento sur. Después llegó la prohibición y aquellas estructuras cayeron en el olvido, aunque todo apuntaba a que los tribunales volverían a permitir que los tiros diezmaran las bandadas de aves migratorias.

—Mira, todavía queda una —apuntó Cestero apartando un helecho con el pie. Una colilla destacaba entre la hierba húmeda.

—¿Cómo lo supiste? —quiso saber Leire. Su mirada recalaba en el faro. El coche policial que se había acostumbrado a ver ante su puerta ya no estaba.

—Desde que aquel día lo vi en la tele he tenido su imagen demasiado presente. Había rabia en su mirada, pero no en sus palabras. Se estaba conteniendo. Conozco a Santos demasiado bien y a mí no me engaña. Detrás de esas críticas tan bien medidas a la organización interna de la Ertzaintza había en realidad un deseo de revancha. Jamás nos perdonará que fuéramos mejores que él en el caso del Sacamantecas. Pasar de la noche a la mañana de ser comisario en Rentería a ocuparse de rollos burocráticos en Irun no le resultó plato de gusto. Sé que ha llegado a decir que tú eres la culpable de que su mujer y su hija lo abandonaran.

—¿Yo? —Leire estaba escandalizada.

—Así lo contó a quienes quisieron escucharle en su nuevo destino. Según él maniobraste para que todo el mundo lo viera como un incompetente y su familia lo rechazó por vergüenza.

—Lo apartaron de la investigación por inútil, no porque yo hiciera nada en contra de él. ¿Qué pretendía, que me quedara tranquila en mi faro mientras me acusaba de ser una asesina despiadada? —protestó Leire.

Cestero se encogió de hombros.

—Ha ido a por ti como podría haberlo hecho contra mí o contra García. Nos odia. —Su mano se acercó al rostro de Leire y le apartó un mechón de la cara. La escritora recibió incómoda aquella muestra de afecto tan poco habitual en la ertzaina—. Pero ya está. Se acabaron las amenazas y el vivir con miedo.

Leire asintió llevándose las manos a la barriga. La pequeña estaba tranquila. Ella también. Tranquila pero triste. Todo había acabado, aunque lo había hecho demasiado tarde. Iñaki nunca volvería, y esa era una verdad desgarradora. Alzando la vista hacia el cielo gris, reparó en que las nubes estaban casi al alcance de la mano. Acariciaban las alturas de Ulia. Podía olerlas. Su húmedo aroma se mezclaba con el de la tierra empapada y los helechos muertos. El salitre que emergía de las rompientes y lamía la ladera también sumaba sus matices empalagosos.

Hacía días, demasiados, que no reparaba en aquel olor, el olor de su faro, el olor de su vida. Y eso parecía una señal. Su vida nunca volvería a ser la misma, pero comenzaba, por fin, a sentir que le apetecía vivirla.

El teléfono de la ertzaina rompió el silencio.

—Perdona —dijo sacándolo del bolsillo—. Dime, Madrazo... Sí, con Leire Altuna... ¿Cómo? ¡No me jodas! Me estás tomando el pelo... Si está clarísimo... ¿De verdad? —La desesperación era patente en su rostro—. ¿Y las pruebas...? Es increíble. La justicia de este país es una mierda... —Cestero cruzó una mirada con la escritora y negó con la cabeza. Su gesto era de derrota—. ¿En serio? Pero si la está amenazando cada dos por tres. Sabemos que va a por ella... Sí, claro que te entiendo y siento haber creado este problema. —El profundo suspiro de la ertzaina enmarcó unos ojos que brillaban demasiado. Leire nunca hasta entonces la había visto llorar—. Está bien. Gracias, Madrazo. Hasta luego.

—¿Qué? —la apremió Leire en cuanto guardó el teléfono.

Cestero se secó los ojos con la manga de la chaqueta. El brillo de las lágrimas hacía destacar sus bonitos reflejos ambarinos. Sus labios temblaban.

—Es una mierda —reconoció con la mirada más triste que Leire le había visto jamás—. Acaban de dejar en libertad a Santos.

—¿Cómo que libre? —la escritora no daba crédito—. No puede ser.

La ertzaina asintió. Sus esfuerzos por no llorar eran evidentes.

—El juez de guardia dice que no hay pruebas suficientes para mantenerlo entre rejas. —Se agachó a recoger la colilla, que apretó con rabia entre los dedos—. Santos alega que, como buen pasaitarra, sube a menudo a pasear por aquí y se detiene a fumar al llegar al alto. ¡Como si fuera casualidad que desde aquí se te hubiera estado espiando! A las llamadas esas en las que hablaba de tu dormitorio o del color de tus bragas no les otorga un valor especial.

Leire estuvo a punto de reprocharle que tampoco la Ertzaintza se lo hubiera dado en un primer momento.

—¿Y lo del teléfono? —preguntó en su lugar—. ¿Le parece normal al juez que haya desaparecido de la comisaría coincidiendo con la suspensión de empleo y sueldo de Santos?

Cestero se encogió de hombros.

—Tampoco puede demostrarse que haya sido él. Para el magistrado son indicios, no pruebas. El aparato no ha aparecido —apuntó sin ocultar su impotencia—. Y no te pierdas la segunda parte: el equipo de Madrazo no puede seguir ocupándose de tu protección. Mi suspensión ha dejado el grupo bajo mínimos. Mi jefe está intentando que algún otro equipo se ocupe de ti, pero no resultará fácil; después de los atentados del viernes en París se ha reforzado nuestra presencia en la calle y no damos abasto. Además, el juez no ha querido adjudicarte una escolta por el momento. Lo único que ha decretado es que se pinche tu teléfono.

Las nubes bajas acariciaban las copas de los pinos que robaban las vistas de la bocana. Si continuaban perdiendo altura, el puesto de caza no tardaría en estar envuelto en una densa niebla.

—Me parece tan increíble que Santos esté en libertad... ¿Y lo de mi madre? ¿Tampoco eso le parece una prueba? Ella ha reconocido que ha estado quedando con él al salir del trabajo.

—Dos personas adultas que mantienen una relación... No hay nada reprochable en ello —apuntó la ertzaina—. Ya imaginaba que por ahí no lo íbamos a coger.

—La incitaba a beber. Le inyectaba el miedo en el cuerpo... Todo por complicarme la existencia —protestó Leire. Las lágrimas de impotencia también nublaban su mirada.

—No hay nada que hacer —admitió Cestero secándose las suyas—. Si la cámara del banco lo hubiera grabado también a él en los alrededores del locutorio, sería diferente. No sé cómo lo hizo el cabrón, pero le salió muy bien.

Leire contempló el faro. El blanco de su fachada destacaba sobre la oscuridad del mar que se extendía detrás. Las gaviotas que lo sobrevolaban eran apenas unas motitas blancas desde la distancia. Sus graznidos, en cambio, le llegaban con claridad. Allí dentro, tras aquellas ventanas cerradas y oscuras, aguardaban preparadas las maletas.

—No puedo irme así —murmuró con un nudo en la garganta. Tendría que llamar a Fernando Goia y decirle que no iría al faro de la isla de Santa Clara. Y a Xabier, claro, para que las acogiera en su casa.

—Por supuesto que puedes irte —intervino Cestero. Por primera vez desde que colgó el teléfono, su mirada mostraba determinación—. Pienso ser la sombra de ese cabrón. ¿No estoy suspendida? Pues voy a seguirle día y noche. Te juro que lo voy a tener localizado en todo momento y que al mínimo paso en falso le voy a caer encima. —Dio con el puño en la palma para remarcar sus palabras—. Antes de lo que esperas, Santos estará en la cárcel para el resto de su vida.

71

23 de noviembre de 2015, lunes

Allí seguía el maldito Renault Clio. Como cada vez que se asomaba a través de las cortinas, Santos lo vio aparcado frente a su casa. Se imaginó a Cestero en el asiento del conductor. Un reflejo en la luna delantera le impedía verla, pero sabía que estaba allí dentro, aguardando a que saliera de casa para hacerle la vida imposible. Cómo la odiaba... Todavía la recordaba entrando con gesto triunfal en el plató de televisión y poniéndole las esposas ante unas cámaras que se acercaban precipitadamente en busca de un primer plano.

—Quedas detenido... —imitó con vocecita ridícula.

La muy entrometida lo había echado todo a perder. Con su detención había evitado la cena en la que tenía previsto verter estramonio en el vino de Irene. Si todo hubiera salido según lo previsto, Leire Altuna habría muerto esa misma noche por los disparos aterrorizados de su propia madre. De haber fallado el plan, él mismo pensaba haberla matado, aguardándola emboscado en la carretera del faro. Allí, a menos de un kilómetro del coche en el que Cestero y sus compañeros se pasaban el día apostados, la habría interceptado en uno de sus paseos en Vespa. Imaginaba la impotencia de los agentes al comprobar que su vigilancia no había servido para nada.

Lástima no haber contado con unas pocas horas más para poder cumplir sus deseos. Como cada vez que lo pensaba, se reprochó haber esperado tanto. Si no hubiera tensado tanto la cuerda disfrutando de la angustia de la escritora, no habrían conseguido detenerlo.

Suerte que Cestero hubiera hecho las cosas tan mal y su

paso por los calabozos hubiera durado apenas unas horas. La imaginaba impotente, furiosa con el mundo y consigo misma por haberlo dejado escapar. Por eso se pasaba día y noche ante su casa. Era su venganza, su manera de quitarse de encima la espina que le había clavado bien adentro. Ahora se encontraba suspendida y su orgullo estaría a buen seguro pisoteado por los suelos.

Santos se apartó de la ventana. Echó un vistazo al reloj de pared. Sus manecillas llevaban meses sin moverse, con las pilas agotadas, pero seguía dirigiéndole la mirada cada vez que quería saber la hora. Consultó su móvil. Iba siendo hora de cenar. No necesitaba ir a husmear en la nevera para saber que no había nada en su interior. Apenas un poco de leche y un par de yogures. Tampoco importaba. Pediría que le trajeran algo a domicilio, como había hecho casi cada día desde que su exmujer hiciera las maletas y se llevara consigo a su hija, Carola.

Llamaría al restaurante chino. Sí, pediría un arroz cantonés y media ración de pato a la Pekín.

Las cajas de cartón en las que habían llegado el almuerzo y la cena de la víspera todavía ocupaban la mesa del comedor junto a algún otro sucio envoltorio. De haberlo visto Itziar habría puesto el grito en el cielo. Nada le molestaba más que el desorden. Pero hacía dos años que eso ya no importaba. Ella lo abandonó por ese remero de Trintxerpe, y por más empeño que puso en recuperarla fue en balde. Aunque estaba seguro de que ahora, cuando lo veía en las tertulias, erigido de pronto en experto policial, se arrepentiría de haberlo dejado. Porque tras su injusto cese como comisario, él, Antonio Santos, volvía a ser alguien importante. Lástima de la detención. Los programas habían dejado de contar con sus opiniones sin más aviso que el silencio del teléfono. Pero eso estaba a punto de cambiar. Muy pronto todos creerían que era inocente.

Miró la puerta. ¿Cuántos días hacía que no la abría? De buena gana saldría a tomar un poco el aire. Podría acercarse al bar de la esquina y tomarse un bocata con una caña bien fresca. Se le hizo la boca agua al recordar los crujientes torreznos que preparaba Mari Carmen, la soriana entrada en carnes que regentaba el establecimiento. No la había visto desde que su nombre saltara a las portadas tras la detención. Tampoco a los parroquianos habituales del lugar, aquellos que jugaban al mus cada tarde y a los que se había unido en alguna ocasión. No le gustaba la indiferencia con que lo trataban. Solo lo invitaban a jugar con ellos cuando alguno faltaba y precisaban un cuarto contrincante. ¿Cómo lo recibirían ahora?

Al otro lado de esa puerta tenía la respuesta. Solo necesitaba abrirla, bajar los dos tramos de escaleras que lo separaban del portal y salir a comprobarlo. No, no podía hacerlo todavía. Primero necesitaba quitarse de encima las sospechas y convertirse en la desgraciada víctima de un error policial. Además, no tenía ninguna intención de darle a Cestero la ocasión de seguirlo por la calle.

—Quedas detenido... —volvió a imitar con desdén.

Su estómago se crispó en un arrebato de rabia. En mala hora admitió en su comisaría a esa enana entrometida que conspiró con García para arrebatarle el puesto. Y vaya si lo consiguieron. Se juró entre dientes que también recibirían lo suyo. Antes, sin embargo, tenía que ocuparse de la escritora, la culpable de todo. Su plan todavía tenía cabos por atar, pero muy pronto se le ocurriría cómo ligarlos y su venganza sería por fin una realidad mayúscula.

72

23 de noviembre de 2015, lunes

Los adoquines mojados brillaban a la luz de las farolas y contagiaban sin pretenderlo una melancólica serenidad. La persistente lluvia había dejado de caer en cuanto Leire arrancó el motor del bote y enfiló hacia los muelles donostiarras. Era una tarde extraña, sin viento y con el Cantábrico calmo como una balsa de aceite. La ausencia de mar de fondo desanimaba a los pescadores vespertinos, menos numerosos que en días previos. Solo tres ocupaban el espigón, con sus cañas inclinadas hacia la bahía. El puerto parecía dormido, aletargado, sin paseantes ni clientes en las terrazas desmontadas de los restaurantes turísticos.

Leire echó un vistazo al reloj de la minúscula iglesia de San Pedro. Faltaba poco para las nueve. Su madre estaría al llegar. La reunión de Alcohólicos Anónimos no acostumbraba a dilatarse mucho más.

Lo de Santos había sido un tremendo golpe para ella y su amor propio. De creerse querida a saberse utilizada había un trecho demasiado corto pero doloroso y difícil de recorrer. Se la veía más callada, más pensativa, y tanto la adoración perpetua como los encuentros con otros alcohólicos parecían obrar un balsámico efecto en su estado de ánimo. Por suerte, y al contrario de lo que Leire temió en un primer momento, no había tenido la tentación de recurrir a la bebida, sino más bien lo contrario. Quizás el alcohol le recordaba al hombre que trataba de olvidar.

La escritora dirigió una mirada al bote que le había prestado la Autoridad Portuaria para que pudiera ir y venir de

Santa Clara sin depender de terceros. Estaba bien amarrado al pantalán. Después siguió paseando lentamente, disfrutando de la soledad de aquella húmeda tarde de otoño. No tenía nada que hacer. Solo aguardar a que llegara Irene para regresar con ella a la isla donde vivían temporalmente. Eso y tomar una decisión que podría marcar el resto de su vida profesional, por supuesto.

Sus pasos se detuvieron al llegar al relieve que homenajeaba a Mari, un viejo patrón de pesca convertido en leyenda por su valentía. Los dedos de Leire acariciaron las olas de bronce contra las que unas frágiles embarcaciones luchaban en plena tormenta. El tacto frío y húmedo del metal le hizo morderse el labio. Sentía a Iñaki en aquella batalla entre los hombres y el mar. Lo veía en su dorna, azotado por las olas y el viento, con su melena mojada y los músculos muy tensos.

Se obligó a continuar avanzando hasta la dársena pesquera. No quería dejarse llevar por la melancolía. Dos *arrantzales* ultimaban preparativos en la cubierta del único barco que la ocupaba. Después se retirarían a dormir unas horas para abandonar, junto con el resto de la tripulación, la seguridad de la bahía de la Concha antes del alba. No era época de costeras importantes, pero regresarían al caer la tarde con rapes, gallos y algunas capturas menores.

La vieja lonja del pescado estaba cerrada, olvidada para siempre. La escritora la contempló sin poder evitar un sentimiento parecido a la nostalgia. Los donostiarras se habían dejado arrebatar el alma de sus muelles. ¿Adónde se dirigía una ciudad que pretendía ser capital gastronómica del mundo y que había convertido sus mercados en centros comerciales sin personalidad y su puerto pesquero en un lugar para embarcaciones de recreo?

Ellos sabrían lo que hacían. Ella era bilbaína y vivía en Pasaia, pero le parecía triste el rumbo que tomaba la capital guipuzcoana. Pronto ni siquiera el último barco pesquero amarraría en la ciudad. Su patrón se cansaría de tener que hacer escala en otros puertos cercanos para descargar las capturas del día antes de volver a dormir a los viejos muelles que se abrían al pie de Urgull. Y cuando eso sucediera la esencia pesquera de San Sebastián se habría perdido para siempre.

Tras responder al saludo de los pescadores alzando la mano, echó un vistazo al teléfono móvil. Un nuevo mensaje de Escudella se mostraba en la pantalla principal:

No puedes decir que no. Te arrepentirías toda tu vida.

Leire suspiró. Sabía que su editor tenía razón. Si quería seguir escribiendo, estaba ante la mayor oportunidad que le brindarían jamás. Era demasiado tentador, aunque le parecía algo de una absoluta falta de moral. Sin embargo, supondría acabar de golpe con sus problemas financieros. Un premio así no se recibía todos los días... Quinientos mil euros por una novela era una cifra que, en los tiempos del pirateo cibernético, ningún escritor podría siquiera soñar.

Todavía no sabía cómo lo había hecho Escudella, pero la oferta era real. El director del área de ficción de ediciones Centuria se había puesto en contacto con ella para ofrecerle su premio literario, el más importante del país. El mensaje era sencillo: tenía seis meses para escribir una obra basada en el caso del asesinato de Iñaki. El jurado la elegiría como la mejor de las presentadas y ella recibiría el galardón en la gala anual. ¿Y Jaume Escudella qué ganaba si era otra editorial quien publicaba la novela? También estaba acordado con la gente de Centuria: su editor se llevaría un veinte por ciento del premio y renunciaría al libro, siempre que hubiera un compromiso por parte de Leire de continuar publicando con él sus siguientes obras.

Una figura se aproximaba a paso rápido desde el Boulevard. Leire reconoció a su madre. Sus facciones enseguida se dibujaron en la penumbra. Sonreía. Era la primera vez que la veía hacerlo desde la detención de Santos. Las reuniones de Alcohólicos Anónimos obraban milagros. Ojalá le durara, porque resultaba descorazonador verla llorosa todo el día.

—¿Adónde vas con el paraguas abierto? Ahora no llueve —se burló Leire cuando la tuvo cerca.

Irene lo apartó y estiró la mano con la palma hacia arriba.

—Cuando he bajado del autobús sí que caía —apuntó cerrándolo—. Vaya buena noche que ha quedado.

La escritora alzó la vista hacia el cielo anaranjado de la ciudad y arrugó la nariz.

—Estas calmas otoñales no son fiables. En cualquier momento se levantará viento y el bote se moverá que dará gusto ¿Vamos? —preguntó señalando hacia la isla, apenas un borrón oscuro en mitad de la bahía.

—Vamos, hija —dijo Irene asiéndose del brazo de Leire en un gesto tan poco habitual que sorprendió a la escritora—. Vaya con el chófer del autobús. Se ha saltado un semáforo en rojo y ha tirado al suelo a un chaval que iba en moto. Menudo frenazo... No le ha pasado nada. Para mí que se ha caído del susto, ni lo hemos tocado. Pero vaya susto... Es que van como locos.

Leire no la escuchaba. Su mente continuaba rumiando el asunto del premio. ¿Cómo iba a decir que no? El juicio por las preferentes tenía visos de demorarse más de un año y Escudella tampoco parecía dispuesto a ceder por mucho que le amenazara con denunciarlo. ¿Cómo podría ofrecerle así una buena calidad de vida a la pequeña Sara?

—Vaya, ya vuelve a llover —anunció su madre abriendo de nuevo el paraguas—. Está el tiempo loco.

La escritora dirigió la mirada a la dársena. Las gotas dibujaban círculos concéntricos en la apacible lámina de agua y desfiguraban el reflejo de las chipironeras amarradas a los pantalanes. Se echó la mano a la espalda para ponerse la capucha y apretó el paso. Tendrían que apresurarse si no querían empaparse en la travesía.

73

23 de noviembre de 2015, lunes

Cestero tomó el termo del asiento del copiloto y lo sacudió. Todavía quedaba café. Desenroscó el tapón y vertió el contenido en la taza. El líquido marrón apenas llegó a la mitad. Miró el reloj del salpicadero. Llevaba doce horas allí postrada y comenzaba a sentir calambres en las piernas. La última vez que había bajado del coche eran las cinco de la tarde, y ya habían dado las nueve. Se bebió de trago el café, frío después de tantas horas. Iba a ser muy complicado pasar la noche en vela. No se veía capaz de mantener los ojos abiertos y fijos en aquel portal de la calle Zumalakarregi de Antxo, el distrito menos marinero de Pasaia.

La cortina de la ventana se movió y el rostro de Santos tomó forma al otro lado del cristal. La mano del excomisario se agitó a un lado y a otro. La saludaba con sorna. Lo hacía cada cierto tiempo. Los puños de la ertzaina se cerraron. No aguantaba más.

Apartó la mirada y echó un vistazo a la pantalla del móvil. Tenía un wasap de Olaia. Le enviaba ánimos y le contaba que había quedado con una chica que había conocido a través de Tinder. Cestero comenzó a escribirle un mensaje pidiéndole que tuviera cuidado con ese tipo de citas a ciegas, pero antes de darle a la tecla de enviar se arrepintió y lo borró. No era algo así lo que se esperaba de una amiga de veintiséis años, por muy policía que fuera. Le deseó que lo pasara muy bien y que rompieran la cama. Después dejó el teléfono en la guantera y recuperó la postura de vigilancia.

Un *Topo*, el tren de cercanías que unía San Sebastián con

la frontera francesa, cruzó la calle por el viaducto que partía Antxo por la mitad. Su característico traqueteo se coló a través de las ventanas cerradas del Renault Clio, como ocurría cada escasos minutos. Cestero ya había dejado de preguntarse cómo harían los vecinos de las casas que daban a las vías para vivir ajenos al ruido. Los primeros días postrada en su coche lo hacía, pero ya no. Ella misma se había acostumbrado al paso regular de aquellos convoyes metalizados y sus oídos se habían vuelto inmunes al sonido.

Sus ojos comenzaban a cerrarse, llevándola en volandas hacia un inevitable sopor, cuando alguien golpeó la ventanilla con los nudillos. Se giró sobresaltada y respiró aliviada al reconocer el rostro de Aitor Goenaga.

—¿Te habías dormido? —inquirió su compañero abriendo la puerta del Clio.

—Qué va, pero hoy se me está haciendo muy duro —reconoció Cestero—. Ese cabrón sigue sin moverse de casa. Empiezo a pensar que lo hace a propósito para que me muera de tedio.

—De ese tío, cualquier cosa... Vete a dormir. Me quedo yo. Hoy estaré acompañado —anunció el agente señalando su coche, estacionado unos metros más atrás.

—¿Te has traído a Antonius? —El perro los observaba desde el asiento del copiloto—. Qué pobre... Vaya noche le espera.

—Me tiene contento... No hay manera de hacerlo caminar con el hocico erguido. No sé cómo lo harán otros dueños, pero a este paso haremos el ridículo en el concurso.

Cestero se rió.

—Pobre Antonius... ¿Y la investigación? ¿Hay novedades?

Aitor negó con la cabeza.

—Hoy Letizia y Zigor han estado peinando la zona donde aparecieron las colillas, pero no hay rastro del teléfono móvil robado en comisaría. Yo he estado en Irun, y entre los papeles de Santos no hay nada que delate ningún tipo de seguimiento a Leire.

—¿Ya habrán buscado bien esos dos? —inquirió Cestero.

No le costaba imaginar a Letizia evitando mancharse con el barro del monte—. Ese móvil tiene que estar en algún sitio. Si diéramos con él podríamos encontrar huellas que incriminaran a Santos.

—En ello estamos. Venga, vete a dormir. Descansa un poco. No tengas prisa en volver.

Cestero asintió llevando las manos al volante. Después se estiró hacia su compañero y le propinó un beso en la mejilla.

—Gracias, Aitor. Regresaré hacia las cinco, para que puedas ir a dormir un par de horas antes de volver al trabajo —agradeció arrancando el motor. Sabía que su compañero no lo hacía por ella, sino por Leire Altuna, pero tanto daba. Ella sola jamás hubiera conseguido vigilar día y noche a Santos.

74

24 de noviembre de 2015, martes

Santos se dejó caer en el sofá. Sus dedos jugueteaban con el último cigarrillo que quedaba en el paquete. Estaba reseco, como todos los que había encontrado en el cajón de los calcetines. Los habían traído de Canarias en el último viaje que hicieron juntos como familia. Todavía recordaba a Carola arrojándose incansable por los toboganes del parque acuático y las tetas perfectas de Itziar en la playa. Las estrenaba en esas vacaciones y era evidente que disfrutaba cada vez que la mirada de todos los de alrededor recalaban disimuladamente en ellas cuando hacía toples. Tal vez si no le hubiera pagado ese capricho, el remero de Trintxerpe jamás se habría fijado en ella. ¿Qué podría haber encontrado un tío veinte años más joven en una mujer como Itziar? Nada. De no haber sido por esas tetas de modelo que había construido a golpe de silicona y del talonario de su marido, no se habría lanzado a su caza.

Claro que todo eso no había sido más que un añadido, un último empujón para que Itziar lo abandonara. Porque Santos tenía demasiado claro que detrás de su separación, confirmada después en divorcio no amistoso, había una única culpable.

Leire Altuna. Ella se lo robó todo; arrastró su imagen por los suelos hasta que todos le dieron la espalda, incluida una Itziar que, de pronto, dejó de verlo como el comisario respetado y poderoso que siempre había sido. De un día para otro dejaron de interesarle los juegos con esposas y falsas detenciones en la cama y empezó a quejarse de sus escasas atenciones con ella y con Carola. Y no era verdad, ni mucho menos. Tampoco olvidarse del cumpleaños de la cría o no saber el nombre de sus amigas ni el curso que estudiaba era tan grave. La culpa era del sistema educativo y sus continuos cambios de nomenclaturas.

Se llevó el pitillo a los labios y lo encendió. Después dejó caer el mechero en el sofá y buscó el teléfono bajo los cojines. Iba acercándose la hora de cenar. Llamaría al chino y pediría algo de comida y que le subieran también un cartón de tabaco. Al repartidor no le importaría pasar por el estanco y comprarle uno. Mientras le diera una buena propina, estaría de acuerdo.

La ceniza se precipitó sobre su camiseta. Se la sacudió rápidamente para evitar que prendiera. Le disgustó ver que la barriga trazaba una evidente protuberancia bajo la tela. De nada serviría tanto injerto de cabello si no se quitaba de encima esa curva de la felicidad que tanto le recriminara Itziar durante sus últimos años juntos. Claro que eso tampoco había sido decisivo en su separación. No, por supuesto que no. Si Leire Altuna no hubiera arruinado su reputación, nada de aquello habría ocurrido.

No soportaba los aires de escritora de éxito que se daba. Odiaba encender el televisor y encontrarse de bruces con su imagen, siempre sonriente, presentando sus infumables libros. Porque no valían una mierda, claro. Sus lectores vivían engañados con supuestas investigaciones policiales trepidantes que nada tenían que ver con la tediosa realidad de una comisaría. Pero a ella eso le traía al pairo mientras se tratara de cubrirse de gloria y dinero.

Marcó el teléfono del restaurante chino. La línea estaba ocupada. Observó contrariado su cigarrillo a medio consumir. Esperaba que no tardaran demasiado. No aguantaría mucho tiempo sin tabaco, y lo último que le apetecía era tener que salir a la calle. No, no iba a regalarle a Cestero la oportunidad de seguirlo como un maldito cobrador del frac.

Ya saldría. Lo haría cuando las aguas volvieran a su cauce, pero antes pensaba convertirla en cómplice del asesinato de Leire Altuna. Sin saberlo, esa policía pequeña y poco atractiva iba a ser una pieza clave en la muerte de su amiga. No le ayudaría a matarla, claro que no, pero iba a brindarle en bandeja la mejor coartada que se podía soñar.

Pensaba extasiado en ello cuando su móvil comenzó a sonar. Era el encargado del restaurante. Le devolvía la llamada. El excomisario no necesitó consultar el extenso menú con manchas de salsa agridulce que tenía sobre la mesa del comedor. Comenzó por el tabaco y añadió unos rollitos vietnamitas y arroz tres delicias. Después puso los pies sobre la mesita de centro y entrecerró los ojos. ¿En qué estaba pensando cuando la llamada lo importunó? Ah, sí, en Leire Altuna, la culpable de su mierda de vida.

75

25 de noviembre de 2015, miércoles

Leire deambulaba por la arena hecha un mar de dudas. Desde que el faro de Santa Clara acogía sus encuentros con el ordenador, las letras brotaban de sus dedos a una velocidad que le recordaba sus mejores tiempos, cuando componía frescos empalagosos sobre los amores de la señorita Andersen. No había podido evitar imprimir un tono rosado a las páginas que narraban sus días con Iñaki. Después llegaba la tristeza y la incomprensión, que se adueñaban del escrito con la agilidad de un cambio de página. Le estaba quedando un buen libro. Lo sabía, y odiaba que fuera así. Hubiera preferido quedarse agarrotada con las manos sobre el teclado y no ser capaz de crear historia alguna. De ese modo no habría elección posible. Ahora, sin embargo, tenía que decidir entre los quinientos mil euros y una carrera literaria en la cumbre que suponía el ser la ganadora del premio Centurión o la nada.

La moral le dictaba el camino a seguir: renunciar a un premio amañado desde el principio, y más cuando eso la obligaba a publicar un libro sobre el asesinato de la persona a quien más quería. Lo veía claro, demasiado claro, pero su obligación y su ilusión eran poder brindar una buena vida a la pequeña Sara. Tenía la ocasión al alcance de la mano. Solo tenía que responder al último wasap de Escudella y aceptar la propuesta.

Un perro negro que corría tras una sucia pelota de tenis la salpicó al pasar por uno de los muchos arroyos efímeros que la bajamar formaba en la arena. Su dueña, una joven de gafas de pasta y ropa colorida que contrastaba con el ambiente gris, alzó la mano pidiendo perdón.

—Tranquila. No es nada —la disculpó Leire.

No había muchos más paseantes en la playa de la Concha. Y eso que, tras casi una semana sin parar de llover, el tiempo invitaba a disfrutar del aire libre. El mar estaba calmo como una balsa de aceite y el cielo gris parecía rearmarse para romper a llorar de nuevo a la menor ocasión. Leire echó un vistazo al reloj. Era demasiado temprano. A media mañana el arenal se llenaría de caminantes de ida y vuelta, como los que divisaba cada día desde la soledad de la isla.

Se detuvo al llegar al Pico de Loro, el saliente de roca que se clavaba en el mar desde el palacio de Miramar. La marea no estaba todavía tan baja como para permitirle cruzar a la playa de Ondarreta. Tampoco importaba. Aquella barrera natural era un buen lugar para dar la vuelta y regresar al muelle, donde había dejado el bote tras acompañar a su madre al autobús de San Pedro. La veía algo taciturna, pero estaba demostrando ser más fuerte de lo que Leire esperaba. La isla parecía contagiarle una serenidad que las últimas semanas en el faro de la Plata le habían negado. Santos había puesto todo su empeño en hacerla vivir aterrorizada en aquel rincón hermoso de la costa vasca y lo había logrado. Lo difícil, se temía la escritora, sería regresar a Pasaia. Si todo iba bien, en dos meses la obra estaría acabada y podrían volver a ocupar la torre de luz. Tenía hasta entonces de plazo para convencer a Irene de lo afortunadas que eran de poder vivir en un lugar así. Esperaba conseguirlo, aunque no las tenía todas consigo. El miedo era un intruso difícil de expulsar cuando se adueñaba de la mente.

Una piragua cortaba el agua con la limpieza de un cuchillo. No había más embarcaciones en la bahía, un remanso de paz que nada tenía que ver con el ajetreo de los meses estivales. Leire dejó vagar la mirada hasta la isla de Santa Clara. Flotaba sobre las aguas como una cucharada de nata montada sobre un café. Entre sus árboles y acantilados destacaba el edificio blanco del faro. Era pequeño, menor que el de la Plata, pero suficiente para pasar un par de meses de retiro.

La escritora bajó la vista hacia su barriga. Parecía crecer

cada día. Después volvió a dirigirla hacia la isla. Estaba cerca, no más de quinientos o seiscientos metros. En condiciones normales podría haber nadado hasta ella, pero no en su estado. Ahora lo que necesitaba era caminar. Los médicos habían sido claros: nada de esfuerzos innecesarios o perdería el bebé.

El teléfono comenzó a vibrar. Sin pretenderlo, contuvo la respiración mientras se llevaba la mano al bolsillo. Las llamadas de Santos eran todavía demasiado recientes y, aunque no había tenido que volver a darse de bruces con sus gélidos susurros, el excomisario seguía libre y eso le impedía pasar página.

—Hola, Iñigo —saludó tras comprobar que se trataba del profesor.

—¿Cómo estás, Leire? —A la escritora le pareció que su tono de voz era más alegre que durante sus últimas conversaciones.

—Aquí estoy, dando una vuelta por la Concha —comentó ella reculando para que una pequeña ola no le mojara los pies.

—Muy bien, eso es lo que tienes que hacer. Cuidarte y pasear mucho —apuntó el criminólogo—. ¿Sabes? Tengo una buena noticia. Me han readmitido en la facultad. La semana que viene retomo mis clases.

La escritora lo celebró. Lo veía muy perdido últimamente.

—¿Y la denuncia? —preguntó extrañada.

—La alumna la ha retirado. Todo ha quedado como un desagradable malentendido. Creo que tengo que sentar la cabeza, eso sí. No puedo seguir jugando con fuego.

—Ni con los sentimientos de las mujeres —añadió Leire. Conforme hablaba, dibujaba en la arena un emoticono sonriente con los dedos del pie.

—Así es, Leire. Todo esto me ha hecho pensar demasiado —reconoció Iñigo—. Bueno, te dejo continuar tranquila con el paseo, yo tengo que preparar el curso. Solo quería compartir contigo la buena nueva. ¿De Santos hay novedades?

—Ninguna. El tío sigue libre... ¿Has llamado a Cestero? —inquirió Leire.

—No, ahora pensaba hacerlo —anunció el profesor—. Un beso, guapa. Cuídate mucho. A ver si damos con alguna forma de incriminarlo.

Leire terminó el dibujo antes de que una suave ola lo borrara para siempre. Se alegraba por Iñigo, aunque sabía que el profesor jamás lograría quitarse de encima las dudas y los comentarios malintencionados. Esa losa tendría que arrastrarla toda su vida.

Las piernas de la escritora arrancaron de nuevo y dejaron atrás los problemas ajenos. El edificio del Náutico, un barco blanco varado para siempre junto a los muelles donostiarras, destacaba en el extremo opuesto de la larga curva de arena. Allí se encontraban las escaleras metálicas que la llevarían al puerto. La separaban de él más de quince minutos de agradable caminata. Quince minutos para disfrutar del tacto de la arena húmeda en sus pies descalzos, pero quince minutos también en los que la oferta de Escudella y ediciones Centuria pesarían a cada paso.

76

26 de noviembre de 2015, jueves

Le dolían las piernas, las nalgas, las lumbares, las cervicales... No había un centímetro de su ser que no se resintiera de estar enclaustrada en un coche desde hacía una semana. Suerte que Aitor le daba relevos para que pudiera irse a descansar, porque de lo contrario no lo habría soportado. Cuando le prometió a Leire que sería la sombra de Santos no creía que fuera a resultar tan difícil. Lo imaginaba tras esa ventana a la que se asomaba regularmente, disfrutando de su cautiverio en el Renault Clio.

Abrió la puerta. No aguantaba más. Un hormigueo le recorrió las piernas al ponerse en pie. La sangre corría de nuevo libremente por ellas. Caminó hasta el portal del excomisario y volvió sobre sus pasos hasta el coche. Así varias veces. Se había convertido en su ejercicio habitual en aquellos días tediosos. Lo repetía cada vez que se sentía extremadamente entumecida o somnolienta.

—Hijo de puta —murmuró volviendo a ocupar su asiento.

Encendió la radio. Por lo menos estaría entretenida. Solo la ponía en marcha de vez en cuando para evitar que se agotara la batería del vehículo. No pensaba regalarle a Santos la satisfacción de ver la grúa acudiendo a socorrerla.

Otra vez la guerra de las basuras. Era un tema demasiado recurrente en los últimos meses, especialmente desde que el gobierno municipal resultante de las elecciones de junio anunciara que el sistema de recogida selectiva puerta a puerta, instaurado por la anterior alcaldesa, sería cancelado. Pasaia volvería a contar con los tradicionales contenedores antes de Navidad.

La locutora entrevistaba a una vecina de Trintxerpe que había sido denunciada por sus vecinos de calle por colgar en internet vídeos en los que se les veía incumpliendo la ordenanza de basuras. La mujer se mostraba sorprendida de que quien tuviera que vérselas con la Justicia fuera ella, que solo había instalado una cámara y difundido la falta, y no aquellos que habían depositado sus residuos donde no correspondía. El frente de guerra era una vez más la calle Azkuene, donde la coexistencia de contenedores en el lado donostiarra con el nuevo sistema empleado en Pasaia era continua causa de problemas.

Cestero resopló. Estaba cansada del tema. No entendía que algo así hubiera llenado tantas horas de discusiones de pescadería y derramado ríos de tinta en la prensa local. En cualquier caso, se dijo, era mejor que hablaran de la basura que del caso irresoluto del crimen del faro.

De pronto la puerta del coche se abrió de par en par. El corazón de la ertzaina dio un vuelco. ¿Había perdido de vista el portal de Santos?

—Vaya susto que te he dado —se rió Madrazo tendiéndole la mano para invitarla a salir—. ¿Todavía sigue sin moverse de casa ese cabrón?

—¡Joder, casi me da un infarto! Creía que era él —protestó Cestero llevándose una mano al pecho.

—¿Te habías dormido? —inquirió su jefe con una mueca burlona.

—¿Yo? Qué va. Estaba oyendo la radio.

—¿Ya están metiéndose con nosotros?

Cestero negó con la cabeza.

—Dime que no vienes de la playa —apuntó fingiendo escandalizarse. Era evidente que Madrazo venía de hacer surf. Su cabello estaba húmedo todavía. Húmedo y enmarañado. Y, sobre todo, tenía un rostro relajado que nada tenía que ver con el que mostraba en comisaría.

—¿Huelo a mar? —quiso saber el policía acercándose demasiado a su compañera.

Cestero lo apartó de un empujón.

—Hueles a vividor.

El suboficial se rió.

—Venga, Ane, que vengo a darte el relevo. No me digas cosas tan feas...

—Yo, aquí, suspendida y encerrada en mi coche, y tú haciendo surf —insistió la ertzaina.

Madrazo le pasó el brazo por los hombros y le dio un achuchón.

—No ha sido ni una hora. Lo necesitaba. Creo que tú también necesitas relajarte un poco. Esto se está haciendo muy largo —apuntó acariciándole suavemente la nuca. Cestero sintió que sus músculos se tensaban, incómodos, aunque deseaba al mismo tiempo que el suboficial no apartara la mano de su piel—. Vete a casa un rato. Tómate unas cañas con tus amigas y olvídate de todo.

—No es tan fácil. Esa ventana me tiene obsesionada —replicó señalando el piso de Santos con la cabeza.

Madrazo le apoyó las manos en las mejillas y la obligó a mirarlo directamente a los ojos.

—Puedes hacerlo. Eres policía y sabes perfectamente que no puedes permitirte que los casos arrebaten tu vida. Vete de cañas, vamos. —Después la observó fijamente con una intensidad que Cestero no recordaba haberle visto antes. Los hermosos labios de su jefe se abrieron ligeramente y, por un momento, la ertzaina pensó que iba a besarla. Solo necesitaba que ella hiciera algún gesto que indicara que no pensaba rechazarlo para que se decidiera a dar el paso.

Cestero dudó unos instantes. Madrazo la atraía demasiado. Su cuerpo estaba deliciosamente cincelado por el surf y tenía una preciosa sonrisa y una mirada que derretía el entendimiento. Sí, estaba muy bueno, pero también era su jefe y hacía solo unas semanas estaba convencida de que era un imbécil.

Para cuando se decidió a dejarse llevar, el suboficial había soltado sus mejillas y adoptado una postura más distante, visiblemente azorado por no haberse visto correspondidos sus anhelos.

—¿Te contó Nagore que acabó la noche en casa de Josu?

Vaya tío. Donde pone el ojo...

La ertzaina se rió sin ganas. También Olaia encontró una amiga con la que aliviar las penas aquella noche. Ella, en cambio, había dormido sola.

Un chico joven abandonó el portal de Santos y se dirigió hacia ellos. Cestero se puso alerta, como cada vez que alguien salía de aquella puerta. El muchacho se detuvo junto a la furgoneta de Madrazo, inconfundible por la tabla de surf atada sobre su baca, y recogió el cubo de basura vacío de la percha que correspondía a su vivienda. Después, sin dirigirles la mirada, regresó sobre sus pasos.

—¿Vas a irte a tomar algo o no? —insistió su superior.

La ertzaina no le escuchaba. Su mente estaba de pronto al otro lado de la bahía, en una calle de Trintxerpe donde la recogida de residuos se había convertido en un grave problema de convivencia.

—¿Te pasa algo? Te has quedado en blanco.

Cestero tomó aire lentamente.

—Creo que he dado con una posible prueba —aseguró intentando contenerse. Ni siquiera había visto el encuadre de los vídeos. Solo sabía que la mujer que había instalado una cámara en su balcón para cazar a quienes depositaban incorrectamente la basura tenía registrados a los infractores de los últimos cinco meses. O, al menos, eso había asegurado en la entrevista radiofónica.

Madrazo escuchó atentamente su explicación.

—Tenemos la grabación de la Caja Rural y Santos no aparece —objetó.

—Estoy segura de que estaba allí —argumentó Cestero—. Fue con Irene al locutorio y, de algún modo, se las apañó para que solo ella apareciera en pantalla. La llamada la hizo él. ¿Acaso lo dudas?

El suboficial negó pensativo.

—Si podemos situarlo en el locutorio a la hora de la llamada, lo tenemos. El juez no podrá ver una nueva prueba como otra simple casualidad.

Cestero se dijo que ojalá tuviera razón, aunque a esas alturas del caso se esperaba cualquier sorpresa desagradable.

—¿Envías a alguien a visionar los vídeos? —inquirió impaciente.

—¿No quieres ir tú? —ofreció el suboficial.

—¿Yo? Estoy suspendida.

Madrazo se encogió de hombros.

—¡Qué más da! Vete a hablar con ella y convéncela de que te enseñe la grabación de esa noche. Si hay algo, ya mandaré a alguno de los otros a por el vídeo.

La ertzaina se sintió exultante. Por fin algo de acción. Dirigió la vista a la ventana de Santos y se aseguró a sí misma que pronto la perdería de vista. Si todo iba bien, no volvería a haber movimiento tras esas cortinas en una buena temporada.

—Gracias, jefe —dijo apoyándole la mano en la cintura. Después se perdió rápidamente en el interior de su Renault Clio para evitar la tentación de darle un beso.

77

26 de noviembre de 2015, jueves

Cestero pulsó el timbre y acercó el oído al telefonillo. El motor de una camioneta de reparto detenida junto al portal hacía difícil oír nada, pero no le pareció que llegara respuesta alguna a través del altavoz. Presionó de nuevo el botón y aguardó unos segundos. Cuando se disponía a llamar a cualquier otro piso para preguntar por la vecina del tercero izquierda, se oyó un zumbido y una voz enlatada.

—¿Quién es?

—Soy ertzaina. ¿Me puede abrir? —apuntó Cestero acercando la boca al aparato. Al hacerlo se giró incómoda para comprobar si alguien la había oído. Estaba suspendida. No debía presentarse como policía.

Un chasquido desbloqueó la puerta y la invitó a pasar. El portal olía a recién fregado, a pesar de que el suelo se veía seco. Cestero subió de dos en dos las escaleras, evitando intencionadamente el ascensor. Tras tantas horas sentada en su Renault Clio, su cuerpo pedía a gritos un poco de ejercicio.

—Perdona. Estaba en la ducha —la saludó la mujer que se asomó al descansillo abotonándose el pantalón tejano—. ¿Es por lo de las grabaciones? La verdad es que no sabía que hacía algo prohibido.

Era más joven de lo que la ertzaina esperaba. Imaginaba una señora mayor, sola y aburrida, sin otra ocupación que meterse en los asuntos de los demás. Sin embargo, estaba ante una atractiva chica de unos treinta años, de aspecto vital y pelo corto, todavía mojado.

—No te preocupes. No vengo a multarte ni nada parecido

—la calmó Cestero—. Solo quiero pedirte que me dejes echar un vistazo a los vídeos. Creo que pueden sernos útiles en un caso que estamos investigando.

—¿Sobre las basuras? —inquirió la joven sonriendo de oreja a oreja—. Tengo grabaciones de días distintos en las que se ve a las mismas personas depositando los residuos donde no les corresponde.

Cestero negó con la cabeza.

—Es un caso bastante más serio —aclaró sin querer entrar en detalles.

La joven dudó, aunque solo unos instantes.

—Sí, claro. Pasa, pasa. Tengo todo ordenado por días —anunció mientras Cestero la seguía por un largo pasillo en penumbra.

La luminosidad de la habitación obligó a la ertzaina a entrecerrar los ojos para acostumbrarse. Una larga mesa de color gris claro ocupaba gran parte de la estancia, de decoración tan minimalista que la enorme pantalla de un Mac era lo único que destacaba. Un gran balcón cubierto con una fina cortina blanca ocupaba la pared del fondo.

—Soy diseñadora. Catálogos de ropa —explicó la mujer acercando una segunda silla al ordenador.

—No, gracias. Me quedo de pie. Llevo todo el día sentada.

La anfitriona se encogió de hombros y tomó asiento.

—¿Ves? Aquí tengo todo bien ordenado —anunció cerrando el programa de diseño y abriendo una carpeta repleta de archivos de vídeo—. La cámara la tengo ahí —añadió señalando el balcón.

Cestero apartó la cortina. La calle Azkuene se desplegó ante ella como el decorado de un fabuloso teatro a escala natural. Aquí y allá deambulaban los vecinos como extras de una superproducción. El señor con las bolsas de la compra, la anciana que se aferraba al brazo de una acompañante de rasgos andinos, la joven que empujaba un carrito de bebé mientras tecleaba algo en el teléfono… La vida discurría allí abajo, ajena a la indiscreta mirada de la agente.

—Ya la veo —dijo Cestero señalando la pequeña cámara

que la diseñadora había sujetado con cinta americana a la barandilla metálica.

—No soporto a la gente incívica. ¿Qué les costará bajar la basura el día que toca? Es todo por llevar la contraria. No podemos seguir inundando el planeta de residuos —protestó la diseñadora—. ¿Querías ver algún día en especial?

La ertzaina asintió, acercándose de nuevo al ordenador. Un interminable listado mostraba todos los vídeos, organizados cronológicamente.

—¿Podrías mostrarme la grabación del doce de noviembre entre las nueve y las diez de la noche?

—Claro —aseguró la mujer arrastrando el ratón por la mesa—. Aquí está.

Cestero apoyó las manos en el respaldo de la silla de su anfitriona y se fijó en la pantalla. Un buen tramo de la calle Azkuene quedaba a la vista y ahí estaban el locutorio de los brasileños, la sucursal de la Caja Rural y, por supuesto, los contenedores de basura.

—Mira ese tío que sale del portal —señaló la diseñadora moviendo el índice por la pantalla—. Es un clásico. Ya está, ya ha metido la basura en el contenedor de los vecinos del otro lado de la calle. El pincho del *puerta a puerta* que le corresponde está ahí. Vacío, claro —añadió cambiando el dedo de lugar—. Pues es uno de los que me ha denunciado por difundir las grabaciones. Vaya jeta.

Cestero suspiró. Con la decisión del nuevo equipo de gobierno surgido de las elecciones municipales de volver al sistema de contenedores, la guerra de la basura entraría pronto en fase de alto el fuego.

—¿Puedes avanzar hasta las diez menos veinte? —pidió la ertzaina. No tenía ganas de visionar cuarenta minutos de vecinos deshaciéndose de sus residuos domésticos.

—Ahí lo tienes —indicó la diseñadora.

Cestero todavía precisó aguardar dos minutos para ver lo que la había llevado allí, pero en cuanto lo vio supo que esta vez no se les iba a escapar.

Sacó el móvil del bolsillo, marcó el número de Madrazo y

se lo llevó a la oreja.

—¿Qué tal, Ane? ¿Has dado con algo? —la saludó el suboficial sin dejar tiempo a que sonaran los tonos de llamada.

—Lo tengo. Tienes que mandar a alguien para llevarse la grabación. Ningún juez podrá decir que esta vez no está claro —anunció segura de sí misma.

—Pero, ¿qué se ve? —quiso saber su superior.

Cestero dirigió una mirada a la diseñadora, que escuchaba la conversación sin molestarse en disimular. La imaginó contándolo todo en su blog sobre los infractores de la basura.

—Ya lo verás. Más de lo que necesitamos —sentenció—. Paso un momento a ducharme y te doy el relevo. ¿Se ha movido de casa?

—No. Esto de los seguimientos es un coñazo.

Cestero dejó escapar una amarga risita antes de despedirse de él.

—¿Puedes ponérmelo otra vez? —preguntó en cuanto se despidió de su jefe.

La chica arrastró el cursor por la pantalla y lo soltó en el mismo momento en que Santos aparecía en escena. Caminaba junto a Irene, a la que sostenía por la cintura. Todo parecía normal hasta que, pocos metros antes de alcanzar la sucursal bancaria, fingía algún problema para abandonar la acera y salir a la carretera. Lo que más llamaba la atención era su insistencia para que Irene continuara por la acera. El excomisario sabía de la existencia de las cámaras de vigilancia del cajero y las evitaba, asegurándose al mismo tiempo de que registraran el paso de la madre de Leire. Después volvía a reunirse con ella a las puertas del locutorio y le entregaba una lata de cerveza. Mientras la mujer le aguardaba sentada en el escalón de un portal cercano, Santos se perdía en el interior del locutorio y no volvía a salir hasta pasados cuatro minutos. Entonces emprendían el camino de vuelta y, al pasar junto a la Caja Rural, volvía a dejar sola a Irene.

La ertzaina se sintió utilizada. El excomisario había logrado que aquella pantomima situara el foco en Irene, consiguiendo así desestabilizar más a Leire. Y ella, Ane Cestero, había jugado un papel crucial para que Santos se saliera con la suya.

Su antiguo jefe, el psicópata disfrazado de buen policía, había conseguido engañarla, y eso dolía, aunque su revancha estaba a punto de cumplirse. Esta vez no podría ser ella quien lo detuviera, pero eso poco importaría cuando lo viera por fin entre rejas.

78

26 de noviembre de 2015, jueves

Antonio Santos se fijó en su reloj de pulsera. Las manecillas marcaban las cinco de la tarde. Faltaban solo doce minutos. Un cosquilleo en el estómago le recordó que ese veintiséis de noviembre no sería un día cualquiera. Antes de irse a dormir habría consumado su venganza y, además, su nombre se vería libre de culpa. Tal vez jamás volviera a ser comisario, aunque eso poco importaba ya. Prefería los platós y la fama. Ser el policía de la tele, el que compartía mesa con los presentadores más conocidos y con invitados de renombre, era sin duda mucho mejor.

Retiró el reloj de cuco, ese que habían comprado Itziar y él en un viaje a Suiza, y compuso la contraseña de la pequeña caja de seguridad oculta tras él. Apartó la bolsita de tela donde guardaba la llave del faro, que había copiado semanas atrás en un descuido de Irene, e introdujo la mano en la oquedad. El tacto frío de su Glock de nueve milímetros le insufló seguridad. Aquellos imbéciles no la habían encontrado al registrar su casa. Tampoco el teléfono que buscaban, que seguía escondido en una oquedad del fuerte del Almirante. En cuanto pudiera iría a por él y lo lanzaría al fondo del mar. Lástima no haberlo podido devolver a la comisaría como tenía previsto. Su suspensión le sorprendió antes de poder hacerlo.

Comprobó que el cargador de la pistola estuviera lleno. En realidad le bastaba con dos balas: una para la escritora y otra para la borracha de su madre. Se guardó el arma en el bolsillo de la chaqueta y abrió la cartera. Tenía dinero suficiente. Después se dirigió al cajón de los cubiertos y extrajo la ganzúa.

No precisaba nada más.

Volvió a consultar el reloj. Faltaban nueve minutos.

El edificio tembló ligeramente. Santos frunció el ceño y volvió a fijarse en las manecillas. Falsa alarma. No se trataba de su tren, sino del que se dirigía a Hendaia, en dirección opuesta.

Se encaminó a la ventana y apartó la cortina.

Buscó el coche de Cestero con la mirada. No lo vio. Unos metros más atrás de donde acostumbraba a aparcar la ertzaina, reconoció otro rostro conocido: Madrazo. Ocupaba el asiento del conductor de una furgoneta roja y tenía la mirada clavada en él.

Santos alzó la mano para saludarlo con una mueca burlona. Después la giró y encogió todos los dedos menos el corazón, formando una peineta que remarcó con un gruñido. No había podido aguantarse. Aquellos imbéciles lo sacaban de sus casillas. No perdió más tiempo. No lo merecían. En un par de horas tendrían su merecido. Los imaginaba desconcertados, disculpándose con él por haber arrastrado por los suelos su imagen pública. Tal vez los denunciaría. Podría pedir daños y perjuicios. Las televisiones ya no lo querían por su culpa.

Consultó el reloj. Siete minutos.

Abrió la ventana de la cocina y miró hacia arriba. No había nadie asomado al patio interior, solo ropa tendida. Apoyándose en el marco de la ventana, saltó al interior, igual que hacía cada vez que algún vecino bajaba a reclamar alguna pieza de ropa caída por accidente. La peor era la del tercero, no había semana que no bajara porque había perdido una pinza.

Con pasos rápidos, cruzó aquel espacio tan expuesto y forzó con suavidad la ventana del lado opuesto. Un nuevo salto lo llevó al interior del piso vecino. Estaba vacío desde que la vieja Ana fuera ingresada en una residencia de ancianos. Hacía ya dos años de ello y nadie había vuelto a aparecer por allí. Corrían rumores de que la Diputación vendería la casa para cubrir los gastos de su cuidado, pero de momento seguía vacía.

A tientas, avanzó por el pasillo hasta alcanzar el comedor. La luz de la tarde se filtraba por las ranuras de la persiana bajada y hacía cobrar vida a antiguos retratos en blanco y negro. En ellos la vieja Ana ya no era tan vieja y su sonrisa no auguraba que moriría sola. Santos abrió la ventana y tiró de la cuerda que alzaba la persiana. El andén se desplegó al otro lado. Todavía no había rastro del tren, pero estaría al llegar.

—Hola, señora Santos —se dijo a sí mismo mientras se ponía la peluca y el abrigo de mujer.

Después saltó a la estación. Se sentía exultante. Su plan era perfecto. En pocos minutos estaría en el puerto donostiarra, elegiría una de las decenas de chipironeras amarradas en él y la pondría en marcha con la ganzúa.

La adrenalina le aceleraba el pulso cuando se dejó devorar por el tren, que arrancó de inmediato para dejar atrás Pasaia. La California desde la que Madrazo vigilaba su casa vacía apareció al otro lado de la ventana. Sin saberlo, aquel idiota se acababa de convertir en su mejor coartada. Cuando otro tren lo trajera de vuelta, pediría la cena a domicilio, como cada día, y nadie podría situarlo lejos de su casa a la hora del crimen.

Un túnel engulló las últimas casas y devolvió a Santos su reflejo en el cristal. Se veía ridículo con la peluca, pero esbozó una sonrisa cargada de seguridad.

Iba a lograrlo. Los días de Leire Altuna estaban a punto de acabar.

79

26 de noviembre de 2015, jueves

Leire levantó la vista del ordenador y estiró los brazos, arqueando la espalda hacia atrás. Su mirada recaló en el reloj que ocupaba una esquina de la pantalla. Llevaba cuatro horas escribiendo, dentro de una vida de ficción que era, al mismo tiempo, la suya propia. Tan absorta estaba en la novela sobre el asesinato de Iñaki que el tiempo se le escurría entre los dedos como el agua clara de un arroyo.

Poniéndose en pie para estirar las piernas, se asomó a la ventana. El monte Urgull, coronado por su inconfundible estatua del Sagrado Corazón, se levantaba al otro lado de un mar que se veía furioso. En su base se desparramaba, en un desorden que Leire sabía solo aparente, la Parte Vieja donostiarra. El color ocre de la arenisca de sus fachadas se fundía con los diques de los muelles y contrastaba con los tonos blancos y grises de los edificios que se asomaban a la bahía de la Concha.

Ahogando un bostezo, salió de la habitación. Abrió la vieja nevera, de formas redondeadas y zumbido constante, y se sirvió un vaso de zumo de naranja. De buena gana se hubiera preparado un té, pero no había hervidor en aquella cocina precaria y no le apetecía ponerse a calentar agua en una cazuela. Ya lo hacía demasiadas veces al día.

La panorámica desde aquel lado del edificio era diferente. No era el monte Urgull, sino Igeldo el que cerraba las vistas. El torreón de su cumbre se recortaba sobre un cielo donde se mezclaban diferentes tonalidades de gris. A lo lejos se adivinaba una tormenta. Tras las copas de las encinas que ocultaban el paisaje más cercano, se asomaba el embarcadero de la isla. Era el rincón preferido de su madre, el lugar donde se refugiaba cuando quería estar sola. Leire acostumbraba a verla allí abajo, sentada de espaldas al faro y con las piernas colgando hacia el mar. Aunque no podía oírla, sabía que rezaba.

La escritora no hacía preguntas. El tiempo acabaría curándole las heridas. También ella las tenía. Si no, ¿qué hacía escribiendo de manera casi compulsiva una novela que jamás le devolvería a Iñaki?

Aquella tarde no había nadie en el embarcadero. Irene no saldría hasta las nueve de la adoración perpetua. La luz fría que amortajaba el día encapotado dibujaba las formas rectilíneas del muelle de piedra junto a la diminuta playa desierta. El bote que les había prestado la Autoridad Portuaria, ligado a uno de sus poyos, se mecía a merced del oleaje. Para dar con más señales de vida, la vista precisaba volar mucho más lejos, hasta el otro lado de la bahía. Coches y paseantes del tamaño de pequeñas hormigas recorrían el perímetro de la playa de la Concha y su hermana menor, Ondarreta, en cuyos arenales rompían las olas.

De vuelta a la habitación, se sentó de nuevo ante el ordenador. Todavía faltaban más de dos horas para ir a buscar a Irene al puerto. Antes de continuar tecleando, releyó los últimos párrafos que había escrito. La detención de Santos en un programa en directo le resultó tan trepidante que cualquiera hubiera dicho que se trataba de una licencia de la escritora en lugar de una transcripción casi literal de lo acaecido aquella tarde en la televisión vasca. Le gustó leer el nombre y apellido del excomisario. No lo había cambiado. Esta vez no pensaba hacerlo.

Tenía la sensación de estar ante su mejor obra. Nunca antes había conseguido plasmar con tanto rigor los sentimientos. El dolor, la tristeza, el odio, el amor... Cada página del libro, cada párrafo, casi cada línea, lograba dejar en carne viva el alma de quien lo leía.

¿Y ahora qué? Tenía a Santos detenido. ¿Qué venía después, una injusta libertad? La realidad no era digna de una novela. No podía escribir sobre Cestero apostada día y noche ante el portal del asesino. Tampoco sobre su soledad en una isla desierta a la espera de que alguien diera con una prueba que llevara por fin a prisión al policía.

La pequeña Sara le dio una patada en la vejiga. Como si se tratara de una señal, Leire se puso en pie de nuevo y, esta vez sí, cerró el ordenador. Tal vez al día siguiente estaría más inspirada para continuar.

Al regresar a la cocina para servirse otro vaso de zumo, volvió a dejar vagar la vista por la ventana. La luz comenzaba a escasear y las formas del paisaje se emborronaban. La noche llamaba a las puertas y las farolas comenzaban a encenderse al otro lado de la bahía.

Se disponía a retirarse cuando algo en el embarcadero la dejó de piedra.

El bote había desaparecido.

80

26 de noviembre de 2015, jueves

Ane Cestero se sentía exultante. Era cuestión de horas que Santos fuera detenido y el caso del faro cerrado definitivamente. Solo era necesario que sus compañeros visionaran la prueba en comisaría para que lanzaran la orden de arresto. Esta vez lo harían sin prisas, cerciorándose previamente de tener todos los cabos atados para que el excomisario no pudiera hallar resquicios por los que escaparse.

Santos la había humillado, pero ella había acabado ganándole la partida, y eso la hacía sentir tremendamente reconfortada.

—¡Ane! —la llamó Olaia desde la puerta del bar—. No te esperaba hoy por aquí. ¿Te saco una caña?

—No puedo. Voy a cambiarme de ropa y me vuelvo para Antxo, que tengo a Madrazo esperándome —replicó Cestero señalando su portal.

—¿Ah, sí? ¿Y para qué te espera si puede saberse? —se burló su amiga en tono seductor.

La ertzaina la esquivó con una fingida mueca de fastidio.

—No seas mal pensada... Es solo trabajo.

Olaia la siguió.

—Joder, tía. Vas a acabar fatal. Tienes unas ojeras increíbles. No te tomes el curro tan en serio.

Cestero se encogió de hombros.

—Hoy será el último día —prometió. Sabía que sería así.

—A ver si es verdad... Oye, ¿sabes que Elisa me llamó? Le llegaron rumores de que me habían visto irme a casa con otra y la tía quería saber si era verdad. Ya ves, no dice nada en semanas y ahora está celosa...

Cestero iba a contestar cuando oyó la melodía de su móvil. Se apartó unos metros y arrugó los labios al comprobar en la pantalla de quién se trataba.

—¿Todo bien, Leire? —saludó intrigada.

—No lo sé —confesó la escritora. Parecía asustada—. ¿Tienes controlado a Santos?

Cestero dudó un instante antes de contestar.

—Mi jefe está delante de su casa. ¿Por qué?

—No sé… Algo va mal aquí. Alguien ha soltado las amarras de mi bote. Va a la deriva hacia el Pico de Loro… No tengo manera de salir de la isla. ¿Seguro que Santos está en su casa?

La ansiedad se colaba entre sus palabras, contagiando su desasosiego a la ertzaina.

—Déjame que llame a Madrazo, pero no tengas ninguna duda, ese cabrón está en su casa. De lo contrario lo sabría. Además, tengo una buena noticia: hemos dado con una prueba concluyente.

—¿Una prueba?

—Tu madre no estaba sola el día que fue al locutorio. Solo acompañaba a Santos. Lo tenemos, Leire. Una vecina lo grabó todo —anunció orgullosa Cestero.

Un suspiro saturó el auricular. La ertzaina imaginó el gesto de alivio en el rostro de Leire.

—Espero que esta vez no sepa darle la vuelta al asunto y marcharse de nuevo de rositas —apuntó su voz.

Sus palabras se clavaron en el orgullo de la ertzaina.

—Esta vez no —aseguró Cestero.

—¿Puedes confirmar si sigue vigilado? Esto me da mala espina —insistió Leire volviendo al tema inicial.

—Claro, ahora mismo —anunció la ertzaina antes de cortar la comunicación y marcar el número de Madrazo. Sabía que era un mero trámite porque conocía la respuesta, pero no le costaba nada tranquilizar a la escritora.

81

26 de noviembre de 2015, jueves

Leire observaba descorazonada el bote. Su redondeada silueta blanca se alejaba rumbo al promontorio rocoso que separaba las playas de Ondarreta y la Concha. A buen seguro acabaría encallando allí. Con él se había ido su única manera de ir y venir de tierra firme. Tendría que llamar a Fernando Goia y explicárselo. Alguien iría a rescatar la embarcación y todo quedaría en un lamentable incidente, pero Leire odiaba volver a ser fuente de problemas para la Autoridad Portuaria.

Cestero le había devuelto la llamada para confirmarle que Santos seguía sin salir de casa, y eso la había ayudado a calmarse, aunque su corazón todavía latía deprisa. ¿Qué había ocurrido allí abajo? Un cabo no se desligaba solo. Quizás lo hubiera amarrado mal ella misma al volver de llevar a su madre al puerto.

—Si no estuvieras todo el día con la cabeza en la novela... —se reprochó en voz alta.

De todos modos, eso ahora poco importaba. Necesitaba recuperar el bote antes de que fuera demasiado tarde.

Se disponía a marcar el número de Fernando cuando reparó en la chipironera. Estaba amarrada más allá del embarcadero, junto al dique donde se levantaba el sencillo edificio del bar que permanecía cerrado a esas alturas del año. No había rastro de ningún pescador a bordo. Tampoco a su alrededor.

Pese a la alarma inicial, pensó que no era algo extraño. Esa misma mañana habían aparecido por la isla dos piragüistas, que habían hecho un alto en el reducido arenal antes de volverse a la Concha. Y no eran los primeros. Dos días antes un hombre llegó nadando desde Ondarreta y alguna tarde aparecía un *arrantzale* que llegaba en bote y lanzaba la caña desde los acantilados.

Sin embargo, esta vez era diferente. Su barca navegaba a la deriva y había alguien más en Santa Clara. Podría tratarse de un sabotaje.

—Santos está vigilado. ¡Tranquila! —se dijo regañándose por dejarse asustar tan fácilmente. Solo se trataba de un pescador. Además, su presencia en la isla le permitiría recuperar el bote. No tenía más que bajar y rogarle que la llevara a buscarlo.

Algo más serena, Leire salió en busca del dueño de la chipironera. Seguro que estaría dispuesto a ayudarla. A pesar del estado revuelto de la mar, no le costaría más de cinco minutos acercarla hasta su barca. Ojalá estuviera a tiempo de recuperarla.

El sendero empedrado que comunicaba el faro con el embarcadero zigzagueaba a través de un bosque de encinas. Sus ramas entrelazadas ocultaban la escasa claridad que aún quedaba en el cielo. Los bancos y merenderos, tan populares en verano, se veían vacíos de toda vida. En cuanto la línea regular de motoras que unía Santa Clara con los muelles donostiarras echaba la persiana a finales de septiembre, la isla quedaba tan desierta como si se encontrara a miles de kilómetros de la tierra habitada más cercana.

El arbolado le impedía ver el bote. Apretó el paso. Podría depender de unos escasos segundos que lograra abordarlo antes de que encallara. Tenía que dar cuanto antes con el pescador. Le pareció oír unos pasos sobre la hojarasca. Entrecerró los ojos y se detuvo para intentar atisbar entre los árboles.

Sí, había alguien ahí. Leire alzó la mano para llamar su atención y abrió la boca para saludarle, pero se contuvo en el último momento. Era extraño. ¿Por qué subía a través del bosque enmarañado de zarzas en lugar de hacerlo por el sendero de piedra? El instinto le hizo dar un paso atrás y llevarse la mano a la barriga. Ajena a su repentino miedo, la silueta continuó aproximándose y un rostro conocido tomó forma cuando la exigua claridad lo permitió.

Leire sintió que las piernas le flaqueaban. Después ahogó un grito y comenzó a correr sin rumbo. Estaba aterrada. De pronto su barca a la deriva ya no existía. Nada existía. Solo aquella sombra que se movía torpe pero decidida entre los árboles.

Santos estaba en la isla.

82

26 de noviembre de 2015, jueves

Le faltaba el resuello. No podía más. Sin embargo, no se atrevía a girarse para comprobar si Santos la seguía de cerca. Cualquier movimiento en balde podría suponer perder la ventaja y caer en sus manos. Se sentía impotente. Sabía que estaba presa en la isla y que no había manera alguna de salir de allí. Por un momento valoró la opción de lanzarse al mar y nadar hasta la costa, pero la desechó inmediatamente. Aquella no era una solución viable para una mujer embarazada de cinco meses, y menos con las aguas frías y agitadas de noviembre. Tampoco ir en busca de la chipironera en la que el excomisario había llegado parecía la mejor idea. Seguro que se habría preocupado de bloquearla para que no pudiera ponerla en marcha.

El tortuoso sendero que había elegido sorteaba los acantilados de la parte trasera de Santa Clara. Lo había tomado sin detenerse a pensar, azuzada por la necesidad de alejarse lo antes posible de aquel psicópata, pero ahora se arrepentía. El fuerte desnivel que salvaba jugaba en su contra. Sentía tensos los músculos de su abdomen y temía que las contracciones pudieran reaparecer en cualquier momento. Necesitaba un descanso.

Angustiada, se giró en busca de Santos. La senda remontaba la ladera entre miradores asomados al abismo y una amplia pradera salpicada por árboles dispersos. Abajo, mucho más abajo, el Cantábrico batía con fuerza contra la base de los acantilados. Las gaviotas planeaban quejosas a merced de las corrientes de aire sin que la lluvia que había comenzado a caer pareciera molestarles. El excomisario había desaparecido de la vista.

Tras girarse en todas direcciones para asegurarse de estar sola, Leire marcó el teléfono de Cestero. Sentía los latidos de su corazón repicando con fuerza en las sienes y el rostro empapado por la lluvia.

—Está aquí —anunció atropelladamente en cuanto la ertzaina respondió. Su mirada recorría ansiosa el paisaje. ¿Dónde se había metido aquel psicópata?

—¿Quién? ¿De qué hablas...? ¿Santos?

—¡Está en la isla! No tardéis, viene a matarme... —apremió Leire con un hilo de voz. Las mesas de picnic que se extendían a su alrededor se le antojaron una broma de mal gusto. ¿Dónde estaban las risas, las correrías infantiles y las celebraciones veraniegas? Allí solo había una implacable soledad que pesaba como una losa.

—No puede ser. ¿Lo has visto? —inquirió Cestero.

—Sí... Joder, ya viene. Ayúdame, por favor... —rogó Leire al verlo aparecer tras los árboles. Avanzaba tranquilo. No corría. Sabía que no lo necesitaba. La isla era una perfecta jaula de sal. El mar impedía a su presa huir en cualquier dirección.

Llevándose las manos a la barriga, la escritora reanudó la carrera. El bosque envolvió de pronto sus pasos y lo sumió todo en una oscuridad absoluta. La luz dorada de la linterna del faro se filtraba cada cuatro segundos entre la floresta, otorgando al paisaje un ambiente irreal, de cuento de hadas. Leire sabía, sin embargo, que aquello tenía poco de fábula infantil. Santos estaba en Santa Clara y esta vez no habría amenazas ni susurros a través del teléfono. No, en esta ocasión, el excomisario venía a terminar el trabajo que había comenzado con el asesinato de Iñaki. De alguna manera había logrado burlar la vigilancia de la Ertzaintza para asestar el último golpe. Estaba allí para matarla.

Una fuerte punzada en el abdomen la obligó a detenerse. Un sudor frío brotó de su frente al recordar la camilla del hospital y el rostro alarmado de los médicos cuando estuvo a punto de perder a Sara. Los chillidos de las gaviotas sumían en un lejano segundo plano el sonido de las olas y ocultaban otros ruidos. Leire las maldijo entre dientes. No había manera de oír los pasos de su perseguidor. Algo le decía que no estaría lejos. Se obligó a continuar, aunque fuera a menor ritmo. No podía quedarse quieta en medio del camino o Santos le caería encima y ni ella ni su pequeña sobrevivirían.

83

26 de noviembre de 2015, jueves

—Aquí no está. El tío se ha esfumado delante de mis propias narices... —anunció Madrazo desde la sala de estar de Santos. Una bombilla desnuda brindaba su luz en mitad del techo y en el televisor se reconocía el plató de *La tarde es nuestra*. La puerta del piso estaba abierta de par en par, apenas dañada por la patada.

—Está en la isla. Te lo he dicho, Leire lo ha visto. Como no nos demos prisa la matará —anunció Cestero al otro lado del teléfono.

El suboficial suspiró. Iba a ser imposible llegar a tiempo.

—Acabo de poner en marcha un dispositivo para detenerlo. La patrullera está en Getxo, no podemos contar con ella, pero el helicóptero saldrá ahora mismo de Iurreta —anunció Madrazo con un regusto amargo. La base aérea de la Ertzaintza se encontraba a cincuenta kilómetros de la capital guipuzcoana y eso demoraría la llegada de los efectivos policiales a Santa Clara. La noche, además, complicaría las cosas.

—¿Y Salvamento Marítimo? Tendrán algún barco por aquí cerca... Joder, que el tío no va a andarse con chorradas. Si está allí es para cargársela...

—Los bomberos están movilizados. Utilizaremos su lancha neumática para llegar hasta la isla —explicó el suboficial—. Vaya mierda... Todavía no me explico cómo se me ha escapado el cabrón de Santos. Te aseguro que no he perdido de vista el portal ni un segundo.

—Tardarán en llegar con la zódiac en el remolque desde su base. ¿Y la Cruz Roja? ¿No guardaban la suya en el puerto donostiarra? —intervino Cestero.

Madrazo visualizó en su mente el inconfundible símbolo rojo junto al Aquarium.

—Buena idea. Nos permitirá ganar tiempo. Avisaré a comisaría para que los pongan sobre aviso y salgo ahora mismo para Donostia.

—Yo también. Cojo la moto y en diez minutos estoy en el puerto —anunció Cestero.

—No, estás suspendida, recuérdalo. Llamaré a tus compañeros —la interrumpió el suboficial imaginando la mueca de fastidio de la agente. De buena gana permitiría que lo acompañara, pero solo podría acarrear problemas. Con un tipo tan correoso como Santos era mejor no dejar cabos sueltos a los que pudiera agarrarse en su defensa.

Antes de abandonar la vivienda del sospechoso, marcó el teléfono de Letizia, pero no obtuvo respuesta. La agente primera no tardaría en devolverle la llamada. Entretanto llamó a Aitor.

—Goenaga —se presentó su compañero al primer tono.

—¿Dónde estás? Te necesito ya mismo —apremió el suboficial.

—En San Sebastián, en la parada del autobús de Oiartzun —resumió Aitor.

Madrazo lo celebró apretando el puño. Eso estaba cerca del puerto.

—Espérame en el muelle. Santos está en la isla y no hay un minuto que perder —anunció antes de concretar sus instrucciones y llamar a la comisaría para que coordinaran todo con la Cruz Roja.

Sabía que iban tarde, pero en el peor de los casos podrían interceptar al excomisario antes de que abandonara la isla de Santa Clara.

84

26 de noviembre de 2015, jueves

En cuanto cerró la puerta Leire supo que se había equivocado. La claridad que brindaba la lámpara en forma de candelabro que colgaba de la pared del vestíbulo no fue suficiente para inducirle confianza. Ahora sí que era la prisionera perfecta. Tendría que haberse escondido en el bosque o agazaparse en un acantilado apartado. La noche habría jugado a su favor y Santos lo hubiera tenido difícil para dar con ella. En el faro, en cambio, solo era cuestión de tiempo que su perseguidor lograra entrar para acabar con ella. Su última esperanza era que el excomisario no la creyera tan incauta como para encerrarse entre cuatro paredes y pasara de largo para continuar la búsqueda por la isla.

Sin detenerse a recuperar el resuello, subió al piso superior y se acercó a una ventana. La oscuridad se había adueñado del exterior y solo a lo lejos se veían las farolas de la ciudad dibujando la forma curva de la bahía. El faro del monte Igeldo barrió la noche con su haz de luz y el de Santa Clara le correspondió con un corto destello. El bosque se iluminó por un momento y Leire distinguió entre las ramas una figura que avanzaba decidida hacia el edificio. Un sonido metálico en la puerta le confirmó enseguida que su vista no le había engañado. Santos trataba de forzar la cerradura.

Leire se llevó la mano al pecho. Le faltaba el aire. Estaba perdida. Miró alrededor en busca de un lugar donde esconderse y solo vio el catre de su madre y un viejo armario ropero. Una pequeña mesita de noche completaba el sencillo mobiliario de aquella habitación. La suya no era muy diferente, aparte de la mesa en la que escribía, y tampoco la cocina ofrecía mejores opciones para hacerse invisible.

Santos manipulaba la cerradura cada vez con más insistencia. Se le estaba resistiendo. El forcejeo aumentaba el desasosiego de Leire, que temió que su corazón dijera basta y el excomisario se encontrara el trabajo hecho. Por lo menos las contracciones no habían vuelto a hacer acto de presencia, aunque la tensión en el abdomen le anunciaba que podrían regresar en cualquier momento.

De pronto se hizo el silencio. Santos había dejado de hurgar en la cerradura. La escritora contuvo la respiración y se acercó a la ventana. Antes de que la luz del faro le permitiera comprobar qué estaba ocurriendo abajo, un fuerte crujido resonó en el edificio. Le siguió el estrépito de la puerta al rebotar con fuerza en la pared.

—¡Ya te tengo, Leire Altuna! —tronó la voz del excomisario.

De nuevo los latidos en sus sienes. El corazón de la escritora bombeaba sangre a toda velocidad. No podía quedarse en medio de la habitación o todo estaría perdido. Tratando de no hacer ruido, abrió el armario y se coló en el interior. No había alternativa. O aquellas ropas colgadas de perchas la ocultaban o estaba muerta. Tal vez lo estuviera en cualquier caso, pero tenía que intentarlo.

—De nada te servirá esconderte... Sé que estás aquí... —Santos hablaba desde el piso de abajo, que no tardaría en recorrer antes de subir a las habitaciones.

Leire hundió la cara entre las chaquetas de su madre. Tenía la impresión de que su respiración agotada resonaba con demasiada fuerza en aquel reducido espacio de madera. Sus piernas flexionadas le presionaban la barriga y Sara se revolvía quejosa en su interior. No podría aguantar mucho tiempo la postura, pero el excomisario no daba señales de abandonar el edificio.

Tras unos instantes de silencio que insuflaron una leve esperanza a la escritora, unos pasos sonaron en la escalera. Santos se acercaba.

—No esperaba que me lo pusieras tan fácil —se mofó el

excomisario asomándose al dormitorio—. Vaya idea, encerrarte en el faro... No me ha hecho falta más que una patada para abrir esa mierda de puerta.

La bombilla desnuda que pendía del techo se encendió en cuanto el intruso accionó el interruptor. Su luz se coló en el armario entreabierto. Leire se llevó instintivamente las manos a la cara y trató de hacerse invisible entre las prendas de Irene. Oyó a Santos resoplar por el esfuerzo de agacharse a comprobar bajo la cama y cerró los ojos al comprender que lo siguiente sería el armario. Tardó unos segundos, pero finalmente un torrente de luz bañó las chaquetas, obligando a la escritora a contener la respiración.

—¿Quién te iba a decir que no llegarías a conocer a tu hija? —apuntó el excomisario en tono burlón.

Leire comprendió acongojada que la había descubierto. Se disponía a lanzarse contra él para intentar derribarlo en lugar de esperar el disparo, cuando la puerta del armario volvió a cerrarse. Los pasos anunciaron que Santos se alejaba. No la había visto. Era una suerte que Irene se hubiera llevado a Santa Clara toda su ropa, en una evidente declaración de sus intenciones de no regresar al faro de la Plata.

—En la última habitación... Querías mantener la emoción hasta el final, ¿eh? Vaya, en esta mesa escribes tus folletines. —La voz del excomisario llegaba desde el cuarto aledaño.

La esperanza comenzó a abrirse paso en el pecho de Leire. Todavía era pronto para cantar victoria, pero había logrado pasar desapercibida y ahora Santos tal vez abandonara el faro para seguir buscándola por la isla.

—Hija de puta... —Oyó mascullar a su perseguidor cuando comprobó que tampoco estaba en la otra estancia. Su tono burlón había desaparecido de repente.

La escritora estiró levemente las piernas. No aguantaba más los calambres. Si todo iba bien, en unos minutos podría salir del armario. Tal vez hubiera ganado un tiempo vital para que la policía pudiera llegar a la isla a tiempo.

Los pasos de Santos resonaron en los primeros peldaños de la escalera. Se iba. El alivio se abrió camino rápidamente por el pecho de Leire. Pero entonces ocurrió el desastre. La alegre melodía del móvil de la escritora rompió el silencio, y por más manotazos que dio en el bolsillo del pantalón para detenerla, tardó demasiado en poder extinguirla.

85

26 de noviembre de 2015, jueves

De pie en el extremo del muelle, Aitor observaba impotente el faro de Santa Clara. A pesar de la cortina de lluvia, alcanzaba a ver las luces que se iban encendiendo tras las diferentes ventanas. Era evidente que en su interior se estaba llevando a cabo una búsqueda. Se imaginó a Leire agazapada bajo una cama y a Santos deleitándose con la cacería. Con un poco de suerte, la escritora habría buscado cobijo en otro rincón de la isla, y eso les regalaría un tiempo precioso que iban a necesitar.

—Cuando las cosas se tuercen... —protestó Madrazo desde la rampa donde trataban de poner en marcha la zódiac.

—Desde septiembre no la hemos vuelto a utilizar —se justificó el joven de la Cruz Roja—. Una vez que termina la temporada de playas, aquí se queda hasta el año siguiente.

—¿No tienes gasolina para echarle? —inquirió el suboficial cuando el motor se caló por sexta vez tras apenas un par de segundos en marcha.

El chico de la Cruz Roja asintió.

—Un bidón lleno, pero no es eso. Le pasa cuando lleva tiempo parada. Son carbonillas. Acabará funcionando —aseguró antes de ir en busca del combustible.

—Habríamos tardado menos haciendo venir la patrullera desde Getxo —renegó Madrazo negando con expresión derrotada—. Me cago en todo... Si el juez no hubiera tenido tantos remilgos para poner una escolta a Leire Altuna, ahora no estaríamos así.

Aitor dirigió de nuevo la vista al faro. Hicieran lo que hicieran, si la escritora estaba allí, no llegarían a tiempo.

—¿Y los bomberos? ¿No sabemos nada de ellos? —preguntó el suboficial a uno de los ertzainas uniformados que aguardaban junto a un coche patrulla.

—Están en camino. Mira, ahí llegan más refuerzos— anunció el agente señalando hacia la Parte Vieja.

Aitor se volvió hacia allí. Dos furgonetas se dirigían hacia el embarcadero con los osciloscopios azules encendidos. Tras ellas llegaba una ambulancia. La visión no le insufló ánimo; de poco servía contar con una decena de agentes si tampoco tenían forma de llegar hasta la isla.

El teléfono vibró en su bolsillo.

—Dime, Cestero —saludó el ertzaina con un suspiro de impotencia.

—¿Dónde estáis? ¿Habéis cruzado a Santa Clara? Estoy llamando a Leire y no contesta. —Las palabras de su compañera eran atropelladas, casi incomprensibles.

—Ya quisiéramos. Estamos en el puerto.

—¿En el puerto? ¿A qué esperáis? No llegaréis a tiempo...

La mirada de Aitor recaló de nuevo en el faro mientras guardaba el móvil. Lo último que necesitaba era que Cestero lo pusiera todavía más nervioso. Ya no quedaban luces por encenderse tras las ventanas del único edificio de la isla. Santos habría completado la búsqueda. La desazón lo devoraba por dentro. Tenían a un asesino tratando de matar a una mujer a apenas medio kilómetro de distancia y no eran capaces de hacer nada por impedirlo. Se giró en todas direcciones. Seguía sin haber un solo pescador a la vista. Solo necesitaban alguien que los llevara a Santa Clara. ¿Tan difícil era?

—Tenemos que coger un bote —decidió señalando las decenas de chipironeras y embarcaciones deportivas que copaban la dársena—. No será tan difícil hacer un puente.

—Espera —le pidió Madrazo aguardando a que el de la Cruz Roja vertiera combustible en el depósito. Después el suboficial tiró con fuerza del cordel de arranque y el motor tosió quejoso antes de detenerse una vez más—. ¡Vaya mierda de zódiac! ¿Y el helicóptero? ¿Tanto se tarda desde Iurreta?

—¿Ya podrá volar con este tiempo? —preguntó Aitor extendiendo las palmas de las manos para acoger las gotas de lluvia. Algunos rayos se dibujaban de vez en cuando en la distancia.

—No me jodas... Solo faltaba eso —se lamentó su superior buscando el teléfono en el bolsillo.

Una sirena de voz grave hendió el silencio de la noche. La fachada blanca del Náutico se tiñó de naranja.

—¡Los bomberos! —exclamó uno de los uniformados.

Aitor tragó saliva. Tal vez no estuviera todo perdido.

86

26 de noviembre de 2015, jueves

—No sabía que fueras tan imbécil —se mofó Santos entrando en el dormitorio al mismo tiempo que Leire salía del armario para defenderse.

La pistola que la apuntaba le dijo que cualquier movimiento sería en balde.

—Siéntate en la cama con las manos en la cabeza. ¡Vamos! —ordenó el excomisario acercándole el arma.

—¿Por qué me odias? —sollozó Leire dejándose caer en el catre.

Santos alzó las cejas en un gesto de asombro.

—Me arruinaste la vida. Yo tenía una mujer y una hija, ¿sabes? Lo perdí todo por tu culpa.

La escritora negó con la cabeza mientras suspiraba ahogada en la impotencia. Estaba completamente loco.

—Estás enfermo, Santos. Yo no tengo la culpa de tu separación —argumentó desesperada.

—Claro que sí. —El policía alzó la voz por primera vez. No le gustaba ser rebatido—. A mí la gente me respetaba. Dirigía una comisaría importante. Hasta que apareciste tú y te dedicaste a ridiculizarme. Si no hubiera sido por tu afán de menospreciar a la policía, habría resuelto el caso del Sacamantecas mucho antes.

—Estás loco —musitó Leire protegiéndose la barriga con las manos. La pequeña no se movía. Se la imaginaba acurrucada, ocultándose de lo que ocurría en el exterior.

—Destrozaste mi vida —sentenció el policía. El cañón de la pistola bailaba entre el rostro y el vientre de la escritora—.

¿Por dónde empiezo? Por la cría, claro. Quiero que veas tu vida entera destruida antes de acabar contigo.

—¡Déjanos en paz! —clamó Leire abrazándose la tripa con ambos brazos. Las lágrimas nublaban su mirada—. No te hemos hecho nada… Iñaki tampoco.

Santos suspiró fingiéndose enamorado.

—Todavía recuerdo su mirada aterrorizada al ver el cuchillo abriéndose paso hasta su corazón. Murió sin comprender.

—¡Monstruo! —espetó Leire con el dolor aferrado a sus cuerdas vocales. Se llevó las manos a la cara arrasada por las lágrimas. Ya ni siquiera sentía temor. La certeza de que iba a morir era demasiado contundente. Solo le dolía que la pequeña Sara, la hija con la que soñaba que haría tantas cosas, no llegara a ver más luz que la del disparo que, antes o después, se llevaría la vida de las dos.

Santos estiró el brazo con el que sostenía el arma hasta casi posarla sobre su barriga. Sara se movió. De algún modo era consciente de la amenaza. Leire clavó la mirada en el dedo que jugueteaba con el gatillo. En cuanto se tensara, todo habría acabado.

—Ahora me dirás qué se siente al perderlo todo —apuntó el excomisario. El dedo índice había dejado de moverse a un lado y a otro y comenzaba a tensarse sobre el disparador.

—¡Nooo! —suplicó Leire doblándose sobre sí misma para hacerse un ovillo.

La angustia de saber que su pequeña estaba a punto de morir resultaba insoportable. Se dejó caer al suelo, de rodillas, y se encontró de frente con las estampitas de santos que ocupaban la mesilla de su madre. Destacaba entre ellos el envase en forma de Virgen con agua de Lourdes. Lo miró con los ojos nublados por las lágrimas y fingió orar.

—Reza, reza. ¿Tú también eres tan beata como la borracha de tu madre? Vamos, pídele a Dios que te salve —se mofó Santos a su espalda.

La escritora balbuceaba un Padre Nuestro, la única oración que recordaba completa de sus años en la catequesis. Su mirada, sin embargo, no contemplaba el despliegue religioso de Irene, sino el cajón que había a sus pies. En él se encontraba su última oportunidad.

—... venga a nosotros tu reino...

Tenía que abrir el cajón de la mesita. Tenía que hacerlo. En cualquier momento Santos tiraría finalmente del gatillo y todo habría acabado. Si no lo intentaba, estaba perdida.

—No me imaginaba un final tan patético —se jactó el excomisario soltando una sonora risotada—. Esperaba que lucharas, no que te postraras de rodillas a rezar como una monja en sus últimas horas.

Leire tensó los músculos del brazo. El cajón... Si era rápida, tal vez pudiera abrirlo antes de que Santos le descerrajara un tiro... No, era imposible.

—... perdona nuestras ofensas, así como nosotros...

El tiempo se acababa. El monstruo que había matado a Iñaki y a Mendikute no estaría allí por los siglos de los siglos. En cuanto terminara el Padre Nuestro, quizás antes, llegaría el final. Tenía que abrir el cajón. Santos reía tras ella mientras aguardaba el final de la oración. Tenía razón. Era un final patético para ella y su niña. Necesitaba armarse de valor y abrir el maldito cajón de una vez.

—No nos dejes caer en la tentación...

Un sonido grave, de cadencia repetitiva, llegó del exterior cada vez con mayor intensidad.

—¿Qué cojones es eso? ¿No habrás llamado a la policía? —inquirió el excomisario. Su voz se alejaba. Se estaba acercando a la ventana—. Un helicóptero... La madre que te parió...

Leire supo que era el momento. Tratando de imprimir a sus manos tanta velocidad como le fue posible, abrió el cajón y cogió el arma por la empuñadura. Se giró bruscamente hacia Santos y la detonación retumbó en la habitación. Un agudo dolor le sacudió la oreja y la quemazón se extendió rápidamente al costado derecho de su cabeza.

El siguiente disparo tronó con más fuerza entre aquellas cuatro paredes. El excomisario contempló extrañado su Glock antes de que sus dedos se abrieran para dejarla caer al suelo. Después se fijó en la sangre que se extendía rápidamente a sus pies y se volvió hacia Leire con una mueca de estupefacción.

—Esta pistola no tenía que haber servido para esto, ¿verdad? —apuntó la escritora mostrándole el arma que el propio Santos le diera a Irene días atrás. Leire había estado tentada de entregársela a la Ertzaintza, pero la soledad de la isla y la insistencia de su madre la animaron a guardarla como defensa.

El policía abrió la boca para responder, pero solo logró vomitar una bocanada de sangre antes de desplomarse con un golpe sordo. Leire asistió horrorizada a sus estertores antes de llevarse la mano a la cabeza. El dolor no cedía. Al palparse, descubrió que una parte importante de su oreja había desaparecido. Observándose la mano cubierta de sangre, sintió que se mareaba antes de dejarse caer al suelo. Estaba herida y aterrada, pero sabía que, por fin, la pesadilla había terminado.

EPÍLOGO

Un día de abril de 2016

Leire caminaba lentamente, sin prisa. No la había. Tenía demasiado claro lo que se disponía a hacer. Las olas rugían abajo, en los acantilados, y no había nadie que corriera entre risas cuando alguna alcanzaba el paseo. Los únicos pescadores que se había cruzado se encontraban más atrás, en la recta de la Sociedad Fotográfica. El Cantábrico estaba demasiado furioso para lanzar el sedal desde la zona más expuesta del Paseo Nuevo.

La pequeña Sara balbuceó entre sueños. Lo hacía siempre que tenía hambre. Después llegaría el llanto desconsolado, que cesaría en cuanto sus pequeños labios lograran aferrarse al pezón de su madre. Hacía solo tres semanas del parto, solo tres semanas de aquella rutina que, a veces, Leire tenía la sensación de que la había acompañado siempre.

La escritora hundió la nariz en el cabello del bebé y respiró tan hondo como pudo. Siempre que lo hacía se decía que sería incapaz de plasmar aquel aroma en el papel. Olía a tantas cosas esa cabecita. El jabón estaba ahí, pero también el sudor de la recién nacida, su calor... Era el olor del cariño, una esencia que despertaba en Leire un instinto protector que jamás hubiera imaginado.

Una mujer que venía de frente esbozó una sonrisa sincera al cruzarse con ella.

—Disfrútala —le recomendó antes de continuar el paseo junto a un hombre que parecía más interesado en la inmensidad del mar.

Leire le devolvió la sonrisa al tiempo que asentía. No era la primera vez que le decían algo parecido. En Pasaia apenas lograba hilvanar dos pasos seguidos antes de que algún vecino la abordara con sus parabienes. Lo que no soportaba era la mirada de lástima que siempre le clavaban en algún momento de la conversación.

Ahora sabía que iba a poder seguir adelante. Claro que echaba de menos a Iñaki. Lo echaría en falta cada día de su vida, pero Sara reclamaba su atención entera para ella, y Leire no iba a permitir que el pesar y la rabia nublaran la felicidad que la embargaba cada vez que contemplaba a su pequeña.

Sus pasos dejaron atrás la escultura de Oteiza, y la bahía de la Concha tomó forma ante ella. Allí estaba, como un amigo mudo, el faro de la isla de Santa Clara. Su luz todavía no guiaba a los barcos, aunque el sol se adivinaba ya cercano al horizonte tras la densa capa de nubes. No tardaría en encenderse.

Dos corredores pasaron a buen ritmo junto a Leire. La estela de sudor que emanaba de sus coloridas camisetas siguió acompañándola hasta que el impacto de sus zapatillas en el asfalto sonó muy lejano.

Sara rompió a llorar al llegar a la terraza del Aquarium, como si intuyera lo que estaba a punto de suceder. Leire se giró para comprobar si había alguien cerca. Los deportistas se habían perdido tras la escultura de hierro oxidado y solo un pescador ocupaba el espigón que se asomaba hacia los muelles.

No quería testigos. Sabía que cualquiera la tomaría por loca, aunque ella sabía perfectamente que era lo que debía hacer. ¿Qué habría hecho su hija de haberle dado la opción de elegir? Esa era la duda que más la torturaba, aunque algo le decía que lograría entenderla.

El mar mostraba un extraño tono metálico en el que las vetas de espuma que formaban las rompientes trazaban enigmáticos caminos a ninguna parte. A Iñaki le hubiera gustado esa tarde de abril. Siempre prefirió los días de tempestad a los de calma chicha.

Tenía la vista fija en el faro cuando su luz se encendió. Un guiño a los escasos navegantes de aquella tarde de marejada, un guiño a la farera que estuvo a punto de perderlo todo en su interior. No había día que no se viera en el espejo la oreja mutilada y la cicatriz que el roce de la bala le había dejado en el cuero cabelludo. Y todavía resonaba en sus tímpanos el tiro certero que acabó con Santos. Lo que vino después lo recordaba en medio de una nebulosa de irrealidad. El policía agonizando junto a ella, el sonido del helicóptero sobrevolando la isla y el rostro angustiado de Aitor irrumpiendo en la habitación... Fue él quien la encontró tendida en el suelo y sus manos cálidas las que la reconfortaron hasta que llegaron los sanitarios.

Desde aquello se habían visto regularmente. Aitor subía algunas tardes al faro de la Plata para echarle una mano con la pequeña y, cuando la acostaban, contemplaban las estrellas. Lástima que la linterna ya no fallara y su luz les robara la mayor parte de las constelaciones.

El ertzaina estaba enamorado de ella. Resultaba evidente a pesar de que nunca se hubiera atrevido a confesárselo. Leire prefería que fuera así. Ella no estaba preparada para algo que no fuera una buena amistad.

La pequeña cada vez lloraba con más fuerza. Su hambre no conocía de paciencias. Leire corrió el nudo del largo pañuelo que la ligaba a su pecho y la tomó en brazos. Después se desabrochó el sostén de lactancia y la boquita de Sara dio rápidamente con el pezón. De pronto solo se oía el rugido de las olas, que parecían empeñadas en recordar a Leire lo que la había llevado al Paseo Nuevo.

Volvió a mirar a ambos lados. El pescador tenía la vista fija en el sedal. No había nadie más a la vista.

Era el momento.

Con un profundo suspiro, la escritora abrió la mochila con la única mano que tenía libre y extrajo un grueso taco de papel de su interior: cientos de páginas escritas por ambas caras, el fruto de varios meses de trabajo y sufrimiento. La portada, que ella misma había impreso esa tarde, habría hecho feliz a Jaume Escudella.

El faro de la muerte.

Leire lo observó por última vez. Era su gran obra, su libro más sentido, su despedida de Iñaki. Cada palabra respiraba una angustia y un pesar que nadie que no acabara de sufrir una pérdida tan dolorosa habría logrado escribir. Se había desnudado en esas páginas, había llorado con cada tecla pulsada y había logrado una historia de amor que no pudo ser. Tenía en su mano la novela más triste del mundo y, al mismo tiempo, la más feliz.

—Te quiero, Iñaki —anunció mordiéndose el labio para no romper a llorar.

Después estiró la mano y dejó caer el libro. El mar lo recibió con el abrazo de una ola que golpeó las letras contra el acantilado para silenciarlas para siempre. En cuestión de segundos todo se llenó de hojas que el temporal agitaba con furia.

Ajena a todo, su pequeña mamaba tranquila. Su rostro transmitía una paz absoluta y silenciaba el rugido del oleaje que batía implacable contra las rompientes. Leire la observó con una sonrisa triste. La decisión había sido demasiado complicada, aunque algo le decía que era la correcta.

Ahí iban, flotando a merced de unas olas que las torturaban, las esperanzas de poder brindarle a Sara un futuro acomodado. Ahí estaban, hundiéndose poco a poco en el Cantábrico que las vio nacer, las últimas páginas que brotarían de sus manos.

Sabía que era su final como escritora. Nunca más le darían la oportunidad de erigirse de la noche a la mañana en la autora más valorada del país, nunca más volverían a confiar en ella. Pero eso ya poco importaba. Su pequeña, la niña que Iñaki y ella tanto habían deseado, no merecía llegar al mundo entre mentiras y presiones económicas. De algún modo lograrían salir adelante. Sumergió una vez más la nariz en el cabello castaño del bebé y se embriagó con un olor que le contagió serenidad. Estaban juntas, y eso era lo más importante.

NOTA DEL AUTOR

Mientras escribía esta novela sucedió algo que marcará para siempre el paisaje social de Pasaia. Después de una vida entera dedicada al Bodegón San Pedro, Maribel y Jose Mari, los encantadores dueños de la Bodeguilla de estas páginas, decidían jubilarse. Lo tienen merecido. Sin embargo, somos muchos quienes los echaremos de menos. ¿Dónde almorzará ahora Leire Altuna? ¿Dónde lo haré yo cuando pasee por esas calles con sabor a mar?

Igual que el pintoresco bar-tienda, todos los escenarios de las correrías de la escritora están ahí, en el paisaje cotidiano de Pasaia. El mercado, el frontón, el puerto, la fuente del Inglés... Incluso las traineras, que entrenan al caer la tarde, forman parte del telón de fondo de este pueblo marinero.

De todos ellos, hay un lugar al que me gusta regresar una y otra vez: Albaola, la factoría marítima vasca, el astillero Ondartxo de la ficción. Poder disfrutar de la construcción de la nao *San Juan* es un privilegio con fecha de caducidad. Algún día los carpinteros terminarán el galeón y se hará a la mar. Entonces el sueño de Iñaki y Leire Altuna se habrá hecho realidad.

La escritora se ha ganado un descanso. Regresará algún día, pero voy a permitirle disfrutar de su hija una temporada. Lo necesita después de tres años en los que ha vivido demasiado rápido. En realidad los hemos vivido todos juntos. ¿Cuántas veces habremos sufrido con ella cuando le da por ser una incauta y pasarse de valiente? ¿Cuántas veces me habréis pedido que no la mate en la siguiente entrega?

A veces cuando paseo por Pasaia tengo la impresión de que me daré de bruces con Leire al girar la esquina. Tal vez algún día ocurra, y entonces no sabremos qué decirnos.

AGRADECIMIENTOS

No puedo imaginar cómo sería escribir un libro de más de cuatrocientas páginas sin contar con la colaboración de amigas y amigos que hacen que algo así sea posible. De todos ellos, Maria, mi pareja, se gana el cielo con cada novela. No es fácil convivir con alguien que se pasa el día con la cabeza en el universo paralelo de Leire Altuna; y menos sin perder la sonrisa y colaborando en la revisión de los textos.

Mil gracias también a Álvaro Muñoz, por echarme siempre una mano, ya sea desde casa o desde el otro lado del mundo. A Xabier Guruceta, verdadero maestro de ceremonias que a menudo creo que sabe más de Leire Altuna que el propio escritor. A Nerea Rodríguez, que ha resultado una incorporación de lujo para el equipo de revisión. A mi hermano, Iñigo, y María Bescós, que han hecho un hueco en sus estudios de medicina para leer diferentes versiones de cada capítulo. A Juan Bautista Gallardo, que me orienta cada vez que la gramática se me pone cuesta arriba. A D, por atender una y otra vez mis preguntas sobre el funcionamiento de la Ertzaintza. A Sergio Loira y Gorka Hernández, por estrujarse la mente conmigo en busca de títulos. A Maribel y Jose Mari, del Bodegón San Pedro, por esas deliciosas anchoas que ayudan a que las letras broten con mayor facilidad.

No quiero olvidarme de la buena gente de Albaola, que soporta con paciencia estoica las oscuras tramas que ideo alrededor de un astillero mucho más tranquilo de lo que mis páginas permiten imaginar. Tampoco del fantástico equipo comercial de Elkar ni de las lectoras y lectores que me han hecho emocionar en las muchas visitas que hemos compartido por los escenarios.

OTRAS NOVELAS DEL AUTOR

Una inquietante novela de suspense en la costa vasca.

Una tarde de otoño, el cuerpo de una mujer aparece a los pies de un remoto faro de la costa vasca. El asesino se ha llevado la grasa de su abdomen. Leire Altuna se convierte en la principal sospechosa. Desesperada, se verá obligada a iniciar una inquietante investigación. No tardará en comprender que está ante un imitador del Sacamantecas, el brutal asesino en serie que aterrorizó Vitoria en el siglo XIX.

El primer caso de Leire Altuna.

Un oscuro secreto se esconde en los bosques de Navarra.

Anochece en el norte de Navarra. Una fría niebla flota entre los árboles de la selva de Irati, que duerme despojada de hojas en su letargo invernal. Una joven aparece ahorcada en los arcos de la Real Fábrica de Armas de Orbaizeta. Cuando todas las hipótesis apuntan al suicidio, Leire Altuna recibe el encargo de investigar el caso. No será fácil. Tendrá que buscar respuestas en un remoto pueblo de apenas una docena de habitantes, un lugar donde nada ni nadie es lo que parece.

Un nuevo caso de Leire Altuna.

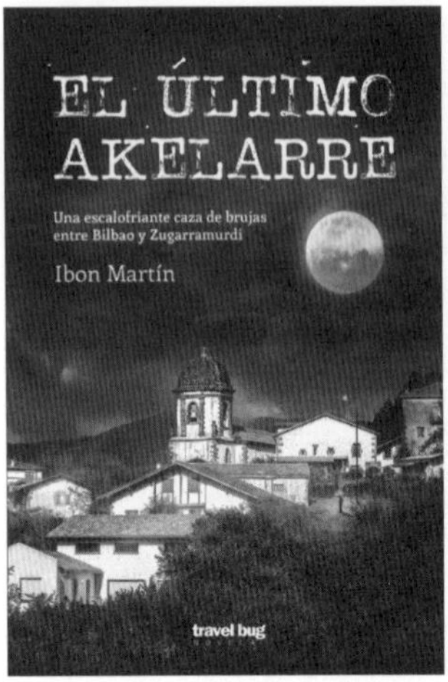

Una escalofriante caza de brujas entre Bilbao y Zugarramurdi.

Bilbao se prepara para una noche festiva cuando un macabro asesinato atrae todas las miradas hacia la imponente chimenea del parque de Etxebarria. Un joven estudiante de la Universidad de Deusto pende envuelto en llamas de su vieja estructura de ladrillo. La elección del momento y el lugar apunta a un crimen ritual. La escritora Leire Altuna y la ertzaina Ane Cestero dirigirán una investigación en la que se enfrentarán a grupos neonazis, sectas destructivas y demoledoras intrigas familiares.

Un estremecedor caso para Leire Altuna.

Un fascinante viaje a la Edad Media en el País Vasco.

La primera novela de Ibon Martín sumerge al lector en el siglo XV, cuando los valles vascos olían a hierro fundido y deseos de libertad. El amor, la muerte, la amistad y la traición se entremezclan en esta obra, que une con maestría historia y ficción para hacer viajar al lector desde las solitarias calzadas de las tierras vascas hasta las bulliciosas calles de la Barcelona medieval.